David Osborn wurde 1923 in New York geboren, absolvierte die Columbia University, arbeitete als PR-Mann für multinationale Konzerne und sattelte dann ins Film-Metier um. Der mit zahlreichen Oscars und Emmys ausgezeichnete Autor von mehr als 15 Drehbüchern emigrierte 1955, vom amerikanischen Lebensstil der McCarthy-Ära angewidert, nach Europa. Seit 1971 schreibt David Osborn Romane, darunter den Weltbestseller »Jagdzeit«.

Von David Osborn sind außerdem
als Knaur-Taschenbücher erschienen:

»Jagdzeit« (Band 507)
»Der Maulwurf« (Band 1009)

Vollständige Taschenbuchausgabe
Droemersche Verlagsanstalt Th. Knaur Nachf., München 1986
Lizenzausgabe mit freundlicher Genehmigung des
Paul Zsolnay Verlages, Wien/Hamburg

Titel der Originalausgabe »Love and Treason«

Aus dem Amerikanischen von Lilian Faschinger
Umschlaggestaltung Adolf Bachmann, Reischach
Umschlagfoto Jerry Leff, N. Y.
Druck und Bindung Elsnerdruck, Berlin
Printed in Germany 5 4 3 2 1
ISBN 3-426-01241-3

David Osborn:
Schach der Dame

Roman

Knaur

ISBN 3-426-01241-3 780

Für LSN

Die Handlung des Romans ist frei erfunden. Namen, Charaktere, Orte und Geschehnisse sind entweder Fiktionen der dichterischen Phantasie oder wie solche behandelt, und jede Ähnlichkeit mit lebenden oder verstorbenen Personen, tatsächlichen Ereignissen und existierenden Lokalitäten ist vollkommen zufällig.

EINLEITUNG

„Mrs. Volker, haben Sie bei Ihrer Heirat in Erwägung gezogen, Ihren Mädchennamen beizubehalten, um Ihre persönliche Identität zu wahren?“

Alexis blickte von der Rednertribüne hinab. Die Frau, die die Frage gestellt hatte, saß an einem Tisch ganz in der Nähe. Sie war Mitte Dreißig, hatte kurzes Haar und ein schmales, unnachgiebiges Gesicht, und Alexis fragte sich, an wen sie sie erinnerte. Es war jemand, der ihr vor langer Zeit begegnet war. Hinter der Frau verschwamm alles in einem Meer von Gesichtern, die den Festsaal des Hotels füllten und aussahen wie flache Kiesel in seichtem Wasser.

„Es tut mir leid“, antwortete sie. „Ich war der Meinung, meinen Standpunkt in meinem Vortrag deutlich gemacht zu haben. Ich habe das Fernsehen aufgegeben, weil ich das ganz persönliche Bedürfnis empfand, die traditionelle Rolle in der Ehe zu spielen. Dazu gehörte auch, den Namen meines Mannes anzunehmen.“

Die Antwort kam scharf und beharrlich: „Sie wollten also Ihre eigene Identität völlig aufgeben?“

Geduldig sagte Alexis: „Ich war nie der Meinung, daß man als Ehefrau und Mutter etwas aufgibt. Ich habe es immer so gesehen, daß ich endlich jemand werde, der ich im Grunde meines Wesens immer sein wollte.“ Sie hielt Ausschau nach einer weiteren Wortmeldung. „Sonst noch jemand?“

Es war das Essen zum fünfundzwanzigsten Jahrestag des Bestehens von FIN— „Die Frau in den Nachrichten“ —, einer nationalen Organisation, die jene Frauen auszeichnete, die nach Meinung der Mitglieder ihrem Geschlecht Ehre gemacht hatten. Alexis hatte gerade einen dreißig Minuten langen Vortrag über den Zwiespalt zwischen Karriere und Ehe gehalten, unter dem viele moderne

Frauen zu leiden hatten. Ihr Auftreten war Harolds Idee gewesen. Sie selbst hatte nicht das Bedürfnis, von der Vergangenheit zu reden. Weder von der Zeit, als sie Rundfunkkorrespondentin und erste Nachrichtenmoderatorin des nationalen Fernsehens gewesen war, noch von ihrer anfänglichen Laufbahn als Rundfunkreporterin in Detroit. Und schon gar nicht von ihrer Kindheit. All das hatte sie hinter sich gelassen, als sie heiratete. Aber es schien Harold politisch von Bedeutung zu sein. Der Mann der Vorsitzenden von FIN war ein Senator, mit dem er im Augenblick Schwierigkeiten hatte.

Tagelang — und auch nächtelang — hatte sie sich wegen der Rede Gedanken gemacht. Es war jedoch alles gut gegangen. Sie war gekommen, hatte gegessen, den Bemühungen der FIN-Präsidentin, sie zu einem entspannenden Drink zu überreden, erfolgreich Widerstand geleistet und war nun für ihre Rede mit freundlichem und begeistertem Beifall bedacht worden. Nur noch ein paar Fragen, und alles war vorbei.

Eine andere Frau fragte: „Hätten Sie etwas dagegen, uns zu verraten, was Sie auf General Volkers berühmten Heiratsantrag erwiderten — wenn diese Geschichte auf Wahrheit beruht?"

Alexis sagte: „Die Geschichte beruht tatsächlich auf Wahrheit, und meine Antwort lautete nur — ‚Na sowas!'"

Gelächter und Beifall.

Das war vor vier Jahren gewesen. Sie hatte gerade die Abendnachrichten hinter sich. Der Produktionsassistent hielt ihr ein Telefon entgegen. „General Volker."

Alexis nahm den Hörer in die Hand. In der Sendung hatte sie ihn um ein Haar beschuldigt, in einen Vertragsskandal des Pentagon verwickelt zu sein.

Seine Stimme sagte: „Alexis Sobieski?"

„Ja?"

„Hier ist Harold Volker. Ich könnte und sollte Sie aufgrund dessen, was Sie vor fünf Minuten über mich gesagt haben, gerichtlich belangen, aber ich glaube, es wäre klüger, Sie zu fragen, ob Sie meine Frau werden wollen. Wann könnten wir uns sehen?"

Vier Monate später, nach der aufsehenerregendsten Hochzeit, die in Washington D.C. seit Jahren stattgefunden hatte, waren sie ein Paar.

Alexis sah eine Hand. „Ja, bitte."

„Ich hätte noch eine Frage." Es war wieder die Frau mit dem schmalen Gesicht. „Als Sie über Ihre Karriere sprachen, erwähnten Sie mit keinem Wort sexuelle Belästigungen. Was mußten Sie sich in dieser Hinsicht alles bieten lassen?"

Ach um Himmels willen, dachte Alexis. Wie frustriert konnte man denn durch die Emanzipation noch werden? Und wie langweilig? Sie versuchte ihrer Antwort einen heiteren Anstrich zu geben. Sie hatte sich sehr angestrengt, ihre Zuhörer in dieser Stimmung zu halten, und hatte das Gefühl, daß es ihr bisher gelungen war.

„Belästigungen? Eigentlich keine. Nun ja, ab und zu haben Männer Annäherungsversuche gemacht. Es sind schließlich Männer. Aber ich habe mich oft gefragt, was für ein Gefühl ich hätte, wenn sie das nicht täten."

Wieder Gelächter. Noch eine Hand schoß empor, aber die Frau war mit ihrem Verhör nicht zu Ende. Sie erhob die Stimme, bevor das Gelächter verebbt war. „Benützen also Ihrer Erfahrung nach viele Frauen beim Fernsehen Sex als Mittel, um Karriere zu machen?"

Der Saal verstummte erwartungsvoll. Alexis musterte die Frau. Auf ihren Lippen lag ein leicht anzügliches Lächeln. Du meinst wohl, ob ich es benützt habe? dachte Alexis. Du Schlange. Und dann fiel ihr ein, an wen die Frau sie erinnerte. Vor Jahren in Detroit war sie einmal zu Weihnachten mit anderen Pflegekindern in das Haus reicher Leute eingeladen worden. Sie hatte ein Geschenk mitbringen wollen und eine kleine Lumpenpuppe gemacht, ihr Kleider aus dem Stoff, den sie vom Saum ihres eigenen Kleides gerissen hatte, angezogen, und mit dem Make-up ihrer Pflegemutter ein Gesicht gemalt. Nie würde sie das überhebliche und herablassende Lächeln des kleinen Mädchens vergessen, für das das Geschenk bestimmt war, nie die wunderschöne neue Warenhauspuppe, die sie so hochmütig an sich drückte. Ihre Befragerin war zwar nicht das nun herangewachsene kleine Mädchen, aber ihr Verhalten war ähnlich.

Alexis starrte sie noch einen Augenblick an und zwang sie auf diese Weise zu warten. Sie fühlte eine Welle von Selbstbewußtsein und Zorn in sich aufsteigen. Das hier war nicht Weihnachten in Detroit, und sie war kein Pflegekind mehr. Der Fernsehjournalismus war ein sehr harter schonungsloser Job, und sie hatte es ohne jegliche Hilfe bis an die Spitze gebracht. Sie hätte die Frau am liebsten umgebracht.

In frostigem Ton sagte sie: „Ich nehme an, Sie wollen eigentlich wissen, ob ich mich nach oben durchgeschlafen habe. Die Antwort darauf ist, daß man es meiner Erfahrung nach durch sexuelle Protektion wohl nicht schafft, sich eine Story größeren Ausmaßes aus dem Ärmel zu schütteln, sie zu schreiben und schließlich von einem Telepromter so abzulesen, daß es nach freiem Vortrag aussieht."

Totenstille. Dann brach der Festsaal in tosenden, zustimmenden Beifall aus. Die Frau setzte sich, ihr Lächeln war verschwunden. Fünf Minuten später verließ Alexis den Saal, von Leuten mit freundlich lächelnden Gesichtern und ausgestreckten Händen umringt.

Eine Kamera des Fernsehteams, das ihre Rede gefilmt hatte, war nun im Foyer postiert, um Zeuge ihres Abganges zu sein. Eine Menge Leute drängten sich dort, aber Alexis hatte nur Augen für die Kamera und die junge Korrespondentin, die daneben stand. Sie war völlig neu im Geschäft, kaum zwanzig, und sprach sehr aufgeweckt in ihr Mikrophon, während sie mit ihrem Kameramann auf sie zutrat, um eine Frage zu stellen. Eine tiefe, unerklärliche Sehnsucht ergriff Alexis. Es war weit schmerzlicher, es zu sehen, als sich daran zu erinnern. Sie wollte bei dem Mädchen stehenbleiben, ihr guten Tag sagen und mit ihr reden und für einen kurzen Augenblick wieder zu der Welt gehören, die so viele Jahre lang ihr Leben und ihre einzige Heimat gewesen war. Aber sie tat es nicht. Sie drängte sich an ihr vorbei und ging weiter, hinaus auf die Straße, wo ihr Wagen wartete. Als sie sich in Harold Volker verliebt hatte, hatte sie beschlossen, ihr Engagement für die Ehe niemals dadurch aufs Spiel zu setzen, daß sie sich an die Vergangenheit klammerte. Für sie hatte das Fernsehen aufgehört zu existieren. Die Rolle, die sie vorzog, war die der Ehefrau des Mannes, der inzwischen Außenminister der Vereinigten Staaten geworden war, und die der Mutter der Kinder, die sie eines Tages miteinander haben würden.

Sie konnte sich nicht vorstellen, jemals etwas dazwischenkommen zu lassen. Absolut nichts.

1

Alexis gefiel der Raum nicht besonders. Er lag im zweiten Stock eines alten Hauses in der von Bäumen beschatteten Vierundzwanzigsten Straße und war zweckmäßig eingerichtet: ein beiger Spannteppich, Bücherregale, ein zwischen zwei hohen, von durchscheinenden Baumwollvorhängen gerahmten Fenstern vorspringender Schreibtisch, eine kleine, leicht zerknitterte Ledercouch und ein gepolsterter, mit grobem, cremefarbenem Stoff überzogener Lehnstuhl.

In ihren Augen war es eine sterile Umgebung. Wenn man seine geheimsten Gefühle einem Psychiater offenbaren mußte, dachte sie, dann wollte man doch eigentlich behagliche und schützende Wärme um sich.

Harold hatte Dr. Wyndholt vorgeschlagen. Er war jung und arbeitete an der George-Washington-Universitätsklinik ein paar Häuserblocks weiter. Er wurde allgemein für einen der besten Ärzte Washingtons gehalten. Vor einigen Monaten hatte Alexis angefangen, eine seltsame, unbeschreibliche Furcht zu empfinden, eine Angst vor etwas, das sie nicht bestimmen konnte. Sie war an einem Punkt angelangt, wo sie nicht weiter konnte, an Schlaflosigkeit und meist auch an Erschöpfungszuständen litt. So hatte sie begonnen, Wyndholt mehrmals in der Woche aufzusuchen. In letzter Zeit aber hatte sie es immer mühseliger gefunden, mit ihm zu sprechen. Langsam begann sie seine schonungslosen Verhöre zu hassen.

Sie saß im Lehnstuhl, die Hände im Schoß, vermied es, ihn anzusehen, und war wütend über sich, weil sie es nicht tat. Bevor sie Harold Volker geheiratet hatte, als sie noch Alexis Sobieski gewesen war, ein geläufiger Name und ein Gesicht, das eins war mit den UBC-Abendnachrichten, hatte sie oft mit Leuten zu tun gehabt, die immer aufreizend recht und niemals unrecht hatten. Meistens hatte sie sie mit einem Blick bedacht, der seine Wirkung auf Millionen von Zusehern nie verfehlt hatte. Sie hatte ihre zarten, schönen Gesichtszüge zu einstudierter Sanftheit arrangiert; sie hatte in ihre hellen, bernsteinfarbenen Augen, deren linkes auf faszinierende Weise leicht schräg gestellt war, einen flehentlichen Blick gelegt; sie hatte auf ihren breiten Mund ein zaghaftes, irgendwie geschlechtsbetontes Lächeln gezaubert. So hatte sie noch jedesmal alle Herzen im Sturm erobert. Die wenigen Male jedoch, die sie es an Wyndholt ausprobiert hatte, war sie kläglich gescheitert: es rührte ihn nicht im geringsten. Schuft, dachte sie. Sie mußte es noch zehn Minuten mit ihm aushalten und wünschte, es wäre vorbei.

Das Schweigen zog sich in die Länge. Er brach es. „Wir sprachen gerade von dem einen Mal, als Sie einen Sexclub besuchten. War das nicht ganz schön riskant? Wenn man bedenkt, wer Ihr Mann ist? Und wer Sie sind? Was hat Sie dazu veranlaßt?“

„Ich weiß es nicht. Wir hatten viel getrunken, und offenbar geht jeder einmal im Leben dorthin. Aber man trägt dort ohnehin eine Maske.“

„Sie gingen mit einem anderen Ehepaar hin?“

„Ja.“ Ihr Tonfall war scharf.

„Und außer mit Ihrem Ehemann hatten Sie auch mit dem anderen Mann Sex?“

„Nun — ja.“ Trotzig fügte sie hinzu: „Wir haben getauscht, wenn Sie darauf bestehen. Dazu ist so ein Lokal schließlich da, oder? Man denkt, man will nur einen Blick hineinwerfen, und schon steckt man mitten drin.“

„Sie empfanden es nicht als entwürdigend?“

„Wenn man es aus dem Zusammenhang reißt, natürlich. Es ist wohl kaum etwas, das ich gern wieder täte. Aber zu dem Zeitpunkt hatte ich abgeschaltet. Punktum. Bei dieser Discomusik und all den nackten Leuten und dem Sex rundherum verliert man alles aus den Augen.“

„Was sagte Ihr Ehemann dazu?“

Sie zuckte die Achseln. „Es war etwas, das wir gemeinsam taten."

„Sie hatten danach", fragte er, „nicht das Gefühl der Promiskuität?"

„Promiskuität?"

„So, wie Sie Ihren Worten nach einen Großteil Ihrer Jugend empfanden?"

„Ich habe nie das Wort Promiskuität verwendet. Ich sagte, es täte mir wegen einiger Männer leid, mit denen ich geschlafen habe. In der Schule und vor allem an der Universität. Rückblickend betrachtet, glaube ich, sie waren ein Irrtum. Aber ich habe Sex gemocht und tue es immer noch, und damit basta. Einerlei, was ich bereue, ich stehe dazu."

Wyndholt blickte auf seine Aufzeichnungen. „Sie erwähnten Harolds Bisexualität. Sehen Sie das je als Bedrohung an?"

Sie blickte jäh auf. Wie waren sie so weit vom Thema abgekommen? Sie sagte: „Ich habe nicht gesagt, daß er bisexuell ist."

„Vorige Woche", erinnerte er sich, „erwähnten Sie, daß er einmal eine Kindheitserfahrung mit einem anderen Jungen hatte. Und Sie glaubten, während des Krieges auch ein Erlebnis mit einem Erwachsenen."

Ihre Verärgerung nahm zu. Sie sagte: „Herr Doktor, zweifellos steckt in jedem Menschen ein Quentchen Homosexualität. Wenn also Harold vor Jahren ein sexuelles Erlebnis mit irgendeinem Mann hatte, so heißt das noch lange nicht, daß er ein Homo ist." Sie lachte zornig. „Harold? Du meine Güte, das soll wohl ein Witz sein. Er ist so auf Frauen versessen, daß einem angst und bange wird, und unser Sexualleben ist phantastisch."

Wieder warf Wyndholt einen Blick auf seine Aufzeichnungen. „Vermissen Sie je den Mann, mit dem Sie vorher zusammenlebten?"

„Adrian James und ich lebten eigentlich nicht ‚zusammen'", sagte sie. „Wir hatten getrennte Wohnungen. Und — ja, manchmal vermisse ich ihn tatsächlich. Aber nur als

Freund, also kann es kaum das sein, was mit mir nicht stimmt."

„Was dann?"

Alexis spürte, wie Tränen der Frustration ihr in die Augen stiegen. Sie brachte es fertig, sich zu beherrschen und nicht zu schreien. „Dr. Wyndholt, wenn ich das wüßte, wäre ich wohl nicht hier, oder?"

„Dann würden Sie wohl auch nicht schon mit vierunddreißig anfangen, Probleme mit dem Trinken zu haben." Er gebot ihr mit der Hand Einhalt, bevor sie protestieren konnte. „Ich habe nicht gesagt, daß Sie Alkoholikerin sind. Ich sagte, Sie *fangen an*, Probleme zu haben. Sie haben mir doch gesagt, daß die Leute reden, oder? Daß einige Klatschkolumnisten Andeutungen gemacht haben?"

Sie antwortete nicht. Er lehnte sich in seinem Stuhl zurück und faltete die Hände hinter dem Kopf. „Fangen wir also kurz noch einmal von vorn an. Sie gaben das Fernsehen auf, da es nur ein vorübergehendes Bedürfnis war, eine Hürde, die Sie nahmen, weil Sie eben diese Art Frau sind. Was Sie aber wirklich immer wollten, war, Kinder zu haben. Und einen Haushalt zu führen. Die andere Art Frau zu sein, die heutzutage keiner mehr zu erwähnen wagt — eine Hausfrau. Habe ich recht?"

„Ja", sagte sie.

„Aber Sie sind eigentlich keine Hausfrau, oder? Sie kochen nicht, Sie führen keinen Haushalt, Sie haben keine Kinder. Haben Sie nicht Ihre glänzende Karriere geopfert, ohne zu bekommen, was Sie wollten?"

Ihre Augen blitzten. „Harold wird nicht ewig Außenminister sein. Washington ist nur vorübergehend. Wir können keine Kinder haben, wenn Harold ständig fort ist und wenn unser Haus mehr Büro als Wohnhaus ist und es darin von Geheimagenten wimmelt. Darüber sind wir uns einig. Aber wir werden Kinder haben. Und ich werde einen Haushalt führen können, weil Harold ein Lehrstuhl in Princeton angeboten wurde, wenn er einmal sein Regierungsamt zurücklegt."

Dr. Wyndholt dachte kurz an Volker: Jugendliches Aussehen, saloppes Benehmen, hochintelligent, ein in Deutschland geborener jüdischer Flüchtling, der genug Stil und Talent hatte, um zunächst ein Zwei-Sterne-General der Luftwaffe und dann Außenminister zu werden. Es war leicht zu verstehen, daß jede Frau sich in ihn verliebte.

„Schon gut", sagte er, „aber ist Ihnen je aufgefallen, daß alle Ihre verflossenen Liebhaber in ein Schema passen, und dieses Schema ist wohl kaum ein ruhiges Leben in einem Vorort. Sie haben keinen durchschnittlichen Juristen oder Techniker geheiratet. Sie haben einen Superstar geheiratet, mit einer Position, die für zehn Frauen ausreicht."

„Um Himmels willen", wandte sie ein. „Man muß schließlich nicht einen öden, langweiligen Kerl heiraten, um Kinder und ein Zuhause zu haben, oder?"

Er dachte einen Augenblick nach. Sie hatte immer noch nicht verstanden, was er sagen wollte, oder wollte es absichtlich nicht verstehen. Es lag ziemlich klar auf der Hand. Vorsichtig sagte er: „Nein, nein, das muß man nicht, aber wenn die jetzige Regierung die nächste Wahl gewinnt, könnte es sein, daß Ihr Mann weitere sechs Jahre Außenminister ist, oder nicht?"

Sie reagierte, wie er es erwartet hatte. Etwas ging in ihr vor. Er konnte es an ihren Augen sehen. Der Trotz verschwand. Kurz, aber heftig flackerte Angst darin auf und wurde sofort unterdrückt.

Er sah auf die Uhr und sagte: „Wann sehen wir uns wieder?"

„Montag." Sie stand langsam auf und hängte ihre Tasche über die Schulter. „Und dann eine Woche lang nicht." Ihre Körpersprache verriet ihm, daß er sie aufgewühlt hatte. Frauen, die vierunddreißig Jahre alt waren und Kinder wollten, hatten für gewöhnlich keine Geduld mehr. In diesem Alter hatten viele die Hoffnung fast aufgegeben.

Er sah im Terminkalender nach. „Ach ja, richtig. Sie fahren nach Brigham Bay hinunter."

Ein kleines, triumphierendes Lächeln trat auf ihre Lippen. „Ich werde Harold ganze sechs Tage für mich haben. Nur er und ich."

„Gut." Er erwiderte ihr Lächeln. „Und bis dahin?"

„Morgen ist irgendeine Veranstaltung im Weißen Haus. Ein Konzert im Ostzimmer. Segovia, glaube ich. Heute abend haben wir ein paar Leute zum Dinner eingeladen, ich habe vergessen, wen. Harold muß am Samstag nach Camp David fahren."

„Wird er Sie mitnehmen?"

Ihr Gesicht hellte sich merklich auf. „Hoffentlich. Mir gefällt es da oben. Und ich mag den Präsidenten. Als wir das letzte Mal Tennis spielten, habe ich ihn geschlagen. Sechs-zwei, sechs-null." Sie lachte. „Ich glaube, er ist der einzige, den ich schlagen kann."

Sie ging zur Tür, schlank und blond in ihrem leichten Sommerkostüm. Das Zimmer war plötzlich von ihr erfüllt, ihrem Parfum, ihrem Chic und ihrer Persönlichkeit. Sie hatte aufgehört, eine verwirrte, zornige Patientin in Verteidigungsposition zu sein.

Nachdem sie gegangen war, schlug Wyndholt ihre Krankengeschichte zu. Er empfand eine gewisse Befriedigung als Arzt. Er war dabei, mehr über ein polnisch-amerikanisches Kind aus tristen sozialen Verhältnissen zu erfahren, das in den gnadenlosen Slums von Detroit aufgewachsen war, ein Kind, dessen einzige Flucht aus der sterilen Wirklichkeit des Pflegeheims in Phantasievorstellungen über ein vollkommenes Familienleben in irgendeiner idealisierten Vorortestraße bestanden hatte. Er sah eine linkische, gefühlsbetonte junge Frau, die, kaum aus der Schule, zu früh in die harte Welt des Großstadtjournalismus katapultiert worden war. Eine junge Frau, die sich ihr Studium selbst finanziert hatte, indem sie als freie Mitarbeiterin ständig Radio- und Fernsehstationen mit jeder Story bombardierte, die sich nur verkaufen ließ. Ja sogar verschenken. Bis sie anerkannt wurde.

Und die sich während dieser ganzen Zeit an ihren Kindheitstraum geklammert hatte, bis sie einen Mann gefunden hatte, den sie ihrem Gefühl nach genug liebte und dem sie genug vertraute, um den Traum mit ihm zu verwirklichen.

Wyndholt schob ihre Akte von sich weg. Er mochte sie, und eigentlich mochte er nur wenige Patienten. Eine große Einsamkeit umgab sie. Was war es, daß sie vor sich selbst verbarg? Dem sie nicht ins Gesicht sehen konnte und dessentwegen sie an Schlaflosigkeit litt, zuviel trank und sich für schmutzige unglückselige Abenteuer wie Sexclubs rechtfertigte. Er vermutete, daß ihr eine schlimme Zeit bevorstand und daß sie einen echten Freund brauchen würde, jemanden, der sich wirklich um sie kümmerte und der nicht ihr Psychiater war. Er hoffte, daß sie irgendwo einen hatte, und falls dies nicht der Fall war, daß ihr das Schicksal zu einem verhelfen würde.

Er drückte den Knopf auf seinem Schreibtisch und gab damit seiner Sprechstundenhilfe das Zeichen, daß er für seinen nächsten Patienten bereit war.

2

Als Alexis unten ankam, stand das dunkelblaue Lancia-Coupé, das Harold Volker ihr letztes Jahr zum vierten Hochzeitstag geschenkt hatte, bereit. Sandy Muscioni saß am Steuer. Die späte Nachmittagssonne war heiß, und Sandy hatte das Dach heruntergekurbelt. Sie war eine sportliche junge Frau von achtundzwanzig Jahren mit kurzem blondem Haar, einem fröhlichen, an frische Luft gewöhnten Gesicht und dem entsprechendem Gemüt. Hinter ihrer Saint-Laurent-Sonnenbrille blickten ihre hellblauen Augen aufgeweckt in die Welt. Sie war Alexis' persönliche Leibwächterin, aber es war kaum zu glauben, daß sie meist eine 25er Automatic an den Oberschenkel geschnallt trug. Vor sechs Monaten war sie eigens vom Geheimdienst an das Sicherheitsbüro des Auswärtigen Amtes überstellt worden, nachdem Alexis eine Reihe von Drohanrufen erhalten hatte.

Alexis war dagegen gewesen. Gefahren, die viel größer gewesen waren als bloße Drohungen, waren während all der Jahre beim Fernsehen Teil ihres Lebens gewesen. Sie wollte keine ständige Begleiterin. Sicher kamen die Anrufe von irgendeinem Verrückten. Das Sicherheitsbüro und ihr Mann waren anderer Meinung gewesen. Zu ihrer Überraschung stellte sich heraus, daß Sandy ganz anders war als die Agenten ihres Mannes, die sich nach Meinung von Alexis viel zu wichtig nahmen. Sandy war diskret. Sie wußte, wann sie ein Leibwächter zu sein hatte und wann nicht. Ihre Anwesenheit war kaum zu merken, und binnen einer Woche waren sie Freundinnen. Sie hatten manches gemeinsam; Sandy stammte auch aus sehr ärmlichen Verhältnissen.

„Wollen Sie fahren?"

„Nein. Fahren Sie nur." Alexis glitt auf den Beifahrersitz und zuckte zusammen, weil das Leder so heiß war. Sandy ließ den Motor an, und sie fuhren über die H-Straße und bogen in die Dreiundzwanzigste Straße ein.

„Wohin?"

„Nach Hause." Alexis lehnte den Kopf zurück und schloß die Augen. Die eine Stunde mit Wyndholt hatte sie ausgelaugt.

Sandy bemerkte es und sagte: „Wie war der Medizinmann?" Es lag Besorgnis in ihrer Stimme.

Alexis lächelte. „Mein Kopf ist um zwei Größen geschrumpft."

„Wollen Sie Tennis spielen und ihn wieder auf seine normale Größe bringen?"

„Liebend gern, aber ich muß einen Stapel Briefe unterschreiben und telefonieren."

Das Haus des Außenministers lag in der R-Straße und grenzte an den alten Oak-Hill-Friedhof am höchsten Punkt von Georgetown. Es war ein großes gelbes Ziegelhaus im Kolonialstil, verdeckt von Platanen und Eichen und, anders als seine Nachbarn, von der Straße zurückgesetzt und über eine Kiesauffahrt zu erreichen, die durch einen gepflegten Rasen führte. Es gehörte nicht Harold Volker, sondern Arnold Wilderstein, dem New Yorker Bankier und Präsidenten der AKT, der Amerikanischen Kredit- und Treuhandgesellschaft. Er hatte ihnen auch Brigham Bay zur Verfügung gestellt, ein kleines Landhaus an der Mündung des Potomac-Flusses in den Chesapeake. Er machte von diesem Haus nur selten Gebrauch, da er meist in New York oder in seinem Landhaus in Maine wohnte. Angeblich hatte Wilderstein ein Vermögen dafür ausgegeben, Volkers diplomatische Laufbahn zu finanzieren. Bisher hatten weder Wilderstein noch einer seiner mächtigen Freunde aus dem Establishment eine besondere Gegenleistung für diese Investition verlangt, aber Volker hatte manchmal in Gegenwart von Alexis darüber nachgegrübelt.

„Eines Tages wird irgend jemand es sicher tun", sagte er einmal. „Einstweilen gefällt ihnen wahrscheinlich einfach meine politische Linie."

Sie waren ein Jahr lang verheiratet gewesen. Es war an einem frühen Abend im Frühling, und er war gerade von einer anstrengenden Sitzung vor dem Senatskomitee für Auslandsbeziehungen nach Hause gekommen. Sie hatten miteinander geschlafen, geduscht und sich ein Weilchen auf dem Bett ausgestreckt, bevor sie sich für einen Empfang an der britischen Botschaft umzogen. Volker hielt einen Drink in der Hand, und Alexis lag im rechten Winkel zu ihm, den Kopf auf seinen Oberschenkeln, die Knie aufgestellt, und genoß seine Nähe, seinen sauberen männlichen Geruch und die harte Hagerkeit seines sonnengebräunten Körpers.

„Ihnen gefällt es, wie du mit der Dritten Welt umspringst." Sie hatte die Ironie nicht aus ihrer Stimme heraushalten können.

Er lachte und strich ihr über das Haar. „Du meinst, wie sie glauben, daß ich mit ihr umspringe. Alexis, keine Regierung wird je die, die das Sagen haben, davon abhalten, den Hilflosen dieser Welt das Fell über die Ohren zu ziehen. Nur der Kongreß kann das, und rat mal, wer den Kongreß am härtesten bearbeitet? Ich versuche nur, die Schläge zu dämpfen, so gut ich kann, ohne den Göttern solche Angst einzujagen, daß sie mich erledigen. Von der Bildfläche verschwunden, wäre ich niemandem von Nutzen."

„Manchmal ist Diplomatie höchst anrüchig", bemerkte sie.

„Da bin ich ganz deiner Meinung, mein Liebes. Es ist wiederum alles nichts als Politik, nur mit einer sogenannten galanten Bezeichnung."

Auf der M-Straße verlangsamte Sandy das Tempo und bog in die Neunundzwanzigste Straße ein. Während sie den Oak Hill hinauffuhren, wurden die Häuser immer eleganter, die Grundstücke immer ausgedehnter, die Bäume wurden höher und spendeten mehr Schatten. Knapp vor dem Friedhof bogen sie direkt in die R-Straße ein und waren angelangt.

Sandy fuhr durch das offene schmiedeeiserne Tor mit den massiven, grinsenden Löwenhäuptern. Die Reifen des Lancia knirschten auf dem Kiesfahrweg. Sie parkten. Es waren keine uniformierten Wächter zu sehen. Obwohl Volker rund um die Uhr von drei Geheimagenten des Auswärtigen Amtes bewacht wurde, waren sie meistens nicht zu sehen.

Alexis und Sandy stiegen aus, Sandy holte ihre 25er Automatic unter dem Sitz hervor und ließ sie in den Schenkelhalfter unter ihrem Rock zurückgleiten.

„Wenn wir schon von Dr. Wyndholt reden", sagte Alexis, „was würde Freud wohl über Sie zu sagen haben?"

Lachend gingen sie zu den weißen Kalkstufen, die zum Haus hinaufführten. Sandy sagte: „Zwei von General Volkers Agenten haben Hausdienst, und Sie sind mit Allison im Büro, bis der General nach Hause kommt. Darf ich abhauen?" Ihr Lächeln war Alexis Erklärung genug für ihre Bitte. Sie hatte im Stadtzentrum eine eigene Wohnung, und sie hatte sich einen Liebhaber zugelegt. Spaßhalber nannte sie ihn Batman, und sie hatten eine Abmachung getroffen. Keiner von beiden wollte sich ernstlich engagieren. Wenn es sich traf, daß er freihatte und es ihre offiziellen Pflichten nicht störend beeinträchtigte, bat Sandy Alexis manchmal um zusätzliche Freizeit.

„Sicher, nehmen Sie den Wagen", sagte Alexis.

Sie sah, wie Sandy wegfuhr, und beneidete sie mit leiser Wehmut. Tun, was man wollte, gelegentlich einen unkomplizierten Liebhaber an seiner Seite. Wenn man heiratete, gab man das alles auf.

Sie ging hinein. Die Eingangshalle war unitaristisch ausgestattet, teure Gemälde zierten die Wände. Es war kühl und still. Der englische Butler, den Arnold Wilderstein ihnen aus New York geschickt hatte, begrüßte sie: „Guten Tag, Madam." Sie sagte ihm, sie wolle einen doppelten Wodka mit Tonic, und ignorierte seinen unbewegten Gesichtsausdruck, ein Zeichen seiner Mißbilligung. Als er durch eine schwere Eichentür unter der breiten, geschwungenen Doppeltreppe, die in den ersten Stock führte, verschwand, ging sie zum Korridor, der in die privaten Büroräume ihres Mannes und in ihr eigenes Büro, das daneben lag, führte.

Volker arbeitete zu Hause genauso viel, vielleicht mehr noch als im Außenministerium. Er hatte sein Amt nun seit fast zwei Jahren inne, mit wenig diplomatischer Erfahrung, außer als Sonderbotschafter in China, und hatte Washington und die Welt mit einer unkonventionellen Art von Diplomatie überrascht, die die Experten andauernd schockierte. Es war Harold Volkers Taktik, seine Ziele direkt anzugehen — und zwar allein — und der „Opposition", wie er das Staatsoberhaupt eines jeden anderen Landes nannte, gleich ob Freund oder Feind, keine Chance zum Überlegen zu geben.

„Sich an einen Tisch setzen, schnell verhandeln", so sagte er immer, „und dann erst die Fachleute ans Werk gehen lassen. Ist das Abkommen einmal getroffen, werden sie es nicht wagen herumzupfuschen. Ihre Jobs stehen auf dem Spiel."

Die Medien waren entzückt davon und nannten es „24-Stunden-Blitzkrieg-Diplomatie". Die Öffentlichkeit war auch entzückt. So kurz nach einem Jahrzehnt der Demütigung und des Gesichtsverlustes im Ausland gab es ihnen ihren Stolz zurück. Was machte es schon aus, wenn der Erfolg gelegentlich durch die nachfolgende Reaktion der Kommunisten etwas ins Wanken geriet. Wenn andere versagten, so war das ihr Problem. Hauptsache, niemand hatte Onkel Sam nach seiner Pfeife tanzen lassen.

Als Alexis an der Tür zu seinem Büro vorbeiging, sah sie seine Sekretärin mit Steve Riker, einem seiner Sicherheitsleute, sprechen. Riker trug Sportkleidung und sah erhitzt aus. Schnell ging sie weiter, bevor er sie sah. Er hatte sie an dem Abend gefahren, als sie in den Club gegangen waren, von dem sie Dr. Wyndholt erzählt hatte, und an einem anderen Abend, als Alexis viel zuviel getrunken hatte. Obwohl sein Benehmen stets einwandfrei war, hatte sie jedesmal, wenn sie mit ihm sprechen mußte, das Gefühl, nackt vor ihm zu stehen.

Ihr eigenes Büro lag gegenüber dem kleinen Luxuskino, das Wilderstein für Privatvorführungen hatte einrichten lassen. Allison Palmer sah von ihrer Schreibmaschine im Vorzimmer auf. Sie war eine große junge Frau aus gutem Hause, Mitte Zwanzig, die perfekte Washingtoner Vorzimmerdame, außer daß sie eine bessere Ausgangsposition als viele andere gehabt hatte. Ihr Vater war Vorsitzender der Senatsminderheit. Während der ersten paar Monate hatte sie sich ehrerbietig gezeigt. Dann war ihre Ehrfurcht vor Alexis' Fernsehruhm in sozialen Snobismus umgeschlagen. Es war ihr kaum anzumerken, aber Alexis empfand es als aufreibend.

Allison lächelte förmlich und tippte gleich weiter. Alexis konterte mit einem frostigen Lächeln und schloß die Tür fest hinter sich zu.

Ihr Büro war geräumig und hatte eine Klimaanlage. Sie ging zu ihrem Schreibtisch, hängte ihre Schultertasche über den Stuhl und begann die Briefe flüchtig durchzusehen, die Allison ihr zum Unterschreiben hingelegt hatte. Auf dem Schreibtisch standen zwei gerahmte Fotografien. Eine zeigte ihren Mann im Cockpit eines Düsenjägers der Luftwaffe. Die andere zeigte einen untersetzten älteren Mann, dessen gütige graue Augen wohlwollend und verständnisvoll in eine Welt voller Probleme blickten.

Im Lauf seiner fünfzig Jahre beim Rundfunk, davon zwanzig als Nachrichtenmoderator für die Rundfunkgesellschaft, war Andrew Taylor zu einer Art nationalen Vaterfigur geworden. Sein Foto war das einzige, das Alexis aus der Zeit beim Fernsehen behalten hatte. Es war zwei Jahre her, daß sie Taylor oder sonst jemanden vom Fernsehen gesehen hatte. Unmengen von anderen Fotografien berühmter Persönlichkeiten und Kollegen waren weggesperrt, sogar das berühmte Nachrichtenfoto, das sie selbst zeigte, wie sie von einem bewaffneten Wahnsinnigen in Detroit als Geisel festgehalten wurde.

Sie war mit ihrem Kamerateam zu einer Bar im Zentrum gefahren, um eine Schießerei zu filmen. Während der Schütze ihr eine 45er Automatic an die Kehle gedrückt hatte, ließ ihr Team die Kameras laufen. Sie hatten den Schuß des SWAT-Schützen eingefangen, der den Kopf des Banditen in Stücke riß. Als sie einen Bericht im Fernsehen gab, war sie noch mit seinem Gehirn bespritzt, ihr Haar ein blutiges Gewirr. Aber sie schaffte es, mit erhobenem Kopf, mit lauter und ruhiger Stimme. Erst danach hatte sie dem Entsetzen Luft gemacht.

Taylor hatte Bänder von diesem Zwischenfall aufgenommen und ihre Versetzung nach Washington beantragt. Er hatte eine Tochter gefunden und, so dachte er, die richtige Person, die ihn ersetzen konnte, falls er irgendwann einmal in den Ruhestand trat. Daß sie das Fernsehen aufgab, war ein schwerer Schlag für ihn gewesen.

Alexis hatte alle Briefe unterschrieben und warf nur einen Blick auf die Liste der Dinnergäste. Es war eine zwanglose Angelegenheit, nur ein Dutzend Leute, aber unter ihnen die Wildersteins, und das war eine Plage. Arnold Wilderstein würde sie wie immer dezent darauf hinweisen, daß sie in seinem Haus wohnten. Nettie würde ihre krasse Unkenntnis von allem, was auch nur entfernt mit Politik zu tun hatte, zur Schau stellen.

Ein Name war ihr nicht bekannt. Sie sprach in die Gegensprechanlage. „Allison, wer ist Alfredo Nasciemento?“

In scharfem Ton kam die Antwort. „General Nasciemento. Er ist Portugiese. Sein Besuch ist inoffiziell. Herr Minister Volker bat mich, ihn einzuladen. Ich setzte ihn neben Mrs. Wilderstein.“

„Danke.“ Alexis schaltete ab. Die Tür öffnete sich. Everett erschien wie ein Geist; er trug ein Tablett mit einer Flasche Wodka, einigen kleinen Flaschen Tonic, Eis in einem Kübel und einem Glas.

„Ihr Wodka, Madam.“ Er setzte das Tablett ab und verschwand so leise, wie er gekommen war. Alexis schnitt eine Grimasse hinter seinem Rücken, machte sich einen Drink und ging zum Bücherregal, um ein spezielles, lose geheftetes *Who's Who* des Auswärtigen Amtes, das auf dem neuesten Stand war, herauszunehmen. Sie versuchte Alfredo Nasciemento zu finden, aber vergebens. Weder unter der Rubrik portugiesische Armee noch unter der Abteilung des portugiesischen Auslandsdienstes war er verzeichnet. Vielleicht war er eine Art Sonderbotschafter, dessen Titel ein Relikt aus den Kolonialtagen in Mozambique oder Angola war.

Sie ging zum Schreibtisch zurück, setzte sich und dachte darüber nach. Sie empfand eine sonderbare Beunruhigung. Sie konnte sich nicht entsinnen, daß Harold den Mann je erwähnt hatte, und noch nie hatte er jemanden zum Essen eingeladen, ohne sie kurz darüber zu informieren, wer es war.

Sogleich verbannte sie es aus ihren Gedanken. Sie maß einer ganz geringfügigen Angelegenheit eine Bedeutung bei, die sie nicht verdiente. Wyndholt hatte sie davor gewarnt. Entschlossen holte sie ihr Adreßbuch hervor und begann zu telefonieren. Sie hatte die Hälfte der ersten Nummer gewählt, als sie sich der Anwesenheit eines Menschen bewußt wurde — sie sah niemanden, spürte es nur. Jemand stand unbeweglich vor ihrem Schreibtisch.

Sie legte den Hörer zurück und blickte auf. Es war ihr Mann.

3

Einen Augenblick lang sah sie nur seine Augen, die im braungebrannten Gesicht blauer denn je wirkten, und seine widerborstigen braunen Haare, die nur von wenigen grauen Fäden durchzogen waren und wie gewöhnlich einen Friseur bitter nötig hatten. Dann sah sie, daß er khakifarbene Jeans, ein Tennishemd und Laufschuhe trug.

„Tag. Wo bist du gewesen?"

„Im Weißen Haus."

„In diesem Aufzug?"

„Na und? Es ist die amerikanische Einheitsuniform, oder etwa nicht? Das einzige, was noch fehlt, ist eine Schildkappe."

Schnell holte er eine aus seiner Hüfttasche. Auf der Stirnseite stand „Marine".

Sie kam hinter dem Schreibtisch hervor und legte die Arme um ihn, glücklich darüber, daß er guter Laune war. „Du bist vollkommen verrückt."

„Nein. Ich nehme dich nur auf den Arm. Ich bin früh nach Hause gekommen, und Riker hat mir gerade eine Judostunde gegeben."

Sie fühlte sich etwas erleichtert, doch gleichzeitig ärgerte sie sich, weil sie so konventionell war. Vielleicht sollte er wirklich in einem solchen Aufzug im Außenministerium erscheinen und damit noch mehr schockieren, als er das schon getan hatte.

Sie lachte und strich ihm das Haar vom Kragen zurück. Es war unglaublich, daß er schon über fünfzig war. Er sah aus wie vierzig. „Was tut sich in Libyen?"

Er runzelte die Stirn, küßte sie flüchtig, entwand sich ihrer Umarmung und lungerte sich auf die Couch. „Nichts. Zwanzig eingeschlossene Diplomaten. Ein größenwahnsinniger Kerl namens Ghadafi. *Plus ça change, plus c'est la même chose.*"

Schon während sie die Frage stellte, wünschte sie, sie hätte es nicht getan. Zu Beginn ihrer Ehe hatten sie auch über das kleinste Detail seines Berufs gesprochen. Aber jetzt schien er immer weniger darüber reden zu wollen, obwohl er einen Großteil seiner Arbeit in Form von privaten Konferenzen während und nach Dinnerpartys abwickelte. Wyndholt hatte gemeint, er sei wahrscheinlich übermüdet, besonders aufgrund der nervenaufreibenden Situation der Geiseln. Er hatte gesagt, sie solle es vermeiden, ihm zu viele Fragen zu stellen. Sie setzte sich neben ihn und ließ das Thema fallen. „Eines Tages wird er sie freilassen müssen. Wahrscheinlich wenn die Blockade tatsächlich Wirkung zu zeigen beginnt. Harold, wer ist Alfredo Nasciemento?"

Er warf ihr einen Blick zu, antwortete aber nicht sofort, sondern schenkte sich einen Drink ein.

Sie sagte schnell: „Entschuldige, ich weiß, du bist geschafft, aber ich muß fragen. Schließlich kommt er zum Dinner, nicht wahr?"

Er zuckte die Schultern. „Natürlich. Er ist ein portugiesischer General."

„Ja, aber welcher? Ich meine — ist er ein wichtiger Mann?"

„Er ist ein Adjutant Figueiras, und Figueira ist der Oberbefehlshaber der Armee."

Die Antwort war schroff, eine Warnung, das Thema weiterzuverfolgen. Aber irgendwie brachte sie es nicht fertig. „Ist er", fragte sie beharrlich, „aus einem bestimmten Grund unser Gast? Worüber soll ich mit ihm reden?"

Er stand auf und leerte sein Glas. Er gab ihr eine beiläufige, wegwerfende Antwort. „Sie haben eine Menge Probleme dort drüben. Die Wahlen stehen vor der Tür, die Kommunisten sind eine Gefahr. Ich habe gedacht, ich lasse mich aus erster Hand informieren." Er ging zur Tür, blieb vor einem Gemälde von Wyeth stehen, das sie vor kurzem erstanden hatte. „Wo hast du das denn gekauft?"

„Auf der Versteigerung, bei der ich war. In Philadelphia."

„Es gefällt mir."

Er ging in sein Büro. Sie sah ihm nach und war verdrossen, ein wenig verletzt und über sich selbst verärgert, weil sie sich in die Defensive hatte drängen lassen. Fragen zu stellen über einen Gast, der zum Essen geladen war, hieß doch wohl kaum, seinen Beruf in ihr Privatleben zu zerren. War etwas mit Nasciemento, von dem er nicht wollte, daß sie es erfuhr? Und warum sich von einem bloßen Feldadjutanten über Portugal informieren lassen?

Sie schenkte sich wieder einen Drink ein, trank ihn langsam aus, während sie ihre Telefongespräche erledigte, und goß sich noch einen ein. Sie setzte ihre Termine für den nächsten Tag fest, sagte Allison gute Nacht und ging. Es war sechs Uhr.

Sie fand ihren Mann im Schlafzimmer auf dem Bett ausgestreckt und in die *Heidelberg Review* vertieft. Das war eine wissenschaftliche Zeitschrift, die von der Heidelberger Universität publiziert wurde und eine letzte Verbindung zu seiner Jugend als Deutscher war. Sie traf jeden Monat ein; er studierte sie immer gewissenhaft und las jeden trockenen akademischen Artikel zwischen den dunklen Umschlagseiten. Von jeher hegte er eine Leidenschaft für Geschichte, und sein Held war Karl der Große, den er als größten Europäer aller Zeiten ansah.

Er sah nicht auf. Sie setzte sich schweigend an ihren Toilettentisch. Es war viel zu früh, um sich zum Essen umzuziehen. Sie wußte, daß sie ein bißchen beschwipst war und nicht mehr trinken sollte. Sie nippte am Wodka und sagte verlegen: „Irgendwie habe ich dich verärgert. Es tut mir leid."

„Ist schon gut."

Das war alles. Offensichtlich wollte er nicht reden. Sie begann, sich abzuschminken. Plötzlich legte er die *Review* weg, betrachtete sie prüfend, dann stand er auf und ging zu ihr hin. „Alexis, es tut mir leid. Das war nicht fair von mir.

Das wegen Nasciemento. Aber ich muß mich den ganzen Tag mit Idioten abgeben, jeden Tag. Mit echten Idioten. Es gibt Zeiten, da wird der Gedanke an einem mehr von der Sorte einfach zuviel." Er lachte. „Vielleicht tue ich ihm auch unrecht. Ich bin ihm noch nie begegnet. Vielleicht ist er hochintelligent."

Er zog sie zu sich hoch, ließ seine Hände unter ihr Haar gleiten und faltete sie in ihrem Nacken. „Es bleiben uns noch eineinhalb Stunden, bis wir uns zur Schau stellen müssen. Das ist nicht viel, deshalb laufe ich mit dir um die Wette zur Dusche." Er zog sie an sich und küßte sie. „Okay?"

„Ja." Sie fühlte, wie sie sich innerlich entspannte. Alles war in Ordnung. Es war nur ihre Phantasie. Wyndholt hatte das oft gesagt. Sie steigerte sich in Angstzustände und Stimmungen hinein, die einfach nicht existierten. Alles Einbildung. Sie öffnete ihren Mund und küßte ihn sanft. „O ja."

Sie gewann das Rennen, indem sie mogelte. Sie knöpfte ihre Bluse auf und öffnete den Verschluß ihres Rockes, während er sie küßte.

4

Als er den Motor seines Wagens anließ, hatte der Portugiese, der sich Alfredo Nasciemento nannte, das Gefühl, daß der Abend ausgesprochen vergnüglich gewesen war.

Der Außenminister und seine Frau standen in der Eingangstür ihres Hauses und warteten darauf, daß er wegfuhr. Er winkte, sie winkten zurück. Er brachte den Wagen in Gang und fuhr langsam den Kiesfahrweg hinunter. Einen Augenblick später wurde das massive schmiedeeiserne Eingangstor von einem Sicherheitsbeamten geschlossen, und er befand sich auf der R-Straße. Er bog in die Achtundzwanzigste Straße ein und fuhr durch das ziemlich finstere, stille

Georgetown hinunter bis zur belebten M-Straße mit ihren Läden und den noch zu später Stunde geöffneten Restaurants.

Ein höchst attraktives Paar, dachte er. Der Minister war zweifellos ein Mann mit viel Schwung und Energie, seine Frau blitzgescheit und schön, oft sehr geistreich und immer sehr amüsant. Schwerlich die typische Washingtoner Gastgeberin. Ein oder zweimal an diesem Abend hatte es ihm nicht recht gefallen, daß sie ein bißchen zuviel trank. Aber was ihm noch mehr Sorgen bereitete, war, daß ihre Aufgabe als Reporterin es jahrelang gewesen war, die Wahrheit über Leute herauszubekommen. Und die Wahrheit über ihn war etwas, das sie wenn möglich nie erfahren sollte. Nicht nur wegen der Gefahr, die das für ihn bedeuten würde, sondern auch wegen der schrecklichen Gefahr, in die es sie bringen könnte. Er war noch nicht sicher, aber er hegte den Verdacht, daß Kräfte am Werk waren, denen ein einzelnes Menschenleben absolut nichts bedeutete, sobald es auch nur als geringfügige Bedrohung erschien. Er konnte nur hoffen, daß sie ihren Ehemann genug liebte, um nicht ein ernsthaftes Interesse an irgend etwas oder irgend jemand anderem zu entwickeln.

Er traf auf die M-Straße und bog nach rechts in Richtung Key-Brücke ein. Er mußte nicht weit fahren, nur über den Potamac-Fluß bis zum Marriott-Hotel. Als Vorsichtsmaßnahme hatte er sich dazu entschlossen, nicht in der Botschaft zu wohnen. Er wollte keine unnötige Aufmerksamkeit erregen, da er theoretisch noch in Lissabon war. Er war mit einem falschen Paß herübergeflogen, in dem als Name Alfredo Nasciemento eingetragen war und in dem ihm auch der Titel eines Generals verliehen wurde. Wenn man ihn hier erkannte, dann von Angesicht zu Angesicht, aber diese Gefahr war heutzutage nicht unerheblich. Ihm waren mehrere portugiesische Dissidentengruppen bekannt, deren Agenten in Washington auf der Lauer lagen, und sein Foto war sicher bei einer ganzen Anzahl von kommunistischen Kadern kursiert, vor allem bei den Kubanern, die in den Vereinigten Staaten eine einflußreiche Spionagetruppe eingesetzt hatten.

Er hielt an einer Ampel. Hier war mehr Verkehr. Das Kennedy Center hatte seine Tore geschlossen. Die Restaurants sperrten langsam zu. Die Leute fuhren nach Hause in die Vororte, ihre Umrisse waren undeutlich im vom Armaturenbrett erleuchteten Inneren ihrer Autos zu sehen.

Ein außergewöhnlicher Mann, dieser Volker, dachte er. Von der Zeit als Flüchtling, der keinen Pfenning besaß, bis heute war ihm kein einziger falscher Schachzug unterlaufen. Stets hatte er die geradezu unheimliche politische Fähigkeit gezeigt, alles nach seinem Willen durchzusetzen. Wer sonst hätte es geschafft, von einem Mann, der die konservative Rechte verkörperte, unterstützt zu werden und weder die Mitte noch die gemäßigte Linke dadurch ernsthaft vor den Kopf zu stoßen?

Folglich war es um so erfreulicher, daß das Täuschungsmanöver dieses Abends gelungen war. Der Minister hatte die Papiere, die ihn als General Figueiras Vertreter auswiesen, bereitwillig akzeptiert. Es stimmte zwar, daß er der Vertreter General Figueiras war, aber das war gleichfalls ein Täuschungsmanöver. Er trieb ein Doppelspiel. Es hatte ihn Monate mühevoller Arbeit gekostet, das Vertrauen des portugiesischen Oberbefehlshabers zu gewinnen. Und Gefahr. Figueiras Position war selbst gefährdet. In der politisch einflußreichen Armee unterdrückte er seine extrem rechtsgerichtete Einstellung zugunsten einer gemäßigten Mehrheit und der Zweckdienlichkeit seiner eigenen wirtschaftlichen Bedürfnisse. Es würde sich nicht lohnen, wenn man ihn dabei erwischte, wie er ihn hereinlegte.

Seine Mission war einfach: Er sollte seine Vertrauensstellung bei Figueira dazu benutzen, herauszufinden, warum der Oberbefehlshaber vor kurzem inoffiziell mit Volker in Verbindung getreten war. Es war bekannt, daß die beiden Männer mehrmals in Lissabon und in New York zusammengetroffen waren. Außerdem hatte Figueira vor kurzem in Portugal für Unruhe gesorgt, da man ihn gewisser geheimer Kontakte verdächtigte.

Natürlich würde bei diesem ersten Besuch in Washington nicht viel zu holen sein. Sinn und Zweck war es, daß Volker ihn sich genau ansehen konnte. Wenn überhaupt, würde sich ein vertrauliches Verhältnis erst später einstellen.

In Gedanken schweifte er zurück zu dem Abend, dem wunderbaren Essen, dem ausgezeichneten Sekt und dem vorzüglichen Chablis. Das Hummersoufflé war zweifellos von Meisterhand zubereitet worden, die norwegischen Pfannkuchen gleichfalls, und der Aprikosenbecher war ein Gedicht gewesen. Der Kaffee zum Abschluß war echter Kaffee gewesen, nicht das gefärbte Abwaschwasser, das man meist in den USA vorgesetzt bekam. Er würde sich noch mehrmals mit Volker treffen. Er freute sich schon darauf. Mit einem Gefühl des Wohlbehagens fuhr er auf die Key-Brücke. Während er sie überquerte, nahm er die verschwommenen Lichter des Kennedy Centers und des Lincoln-Memorials wahr. Weit unten auf der Promenadenstraße strahlten Scheinwerfer vom Obelisken aus und, noch weiter unten, von der Kuppel des Kapitols.

Er fuhr von der Brücke herunter und auf den Rosslyn Circle und bog gleich darauf in den Parkplatz des Marriott-Hotels ein. Er überquerte ihn und fuhr an der am Potomac gelegenen Seite des Hotels mit seinen Sträuchern und Bäumen und zusätzlichen Parkplätzen entlang. Es gab eine Gästegarage am hinteren Ende. Er parkte, schloß den Wagen ab und machte sich auf den Weg zurück zum Hotel. Sein Zimmer im zweiten Stock war über einen von mehreren Seiteneingängen zu erreichen, der die ganze Nacht offen war.

Er befand sich etwa vier Meter vor der Tür, als zwei Männer aus dem dunklen Schatten der Büsche traten. Sie sahen ganz normal aus. Einen Augenblick dachte er, es seien Hotelgäste. Einer war grauhaarig und älter. Der andere, jüngere, hatte eine beginnende Glatze. Sie trugen Straßenanzüge. Dann sah er, daß sie auch Handschuhe trugen. Er empfand zwei Dinge gleichzeitig, nämlich blankes Entsetzen über das, was ihm bevorstand, und bittere Reue darüber, daß er so unvorsichtig gewesen war.

Sie waren Profis. Das ging deutlich aus der Geschwindigkeit hervor, mit der sie handelten, und aus ihrem Selbstbewußtsein. Der Lauf des Revolvers drückte sich ihm in die Niere. Er hatte kaum Zeit, vor Schmerz aufzuschreien, bevor sein linker Arm gepackt und hinter seinem Rücken hochgerissen wurde.

„Halten Sie den Mund. Wehren Sie sich nicht." Die Stimme war leise, ohne Höhen und Tiefen.

Er versuchte, sie einzuordnen, vergeblich. Der Akzent schien amerikanisch.

Eine Hand wurde zwischen seine Beine gerammt, ergriff seine Genitalien und zog fest daran. Schmerz durchzuckte sein Becken. Eine zweite Hand faßte nach den Haaren in seinem Nacken, riß seinen Kopf nach hinten. Er stürzte auf den Rücksitz des geparkten Wagens.

Der Körper eines seiner Entführer fiel schwer auf den Sitz neben ihm. Türen knallten. Er spürte, daß der zweite Entführer sich hinter das Steuer gesetzt hatte. Der Motor wurde angelassen.

„Drehen Sie sich in diese Richtung."

Er wurde nach hinten gerissen, sein Körper in einer unangenehmen Position, so daß sein Hals und seine Schultern sich auf dem Sitz befanden, sein Kopf im Schoß seines Entführers.

„Machen Sie den Mund auf."

Er gehorchte. Ein jäher, heftiger Schmerz. Was war es? Er verstand nicht. Seine Zunge spürte Blut. Dann begriff er. Der Revolverlauf hatte ihm die Zähne eingeschlagen. Er füllte seine Mundhöhle aus und würgte ihn.

Er schluckte, Blut drängte nach.

„Bleiben Sie liegen, bewegen Sie sich nicht."

Der Wagen fuhr an.

Er dachte an den Schmerz. Er dachte an seinen nahe bevorstehenden Tod. Er dachte an die Zyankalikapsel, die er immer in der hohlen Spitze seiner Füllfeder versteckt hatte. Es gab keine Möglichkeit, an sie heranzukommen.

Er betete zu Gott, sein Entführer möge abdrücken und dem Leiden ein Ende machen. Er wußte, daß sie das nicht tun würden. Seine Entführer hatten andere, weit schlimmere Absichten mit ihm. Der sie bezahlte, wollte an ihm ein Exempel statuieren. Ein abschreckendes Beispiel, um andere einzuschüchtern, die vielleicht vorhatten zu versuchen, was er versucht hatte.

Er hoffte, es würde so schlimm sein, daß er gleich zu Anfang das Bewußtsein verlor.

Das war der einzige Gedanke, den sein Entsetzen ihn fassen ließ.

5

Nicht jeder empfand Volker über jede Kritik erhaben. In der elitären Welt derer, die die Außenpolitik genau verfolgten, und anderer Intellektueller gab es solche, die in ihm eine Katastrophe sahen.

Es war an einem Montagmorgen. Im Büro Virgil Feins, des stellvertretenden zweiten Assistenzdirektors des Geheimen Nachrichtendienstes der CIA in Langley war eine junge Frau gerade dabei, genau dieser Meinung Ausdruck zu verleihen. Ihre intensiven und sehr schönen braunen Augen drückten Empörung und Hohn aus, ihr Lachen grenzte an Verachtung. Sie ließ das vier Seiten umfassende, zerfledderte xerokopierte Memorandum, das sie gerade gelesen hatte, auf Feins Schreibtisch fallen. „Dieses Schwein", sagte sie ruhig. „Ich wette, jedes einzelne Wort davon ist wahr."

Helen Carson, knappe Dreißig, war eine moderne, käufliche Geistesarbeiterin und stand stellvertretend für eine ganze neue Generation von jungen Verwaltungsbeamten, die dabei waren, der Gruppe des Geheimen Nachrichtendienstes ein neues Gesicht zu geben. Sie hatte das Studium der Geschichte an der Vassar-Universität mit Auszeichnung abgeschlossen, als Vorbereitung für den Eintritt in den Auswärtigen Dienst danach an der Johns-Hopkins-Universität in Baltimore weiterstudiert und dort in Staatswissenschaften promoviert. Statt im Außenministerium war sie jedoch in der CIA gelandet, nicht aus eigener Neigung — sie verachtete die Company —, sondern weil ein Anfangsjob in beratender Funktion sofortige Möglichkeiten zur Beförderung geboten hatte, die mehr in Einklang standen mit ihren ehrgeizigen Zielen, die hochgesteckt und oft skrupellos waren.

Virgil Fein starrte mürrisch auf das Memorandum. Die CIA erhielt Unmengen solcher wertloser Berichte, die auf Kosten der Steuerzahler zusammengestellt wurden und aus an den Haaren herbeigezogenen Hypothesen, deutlich durchscheinender Mißgunst, ja sogar Falschmeldungen bestanden, von angeblichen Beweisen untermauert, die meist so überspitzt und fadenscheinig waren, daß sie als unwesentlich abgetan werden konnten. Er hatte dieses unsinnige Schriftstück bereits in Händen gehabt. Er hatte es sorgfältig gelesen und sich Gedanken darüber gemacht, weil das sein Beruf war. Und er hatte es als erledigt betrachtet. Genau wie alle anderen auch, einschließlich ihres Berliner Stützpunktes. Berlin hatte es bis aufs kleinste Detail überprüft und es, was Fein als einen klassischen Fall von Untertreibung ansah, als unbegründete und amüsante Spekulation bezeichnet.

Mißmutig rutschte er auf seinem Stuhl hin und her. Plötzlich fühlte er sich viel älter als fünfundvierzig. Der Tag hatte normal begonnen. Er war gutgelaunt aufgestanden, hatte stoisch das übliche Gejammer seiner Frau beim Frühstück ertragen, wie schwierig es sei, von sechzigtausend Dollar im Jahr in einem eleganten Vorort zu leben. Der Pendlerzug nach Langley brauchte nur fünfzehn Minuten. Als er in seinem gemütlichen und sonnigen Büro anlangte, wartete Kaffee auf ihn, den ihm seine stets heitere Sekretärin gefälligerweise gekocht hatte. Auf seinem Terminkalender waren keinerlei anstrengende Sitzungen eingetragen; keine Katastrophen wurden über seinen TV-Monitor aus den Nachrichten übertragen. Selbst die Welt, repräsentiert durch eine große, von innen beleuchtete Reliefkugel auf einem eigens dafür bestimmten Tisch, blieb ruhig und gelassen.

Mit wenigen ausgesuchten Worten hatte Helen Carson alles zerstört. Er konnte nicht glauben, daß sie das Memorandum ernst nahm. Er blickte davon auf, als sie sich mit einer ihrer schlanken Hände durch das borstige dunkle Haar fuhr und dabei silberne Armreifen klingeln ließ. Ihr biegsamer junger Körper lehnte sich aus dem Stuhl, als ob sie zum Sprung ansetzte. Ihre Bluse fiel lose über ihre kleinen festen Brüste. Und doch sah sie gleichzeitig entspannt aus.

„Auf die Gefahr hin, als Rassistin zu erscheinen", sagte sie lächelnd: „Einmal ein Piefke, immer ein Piefke. *Deutschland über alles* und der ganze Quatsch."

Virgil Fein versuchte es in versöhnlichem Ton. Sie machte ihn halb wahnsinnig, wenn sie in eine dieser Stimmungen verfiel. Und sie erschreckte ihn. Ihre wachsende Aggressivität konnte leicht zu einer Gefahr für ihren Job und, da er ihr unmittelbarer Vorgesetzter war, peinlich für ihn werden.

„Helen, das Ganze ist ein Witz. Sonst gar nichts. Was glaubst du, warum ich es dir gezeigt habe? Und selbst wenn es keiner wäre", fügte er hinzu, „ist es absolut kein Beweis gegen General Volker selbst. Nicht einmal ein nebensächlicher." Er war sich bewußt, daß er in gönnerhaftem Ton sprach. Vor einem Monat hatte er zum erstenmal mit ihr geschlafen und hatte nun Schwierigkeiten, sie als Berufskollegin zu sehen. Das Wissen um ihre ungehemmte und leidenschaftliche Sexualität kam ihm ständig in die Quere, genau wie das unbehagliche Gefühl, daß sie begann, den Ton anzugeben, nicht nur bei der Liebe, sondern auch im Büro.

Sie kaufte ihm diese Antwort nicht ab. Wieder hob sie das strittige Memorandum auf. Es kam von einem Büro des

Nachrichtendienstes der USA-Armee in München und war von einem Captain Shenson unterzeichnet. Es ging darin um einen seiner Agenten, der ermordet in einem bayrischen Wald aufgefunden worden war, den Kopf von einer schwerkalibrigen Pistolenkugel zerschmettert. Nach Meinung Shensons war es das Werk des KGB. Er berichtete auch von dem kürzlich erfolgten Tod einer gewissen Johanna Volker, einer unverheirateten deutschen Kusine des Außenministers, mit der General Volker einen regen Briefwechsel geführt und die er gelegentlich besucht hatte. Das Memorandum machte die vage Andeutung, daß die beiden Todesfälle vielleicht miteinander zu tun hatten.

Helen Carson hielt es nachdrücklich in die Höhe. „Du siehst das da als Witz an, Virgil?" In ihrem Ton lag sarkastische Ehrfurcht.

Er versuchte es mit Schmeichelei. „Ja. Und ich dachte, gerade du würdest auch dieser Meinung sein."

„Virgil, wenn ich recht verstehe", sagte sie, „dann deutet das an, daß General Volkers Kusine ermordet wurde."

„Nicht ermordet. Sie ist im Neckar in Heidelberg ertrunken. Selbstmord oder ein Raubüberfall, die Polizei weiß nicht genau, welches von beidem."

Ihre gesenkte Stimme war die eines Anklägers, der den Angeklagten in die Enge treibt. Sie lächelte. „Es weist auch darauf hin, daß sie einen Liebhaber hatte, der vielleicht beim KGB ist."

Fein hielt hartnäckig an seiner Meinung fest. „Es ist eine Spekulation, Helen. Kein Hinweis. Die ganze verdammte Angelegenheit ist nichts als Spekulation."

Sie ignorierte ihn und blätterte suchend im Memorandum. „Ein gewisser Professor Schaeffer, glaube ich. Ja. Hier. Ein Professor der Geschichte an der Universität Heidelberg. Es wird der Verdacht ausgesprochen, daß er vielleicht unter einem anderen Namen einst ein Schulfreund von Volker gewesen ist, bevor Volker in die Staaten kam. Es wird festgestellt, daß dieser Freund ein fanatischer Marxist war."

Fein fühlte, wie er mit seiner Geduld langsam am Ende angelangt war. Verdammt, schließlich war er der Chef. Seine Stimme wurde etwas lauter. „Berlin konnte nirgends Beweise dafür finden, daß Schaeffer in Wirklichkeit jemand namens Melkin ist. Melkin starb während des Krieges. Wahrscheinlich, als die Russen in Berlin einmarschierten."

„Du meinst, er verschwand."

„Also gut. Verschwand."

„Und was soll es bedeuten, daß Schaeffer keine Dokumente hat, um zu beweisen, daß es ihn gab, bevor der Krieg begann?"

„Wenn du genauer schaust, dann wirst du sehen, daß sie während der Bombenangriffe der Alliierten auf Dresden vernichtet wurden."

„Wie passend! Und was ist damit?" Helen Carson stach mit ihrem schlanken Finger auf eine Zeile in der Mitte der anderen Seite. „Hier steht, daß Volker während seiner Schulzeit an einem Münchner Gymnasium eine sexuelle Affäre mit diesem Melkin hatte."

„Helen hier, hier steht, ‚man munkelt'." Ihrem Gesichtsausdruck entnahm er, daß er damit nicht durchdrang. Wieder nahm sein Tonfall eine versöhnliche Färbung an. „Wie soll ich da einen Zusammenhang sehen, Helen? Gib mir einen Wink." Er deutete mit einer Kopfbewegung auf das Memorandum.

Sie ließ es wieder auf den Schreibtisch fallen. „Damit? Nirgends. Wie du sagtest, wurde es von Fachleuten überprüft. Also lassen wir es einen Augenblick sein. Ich würde gern über Volker selbst reden."

Fein erriet, was kommen würde, und stöhnte innerlich.

„Wie lautet", fragte sie, „die neueste Erklärung der CIA für all die Vorteile, die die Kommunisten verbuchen, seitdem er Außenminister ist?"

„Russischer Imperialismus, Helen. Sieh mal, laß es doch. Das amerikanische Volk liebt Volker heiß."

„Moskau auch."

„Ach, hör doch auf!"

„Wirklich, Virgil. Nimm irgendein Fiasko — Indonesien, Venezuela — nenne irgendwas. ‚24-Stunden-Blitzkrieg-Diplomatie'. Ein von Volker unterstützter Staatsstreich der Rechten, der die Demokratie ‚stabilisiert' und dabei die halbe Welt vor den Kopf stößt. Und danach starten die Roten jedesmal einen Propagandafeldzug oder beschließen, auf Volkers Staatsstreich einen von ihrer Seite folgen zu lassen."

Er antwortete nicht. Das Beste war, sie ablaufen zu lassen wie ein aufgezogenes Spielzeug. Sie fuhr fort. „Wilderstein und seine Busenfreunde von der Wall Street, die mit Volkers kleinen Siegen auf kurze Sicht gesehen ein gutes Geschäft machen — alles schön und gut. Aber was ist mit Amerika und dem Rest der Welt, auf lange Sicht gesehen? Noch einmal fünf Jahre General Harold Volker, und uns bleibt kein einziger Freund mehr. Und wahrscheinlich auch keine Welt."

Sie verstummte. Beide schwiegen. Fein deutete mit der Hand auf das Memorandum und bemühte sich, seiner Stimme keinen Unterton sarkastischer Ungläubigkeit zu verleihen. „Und all das ist irgendwie damit in Verbindung zu bringen?"

Mit tödlicher Sanfmut antwortete sie: „Kannst du es dir leisten zu glauben, daß das nicht der Fall ist?"

„Ach, Helen, bitte . . ."

„Virgil, ich meine es ernst. Stell dir bloß vor, es wäre tatsächlich der Fall. Stell dir bloß vor, der ganze Verdacht und die versteckten Anspielungen darin sind wahr!"

„Und er bringt uns absichtlich im Ausland in Mißkredit? General Volker?"

„Ja. Volker. Vielleicht ist er doch nicht nur ein größenwahnsinniger Tolpatsch, der einen Arnold Wilderstein bei Laune halten muß. Vielleicht ist er klüger, als alle glauben. Sogar Wilderstein." Sie gebot ihm mit der Hand Einhalt. „Warte. Ich will nicht sagen, daß er es ist. Ich sage, angenommen. Ich sage nur, angenommen, es stellt sich eines Tages heraus, daß er es *war* und daß wir in der Lage gewesen wären, etwas dagegen zu unternehmen, daß wir es aber nicht taten, weil du beschlossen hattest, das Ganze als einen Witz aufzufassen. Okay?"

Sie sah auf die Uhr. „Du liebe Güte. Ich muß einen Bericht schreiben." Sie stand auf und nahm ihre Kaffeetasse, um in ihr eigenes Büro zurückzugehen. „Diesen Monat fährt er irgendwann einmal nach Portugal. Wir alle wissen, welch heillose Verwirrung in diesem Land herrscht. Was glaubst du, mit welcher glatten kleinen Lösung er dort aufwarten wird? Und das ist nicht die Dritte Welt. Portugal ist NATO-Mitglied und das südliche Eingangstor zu Onkel Sams ureigenem Atlantischen Ozean."

An der Tür blieb sie stehen. „Vor ein paar Jahren, als Willy Brandt in Westdeutschland an der Macht war, erwischten sie seinen obersten persönlichen Adjutanten. Auf frischer Tat. KGB." Sie hielt inne und fügte hinzu: „Ganz zu schweigen von allen diesen Engländern. War nicht einer ein großes Tier in M.I.5?"

Die Tür schloß sich leise hinter ihr, und Fein sann über die Doppelgesichtigkeit der Frauen nach, die einen Mann mit wenigen Worten in die personifizierte Angst verwandeln und dabei trotzdem begehrenswert bleiben konnten.

Am nächsten Morgen war ihm dieser Gedanke immer noch nicht aus dem Kopf gegangen. Während er starr auf die bewaldete Landschaft Virginias hinausblickte, fielen ihm ständig ihre Worte ein: „Angenommen, daß." Den ganzen gestrigen Tag und auch noch die letzte Nacht waren sie ihm auf unangenehme Weise im Kopf herumgespukt. Er machte auf seinem Drehsessel eine Wendung zurück zu seinem Schreibtisch, um nochmals einen Blick auf die Akte zu werfen, die er sich vom Pentagon hatte kommen lassen, nachdem Helen gegangen war. Er hatte sich über den Verfasser des strittigen Memorandums informiert. Captain Shensons Laufbahn unterschied sich nicht von anderen; seine Beförderung zum Major würde finanziell einiges ausmachen, wenn er in drei Jahren in den Ruhestand trat. Als er vor zwanzig Minuten mit dem Captain telefoniert hatte, war ihm etwas an der Stimme des Mannes aufgefallen, das ihn zu nochmaliger reiflicher Überlegung veranlaßt hatte. Was er herausgehört hatte, war Angst, und plötzlich hatte er eine Schwäche am Bericht des Captains entdeckt. Zweifellos hatte ihn der Captain ursprünglich nicht schreiben wollen. Das war nur natürlich. Wer wollte schon in etwas verwickelt sein, das sich möglicherweise als nachteilig für einen allmächtigen Außenminister herausstellen konnte, der das volle Vertrauen des Präsidenten genoß? Gleichzeitig aber hatte sich der Captain zweifellos Sorgen darüber gemacht, daß, wenn er den Bericht nicht verfaßte, die darin enthaltenen Informationen eines Tages ans Tageslicht kommen könnten, früh genug, um seine Beförderung zu vereiteln. Also hatte er sich vorsichtig nach allen Seiten hin abgesichert und etwas geschrieben, das keinesfalls, weder so noch so, Anstoß erregen konnte.

Virgil Fein hatte ein flaues Gefühl in der Magengrube. Er drehte sich in seinem Sessel, um die Aussicht zu genießen, aber er nahm sie nicht wahr. Er hatte auch nicht bemerkt, daß seine Sekretärin eingetreten war. Sie stand mit einem Bündel Papiere neben seinem Schreibtisch und teilte ihm mit, daß er eine Verabredung mit jemandem habe, der im Vorzimmer warte.

Helen Carson hatte Portugal als NATO-Mitglied und südliches Tor zum Atlantik erwähnt. Noch jetzt konnte er ihren Gesichtsaudruck sehen und ihre Stimme hören: „Angenommen, daß . . .“ In Portugal würde eine mit ihnen auf freundschaftlichem Fuß stehende gemäßigte Regierung bei den nationalen Wahlen bald von einer neuen kommunistisch-sozialistischen Koalition herausgefordert werden. Es sah so aus, als ob die Gemäßigten ohne Schwierigkeiten gewinnen würden, aber wenn dies aus irgendeinem unvorhergesehenen Grunde nicht der Fall sein würde, was dann? Anders als die meisten Eurokommunisten waren die portugiesischen Kommunisten fanatische Anhänger Moskaus.

Es gelang der Sekretärin schließlich, sich bemerkbar zu machen.

„Entschuldigen Sie", sagte er. „Natürlich, schicken Sie ihn herein." Er fügte hinzu: „Hinterher versuchen Sie noch, David Farr drüben beim FBI zu erreichen. Finden Sie heraus, ob er heute oder morgen zum Essen frei ist."

„Beim Geheimen Nachrichtendienst?"

„Richtig. Ich glaube, seine Nebenstellennummer ist 374." Abschließend reichte er ihr die Shenson-Akte. „Und halten Sie das in Evidenz."

„Ja, Sir."

Er versuchte sich zu erinnern, aus welchem Grund sein Besucher zu ihm kam.

6

Der strittige Gegenstand war klein, aus Metall und erstaunlich schwer. Er war wie ein Mantelknopf geformt und auch etwa so groß, nur dreimal so dick. Eine Seite wies ein Muster von winzigen Löchern auf und war leicht nach außen gewölbt. Der Gegenstand lag auf dem Schreibtisch des Direktors des Sicherheitsdienstes des Auswärtigen Amtes, eines grauhaarigen älteren Mannes, der sich im Lauf seines Lebens emporgedient hatte. Gedankenverloren drehte er ihn ein paarmal zwischen seinen bei der Gartenarbeit in seinem Hinterhof verhärteten Fingern, bevor er der jungen Frau, die ihm gegenübersaß, noch eine Frage stellte.

„Kam es Ihnen eigenartig vor, es gerade dort zu finden?"

„In einer nicht verwendeten Steckdose? Ein bißchen, Sir. Ja." Sandy Muscioni rückte auf ihrem Stuhl hin und her und glättete ihren Rock aus blauem Drillich. Am Wochenende hatte sie mit Alexis Tennis gespielt, und ihre Haut war gebräunt, ihr Haar von der Sonne gebleicht. „Das ist ein ziemlich amateurhaftes Versteck."

Der Direktor untersuchte die Wanze nochmals. „Interessant. Ich habe gar nicht gewußt, daß es bei uns so etwas gibt. Wie groß ist der Senderadius?"

„Ungefähr dreißig Meter."

„Weit genug, daß jemand in einem geparkten Auto es abhören kann?"

„Ja, Sir. Es sendet ganz deutlich. Genau bis zur Höchstgrenze. Als wir zu weit fuhren, verloren wir ganz abrupt Kontakt. Ich möchte sagen, innerhalb von einem Meter."

„Ich schick es 'rüber zum FBI", sagte er. „Mal sehen, was die Laboranten dort damit anfangen können."

„Sollte man Mrs. Volker warnen, Sir?"

„Noch nicht. Ich würde lieber ein Störgerät einbauen lassen. Vielleicht sollten wir es wieder einsetzen, um die fragliche Person von der richtigen Spur abzulenken."

Dann sagte er: „Haben Sie sich überlegt, wer dafür verantwortlich sein könnte?"

Sandy blickte nachdenklich. „Jemand, der den Verdacht hat, daß General Volker manchmal mit seiner Frau spricht", antwortete sie, „und glaubt, daß sie wahrscheinlich nicht so auf Sicherheit bedacht ist wie er. Vor allem, da sie manchmal zuviel trinkt." Sie zuckte die Achseln. „Um beim Unwahrscheinlichsten anzufangen — es könnten die Medien sein, Sir." Sie lächelte. „Oder der FBI, der alle einer Routineüberprüfung unterzieht." Langsam schwand ihr Lächeln. „Eine glaubhafte Vermutung wäre der KGB, der ein dickes Ding dreht. Und es könnte auch irgendeine portugiesische Partei sein. General Volker rüstet sich gerade für ihre Wahlen. Letzten Freitag gab es eine Dinnerparty. Irgendein portugiesischer General war auch da."

„Alfredo Nasciemento?"

„Ja, Sir." Sandy war überrascht, fragte aber nicht, woher er das wußte.

Der Direktor untersuchte die Wanze nochmals. „Was glauben Sie, wer sie dann wirklich installiert hat?"

Sandy dachte nach. „Soviel ich weiß, ist diesen Monat niemand ins Haus gekommen. Ich meine, niemand Außenstehender, kein Elektriker oder Installateur oder jemand von dieser Sorte."

„Nur Personal. Hausbedienstete, Sekretärinnen?"

„Und wir, Sir."

Der Direktor hatte nicht an seine eigenen Leute gedacht. „Das macht die Sache unschön", sagte er. „Glauben Sie wirklich, daß da eine Möglichkeit besteht?"

In Gedanken ging er schnell die Hälfte der Agenten durch, von denen er General Volker beschirmen ließ. Lauter hervorragende Leute mit viel Erfahrung. Steve Riker und Sandy, die einzigen, die noch keine altgedienten Veteranen waren, waren beide mit tadellosen Dienstbeschreibungen vom FBI übergewechselt, obwohl Sandy dazwischen kurze Zeit beim Geheimdienst im Weißen Haus gearbeitet hatte.

Er vernahm Sandys Antwort: „Nein, Sir. Eigentlich nicht." Sie setzte ein schiefes Lächeln auf. Er mochte sie. Man konnte sie nicht ansehen, ohne an Wellenreiten in Kalifornien zu denken oder an eine Wanderung durch die Sierras mit einem Rucksack. Man konnte sich nur schwer vorstellen, wie weit sie in nur zehn Jahren gekommen war, seitdem sie in der vielleicht härtesten aller Einheiten, bei der Polizei von Los Angeles, angefangen hatte.

„Wie viele Hausangestellte?"

Sandy ging ihre Namen und Personenbeschreibungen durch. „Offengestanden", beharrte sie, „kann ich nicht glauben, daß eines von den Dienstmädchen intelligent genug für so etwas ist, außer sie sind geniale Schauspielerinnen. Und Everett wurde von der NASA genau überprüft, als Wilderstein ihn einstellte, und auch wir und der FBI haben ihn durchleuchtet."

„Das Büropersonal?" Es war eine rein rhetorische Frage, aber Sandy erinnerte ihn daran, daß die beiden älteren Frauen, die für Volker arbeiteten, vom Sicherheitskommando des Auswärtigen Amtes gekommen waren, wo sie in der Abteilung für Gefahreneinschätzung tätig waren. Allison Palmer war gleichfalls sorgfältig durchleuchtet worden, trotz der Prominenz ihrer Familie.

Der Direktor wechselte das Thema. „Wie kommen Sie mit Mrs. Volker aus?"

„Ich mag sie. Wirklich." Sandy lachte. „Und zwar nicht aufgrund dessen, wer sie war, dieser ganze Fernsehrummel und so. Sie ist kein Snob. Ich habe immer das Gefühl, sie ist immer noch eine berufstätige Frau wie ich."

„Was ist mit dem Trinken?"

„Ich versuche, ihr dabei zu helfen, es einigermaßen in Grenzen zu halten."

„Gibt es einen bestimmten Grund dafür?"

„Ich weiß es nicht. Am anfälligsten ist sie immer dann, wenn sie bei ihrem blöden Psychiater war."

„Bereut sie es, das Fernsehen aufgegeben zu haben?"

„Glaube ich nicht. Sie will wirklich nur ein Hausfrauen- und Mutterdasein. Sie ist ganz versessen darauf."

„Spricht sie je mit Ihnen darüber?"

„Nein", antwortete Sandy. „Sie ist ziemlich verschwiegen, was ihre privaten Angelegenheiten betrifft. Sogar bei mir. Aber ich weiß Bescheid."

„Vielleicht ist das sogar gut so." Der Direktor machte eine Kopfbewegung in Richtung Wanze. „In Anbetracht unseres kleinen Geheimnisses hier." Er machte eine Pause und setzte hinzu: „Noch etwas. Dieser General Nasciemento, den Sie erwähnten. Vielleicht sollte man Ihnen das nicht vorenthalten." Er reichte ihr einen hausinternen Bericht.

Sandy las ihn schweigend. Als sie ihn zurückgab, hatte ihr Gesichtsausdruck alles Leben verloren. „Das ist ja entsetzlich", sagte sie.

„Sie haben nie gehört, daß General Volker oder seine Frau je seinen wirklichen Namen erwähnten?"

„Nein, Sir. Sie nannten ihn nur General Nasciemento. Ich bin mir sicher, Mrs. Volker wußte nicht, wer er wirklich war. Sie sagte, sie habe versucht, ihn im *Who's Who* des Auswärtigen Amtes nachzuschlagen. Das tut sie bei jedem Gast, aber sie konnte ihn nicht finden. Weiß General Volker darüber Bescheid, Sir?"

„Wir haben es ihm heute morgen mitgeteilt. Er war ziemlich erschüttert. Er will nicht, daß Mrs. Volker es erfährt."

„Und was ist mit der Presse?"

„Sie macht mit. Die Presse hat eine Nachrichtensperre verhängt."

Sandy stand auf und schickte sich zum Gehen an. „Hat jemand eine Idee, was das Motiv ist, Sir?"

„General Volker sagt, daß er ein Vertreter Figueiras war. Ich vermute, daß man ihn entweder als Doppelagenten erwischte oder daß irgendeine politische Partei der Meinung war, daß er bei Volker zu viel für Figueira herausschlagen würde. Ich zweifle daran, daß wir es je erfahren." Er hob die Wanze vom Schreibtisch auf. „Vielleicht haben Sie recht damit, daß das auf sein Konto geht, aber das ist auch etwas, was wir wahrscheinlich nie erfahren werden." Er sah auf einen Dienstplan auf seinem Schreibtisch. „Sie haben den Rest der Woche frei, sehe ich gerade."

„Ja, Sir. Zeitausgleich, und ich werde in Brigham Bay nicht gebraucht. Ich werde in Virginia Tennis spielen."

„Klingt gut. Wann fahren die Volkers weg?"

„Mrs. Volker sagte, um halb vier. Bevor sie wegfahren, kommt sie zu mir in die Wohnung zum Lunch. Zuerst hole ich sie beim Friseur ab. Drei unserer Leute werden sie und General Volker aufs Land begleiten."

Wieder sah er auf den Dienstplan. „Und die Wildersteins?"

„Sie fahren direkt vom Flughafen hinunter."

„Wann haben sie sich zu diesem Besuch entschlossen?"

„Offenbar gestern abend. Sie haben angerufen und sich eingeladen."

Er spitzte die Lippen. „Wie hat Mrs. Volker das gefallen? Das letzte Mal, als wir uns unterhielten, sagten Sie mir, daß sie sie nicht besonders mag."

Wieder war Sandy überrascht. Es entging ihm wirklich nichts. Sie sagte: „Mrs. Volker war ziemlich verärgert. Sie hatte erwartet, mit ihrem Mann allein zu sein."

„Und der General?"

„Ich glaube, es ist ihm egal. Er nimmt sich eine Aktenmappe voll Arbeit mit hinunter."

Er begleitete sie zur Tür. „In Ordnung, Sandy. Gute Arbeit. Weiter so."

„Danke, Sir."

In der ausgedehnten Tiefgarage des Außenministeriums fand sie Alexis' Lancia an der Stelle, wo sie ihn inmitten eines Labyrinths von anderen Autos, Privatautos wie Dienstautos, abgestellt hatte. Sie zeigte dem Sicherheitsbeamten ihren Ausweis und fuhr zur Einundzwanzigsten Straße hinauf. Sie war über fünfundvierzig Minuten beim Direktor gewesen.

In der Einundzwanzigsten Straße hielt sie kurz vor einem Feinkostladen, wo sie zwei frische Hummer aus Maine bestellt hatte, die am Morgen auf Eis gelegt worden waren, zusammen mit Kohlsalat, Kartoffelsalat und einer Mousse-au-chocolat, die berühmt war. Sie ließ noch eine Flasche teuren, gekühlten italienischen Spumante zu allem anderen in die Einkaufstasche legen. Eine Woche würde sie jetzt so gut wie pleite sein, aber sie wollte, daß Alexis sich entspannte und daß es ihr gefiel. Es würde ihr helfen, die Wildersteins etwas erträglicher zu finden.

Beim Hinausgehen fiel ihr plötzlich Batman ein. Es war ein körperlicher Schock, und ihr Herz machte einen Sprung. Sie hatte vergessen, ihm über Alexis Bescheid zu sagen. Er wußte, daß sie diese Woche frei hatte, und war vielleicht in ihre Wohnung gekommen. Alexis wußte von ihrem Liebhaber, aber sie wußte nicht, wer er wirklich war. Sie betrat eine Telefonzelle, warf eine 5-Cent-Münze ein und wählte ihre eigene Nummer. Zu ihrer Erleichterung meldete er sich.

„Ich bin's", sagte sie. „Hör zu, es tut mir leid, aber ich hab's glatt vergessen. Ich habe meine Chefin zum Essen eingeladen."

„Hierher?"

„Ja."

„Ist ja reizend. Ich wollte gerade unter die Dusche."

Etwas in Sandy erstarrte plötzlich. Der Ärger in seiner Stimme, sein besitzergreifender Ton gehörten nicht zu ihrer Abmachung. Sie war niemandes Eigentum. Und würde es auch nie sein.

„Das würde ich dir nicht raten", sagte sie. Ihr Ton war eiskalt und ohne eine Spur von Liebe. Dieses Gefühl hatte vor Jahren, in Kalifornien, für sie aufgehört zu existieren. Sie war zwanzig und unsterblich verliebt, und die Welt war wunderschön. Sie kam aus einem zerrütteten Elternhaus und hatte vorher zu niemandem Vertrauen gehabt. Dann ließ der Mann sie sitzen und zog zu einer älteren Frau, die genug Geld hatte, um sich alles zu kaufen, was sie wollte. Keine Vorwarnung, kein Abschied, keine Erklärung. Sandy fand sie im Haus der Frau in Malibu Beach im Bett. Sie hatten sie ignoriert und einfach weitergetan, als ob sie gar nicht existiere. Als Sandy später eine Szene gemacht hatte, machte die Frau ihren Einfluß geltend, so daß sie gekündigt wurde. Damals war sie in die Polizei eingetreten, und sie bezweifelte, ob sie seitdem jemals für irgend jemanden echte Gefühle aufgebracht hatte. Sicher nicht für einen Mann.

Sie hörte, wie er verlegen lachte. Er merkte, daß er zu weit gegangen war. „In Ordnung. Entschuldige. Wann sehe ich dich wieder?"

Sie dachte einen Augenblick nach. Sie hatte ihre Selbstbeherrschung wiedergewonnen, und ihr Ärger begann sich zu verflüchtigen. Alexis sollte sich um drei mit ihrem Mann treffen. „Wie sieht dein Abend aus?" fragte sie.

„Ich bin zu haben."

„Um vier ist bei mir Dienstschluß. Ruf zuerst an, auf alle Fälle." Sie hängte ein, ohne die Antwort abzuwarten, nahm ihre Einkaufstasche und ging hinaus zum Wagen. Sie setzte sich hinter das Steuer und lehnte ihren Kopf einen Augenblick zurück, ihre Augen wegen der heißen Sonne geschlossen. Noch immer klopfte ihr Herz wie toll. Es war ein Anruf in letzter Minute gewesen. Sie konnte nicht glauben, daß sie beinahe einen derart dummen Fehler gemacht hätte. Sie wurde lax. Sie mußte sich zusammenreißen und aufmerksamer sein.

Der Job war zu wichtig, als daß sie ihn vermasseln durfte.

Nach wenigen Augenblicken ließ sie den Motor des Wagens an und setzte ihre Fahrt fort, um Alexis beim Friseur abzuholen.

7

Brigham Bay hatte seinen Namen von seiner Lage, einer stillen Bucht in Maryland. Das Haus lag auf einer Anhöhe, und man konnte von dort aus nicht nur den Potomac und die Chesapeake-Bucht überblicken, sondern auch zweitausend Joch Marschland und Wälder, die beide Seiten der Bucht säumten und nur hie und da von einem kleinen Pachtbauernhof unterbrochen wurden. Arnold Wildersteins Vater hatte es während der Wirtschaftskrise um einen Pappenstiel einer Familie abgekauft, der es sechs Generationen lang gehört hatte und die dann schlechte Zeiten erleben mußte. Arnold benutzte es nur für die Entenjagd im Spätherbst, wenn er von New York oder Boston mit einem halben Dutzend seiner Busenfreunde von der Bank herunterzufahren pflegte.

Im ersten Jahr, als Harold Volker Außenminister war, hatte er ihm das Besitztum zur Verfügung gestellt. „Zur Feier und als verspätetes Hochzeitsgeschenk, beides", sagte er. „Ich jage nicht mehr, und Nettie hat alle Hände voll zu tun mit Maine und New York und dem Strandhaus in Southampton. Ich kann es dir nicht schenken, weil ich es brauche, um es von der Steuer abzusetzen, und außerdem würdest du bankrott gehen, wenn du es instand halten müßtest. Betrachte es einfach als dein Eigentum. Mach davon Gebrauch, erfreu dich daran."

Das Haus, 1801 erbaut, war klein, aber entzückend. Es hatte eine Verschalung aus schmalen weißen Schindeln, durchhängende grüne Rolläden und alte Backsteinkamine.

Daneben war ein halb mit Efeu überwachsener Kuhstall mit Mansarden, der zum Bedienstetenquartier ausgebaut worden war. Während der hundertachtzig Jahre seines Bestehens hatten die Gartenanlagen ringsum eine üppige Reife erlangt, die nur die Zeit hervorbringen kann. Die undurchdringlichen Buchsbaumhecken, deren üppiger Duft alles durchdrang, waren mannshoch. Die bemoosten Stämme dicker Buchen und Ahornbäume waren knorrig vom Wind, der Jahrzehnt um Jahrzehnt von der Chesapeake-Bucht hereinwehte. Die farbenprächtigen immergrünen Gewächse machten gleichfalls den Anschein, als ob sie immer schon dagewesen wären. Vielleicht war es das unveränderte Aussehen ihrer Beete, der tiefe Torfmull der Rabatte. In einem kleinen Park mit einer verwitterten Sonnenuhr berührten die vor fünfundsiebzig Jahren gepflanzten Eichen einander fast. Und die Backsteine des im Fischgrätenmuster angelegten Steinwegs, der zur schweren grünen Eingangstür mit ihrer weißen Kalkschwelle, den Messingtürklopfern und dem schmiedeeisernen Fußabstreifer führte, waren fast alle schon ein halbes dutzendmal ausgewechselt worden, obwohl da und dort noch einer der ursprünglichen Steine erhalten war.

Alexis liebte diesen Ort. Es umgab ihn eine sinnliche Abgeschiedenheit, die es mit sich brachte, daß sie sich sicher fühlte, wann immer sie dort war. Gleichzeitig aber rief er ein verstärktes Gefühl der Frustration in ihr hervor. Zu lieben und nicht zu besitzen war schwer. Immer war da das traurige Wissen, daß das Haus eines Tages wieder an die Wildersteins zurückfallen würde, denen es gleichgültig war, was damit geschah.

Manchmal, wenn sie dort ein paar Tage allein, nur mit Missy und Sam Crandall, den alten schwarzen Hausleuten, verbrachte, hatte sie das Gefühl, als ob das Haus und sie sich miteinander verschworen hätten. Es war, als ob sie ihm behilflich sein müßte, sich gegen die Zukunft zu wappnen. Dann haßte sie Arnold Wilderstein, und sein Geld und das Haus standen für sie stellvertretend für die ständige Abhängigkeit von dem Bankier, mit der Harold offenbar einverstanden war, was die häusliche Seite ihrer Ehe betraf. Während sie um Brigham Bay weinte, sehnte sie sich gleichzeitig nach einem eigenen Heim.

Sie und Harold verließen das Haus in der R-Straße kurz nach halb vier in ihrem Lancia. Sicherheitsleute mit einer Sekretärin folgten in einem zweiten Wagen. Die Wildersteins waren mit ihrem privaten Lear-Jet auf dem Weg von Boston. Eine Limousine hatte sie wahrscheinlich bereits am National Airport abgeholt.

Harold saß am Steuer. Alexis kippte ihren Sitz zurück, stemmte ihre in Sandalen steckenden Füße gegen das Handschuhfach und genoß die Erinnerung an das Essen bei Sandy. Das Essen und der Wein waren vorzüglich gewesen, genau das, was sie gebraucht hatte, bevor sie versuchte, sich den Wildersteins gewachsen zu zeigen.

Ohne die Augen zu schließen, konnte sie immer noch Sandys Wohnung vor sich sehen. Sie hatte eine ähnliche Wohnung gehabt, als sie beim Rundfunk angefangen hatte. Wie vielleicht jede junge unverheiratete Frau. Strohmatten auf dem Boden, Möbel, die man billig kaufte, selbst reparierte und strich, ein ausgebleichter Cocktailtisch aus Holz, mit buntem, grobem Baumwollstoff überzogene Sitzkissen, Poster an der Wand — ein Lautrec und ein Mucha. Ein kleines Schlafzimmer mit einer extragroßen Matratze auf einem einfachen hölzernen Podest, Reispapierlampen und eine Küche, die vom Wohnzimmer durch lange, zu einer Trennwand verbundene Jalousien getrennt war.

Es war feminin und heimelig. Zuerst hatten sie einen Wodka mit Tonic getrunken. „Es ist mir egal, ob Sie halb besoffen sind oder nicht“, hatte Sandy gesagt. „Es wird Ihnen helfen, sich locker zu geben.“ Als Alexis ihr Glas ausgetrunken hatte, sagte sie: „Sind Sie zu größeren Schandtaten bereit?“

Alexis dachte, sie meine noch einen Drink und lehnte ab.

„Wodka habe ich damit nicht gemeint. Und wenn Sie mich je verpetzen, werde ich meine Judokenntnisse an Ihnen ausprobieren."

Alexis verstand schließlich und lachte. „Sie meinen, Sie haben welches?"

„Ich doch nicht. Ich bin das Gesetz in Person — mehr oder weniger. Aber Batman raucht das Zeug wie ein Schlot, und ihn hochgehen zu lassen, hieße, sich ins eigene Fleisch zu schneiden." Sandy verschwand in ihrem Schlafzimmer und kam mit einem Joint zurück. Sie begannen zu rauchen.

„Seit der guten alten Zeit in Detroit habe ich das nicht mehr gemacht", sagte Alexis. Sie erzählte Sandy von ihrem ersten Solofernsehinterview. „Das war, als der Chef bei der Aufstellung der Kandidaten für die Präsidentenwahl in Chicago krank wurde, erinnern Sie sich? Ich mußte an seiner Stelle weitermachen und war plötzlich dabei, alle bis ganz hinauf zum Präsidenten zu interviewen. Es war wirklich anstrengend. Um drei Uhr morgens war ich völlig geschafft, und einer der Kameraleute hatte etwas Stoff. Als die Sendung zu Ende war, begannen wir zu rauchen, als ob keine Strafe darauf stünde, bis wir nicht mehr wußten, wo wir waren."

Jung sein, Spaß haben. Ungetrübte Tage. Später wurde die Arbeit zu wichtig, und zu viel stand auf dem Spiel. Niemand, der die große Karriereleiter in Washington oder New York hochkletterte, nahm Rauschgift. War man auch nur einen Augenblick nicht auf der Hut, konnte man wieder von vorn anfangen. Oder man war für immer aus dem Rennen. Aber der Streß war mörderisch, und die meisten von ihnen tranken. Zu viel.

Alexis' Gedanken schweiften in die Vergangenheit zurück, weg von Sandy und dem Mittagessen. Bekannte Gesichter aus ihren Fernsehjahren erschienen wie ein Spuk auf der Windschutzscheibe des Lancia, Stimmen hallten nach, Ereignisse liefen nochmals ab. Sie waren vom Beltway auf die Route 5 abgebogen und fuhren gegen Süden zum Ufer des Potomac in Maryland, als Harold Volker sie aus ihren Gedanken riß.

„He! Wo bist du?"

„Noch immer beim Mittagessen."

„War es denn so gut?"

„Es war einfach super."

Alexis drehte sich in ihrem Sitz herum und musterte ihn. Sein windgepeitschtes Haar war kaum grau, und seine Arme in den aufgerollten Ärmeln waren muskulös und bronzefarben, seine Hände lagen fest auf dem Lenkrad. Sie betrachtete seinen Körper von oben bis unten. Sein Bauch war flach, auf seinen Schenkeln kein Gramm Fett. Er trug ein T-Shirt und Jeans und leichte Sandalen.

„Du bist unglaublich", sagte sie.

„Was?"

„Ach nichts." Sie lehnte sich zu ihm hinüber, küßte ihn auf die Wange und sagte: „Ich liebe dich, und ich freue mich auf sechs volle Tage mit dir."

„Es tut mir ehrlich leid wegen Arnold und Konsorten." Konsorten war sein Lieblingswort für Nettie. Privat machte er kein Hehl daraus, daß er sie verachtete. Sie hatten vor einer Verkehrsampel gehalten. Er legte seine Hand auf Alexis' Knie. „Wir werden die Schlafzimmertür verbarrikadieren, und ich werde ein Kissen über deinen Mund legen."

„Ein Kissen über *meinen* Mund legen. Und was ist mit deinem?"

„Ein Diplomat weiß, wann er zu schweigen hat."

Sie lachte und versetzte ihm einen Rippenstoß. Er konterte. Sie kreischte, und als sie von ihm wegzuckte, sah sie in die mißbilligend blickenden Gesichter eines älteren Ehepaares, das sie eingeholt hatte. Die Sicherheitsleute neben Harold hatten ihre Augen geflissentlich anderswo. Harold brachte den Lancia voll auf Touren, so daß es nach verbranntem Gummi roch, während sich die beiden anderen Autos kaum vom Fleck rührten. Es war wie in ihrer Zeit an der Universität, dachte Alexis. Sie rückte nahe an ihn heran und lehnte ihren Kopf an seine Schulter. Heute abend, so beschloß sie, würde sie sich einen Teufel um die Wildersteins im Gästezimmer scheren. Wenn sie oder Harold zu laut waren, dann war das eben ihr Pech.

Bald wichen die häßlichen Vororte von Ostwashington der sanften Landschaft der westlichen Küste. Einkaufszentren machten vereinzelten Bauernhöfen Platz, und sie waren völlig aus der Welt, die sie hinter sich gelassen hatten. Vierzig Minuten später rollten sie die staubige kleine Landstraße hinauf, die nach Brigham Bay führte.

Als erstes tauchte die Scheune auf, Sam winkte aus dem Garten, wo er Gemüse für das Abendessen holte. Missy stand wahrscheinlich schon seit Stunden in der Küche, sie genoß es sehr, für Leute kochen zu können. Alexis fühlte, wie eine Woge von Glück sie überkam. Aber als das Haus in Sicht kam, sank ihr Herz. Eine lange dunkelblaue Limousine stand bereits vor der Tür, ein Chauffeur in Uniform machte sich mit dem Gepäck zu schaffen. Der Lancia hielt dahinter. Sie stieg aus und ging den Backsteinweg zur grünen Einganstür hinunter.

Nettie Wilderstein stand in der Tür, ihr toupiertes blaugraues Haar wie ein Irrlicht, auf ihrem gepuderten, nichtssagenden Gesicht über ihrem unelegant gekleideten und formlosen Körper ein eingeübtes, aber leeres Lächeln.

„Willkommen in Brigham Bay."

Worte drängten sich Alexis auf die Lippen. „Ich bin diejenige, die das zu dir sagen sollte, Nettie." Aber etwas in ihr erstarrte, und sie sagte es nicht.

Statt dessen bot sie Netties mit dunkelrotem Lippenstift bemaltem Mund ihre Wange, drückte die schmuckbeladene Hand, dankte ihr und folgte ihr gehorsam ins Innere des Hauses.

Arnold Wilderstein stand bereits an der Anrichte und mixte Drinks.

„Hallo, schöne Frau. Zeit für die ersten Cocktails." Er war groß, sein silbergraues Haar schon sehr schütter, und er war dabei, Fett anzusetzen. Er trug ein rosa Hemd, dunkle Bermuda-Shorts mit hohen Kniestrümpfen und Golfmokkasins. Sein rundes Gesicht blickte sanft. Er sah nicht aus wie der mächtigste Bankier im Lande, ein bekannt skrupelloser Mann, der immer seinen Kopf durchsetzte.

„Hallo, Arnold." Sie ließ sich von ihm einen Wodka einschenken und nahm ihn mit auf die Terrasse. Sie ging über die abgenutzten Steinfliesen und setzte sich auf die alte Steinmauer, die sie vom Rasen trennte, der zum Wasser abfiel, zu einem Bootshaus und einem kleinen Sandstrand. Riesige Ulmen verbreiteten Schatten. Es war sehr heiß, die Sonne stand noch hoch über dem Wald am oberen Ende der Bucht. Die Spätnachmittagsluft war schwül und roch nach durch die Ebbe freigelegten Morast und nach Brackwasser. Zikaden schwirrten. All ihre guten Absichten, es sich nicht durch die Wildersteins verdrießen zu lassen, waren verschwunden. Sie fühlte sich als Fremde und Gefangene.

Harold kam mit Nettie heraus und versuchte gerade, ihr die Lage in Portugal zu erklären. „Portugal ist ein Schlüsselland in der NATO, Nettie. Seit die Armee im Jahr 1974 putschte und einen Diktator hinauswarf, sind sie demokratisch. Sie haben ein parlamentarisches Regierungssystem mit einem Präsidenten und einem Premier an der Spitze. Letzterer ist zur Wiederwahl aufgestellt. Nein, nein, er ist kein Kommunist." Er lachte geduldig. „Er ist gemäßigt, auf der ganzen Linie. Er ist ein Verbündeter, unser Freund. Die Roten wollen ihn natürlich draußen haben und selbst ans Ruder. Aber allein sind sie nicht stark genug, deshalb sind sie eine Koalition mit den Sozialisten eingegangen. Diese Koalition muß er besiegen, und es wird knapp werden, aber ich denke, es wird gelingen, wenn wir wirklich hinter ihnen stehen. Die Portugiesen sind schließlich Europäer. Das Land ist neunhundert Jahre alt und hat eine lange Tradition von praktischem Menschenverstand."

Alexis bemerkte, daß Arnold sich neben sie gesetzt hatte. Er begann zu reden und sah sie dann prüfend an.

„Was ist los?"

„Alles in Ordnung, danke der Nachfrage."

„Du bist ja kreidebleich."

„Es tut mir leid. Ich fühle mich gar nicht gut. Wenn du mich entschuldigst, werde ich mich vielleicht schnell ein paar Minuten hinlegen."

„Das mußt du unbedingt."

Oben angelangt, mußte sie sich erbrechen. Missy kam aus der Küche und nahm sich ihrer an. Sie legte ihr ein kaltes Tuch auf die Stirn und zog die Jalousien im Schlafzimmer herunter. Ein kühler Luftzug kam von der anderen Seite des oberen Treppenabsatzes durch die Türöffnung des dort gelegenen Gästezimmers.

Harold wollte wissen, was sie mit Sandy gegessen hatte.

„Hummer, Kartoffelsalat. Ich bin mir sicher, das war es nicht. Bitte erwähne ihr gegenüber nichts."

„Das sollten wir aber."

„Bitte."

Sie erwähnte den Joint nicht. Seit Jahren hatte sie kein Marihuana mehr geraucht, weil ihr davon immer schlecht wurde. Aber sie glaubte auch nicht, daß es das war. Eigentlich nicht. Sie wußte nicht, was es war. Sie wußte nur, daß sie die Wildersteins nicht ausstehen konnte. Als das Essen serviert wurde, war ihr immer noch übel. Sie schickte Harold mit einer Entschuldigung hinunter.

Nach dem Essen lag sie wach und horchte auf das Stimmengemurmel auf der Terrasse direkt unter dem Schlafzimmerfenster. Erst als Harold schließlich zu Bett gegangen und eingeschlafen war und kein Licht mehr unter der Tür des Gästezimmers zu sehen war, wurde ihr besser. Da begann das Haus wieder ihr zu gehören. Plötzlich hatte sie Hunger. Sie stand leise auf und ging in die Küche hinunter, goß sich ein Glas Milch ein und nahm sich ein paar Graham-Cracker. Wegen der vielen Stechmücken konnte man sich nicht auf der Terrasse aufhalten, ohne die Spezialkerzen anzuzünden, die sie verwendeten, um sie sich vom Leibe zu halten. Sie saß im kühlen Dunkel des Wohnzimmers und dachte an die unbekannten Generationen, die hier gelebt hatten, an ihr Lieben und Leben, an ihre Hoffnungen und Träume. Sie trank ihre Milch in kleinen Schlucken und horchte auf das leise Knacken, das man in der Nacht im alten Haus hörte; auf das tiefe, widerhallende Ticken der Standuhr im Korridor, auf den Ruf eines Seetauchers am oberen Ende der Bucht und auf das hohe, krampfartige, schrille Lärmen der Baumfrösche.

Während sie im oberen Stockwerk gelegen war, war sie sich über zwei Dinge klar geworden. Sie hatte sich fest entschlossen, irgendeine Möglichkeit zu finden, Brigham Bay Arnold Wilderstein abspenstig zu machen, gleichgültig wieviel es kostete. Es mußte wunderbar sein für Kinder, hier aufzuwachsen. Sie hatte auch beschlossen, Harold dazu zu überreden, nicht so lange damit zuzuwarten, bis er nicht mehr Außenminister war.

8

David Farr war ein Schwarzer, Mitte Vierzig, ehedem Mittelstürmer der Footballmannschaft von Arkansas. Er war groß, kräftig, aktiv und hochintelligent; bei seiner Freizeitlektüre zeigte er eine Vorliebe für die anspruchsvolleren englischen und französischen Romanciers des neunzehnten Jahrhunderts. Seine Frau Susan war siebzehn Jahre jünger als er und ebenfalls schwarz. Mit seiner Hilfe hatte sie Medizin studiert, und bei der Wahl der Miss Amerika hatte sie den zweiten Platz einschließlich des Geldpreises gewonnen. Sie war nun das zweite Jahr als Neurochirurgin am medizinischen Zentrum der Marine in Bethesda beschäftigt. Sie wohnten in einem Vorort im Nordwesten von Washington in einer ruhigen, mit Bäumen gesäumten Straße, die von der Foxhallstraße abzweigte.

In der bürokratischen Hierarchie des FBI war David Farr ziemlich hoch oben auf der Leiter. Er war stellvertretender Assistenzdirektor der Geheimen Nachrichtenabteilung und verantwortlich für die Auswertung aller Spionageabwehrdaten, gleich ob sie aus den Reihen des FBI selbst oder aus anderen Quellen — wie der CIA — kamen. Als ihn der FBI angeworben hatte, war er sowohl in New York als auch in Kalifornien als Anwalt zugelassen worden und plante, Kollektivrecht zu praktizieren. Als er Susan heiratete, war sie im letzten Studienjahr an der Universität, und er war erst drei Jahre beim FBI.

David Farr hatte sich schon auf das Mittagessen mit Virgil Fein gefreut. Sie waren Studienkollegen an der juridischen Fakultät in Harvard gewesen und miteinander in Verbindung geblieben, aber es war schon einige Monate her, daß sie einander das letzte Mal gesehen hatten. Außerdem traf er sich gern mit Leuten aus Langley und führte gern Fachgespräche. Das erweiterte seinen Horizont. Sein Freund von der CIA war vielleicht ein wenig willensschwach. Das mußte man wohl sein, wenn man es sich wie er gefallen ließ, von Frauen tyrannisiert zu werden, von seiner Frau oder von seiner jeweiligen Freundin, aber er war intelligent und oft interessant.

Farr hatte jedoch nicht mit dem gerechnet, worüber Fein reden wollte. Sie aßen im Quorum zu Mittag, in einem bei Bürokraten und Kongreßabgeordneten beliebten Lokal, und im Verlauf des Essens wurde Farrs dunkles und eindringliches Gesicht immer finsterer. Es war jedoch nicht die Düsterkeit der Besorgnis; es war Verärgerung. Es ging ihm gegen den Strich, Zeit zu verschwenden mit Verdächtigungen, für die es kein eindeutiges Beweismaterial gab. Im Lauf der Jahre hatte er so viele falsche Fährten verfolgt und dabei vergeblich so viel Kraft und Gefühl vergeudet, daß er gelernt hatte, das nicht mehr zu tun. Er brauchte einen Finger, der ihm konkret und prägnant und ohne zu zittern den Weg zeigte.

Er las Captain Shensons Memorandum zweimal genau durch und stellte höflichkeitshalber ein paar Routinefragen. Wenn alle persönlichen Dokumente Professor Schaeffers, des Geliebten der Johanna Volker, während des Zweiten Weltkriegs vernichtet worden waren, hatte man dann nicht nach Verwandten oder Freunden geforscht, die ihn vielleicht vor dieser Zeit gekannt hatten? Hatte man nicht auch versucht, Freunde oder Verwandte des verschollenen Marxisten Melkin, des Schulfreunds von General Volker, ausfindig zu machen, die verläßliche Aussagen darüber machen konnten, ob Schaeffer der wiederauferstandene Melkin war oder nicht? War bekannt, ob irgendein persönlicher Kontakt zwischen Captain Shensons ermordetem deutschen Agenten und Johanna Volker beziehungsweise ihrem Professor bestanden hatte? Wurden sie beispielsweise je von Nachbarn oder ortsansässigen Geschäftsleuten zusammen gesehen?

Fein beteuerte, daß alle diese Spuren genau überprüft worden waren. Offenbar war kein neues Beweismittel irgendwelcher Art aufgetaucht, das die im Memorandum gemachte Andeutung, daß der KGB eine Verbindung zum amerikanischen Außenministerium hergestellt hatte — oder versucht hatte, sie herzustellen —, entweder untermauert oder widerlegt hatte.

Gegen halb drei hatten genügend Mittagsgäste das Restaurant verlassen, so daß der FBI-Beamte es für ungefährlich hielt, die Stimme zu erheben.

„Virgil, auch wenn wir annehmen, daß alles, was du da sagst, wahr ist, daß der gute Captain sich in dieser Sache nach allen Seiten abgesichert hat und das vielleicht immer noch tut, wenn wir die Tatsache als gegeben ansehen, daß du möglicherweise beweisen könntest, daß Schaeffer tatsächlich ein KGB-Mann ist, wenn wir als erwiesen annehmen, daß der Tod der beiden mehr als bloßer Zufall ist, so hast du doch immer noch keine Spur, die zu Volker führt. Nichts."

Fein zuckte die Achseln. Er fand, daß es in gewisser Weise schwieriger war, mit Farrs Skeptizismus als mit Helen Carsons Argwohn zu Rande zu kommen. Er lenkte ein. „Sieh mal, David, ich gebe zu, daß ich genauso verwirrt bin wie du und . . ."

Farr unterbrach ihn mit einem sarkastischen Lachen.

„Verwirrt? Ich? Ich korrigiere: Ich bin nicht verwirrt. Es ist alles ganz eindeutig." Er blickte auf das Memorandum. „Wenn jemand trotz allem glaubt, daß dieser Verdacht begründet ist, dann ist naturgemäß Volker selbst die Person, über die Nachforschungen angestellt werden sollten, oder nicht? Wir versuchen, eine bestehende Verbindung zum KGB aufzudecken, habe ich recht? Wenn ich dich einigermaßen recht verstehe, versuchen wir auch, ihn auf frischer Tat dabei zu ertappen, wie er absichtlich einige unserer Beziehungen zum Ausland manipuliert, so daß letztlich Rußland der Nutznießer ist. Ist das richtig?"

Fein antwortete nicht, und so antwortete Farr an seiner Statt. „Ja, das ist richtig!" sagte er. „Da es das ist, was du die ganze Zeit gedacht hast und womit du dich nur nicht herauszurücken traust." Mißmutig fügte er hinzu: „Virgil, als wir zusammen auf der juridischen Fakultät waren, hast du keinerlei Anzeichen gezeigt, daß du völlig verrückt bist."

Er knallte seine Scheckkarte auf den Scheck, den der Kellner gebracht hatte. „Jeder, der ernstlich erwägt, über den Außenminister Nachforschungen anzustellen wegen Aktivitäten, die den Interessen der Vereinigten Staaten zuwiderlaufen, hat es nötig, daß man ihn zum Essen einlädt. Er ist dabei, seinen Job zu verlieren."

Wieder in seinem Büro im Hoover-Gebäude, beschäftigte Farr sich kurz mit einem kleinen, hochempfindlichen Sendegerät, dessen Inneres aus einem komplizierten Durcheinander von mikroskopische kleinen Blättchen bestand und das mit Radium betrieben wurde. Das Labor des Sicherheitsbüros im zehnten Stock hatte es gestern vom Sicherheitsdirektor des Auswärtigen Amtes erhalten. Farr hatte vom Laborleiter, einem Bekannten von ihm, davon erfahren und gebeten, es sich ansehen zu dürfen. Ein Begleitschreiben war dem Gerät beigelegt. Darin stand, daß sie noch nie so etwas zu Gesicht bekommen hätten. Die Analyse habe ergeben, daß der Stahl aus Ostdeutschland kam, aber sie glaubten, daß das Sendegerät selbst vielleicht in der Tschechoslowakei erzeugt worden war. Gewisse winzige Schräubchen ließen sich mit anderen vergleichen, von denen man vor einem Jahr festgestellt hatte, daß sie aus einer Werkstatt in Pilsen stammten. Zum Schluß hieß es in dem Bericht, daß das tschechische Fabrikat nicht unbedingt als Beweis dafür gelten konnte, daß es ein KGB-Gerät war.

Farr legte es weg, und ihm fiel die ungeschickte Art und Weise auf, wie das Gerät offensichtlich versteckt und folglich mühelos entdeckt worden war. Eins sprang ins Auge — Volker. Zweimal an ein und demselben Tag.

Und einmal gestern.

Er wählte einen Schlüssel aus seinem Schlüsselbund, sperrte eine Schreibtischlade auf und zog eine dünne Mappe heraus. Darin waren zwei Berichte. Der erste trug die Aufschrift, „Überläufer". Auf zwei knappen Seiten waren darin Informationen zusammengefaßt, die man während des langen Verhörs eines KGB-Agenten erhalten hatte, der sechs Monate zuvor beschlossen hatte, daß ihm Amerika besser gefiel. Der Überläufer sagte unter anderem, daß der KGB sowohl in den Geheimdienst wie auch in das Sicherheitsbüro des Auswärtigen Amtes mit Erfolg eingesickert war. Obwohl auf die Spezialeinheit, die den Außenminister beschirmte, nicht direkt Bezug genommen worden war, mußte man annehmen, daß der Infiltrant sich unter dem Personal befand, das dazu beauftragt war.

Der zweite Bericht, annähernd gleich lang, trug die Aufschrift „Jesus d'Almeida". In den Vereinigten Staaten unter dem Decknamen General Alfredo Nasciemento tätig, war er weniger als eine Stunde, nachdem er vor einigen Tagen bei General Volker und seiner Frau gespeist hatte, ermordet worden. Der arme Teufel, dachte er. Zuerst hatten sie ihn mit Draht gefesselt und zu dem Abfallhaufen gebracht, wo er gefunden wurde. Dort hatten sie ihn — fraglos um ein Exempel zu statuieren — kastriert und ihm dann die Augen ausgestochen. Während er sich vor Qualen wand, übergossen sie ihn mit Benzin und ließen ihn liegen, bis der schwelende Abfall ihn entzündete.

Abgesehen von den Details dieser unmenschlichen Grausamkeit wurde in dem Bericht auch d'Almeidas wahres Tätigkeitsfeld angeführt. Portugal hatte keine eigene Spionageeinheit. Aber unter dem früheren Machthaber hatte er jahrelang von seinem Exil aus für verschiedene westliche Länder als Spion gearbeitet. Nach der Revolution war er in seine Heimat zurückgekehrt, wo nun das Gerücht ging, daß er beim Aufbau eines neuen, streng geheimen Nachrichtendienstkaders mitarbeitete, der zur portugiesischen Armee gehörte. Es wurde kein Grund für seinen Besuch in Washington angegeben; Lissabon konnte offensichtlich mit keiner Antwort aufwarten oder wollte es nicht.

David Farr hatte über keinen der beiden Berichte mit Virgil Fein gesprochen. Er hatte auch die „Wanze" mit keinem Wort erwähnt, die vom Sicherheitsbüro des Auswärtigen Amtes herübergeschickt worden war. Er hatte Fein auch nicht erzählt, daß er wegen des Berichts des Überläufers mit großer Sorgfalt einen seiner Spionageabwehragenten ins Haus der Volkers eingeschmuggelt hatte.

Er nahm das Shenson-Memorandum aus der Tasche und breitete es auf seinem Schreibtisch aus. Volker. Jetzt zum vierten Mal. Die Möglichkeit eines KGB-Agenten unter seinem Mitarbeiterstab. Eine Wanze im Büro seiner Frau, von unbekannter Hand installiert. Ein portugiesischer Spion, der ermordet worden war, unmittelbar nachdem er den Abend in Volkers Haus verbracht hatte und zu einem Zeitpunkt, da Volker bald nach Lissabon reisen sollte, um dem gefährdeten gemäßigten Premierminister seine Unterstützung angedeihen zu lassen. Und schließlich der Verdacht eines Nachrichtenoffiziers der Armee, daß Volker Verbindungen zum KGB hatte.

Stand all das miteinander in irgendeinem Zusammenhang? Offensichtlich nicht. Der einzige gemeinsame Nenner, den er in allem sehen konnte, war Harold Volker.

Er las das Memorandum ein zweites Mal, dann ein drittes Mal. Er verfluchte Fein. Alles, was er wollte, war, die ganze verworrene Angelegenheit loszuwerden und sich wieder routinemäßiger Schreibtischarbeit zuwenden zu können. Aber er wußte, daß er das nicht konnte.

Er rief seine Sekretärin und sagte ihr, er wolle nicht gestört werden. Von niemandem; unter keinen Umständen. Er mußte nachdenken, und zwar gründlich. Was Volker betraf, so gab es jedenfalls etwas, das er sich nicht leisten konnte, und das war, einen Fehler zu machen. Als das Büro drei Stunden später schloß, saß er immer noch an seinem Schreibtisch und starrte auf das Memorandum.

9

Es war halb zwölf, und in der Vierundzwanzigsten Straße vor Dr. Wyndholts Ordination war es still. Der Großteil des Häuserblocks war in Büroräume umgewandelt worden, aber da und dort fielen Lichtervierecke aus den wenigen noch übriggebliebenen Wohnungen schräg auf den dunklen Gehsteig oder warfen ihre Umrisse auf geparkte Autos. Ab und zu gingen Studenten von der nahegelegenen George-Washington-Universität vorbei und unterbrachen die Stille, oder vereinzelte Spätarbeiter, mit gesenktem Kopf und dem entschlossenen Gang derer, die möglichst bald zu Hause sein wollen.

Die beiden Männer warteten nun schon über eine Stunde in erbarmungsloser Hitze darauf, daß Wyndholt abschloß und wegging. Einer war älter und grauhaarig, der andere jünger und mit einer beginnenden Glatze. Sie trugen unauffällige Straßenanzüge. Auf dem Sitz zwischen ihnen lag eine Aktentasche.

Beide fühlten sich höchst unbehaglich und fingen an, nervös zu werden. Es würde nur eine Viertelstunde, vielleicht sogar weniger, dauern, ihren Auftrag auszuführen. Aber sie hatten nicht erwartet, daß Wyndholt bis spät in den Abend hinein arbeiten würde, und um zwölf Uhr zehn würde eine Reinigungsfrau kommen, um die Korridore des

Gebäudes und die Vorhalle zu säubern. Sie hatten das Gebäude mehrere Abende beobachtet und festgestellt, daß sie pünktlich wie die Uhr war.

Mit leiser Stimme erwogen sie, den Auftrag abzublasen, aber es gab keine Möglichkeit, den Mann, der sie gedungen hatte, zu erreichen, um ihm ihr Problem zu erklären. Sie waren ihm nie begegnet, hatten keine Ahnung, wer er war. Vor einem Jahr waren sie ihm von einem Freund empfohlen worden, der ihnen eine Deckadresse gegeben hatte, über die sie Kontakt herstellen konnten. Als das geschehen war, wurde die Deckadresse für jeden folgenden Auftrag gegen eine andere ausgetauscht. Für den heutigen Abend waren sie im voraus bezahlt worden, und sie wollten ihren Auftraggeber nicht verärgern. Die Bezahlung war gut, die häufigen Aufträge relativ unkompliziert und, soweit sie das beurteilen konnten, die Verbindung zwischen ihm und ihnen so geheim, daß es unmöglich war, ihnen auf die Spur zu kommen für den Fall, daß er je in Schwierigkeiten geriet.

Der ältere Mann sah auf die Uhr. „Wir geben ihm noch zehn Minuten", sagte er.

Oben in seinem Büro im zweiten Stock blieb Dr. Wyndholt ihre Anwesenheit weiterhin verborgen. Seine Frau war mit den Kindern den Sommer über im Haus ihrer Eltern auf Cape Cod, und er verbrachte jede Woche mehrere Abende im Büro, um an einem Fachbuch zu arbeiten. Heute abend hatte er das Gefühl, genug geschrieben zu haben. Er hatte sechs volle Seiten geschafft. Er legte sie zu einem dicken Manuskript in eine Mappe, schlang ein breites Gummiband herum und legte es zurück auf das Bücherregal. Dann brachte er seinen Schreibtisch in Ordnung und nahm sein Jackett von der Stuhllehne. Er überprüfte seinen Aktenschrank, um sich zu vergewissern, daß er verschlossen war, drehte das Licht ab und ging hinaus. Die Tür zu seinem Büro hatte ein Yale-Steckschloß und ein Wardschloß. Er versperrte beide.

Er wusch sich die Hände im kleinen Badezimmer neben dem Zimmer seiner Sekretärin, das gleichzeitig als Wartezimmer diente. Nochmals überprüfte er automatisch die Schlösser der beiden Aktenschränke, die sich dort befanden, und als er hinaus in den Vorraum ging, verschloß er auch diese Tür zweimal. Wyndholt war peinlich genau, was die Sicherheit seiner Patienten betraf. Fast jeder seiner Karteikästen war geradezu ein Fressen für einen Erpresser. Heute abend war er achtsamer denn je, denn seine Alarmanlage war Tags zuvor kaputtgegangen und würde nicht vor nächster Woche wieder instand gesetzt sein.

Die beiden Männer, die im geparkten Auto warteten, geduldeten sich noch zehn Minuten, nachdem er seinen Volkswagen gestartet hatte und weggefahren war. Der ältere sah wieder auf die Uhr. Es war elf Uhr vierzig. Er stieg aus, sein jüngerer Begleiter folgte ihm mit der Aktentasche.

Die Eingangstür zu Wyndholts Gebäude hatte zwei Schlösser. Das eine war ein Nachtschloß, das sich mit einem Stück steifem Plastik öffnen ließ, das zwischen Tür und Rahmen geklemmt wurde. Drückte man es fest hinein, so ließ sich damit der Zapfen des Schlosses zurückschieben. Das andere war ein Wardschloß und erforderte einen speziellen Schlüssel. Tags zuvor hatten sie sich beide Schlösser genau angesehen, und sie hatten nun verschiedene Dietriche mitgebracht. Der zweite, mit dem es der jüngere Mann versuchte, glitt mühelos hinein, ließ sich halb herumdrehen, aber nicht weiter. Mit undeutlicher Stimme verlangte der Mann etwas, und sein älterer Gefährte holte eine kleine Feile aus einem Sack mit säuberlich verstauten Werkzeugen in der Aktentasche. Der jüngere Mann feilte den Schlüssel zurecht. Als er ihn wieder ins Schloß steckte, sperrte er. Die Tür öffnete sich, und sie betraten das Gebäude. Einmal im Inneren, zogen sie Handschuhe an, die draußen verdächtig ausgesehen hätten, und wischten die Türklinke, die Schlösser und den Türrahmen ab, um keine Fingerabdrücke zu hinterlassen. Hinter sich verschlossen sie die Tür zweimal und hängten den Nachschlüssel auf einen leeren Schlüsselring.

Im Obergeschoß war die Sache schwieriger. Wieder brachen sie ein Nachtschloß mit steifem Plastik auf; ein Yaleschloß ließ sich mit einem Nachschlüssel öffnen. Das dritte war wiederum ein Wardschloß. Sie versuchten es mit fünf Nachschlüsseln, bevor sie den richtigen fanden. Als sich die Tür öffnete, schoben sie den Schlüssel auf den Ring mit dem Schlüssel zur Tür im Erdgeschoß und versperrten nur das Yaleschloß sowie das Nachtschloß.

Im Wartezimmer angelangt, beachteten sie die zwei großen Aktenschränke gar nicht und gingen sofort zur Tür von Wyndholts Ordinationszimmer. Sie hatten gestern über die Akten beraten, nachdem sie, unter dem Vorwand, sie wären Techniker der Telefongesellschaft, das Büro unter die Lupe genommen hatten. Sie waren zu dem Schluß gekommen, daß Wyndholt höchstwahrscheinlich Schriftstücke allgemeiner Art im Vorzimmerbüro und die Krankengeschichten selbst in seinem eigenen Zimmer aufbewahrte. Bei derselben Überprüfung hatten sie die Alarmanlage kurzgeschlossen.

Die Tür bot Schwierigkeiten. Keiner ihrer Nachschlüssel sperrte das Wardschloß. Es war schon elf Uhr fünfundvierzig. Der jüngere Mann entnahm der Aktentasche zwei schmale Drahtwerkzeuge, die beide aussahen wie Zahnarztsonden, kauerte sich vor das Schloß, führte die Werkzeuge ein und begann, sehr vorsichtig die Zuhaltungen des Schlosses abzutasten. Es herrschte völliges Schweigen. Er arbeitete nach Gehör und nach Gefühl. Es gab vier Zuhaltungen, und es dauerte etwa eine Minute, um jede einzelne davon zu drehen, sie aufzudrücken und sich die nächste vorzunehmen. Als er damit fertig war und auch das Nachtschloß mit steifem Plastik geknackt hatte, war er in Schweiß gebadet. Die Dietriche kamen zu den beiden Schlüsseln auf den dafür bestimmten Ring.

Er betrat Wyndholts Büro. Der ältere Mann, der hinter ihm eintrat, wischte etwaige verräterische Schmierflecken von der Tür, da das Schloß leicht mit Graphit behandelt worden war.

Wyndholts Aktenschrank war mit einem Firmenschloß versperrt, das in den Schrank eingebaut war. Als sie das

Büro unter die Lupe genommen hatten, war Wyndholt mit einem Patienten beschäftigt gewesen. Sie hatten angenommen, daß es dasselbe Schloß war wie die Schlösser der anderen Aktenschränke, aber falls dies nicht zutraf, hatten sie die Typen von Schlössern überprüft, die von einigen anderen größeren Erzeugerfirmen für modernes Büromobiliar verwendet wurden, und passende Nachschlüssel mitgebracht. Es stellte sich tatsächlich heraus, daß der Schrank sich von dem im Vorzimmerbüro unterschied, und sie verwendeten einen dieser Schlüssel. Es war elf Uhr fünfzig. Es hatte zehn Minuten gedauert, in die Ordination einzudringen. Es würde nicht mehr als sieben dauern, wieder hinauszukommen.

Während des ganzen Einbruchsvorganges hatten sie eine kleine Stablampe verwendet. Ihr Strahl bewegte sich nun langsam entlang des Streifens der roten und grünen Ordneretiketten auf der Suche nach einem ganz bestimmten Ordner. Sobald er gefunden war, nahm der ältere Mann ihn heraus. Der Ordner trug die Aufschrift „Persönliche Finanzen". Er trug ihn hinüber zum Schreibtisch und entnahm der Aktentasche eine Weitwinkelkamera, in die ein Infrarotfilm eingelegt war.

Schnell und geschickt begann er, Kopien von Wyndholts Steuererklärungen, Darlehensverträgen und Bankauszügen und andere Unterlagen zu fotografieren.

Der jüngere Mann stand an einem Fenster und beobachtete die Straße. Immer wenn sie einen Auftrag ausführten, egal, wie er aussah, stand einer Wache, während der andere arbeitete. Als der ältere Mann fast fertig zu sein schien, sah er auf die Uhr. Es war fünf nach zwölf. Er wollte es gerade sagen, als ein Auto die Straße herunterkam. Es kam ihm bekannt vor. Es verlangsamte das Tempo, und er erkannte Wyndholts Volkswagen. Der Arzt war zurückgekommen.

Die beiden Männer waren auf jede Eventualität gefaßt. Sie reagierten sehr schnell. Die Kamera kam zurück in die Aktentasche und der Ordner in den Aktenschrank, der sofort mit dem bereitliegenden Schlüssel verschlossen wurde, der ein paar Minuten zuvor auf den dafür bestimmten Schlüsselring geschoben worden war. Als sie ins Wartezimmer gingen, stieg Wyndholt gerade aus dem Volkswagen. Wieder der Schlüsselring. Diesmal die Spezialwerkzeuge. Der jüngere Mann bückte sich und begann damit schnell im Schloß zu hantieren.

Eine Zuhaltung, zwei.

Im Parterre öffnete sich die Eingangstür.

Drei Zuhaltungen.

Man hörte Wyndholts Schritte die Treppe bis zum Treppenabsatz heraufkommen.

Der Arzt fummelte mit seinem eigenen Schlüsselbund herum, fand alle drei Schlüssel für sein Büro. Zuerst öffnete er das Nachtschloß, dann das Yaleschloß, dann steckte er den Wardschlüssel ins Schloß. Zu seiner Überraschung war das Wardschloß nicht versperrt. Er war sich ganz sicher, daß er es verschlossen hatte, als er ging. Er hatte ein leicht unbehagliches Gefühl. Konnte jemand eingebrochen haben? Vorsichtig öffnete er die Tür. Ohne in das Wartezimmer zu treten, griff er um den Türrahmen herum und drehte das Licht an.

Es war niemand da. Stutzig geworden, ging er zur Tür zu seiner Ordination und versuchte, dieses Schloß zu öffnen. Er sah, daß es fest verschlossen war. Er kam zu dem Schluß, daß er übermüdet war und daß sein Kopf ihm einen Streich gespielt hatte. Offenbar hatte er das andere Wardschloß übersehen.

Er ging zum Badezimmer und nahm seine Uhr vom Waschbecken. Das war der Grund, weshalb er zurückgekommen war. Er ging wieder hinaus und legte sie um. Dann ging eine sonderbare Folge von Gedanken durch seinen Kopf. Etwas war faul.

Angenommen, er hatte tatsächlich die Tür zu seinem Vorzimmerbüro versperrt. Das würde bedeuten, daß jemand eingebrochen hatte. Wenn sie das Gebäude nicht verlassen hatten, bevor er zurückgekommen war, und vergessen oder sich nicht die Mühe gemacht hatten, sein Büro zweimal zu versperren, konnten sie immer noch hier sein.

Und wenn, dann wo?

Auf dem Treppenabsatz oder auf der Treppe konnten sie nicht sein; da hätte er sie sehen müssen. Es gab noch zwei andere Büros im Gebäude, einen Zahnarzt im Erdgeschoß, einen Kartographen im ersten Stock. Wenn er jemanden überrascht hatte, dann hatten sie sicher nicht Zeit genug gehabt, in ein anderes Büro einzubrechen, nur um sich zu verstecken.

Sein Herz begann wie rasend zu klopfen. Er hatte das Gefühl, daß sein Hinterkopf ungeschützt und kalt war. In seinen Ohren dröhnte es.

In seiner Ordination konnten sie nicht sein, da das Schloß sich auf der anderen Seite nicht versperren ließ. Es gab nur noch eine Möglichkeit. Das Badezimmer. Und darin nur eine Stelle. In der Badewanne, hinter dem Duschvorhang.

Er wollte nachsehen, konnte es aber nicht. Entsetzen schnürte seine Kehle zu. Es war wirklich jemand da. Nun konnte er sie spüren. Wie ein Tier. Sein Kopf und seine Beine versagten ihm den Dienst. Er brachte es nicht fertig nachzusehen. Vielleicht waren sie bewaffnet. Wenn er nach dem Telefon griff, wäre es dasselbe. Er würde sich dadurch verraten.

Dann erinnerte er sich an die Telefonzelle am Ende der Straße. Gleich um die Ecke.

Mit ungeheurer Anstrengung zwang er sich, normal zu handeln. Aus den Augenwinkeln konnte er durch die offene Badezimmertür sehen. Der Duschvorhang wurde im Spiegel über dem Waschbecken reflektiert. Hatte er sich eben bewegt? Oder bildete er sich das nur ein?

Jeder, der sich hinter dem Spiegel befand, konnte höchstwahrscheinlich auch ihn sehen.

Versuch, dich natürlich zu geben. Laß sie nicht wissen, daß du weißt. Geh zur Tür, öffne sie, verlaß das Büro ganz wie sonst.

Im Vorraum zog er die Tür sacht hinter sich zu. Seine Hände zitterten unkontrolliert, als er sie dreimal versperrte.

Schnell ging er die Treppe hinab. Als er im Freien war, kämpfte er seine Panik nieder und zwang sich, auch die Eingangstür zu versperren. Sich immer noch beherrschend, ging er so schnell wie möglich zur Straßenecke.

Seine Angst hatte ihn gerettet, die Tatsache, daß er es nicht fertigbrachte nachzusehen. Sobald sie seine Schritte auf der Treppe hörten, kamen die beiden Männer hinter dem Duschvorhang hervor, und der jüngere Mann steckte einen achtunddreißiger Revolver mit aufgesetztem Schalldämpfer in die Tasche. Sie waren sich darüber im klaren, was in Wyndholts Kopf vorgegangen war. Unverzüglich verließen sie das Büro, versperrten alle drei Schlösser hinter sich, stürzten die Treppe hinab und hinaus und verschlossen auch die Haustür.

Sie waren gerade bei ihrem Wagen angelangt, als Wyndholt um die Ecke bog. Sie sahen sonst niemanden auf der Straße. Der ältere Mann glitt hinter das Lenkrad und startete. Er schaltete die Scheinwerfer nicht an, fuhr vom Bordstein weg, legte dann den Rückwärtsgang ein und fuhr schnell die Vierundzwanzigste Straße hinunter. Er traf auf die H-Straße und bog in sie ein.

Er gab Gas, mußte aber sein Tempo wegen der Putzfrau verlangsamen, die gerade die Straße überquerte und auf Wyndholts Büro zuging. Sie nahm keine Notiz von ihnen. Sie hatten keine einzige Spur hinterlassen. Wyndholts Büro war fest versperrt, so wie er es um elf Uhr fünfunddreißig verlassen hatte. Wenn die Polizei kam, würde sie nichts finden, das seine Besorgnis berechtigt erscheinen ließ. Absolut nichts.

10

Als David und Susan Farr zu ihrem Haus im Vorort Chevy Chase zurückfuhren, war es weit nach Mitternacht. Sie waren in einem Konzert in Wolf Trap gewesen.

Susan war bestens gelaunt und gesprächig. Ihre Augen leuchteten, und in ihrer Stimme lagen Vergnügen und Freude. Sie hatte nicht allzu viele Abende frei, und jedesmal, wenn sie ausgingen, war sie wie ein Kind, das den Zirkus besuchen darf. Sie hatte die Beine auf dem Sitz untergeschlagen und saß nahe bei Farr, ihren schlanken Körper aufrecht und einen Arm um seinen Sitz gelegt. Während sie redete, streichelte sie ab und zu ganz zart seinen Nacken und seinen Hinterkopf mit den Fingerspitzen.

Ihre Gegenwart wirkte auf Farr äußerst stark, ihre sinnliche jugendliche Schönheit und ihre starke sexuelle Ausstrahlung. Gleichzeitig schweiften seine Gedanken immer wieder von ihr ab und kehrten zum vergangenen Arbeitstag zurück. Er hatte es sich zur Regel gemacht, nicht über seine Arbeit nachzudenken, wenn er mit Susan zusammen war. Es war das allererste Mal, daß er sich nicht daran zu halten imstande war; aber seit dem Mittagessen waren seine Gedanken immer wieder um dasselbe Thema gekreist. Es war das Memorandum, das ihm am meisten zu schaffen machte. Die anscheinend unbegründeten Verdächtigungen darin gewannen durch die anderen Beweise, die er hatte, an Vorstellbarkeit und Glaubwürdigkeit. Konnte er es sich leisten, es einfach abzutun? Und wenn er zum Schluß kam, daß er es sich nicht leisten konnte, was sollte er dann tun? Er vermutete, daß weder sein eigener Chef noch der FBI-Direktor, der aus politischen Gründen ernannt worden war, den Mut haben würden, ihre Zustimmung zu Nachforschungen über General Volker zu geben. Wenn andererseits etwas ohne irgend jemandes Zutun ans Licht kam, würde man ihn zur Verantwortung ziehen. Auf eigene Faust Nachforschungen anstellen? Im geheimen? Ein Lapsus, und er wäre auch in diesem Fall geliefert. Das Risiko war zu groß. Susan würde bald Geld brauchen, um eine eigene Praxis zu eröffnen, und er war gerade erst dabei, sich von den Schulden zu erholen, die sich durch ihr Medizinstudium angehäuft hatten. Farr begann, mit dem Captain der Armee, Shenson, mitzufühlen. Die Situation war aussichtslos, gleich ob man nun etwas unternahm oder nicht. Nirgendwo gab es feste Anhaltspunkte. Nur vage Andeutungen und Verdachtsmomente.

Sie bewohnten ein einstöckiges modernes Haus, das von der ruhigen, mit Bäumen gesäumten Straße, in der sie wohnten und von ihren Nachbarn, einem weiteren Arzt und einem Werbefachmann, beide weiß, durch einen Rasen mit Gebüsch und blühenden Sträuchern getrennt war. Hinter dem Haus hatte Farr eine weitere Grünfläche mit einem zwei Meter hohen Palisadenzaun umgrenzt, damit sie ihren kleinen Swimmingpool einigermaßen ungestört genießen konnten. Er fuhr in die Garage und ging mit Susan in die Küche.

„Willst du etwas zu essen?"

„Vielleicht nur ein Bier."

„Ich trinke eines mit dir." Sie legte die Arme um seinen Hals, drückte ihren Körper gegen seinen und küßte seinen Hals. „Du warst der schönste Mann im Publikum", sagte sie. „Und du riechst göttlich und ich liebe dich."

Er fand ihren Mund und küßte sie sanft. Die Art, wie sie den Kuß erwiderte, gab ihm zu verstehen, daß sie mit ihm schlafen wollte. „Warum nehmen wir das Bier nicht mit ins Schlafzimmer?" sagte sie. Sie verschwand im dunklen Wohnzimmer.

Er holte Bier aus dem Kühlschrank, machte es auf, nahm Gläser aus der Anrichte und ging die Treppe hinauf.

Wie sollte man mit einer Untersuchung der Person Volkers überhaupt beginnen? Vielleicht mit einer gründlichen Überprüfung seiner bisherigen Laufbahn, denn in einem hatte Fein ganz sicher recht: Was die amerikanische Öffentlichkeit, die im Ausland seit Jahren eine Niederlage nach der anderen einzustecken hatte, als triumphale Erfolge bejubelt hatte, hatte sich tatsächlich zum Schlechten gewendet, sobald die Aufmerksamkeit der Öffentlichkeit sich auf einen neuen Gegenstand konzentriert hatte.

Als erstes fiel Farr Venezuela ein, wo eine Militärjunta Bauernunruhen niedergeschlagen hatte, die von kubanischer Seite unterstützt wurden und eine Bedrohung für die schwache zentralistische Regierung waren. Man war allgemein der Ansicht, daß der Staatsstreich vom Außenministerium und der CIA heimlich geplant, die Rettung für enorme amerikanische Investitionen in der Agrarwirtschaft dieses Landes bedeutet hatte. In der Folge verbuchen die Kommunisten in ganz Südamerika bedeutende Gewinne, doch dies wurde von anderen, vordringlicheren Weltkrisen in den Hintergrund gedrängt.

Genauso auffällig war die Intervention der amerikanischen Marine in Südostasien, als „Terroristengruppen" in Osttimor den Sowjets behilflich waren, Raketenstützpunkte im Schußbereich der indonesischen Hauptstadt Djakarta zu errichten. Man war voll des Lobes für Volker und den Präsidenten ob dieser kühnen Tat, die so sehr an Kennedy und die Kubakrise erinnerte. Als sich herausstellte, daß die Terroristen nur dem Djakarta-Völkermord an einer halben Million Indonesiern, die die Unabhängigkeit anstrebten, berechtigten Widerstand entgegengesetzt hatten, gab es eine starke antiamerikanische Strömung, die Djakarta-Regierung wurde gestürzt und eine Moskauer Marionette an ihre Stelle gesetzt; die Südostasiatische Vertragsorganisation geriet in ernste Gefahr. Man beschuldigte die CIA, sich schlecht informiert zu haben. Nur ganz wenige zeigten anklagend auf Volker. Und wieder hatten andere weltweite Ereignisse Vorrang.

Politische Fehlurteile? Eine arrogante deutsche Art und Weise, an die Dinge heranzugehen? Oder geschickt geplante politische Fehlschläge. War es plausibel oder völlig verrückt, Volker einen finsteren machiavellistischen Plan zur Last zu legen, mit dem er seine Wahlheimat schädigen wollte? Und wenn das tatsächlich der Fall war, was waren dann seine Beweggründe? Geld? Erpressung? Wie ließ sich seine gewinnbringende Freundschaft mit Arnold Wilderstein auch nur im geringsten mit einer Verbindung zum Marxismus vereinen?"

Susan war schon ausgekleidet, saß an ihrem Toilettentisch und schminkte sich ab.

„Gehst du unter die Dusche?“

„Gerade hast du gesagt, ich rieche gut.“

Sie lachte leise. Er ließ den Blick über ihren Körper gleiten. Sie hatte einen schlanken Oberkörper mit vollen, schweren Brüsten und einem langen, anmutigen Hals, auf dem ein kleiner, feingeformter Kopf saß, dessen Form durch den modischen Kurzhaarschnitt betont wurde. Ihr Gesicht mit den hohen Backenknochen zeigte eine feingeschnittene Nase und mandelförmige Augen. Farr fand, daß sie aussah wie eine Prinzessin. Ihr Becken war wohlgeschwungen, ihre Haut von einem tiefen Kakaobraun. Es war Farr immer ein Rätsel gewesen, warum sie ihn geheiratet hatte.

Er putzte sich die Zähne, zog sich auch aus und streckte sich auf dem Bett aus. Gleich darauf löschte sie das Licht und legte sich neben ihn, ihren Kopf an seiner Schulter. Einen Augenblick lag sie so da und zeichnete mit einem schlanken Finger kurze Striche auf seine Brust. Nach einer Weile sagte sie sanft: „Du hast berufliche Sorgen, die dich zum Wahnsinn treiben, nicht wahr.“ Es war eine Feststellung, keine Frage.

„Entschuldige, Susan.“ Sogar noch während er es sagte, versuchte er sich in eine romantische Stimmung zu versetzen. Es gelang ihm nicht. Er kam sich wie ein Narr vor. Sie war schön, und er liebte sie. Sie liebte und begehrte ihn. Er konnte nicht darauf eingehen. Selbst wenn er an nichts anderes dachte als an den puren körperlichen Liebesakt mit all seiner entfesselten Erregung und Ekstase, konnte er es nicht. Die Angst hatte ihn zu fest im Griff. Er kam sich wie ein Krüppel vor.

Er hörte sie flüstern: „Du brauchst dich doch nicht zu entschuldigen. Und wenn du dich deswegen schämst, rede ich nie mehr ein Wort mit dir. Klar?“

Sie schmiegte sich eng an ihn und lag still. In wenigen Minuten merkte er, daß sie eingeschlafen war. Ganz sachte rückte er von ihr weg, zog das Laken über ihr hoch und ging zurück in die Küche. Er holte noch ein Bier aus dem Kühlschrank, saß im dunklen Wohnzimmer und trank es langsam aus.

Susan fand ihn um vier Uhr morgens, nachdem sie ihn im Bett vermißt hatte. „Was es auch ist", sagte sie, „du mußt es mir erzählen. Sonst müssen wir dich bald in eine Zwangsjacke stecken."

Er berichtete ihr alles. Sie redeten bis zum Morgengrauen miteinander, und sie sagte: „Ich habe gehört, daß Volkers Ehe nicht so großartig läuft."

„Wer hat das gesagt?"

„Sie trinkt und geht zum Psychiater. Wenn er wirklich nichts Gutes im Schilde führt, wer wüßte es besser als seine Frau?"

„Du bist verrückt."

„Bin ich das?"

„Woher weißt du das? Wer sagt, daß es Eheprobleme gibt?"

Sie kniete sich neben ihn auf die Couch, ihre Haut hob sich ebenholzfarben gegen das schwache Licht der Dämmerung und gegen das Weiß des hellen Sommernachthemdes ab, das sie angezogen hatte. Sie wich der Frage aus. „Sie hatte eine leidenschaftliche Liebesaffäre mit einem Mann namens Adrian James", sagte sie. „Sie haben über ein Jahr zusammen gelebt. James hat Schluß gemacht. Man munkelte, daß er sich mit ihrer Karriere nicht abfinden konnte. Gleich darauf hat sie geheiratet."

Er sagte: „Ich habe dich etwas gefragt."

Sie lachte leise. „Ich habe dich gehört. Ich habe die Klatschspalten gelesen. Da ein bißchen. Dort ein bißchen. Und dann die Ärzte. James hatte eine Meniskusoperation. Ich kenne einen der Orthopäden." Wieder lachte sie. „Eine Sie. Wow! Eine echte Tigerin. Sie vernascht genausogern Frauen wie Männer. Er nahm sie eine Woche nach Paris mit. Ich glaube, zusammen mit einem anderen Mädchen. Ein flottes Dreigespann." Sie begann, seinen Nacken und seine Schultern zu massieren. „David, kannst du nicht eine Möglichkeit finden, mit ihr in Verbindung zu treten und sie auf irgendeine Art zu benutzen? Zum Beispiel fällt es ihr angeblich schwer, nein zu sagen. Zumindest hat James das zu meiner Bekannten gesagt."

Einen Augenblick lang empfand er helle Empörung. „Willst du damit andeuten, daß ich sie erpressen soll?"

Sachte küßte sie seine Schulter. „Nein. Natürlich nicht. Nichts derart Simples. Oder Plumpes. Ich habe nur gemeint, daß sie vielleicht einen Freund braucht. Jemanden, dem sie sich anvertrauen kann. Ich hab an ihre Vergangenheit gedacht. Sie war doch Reporterin, oder nicht? Läßt man all die Kameras und den ganzen Starrummel weg, dann ist es das, was sie war. Reporterin. Also habe ich mir gedacht, wenn es wirklich Probleme gibt zwischen ihr und ihrem Mann, und der richtige Verdacht wird ihr von der richtigen Person eingeimpft, dann erledigt sie vielleicht die ganze Arbeit für dich. Wenn du vorsichtig bist, was hättest du dann zu verlieren?"

Der Gedanke entsetzte ihn. „Du meinst, daß ich James dazu benutzen soll?"

„Es war nur so ein Gedanke."

„Und kannst du mir vielleicht sagen, wie ich ihn dazu kriegen soll, da mitzuspielen?"

„Ich weiß es nicht", gab sie zu, „das ist der Haken an der Sache. Aber ich habe den Verdacht, daß er alles redlich verdient, was ihm passiert. Soviel ich gehört habe, hat er keinerlei moralische Grundsätze."

„Frau Doktor, Sie sind verrückt."

„Da hast du wahrscheinlich recht, aber ich bin auf deiner Seite, und du bekommst einen Nervenzusammenbruch, wenn du noch weiter über diesem Problem brütest. Soll ich dir sagen, warum? Weil das Buch, das sie über den nationalen Sicherheitsdienst schrieben, kein Kapitel über den Außenminister enthält, deshalb. Ach was, zum Teufel mit ihm. Unter seinem großen Namen ist er auch nur ein Mensch wie du und ich. Versuch, ihn dir auf diese Weise vorzustellen. Und versuch, daran zu denken, daß es vor allem die nationale Sicherheit ist, mit der dein Beruf zu tun hat." Sie küßte ihn auf die Stirn, dann auf den Mund. „Es wird schon hell. Ich muß heute früh operieren, und ich kann mich noch drei Stunden hinlegen, ehe ich aufstehen muß. Und wenn du nicht auch versuchst zu schlafen, bist du derjenige, der verrückt ist."

Sie verschwand und ließ nur den zarten Moschusduft ihres warmen Körpers und das Gefühl ihrer nahen Gegenwart zurück. Im Geist warf Farr eine Münze auf für die Entscheidung zwischen Bier und Milch und beschloß, daß es ihn nicht umbringen würde, wenn er beides mischte. Er ging zum Kühlschrank zurück und trank einen Dreiviertelliter Milch. Dann folgte er Susan die Treppe hinauf.

11

Der Wachoffizier im Operationszentrum des Auswärtigen Amtes war der erste, der die Nachricht erfuhr. Sie wurde von der amerikanischen Botschaft in Lissabon telefonisch durchgegeben. Sofort gab er sie an die Privatadresse des Operationsdirektors weiter. Der Direktor wiederum stellte einen Anruf an Harold Volker durch. Es war vier Uhr dreißig nordamerikanische Zeit, neun Uhr dreißig in Portugal.

Alexis hatte eine zweite schlaflose Nacht hinter sich. Sie saß auf der Terrasse, sah zu, wie die graue Vordämmerung langsam in ein Farbspektrum von Blautönen überging und horchte auf die frühmorgendlichen Geräusche, auf das Erwachen der Sperlinge, auf den Ruf einer Rotdrossel von der Bucht her und auf das gelegentliche Kreischen einer vorbeifliegenden Möwe. Sie liebte diese Tageszeit am meisten, Augenblicke, in denen sie sich immer voller Leben und körperlich eins mit der Natur fühlte. Der heutige Morgen war keine Ausnahme. Weder die Anwesenheit der Wildersteins, die im oberen Stockwerk schliefen, noch die der Sicherheitsleute in der Scheune störte sie. Der Tag war zu vollkommen, als daß irgend jemand ihn ihr verderben konnte. Sie wollte ihre Kleider abstreifen, nackt den Rasen zum kleinen Sandstrand beim Bootshaus hinunterlaufen und sich dort ins warme Wasser der Bucht stürzen, um träge darauf zu treiben, mit dem Gesicht nach unten, als ob sie es umarmen wollte.

Das Telefon läutete sowohl im Bedienstetenquartier als auch im Haus. Die Agenten hatten jedoch Order, nicht abzuheben, außer es läutete öfter als sechsmal. Alexis bestand darauf, Anrufe direkt und ohne Vermittlung entgegennehmen zu können. Brigham Bay, sagte sie, sei ein Wohnhaus und kein Büro. Beim dritten Läuten hob sie den Hörer ab.

Der Operationsdirektor entschuldigte sich und sagte, es sei dringend. Sie weckte ihren Mann, und er kam in seinem kurzen Sommermorgenmantel aus Frottee die Treppe herunter. Während er sich anhörte, was der Direktor ihm zu sagen hatte, ging sie in die Küche, um Kaffee zu machen. Sie entnahm Harolds Tonfall, daß es irgendwo eine Katastrophe gegeben hatte.

Er hängte auf und kam in die Küche, während sie die Tassen herausholte. Er legte die Arme um sie und grub seine Nase in ihren Hals. „Ich muß nach Washington."

Sie stöhnte und wandte ihm das Gesicht zu. „Ach, Harold."

„Es kommt noch schlimmer", sagte er. „Wahrscheinlich werde ich heute nachmittag oder morgen nach Portugal fliegen müssen. Der Premier ist soeben bei einem Autounfall ums Leben gekommen."

„Der nette Mann? Um Gottes willen." Alexis entsann sich eines freundlichen, muskulösen Mannes mit einem Walroßschnurrbart und verblüffenden historischen Kenntnissen. Sie hatte im vorigen Sommer seine Bekanntschaft gemacht, als er Washington einen offiziellen Besuch abgestattet hatte.

„Ein Lastwagen übersah ein Rotlicht an einer Kreuzung. Zuerst raste er in ein Begleitfahrzeug und dann in seinen

Wagen. Man weiß noch nichts Genaues, aber es könnte ein bewußt herbeigeführter Unfall gewesen sein, was soviel heißt wie Mordversuch."

„Harold, das ist ja schrecklich. Was geschieht jetzt?"

„In politischer Hinsicht?" Er ging zum Kühlschrank, holte sich Orangensaft und kam damit zurück. „Nun ja, wenn die Gemäßigten nicht in aller Eile einen neuen Kandidaten aufstellen, jemanden, der echte Anziehungskraft besitzt, könnten die Sozialisten und Kommunisten die Wahlen gewinnen. Und die Zeit drängt. Es sind nur noch zwei Wochen."

Er trank etwas Saft, und sie nahmen den Kaffee mit auf die Terrasse hinaus. Die ersten Strahlen der Sonne fielen durch die Zweige der großen, schattenspendenden Ulmen. Alexis konnte ihre plötzliche, intensive Wärme spüren. Es würde wieder ein heißer Tag werden. Sie hatten vorgehabt, das Motorboot zu nehmen und an einem Strand auf der anderen Seite der Bucht zu picknicken. Die Wildersteins fuhren zu einer Antiquitätenausstellung in der Nähe.

„Wann findet die Beerdigung statt?"

„Sonntag oder Montag."

„Warum mußt du dann schon morgen hinüberfliegen?"

Volker beobachtete zwei Rotkehlchen, die auf dem Rasen hin- und herhüpften. Er streckte seine sonnengebräunten Beine aus, legte sie auf einen zweiten Stuhl und öffnete seinen Morgenmantel, damit die Sonne ihm auf den nackten Oberkörper scheinen konnte. Er schien unbesorgt. „Zeigen, wo wir stehen. Das portugiesische Volk soll wissen, daß sein Hauptverbündeter hundertprozentig hinter den Gemäßigten steht. Das ist der eine Grund. Der andere ist, herauszufinden, wie ich auf diejenigen einwirken kann, die Einfluß haben. Um mich zu vergewissern, daß Präsident Luis Cabral einen Interimspremier ernennt, der gleich zu Anfang eine Wahl gewinnen kann. Zum Teufel mit politischen Fähigkeiten — jemand, der im Augenblick wirklich populär ist." Er machte eine Pause und lächelte. „Und nur um ganz sicherzugehen, werde ich vielleicht auch versuchen, den sozialistischen Kandidaten dazu zu bewegen, seine eigene Wahlkampagne zu vermasseln. Ich kenne den Mann. Wenn es etwas gibt, das ihm lieber ist als sein Sozialismus, dann ist es Geld." Er lachte. „Wenn ich damit ungestraft davonkommen könnte, nähme ich einen Scheck des Finanzministeriums über zwei Millionen Dollar mit. Auf lange Sicht wird der diplomatische Weg doppelt so viel kosten."

Als Arnold Wilderstein zum Frühstück herunterkam, war er viel bestürzter über die neue Krise als Harold Volker. „Wenn dieser Schweinehund von Sozialist gewählt wird, ziehen Moskauer Kommissare zusammen mit Bauern, die weder lesen noch schreiben können, in den Estorilpalast ein. Portugal wird über Nacht rot sein, Harold. Er wird nicht Herr der Situation bleiben können."

„Das wird nicht passieren", sagte Volker ruhig. „Die Portugiesen sind nicht dumm. Und wir haben Druckmittel. Die NATO und die EG. Und den Dollar."

Aber Alexis empfand trotzdem einen kalten Schauer unheilvoller Vorahnung.

Volkers Abflug nach Lissabon wurde schließlich auf den folgenden Nachmittag festgesetzt. Sie fuhren zusammen nach Washington, um mit dem Präsidenten im Weißen Haus ein frühes Mittagessen einzunehmen. Volker würde ihn beim Begräbnis vertreten, das nun für Montag geplant war, um kommunistische Demonstrationen auf ein Minimum zu beschränken. Die meisten Parteianhänger würden bei der Arbeit sein. Nach dem Mittagessen wurden sie vom Hubschrauber des Präsidenten direkt zum Luftwaffenstützpunkt Andrews geflogen. Es war einer dieser dunstigen Tage, an denen Wolken keine fest umrissene Form annehmen, sondern mit einem Himmel verschmelzen, der mehr gelbgrau als blau ist. Der Wetterbericht hatte eine Luftverschmutzung von 119 und eine Luftfeuchtigkeit von 94 Prozent angekündigt. Als er und Alexis ankamen, war die Air Force SAM 70 seit zwölf Uhr dreißig aufgetankt und startbereit. Es war eine Boeing 707, Volkers Lieblingsmaschine unter den fünf Flugzeugen für Sondermissionen, die dem Außenministerium zur Verfügung standen. Der Start war für zwei Uhr vorgesehen.

Nur sehr wenige Leute waren auf der Rollbahn. Volker flog so oft ab und landete so oft wieder, daß in den Medien nur routinemäßig davon Notiz genommen wurde. Der Stellvertretende Außenminister hatte sich gemeinsam mit einer Handvoll Spezialisten des Auswärtigen Amtes eingefunden, die Volker begleiten würden. Sie standen herum und redeten mit den in Bereitschaft stehenden Offizieren der Luftwaffe. Auch ein Dutzend ausgesuchte und privilegierte Journalisten waren anwesend sowie das notwendige Büropersonal.

Alexis sah, daß sie auch nicht einen Augenblick mit Volker allein sein konnte. Waren es in Brigham Bay die allgegenwärtigen Wildersteins, so waren es nun die Beamten und die Fernsehleute, die einen Bericht für die Abendnachrichten drehten. Sie gab ihm einen nichtssagenden Kuß, der der Öffentlichkeit zeigen sollte, daß sie und Harold ein glückliches Paar waren, der aber gleichzeitig niemanden in Verlegenheit bringen würde. Als sie das Wort an ihn richtete, sprach sie leise und lächelte dabei strahlend.

„Harold, überlege es dir anders. Ich möchte wirklich gern mitkommen. Ich kann mir drüben ein paar Kleider kaufen."

„Tut mir leid, Liebes. Es ist nun einmal nicht eine solche Reise. Wenn es ein offizieller Staatsbesuch wäre, dann gern. Aber das ist es nicht. Ich muß freie Hand haben. Wenn du mitkämst, hätten die Portugiesen das Gefühl, sie müßten eine Staatsaffäre daraus machen und uns als offizielle Gäste behandeln. Und das will ich nicht. Ich muß improvisieren können, und es dürfen mir nicht durch das konventionelle Zeremoniell die Hände gebunden sein."

„Aber es braucht ja gar niemand zu wissen, daß ich da bin. Ich könnte schnell an die Algarve hinunterfahren und mich in die Sonne legen."

„Liebling, sei vernünftig." Er lachte und deutete auf eine

Fernsehkamera, die neben ihnen stand. „Du kannst keinen Schritt machen, ohne daß die ganze Welt darüber Bescheid weiß. Ich auch nicht. Das bringt dieser Beruf eben mit sich. Damit müssen wir uns abfinden."

„Bitte, Harold. Es ist wichtig für mich."

„Alexis, sie warten schon." Sein Lächeln war verschwunden.

Sie sah sich um. Gleich neben ihr blickten verschiedene Beamte etwas unbehaglich. Der Staatssekretär sah auf die Uhr. Eingebildeter Schnösel, dachte sie, wie kannst du dich unterstehen! Sie wandte sich wieder an ihren Mann.

„Es tut mir leid", sagte er. „Ich rufe dich von Lissabon aus an." Er gab ihr noch einen flüchtigen Kuß, dann trat er zu den anderen.

Sie tat, als ob alles in Ordnung sei. Während er die Gangway hinaufging und, gefolgt von seinen Sicherheitsleuten, seinem Mitarbeiterstab und den Journalisten im Inneren des Flugzeuges verschwand, lächelte sie weiter ihr heiteres offizielles Lächeln. Während sie zusah, wie das Flugzeug sich in die Lüfte erhob und bald nur noch ein verschwommener Fleck am Himmel war, fühlte sie sich enttäuscht und auf unbestimmte Weise zurückgewiesen.

Und plötzlich wurde sie sehr wütend.

Ein Wagen des Luftwaffenpersonals wartete bereits, um sie zum Hubschrauber des Präsidenten zurückzufahren. Sie nahm keine Notiz davon, genausowenig wie von dem jungen Offizier, der auf sie zugekommen war, um sie zu begleiten. Statt dessen ging sie direkt zur offiziellen Limousine, die den Staatssekretär aus Washington hergebracht hatte.

„Ich möchte telefonieren", sagte sie zum Fahrer.

„Ja, Madam." Verblüfft öffnete er ihr die Tür. Sie stieg ein. Das Telefon war an der Trennwand zwischen Fond und Fahrer angebracht. Sie hob den Hörer ab. Sofort meldete sich eine Telefonistin des Außenministeriums.

„Ich möchte eine Verbindung mit Brigham Bay", sagte Alexis.

„Mrs. Volker am Apparat?"

„Ja."

„Sofort, Madam."

Beim vierten Läuten meldete sich Nettie Wilderstein. „Hallo?"

„Nettie, hier spricht Alexis. Liebes, unsere Pläne sind leider über den Haufen geworfen. Ich meine, was mich betrifft. Ich muß zurück in die R-Straße. Harold hat mich gebeten, etwas zu erledigen, das von Brigham Bay aus nicht möglich ist."

„Oh. Sollen wir also mit dem Essen nicht auf dich warten?"

„Ich wollte damit sagen, daß ich überhaupt nicht zurückkomme, Nettie. Tut mir schrecklich leid."

„Du meinst, das ganze Wochenende nicht?" Sie klang ungläubig.

„Ich muß in der Stadt bleiben."

„Oh. Aber wir haben die Antiquitätenschau für heute abgesagt. Wir dachten, du könntest morgen mitkommen. Damit du nicht allein bist."

„Das ist reizend von euch. Würdest du Arnold sagen, wie leid es mir tut. Und wenn du etwas brauchst, ruf mich bitte an."

„Natürlich, Liebes. Aber was ist mit den Sachen, die du hier hast?"

„Die nehme ich mit, wenn ich das nächste Mal hinunterfahre."

„Aber, Alexis . . ."

Sie legte den Hörer auf und stieg aus. Ihr Nacken fühlte sich heiß an. Einen Augenblick hob sie ihr Haar von den Schultern und lächelte den Fahrer an.

„Danke."

„Bitte, Madam."

Mit langen, leichten Schritten ging sie zum Personalwagen. Sie fühlte sich zum ersten Mal an diesem Tag gut und traf dem jungen Offizier gegenüber, der sie, etwas befremdet, eingeholt hatte und diensteifrig an ihrer Seite dahineilte, genau den richtigen Ton.

Sie hatte keine gesellschaftlichen Verpflichtungen, weil man annahm, sie sei in Brigham Bay. Sandy hatte das Wochenende frei, also fiel auch das Tennisspielen weg. Sie hatte Freitag abend, Samstag abend und Sonntag ganz für sich, und noch nie in ihrem Leben hatte sie sich so auf etwas gefreut. Sie hatte nicht vor, sich mit irgend jemand aus der Washingtoner Gesellschaft zu treffen. Sie würde sich die Haare waschen, fernsehen, vielleicht ins Kino gehen. Morgen würde sie lange schlafen und sich dann vielleicht mit einigen ihrer alten Bekannten vom Fernsehen treffen.

Es war wundervoll. Sie hatte sich durchgesetzt und von den Wildersteins losgeeist.

Fünf Minuten später erhob sich der Hubschrauber des Präsidenten in die Lüfte, und sie war auf dem Weg zurück nach Washington.

12

David Farr hatte den Wagen benützt, um quer durch die Stadt zum Folger-Park zu gelangen. Er fand einen Parkplatz und ohne Schwierigkeiten auch die Adresse, nach der er am Ende einer geschotterten Nebenstraße suchte. Die Gegend machte einen heruntergekommenen Eindruck und sollte assaniert werden.

Das Atelier befand sich in einem adaptierten Lagerhaus. Einmal im Inneren, vergaßen die meisten die Umgebung. Farr ging es genauso. Er machte sich mit Adrian James bekannt, mit dem er an diesem Morgen eine Verabredung getroffen hatte, und während James ihm ein kaltes Bier einschenkte, saß er auf einem breiten modernen Stuhl ohne Lehne und sah sich um. Hohe, vom Boden bis zur Decke reichende Atelierfenster gaben den Ausblick frei auf einen bezaubernden Garten im japanischen Stil, mit Teichen, Steine, Kieswege und exotischen Zwergbäumen.

Die fensterlose Wand des dahinterliegenden Lagerhauses war hellgrau gestrichen und vermittelte den Eindruck einer grenzenlos weiten Landschaft ohne Horizont. Das Dachgeschoß war als Schlafraum ausgebaut. Durch die Brüstung konnte er ein niedriges, extrabreites, mit einer Navajodekke bedecktes Bett auf einem Podest sehen, dessen antikes hölzernes Kopfbrett handgeschnitzt war. Die Stiege, die hinaufführte, war eine schmale Wendeltreppe aus reich verziertem Schmiedeeisen, die einen an New Orleans denken ließ.

James, Kunsthistoriker an der Nationalgalerie, war auch Maler, und zwar ein guter, wie Farr mit geübtem Blick feststellte. Zwei Bilder hingen an einer riesigen leeren Wand, weitere standen in einer Ecke und ein unvollendetes Werk auf einer Staffelei. Sein Stil, dachte Farr, war eine recht nüchterne Mischung aus Impressionismus und frühem Kubismus. Eher traditionell als ein radikaler Neuerer.

„Mir gefallen Ihre Arbeiten. Stellen Sie häufig aus?"

„Diesen Herbst habe ich eine Ausstellung in New York. Zuletzt habe ich in London ausgestellt. Und davor in San Franzisko." James brachte ihm das Bier in einem hohen Steuben-Kristallglas, kostspielig wie alles im Atelier. So wie James selbst, dachte Farr. Ihm war sofort die Ähnlichkeit mit Harold Volker aufgefallen. Offenbar fühlte sich Alexis Volker von einem bestimmten Typ angezogen. Er fragte sich, wie weit James und der Außenminister sich im Wesen ähnelten.

James setzte sich. Er war groß, dunkelhaarig und vom Tennisspielen gebräunt. Er war barfuß und trug eine weite Hose aus Popeline, ein grobgewebtes Baumwollhemd und eine Halskette mit irgendeinem Medaillon. Farrs erster Eindruck war, daß es ein Davidsstern war. James' Gesicht war sensibel, seine tiefliegenden Augen dunkel und grüblerisch. Aber er hatte einen breiten, sinnlichen Mund, der immer zu einem charmanten Lächeln bereit war. Wenn er saß, lümmelte er. Das schien so seine Art zu sein. Ein Bein lag lässig über der Sofalehne, das andere war lang ausgestreckt.

„Ich verbringe ziemlich viel Zeit in der Nationalgalerie", sagte Farr. „Es ist ein ganz besonderer Ort."

„Finde ich auch", sagte James. „Aber Sie sind nicht hierhergekommen, um über die Galerie zu reden. Was kann ich für den FBI tun?" Er hatte Farrs Karte auf die Anrichte gelegt. Er warf einen Blick darauf. „Und noch dazu für einen stellvertretenden Direktor."

Das ging ja ziemlich schnell, dachte Farr. Fast zu schnell für seinen Geschmack. Aber ihm ging ja die ganze Sache zu schnell — und gegen den Strich. Seit seinem Mittagessen mit Virgil Fein war nichts ordnungsgemäß oder routinemäßig verlaufen. Oder in seinem Sinne. Er hatte das Gefühl, in etwas geraten zu sein, das er nicht aufhalten oder kontrollieren konnte. Er wurde davon mitgerissen, ob er wollte oder nicht. Feins Beharren auf den Worten „angenommen daß" wollten ihm nicht aus dem Kopf. Genausowenig wie Susans Bemerkung über die nationale Sicherheit. Er sah sie vor sich, wie sie in der beginnenden Dämmerung in ihrem Wohnzimmer auf der Couch neben ihm gekniet war. Irgendwie hatte er ein mulmiges Gefühl, weil er ihr überhaupt etwas davon erzählt hatte. Es war das erste Mal, daß er ihr je geheime Angelegenheiten des FBI verraten hatte.

Gestern hatte er ganz plötzlich seine Entscheidung getroffen. Nicht unerheblich hatte ihn dabei die Tatsache beeinflußt, daß Sandy Muscioni in Alexis Volkers Büro eine Wanze gefunden hatte. Zweifellos war irgend jemand der Ansicht, daß sie etwas wußte. Ob das zutraf oder nicht, war eine andere Frage — eine, die man nicht unbeantwortet lassen durfte. Es war wie beim Football, wenn man als Stürmer im Bruchteil einer Sekunde die Initiative ergriff und beschloß, mit dem Ball zu laufen, wenn sich niemand fand, an den man ihn abgeben konnte. Einmal entschlossen, ging er voll an die Sache heran, ohne Vorbehalte und Einschränkungen. Nur in einer Hinsicht hatte er sich zurückgehalten. Er hatte niemandem vom FBI davon erzählt. Wenn etwas schiefging, wollte er nicht wie ein Narr dastehen und sich etwaigen nachteiligen Folgen aussetzen. Sein Job war zu wichtig für ihn und Susan, als daß er ihn verlieren durfte. Bis er eindeutige Beweise in der Hand hatte, mit denen er die Verdächtigungen des Shenson-Memorandums untermauern konnte, wollte er inoffiziell vorgehen.

Er sah James an, der auf seine Antwort wartete. „Nun denn", sagte er. „Zunächst nehmen Sie bitte meinen Dank für Ihre Bereitschaft entgegen, mich anzuhören. Ich bin sicher, Sie haben alle Hände voll zu tun."

James schien leicht überrascht ob dieser Höflichkeitsgeste. Zum Zeichen, daß er sie zu schätzen wußte, prostete er ihm zu. „Sie sicher auch."

„Dann komme ich also zur Sache", sagte Farr. Er rückte auf dem Stuhl hin und her, weil er sich etwas unbehaglich fühlte in seinem Straßenanzug, obwohl er sein Jackett ausgezogen hatte. „Ich muß Sie leider darauf hinweisen, daß unser Gespräch streng vertraulich ist."

James zuckte kaum merklich die Achseln, erwiderte aber nichts.

„Soweit mir bekannt ist, sind Sie mit M.J. Lindley befreundet", begann Farr.

James lächelte. „Das ist allgemein bekannt." Sein Ton war leicht herablassend.

Farr sagte: „Mrs. Lindley lebt getrennt von Arthur Lindley. Er ist Presseassistent des Generalstabschefs des Weißen Hauses, ist das richtig? Oder ist das ein anderer Lindley?"

„Das ist richtig. Hat das etwas mit dem Sicherheitsdienst zu tun?"

„Ja."

„In welcher Hinsicht?" James runzelte die Stirn. „Mary Jane ist kein Spitzel. Sie verfügte nie über irgendwelche Informationen, die sie hätte weitergeben können. Sie und Lindley trennten sich, bevor er ins Weiße Haus kam. Außerdem ist sie politisch völlig uninteressiert."

„Nennen Sie sie M.J. oder Mary Jane?"

James machte eine unwillige Geste. „Mal so, mal so. Die meisten nennen sie M.J. Ist das wichtig?"

„Nein. Und es handelt sich auch nicht um sie."

„Sondern?" James blickte verwirrt.

Farr sagte ruhig: „Es handelt sich um Mrs. Harold Volker."

Er wartete. James war augenblicklich auf der Hut.

„Alexis?"

„Alexis Sobieski. Ja. Sie hatten ein Verhältnis mit ihr. Bevor sie heiratete."

„Das ist ebenfalls allgemein bekannt." James' Ton war nun vorsichtig.

Farr wußte, daß er ihn aus der Fassung gebracht hatte. Er blickte sich im Atelier um. „Hat sie hier mit Ihnen gelebt?"

„Teils teils." James errötete leicht vor Zorn. „Aber ich verstehe nicht, warum das den FBI auch nur im geringsten kümmern sollte.

Farr beschloß, einen kleinen Rückzieher zu machen. „Na schön", sagte er. „Macht es Ihnen etwas aus, mir zu verraten, ob Sie sie immer noch sehen?"

„Ja, es macht mir etwas aus. Aber ich sage es Ihnen: Nein." James' Tonfall wurde fast höhnisch. „Wenn sie also ein Spitzel sein sollte — wichtige Staatsgeheimnisse, die sie von ihrem Mann hat, oder dergleichen —, dann ist es nicht bis zu mir gedrungen."

Farr sagte: „Gut geraten, aber deswegen bin ich nicht hier. Ich bin hier, weil ich möchte, daß Sie wieder Kontakt zu ihr aufnehmen."

Einen Augenblick lang glaubte er, James habe ihn nicht gehört. Er saß leicht nach vorn geneigt auf seinem Stuhl, die Unterarme auf den Knien. Er rührte sich nicht.

Schließlich sagte er: „Alexis? Warum, zum Teufel?" Sein Blick wurde böse. Farr konnte sehen, wie er sich bewußt Mühe gab, seine Stimme tolerant klingen zu lassen. „Mr. Farr, ich wiederhole, mein Privatleben ist meine Angelegenheit, und dazu gehört ganz sicher nicht, daß ich eine Art Laufjunge für den FBI spiele, falls es das ist, worauf Sie hinauswollen. Und jetzt habe ich, wie Sie vorhin andeuteten, zu tun, wenn Sie nichts dagegen haben."

Farr ignorierte den Protest. „Ich möchte, daß Sie Mrs. Volker wiedersehen", sagte er, „und ich möchte, daß Sie versuchen, sie so weit zu bringen, daß sie Sie wieder als vertrauten Freund ansieht, als jemanden, dem sie sich anvertrauen kann." Er hatte beschlossen, von James diesmal nicht mehr zu verlangen. Er wollte, daß er sich zuerst an die Situation gewöhnte, bevor er den Auftrag komplizierter machte.

Er war von James' Reaktion nicht überrascht. Der Künstler musterte ihn kurz und sagte: „Wenn Sie keinen Ausweis haben, der Sie dazu berechtigt, hier zu sein, würde ich es schätzen, wenn Sie die Güte hätten, sofort meine Wohnung zu verlassen."

Er ging zu Farr, nahm sein halbleeres Bierglas und stellte es wieder auf die Anrichte.

Farr fluchte innerlich. Fast verzweifelt hatte er gehofft, James würde sich kooperativ zeigen, aber er hatte gewußt, daß dem nicht so sein würde. Und weil dem nicht so war, mußte er zu üblen Methoden Zuflucht nehmen. All die Jahre, die er bei der Spionageabwehr zugebracht hatte, hatten ihn immer noch nicht abgestumpft. Er tat es nicht deshalb, weil Erpressung sich durch irgend etwas rechtfertigen ließ, sondern weil er keine andere Möglichkeit sah, so sehr er sich bemüht hatte. Vielleicht wäre es etwas anderes, wenn James gewußt hätte, unter welchem Verdacht Volker stand, egal wie vage dieser war. Er konnte wohl kaum ein Anhänger Volkers sein. Aber er durfte es nicht erfahren.

Das Sprechen fiel ihm schwer. „Der DEA", sagte er, „sieht dem Kokainlieferanten Mary Jane Lindleys schon länger auf die Finger. Sie haben in dieser Angelegenheit noch nichts unternommen, weil sie von ihrem Mann noch nicht geschieden ist und sie nur ungern für einen Skandal verantwortlich wären, in den — wenn auch nur dem Namen nach — ein Beamter des Weißen Hauses verwickelt ist."

James wandte sich von der Anrichte ab und ihm zu. Sein Mund war schlaff. „Sie verdammtes schwarzes Schwein", sagte er. „Sie kauft es für ihre Gäste. Die Hälfte aller widerlichen, heuchlerischen Politiker in Washington schnupfen es."

Diese Beleidigung half. Farr war ihm fast dankbar dafür. „Darüber bin ich mir völlig im klaren", konterte er sofort. „Genauso klar wie darüber, daß die Hälfte der Washingtoner Gastgeberinnen es zusammen mit dem Kaffee nach dem Essen servieren. Aber nur sehr wenige von ihnen haben zwei kleine Kinder, über die sie das Sorgerecht verlieren könnten."

Er stand auf, strich seine Krawatte glatt und schlüpfte in sein Jackett. Es war zum Teil als einschüchternde Geste gedacht. Er war einen Meter neunundachtzig groß und wog fünfundneunzig Kilo, und trotz seines Alter war kein überflüssiges Gramm Fett an ihm, was man ihm auch ansah. Er fand, er sollte Adrian James wissen lassen, worauf er sich einließ, wenn er die Beherrschung verlor. Er wollte nicht, daß James so weit ging. Damit wäre alles ruiniert.

Seltsamerweise ging James auch nicht so weit. Statt dessen schwand die Wut aus seinen Augen. Er stieß ein trockenes, wenig überzeugendes Lachen aus, schüttelte den Kopf, schenkte sich noch einen Drink ein und setzte sich wieder hin.

„Ich nehme an, Sie wollen, daß ich mit ihr ins Bett gehe?"

„Das habe ich nicht gesagt", antwortete Farr. „Ich habe nur gesagt, daß ich will, daß Sie sich mit ihr anfreunden. Wie Sie das tun, ist Ihre Sache. Und die von Mrs. Volker."

„Also gut", sagte James. „Es wird nicht einfach sein, aber ich werde nicht zulassen, daß Sie oder irgendein anderer M.J. oder ihren Kindern auch nur ein Haar krümmen, geschweige denn dieser Arsch von Arthur Lindley. Darf ich Ihnen noch ein Bier einschenken?"

Irgendwie hat der Bursche Stil, dachte Farr. Und Haltung. „Nein, danke", sagte er.

„Darf ich fragen, was das alles soll?"

„Tut mir leid", antwortete Farr. „Nicht heute. Vielleicht später."

„Eine letzte Frage", sagte James. „Warum ausgerechnet ich? Ich war in ihrem Leben nicht der einzige Mann vor Volker. Verflucht noch mal, als ich sie traf, war sie bei Gott kein Unschuldslamm. Ich kann Ihnen ein halbes Dutzend Männer aus Washington nennen, von denen ich sicher weiß, daß sie mit ihnen geschlafen hat. Alexis mag Sex."

Farr hielt das für eine niederträchtige Bemerkung. Er erinnerte sich daran, was Susan ihm über James und seine Orthopädin erzählt hatte, über ihre Reise nach Frankreich mit einer bisexuellen Freundin. Plötzlich empfand er Abneigung gegen ihn und Sympathie für Alexis Volker. Er vermutete, daß James sie verlassen hatte, weil er seinen Kopf nicht durchsetzen konnte. Er gehörte zu der Sorte Mann, die sich nur dann anständig benahmen, wenn sie herumkommandiert wurde und sich selbst leid tun konnte.

„Ich habe aber gehört", sagte er, „daß Sie derjenige sind, den sie geliebt hat. Alle anderen waren nur Spiel. Wie dem auch sei, ich vertrete die Meinung, daß Frauen heutzutage genauso ein Anrecht auf Sex haben wie die Männer."

James starrte ihn einen Augenblick lang an. „Ihr Kerle wißt wohl immer alles ganz genau, oder?" Wieder lag Feindseligkeit in seiner Stimme. Und Bitterkeit. Oder war es Selbstmitleid? „Okay, ich kann nur schwer hoffen, daß Sie wissen, was Sie tun. Wann soll ich anfangen?"

„Möglichst bald."

„Soll ich mich mit Ihnen in Verbindung setzen? Oder tun Sie das?"

„Beides", erwiderte Farr. „Meine Privatnummer steht auf meiner Karte. Rufen Sie mich nach Ihrem ersten Treffen an und erzählen Sie mir, wie es gelaufen ist." An der Tür sah er zurück. „Ich schlage vor, Sie geben sich zumindest Mühe, daß es gut läuft."

James antwortete nicht. Nachdem Farr die Tür hinter sich geschlossen hatte, blickte er in den Garten hinaus.

Aber er nahm ihn nicht wahr. Er sah Alexis Sobieski. Sie saß da, einen Drink in der Hand, mit weißem Gesicht. „Ich kann nicht verstehen, warum du Schluß machen willst, wenn du mich liebst, Jimmy. Warum? Sag mir doch, warum?“

Und er, wie er sie anschrie: „Ich hab dir gesagt, warum. Weil ich es nicht ertrage, nur die Hälfte von dir zu besitzen. Weniger als die Hälfte. Ein Viertel.“ Er hatte genug von ihrem Stardasein und davon, für die Leute Mr. Sobieski zu sein.

„Ich könnte das Fernsehen aufgeben.“

„Alexis, ich bitte dich. Verkaufe mich nicht für dumm. Du bist mit dem Fernsehen verheiratet.“

„Das muß aber nicht so sein, Jimmy. Ich habe viel darüber nachgedacht.“

„Dann tu es. Gib es auf.“

Sie hatte es nicht getan. Und er war froh darüber. Er wollte eigentlich nicht heiraten. Heiraten bedeutete, daß man durch Kinder gefesselt war und eine Verantwortung für eine zweite Person trug, die Selbstverwirklichung unmöglich machte. Sechs Monate später heiratete sie Harold Volker.

Er sah auf die Uhr. Seit Alexis hatte er sein Leben mit großer Sorgfalt eingerichtet, so daß es von niemandem gestört wurde. Es war unkompliziert, gefahrlos und machte Spaß, und er war es, der den Ton angab. In weniger als einer Stunde war all das von einem einzigen Mann ins Gegenteil verkehrt worden. Warum? Was, zum Teufel, ging wirklich vor? Was würde man ihm als Nächstes auftragen? Mißmutig warf er sich in einen Sessel. Er würde es herausfinden, und wenn es das Letzte war, was er je tat. Und dann würde er dafür sorgen, daß dieses Schwein von Farr für das, was er ihm antat, bezahlte. Für den Augenblick wußte er, daß er in die Enge getrieben war. Das Wichtigste war, kühlen Kopf zu bewahren und nicht die Geduld zu verlieren. Überlegt zu handeln und auf seine Chance zu warten. Zumindest konnte man ihm nichts vorwerfen. Niemand hatte etwas gegen ihn persönlich.

Er sah auf das halbfertige Gemälde auf der Staffelei. Später würde er einen Teil der Farbgebung ändern, dachte er. Das Blau trat zu stark in den Vordergrund. Er griff zum Telefon und wählte eine Nummer. Auf das Läuten meldete sich eine Frau.

„Hallo?"

„Hallo. Bin schon auf dem Weg."

Sie war verärgert. „Wo warst du? Du solltest doch das Essen mitbringen."

„Ich bin aufgehalten worden. Ich erkläre es dir später. Tschüs."

„Eine Sekunde. Batman?"

„Ja?"

„Bring auch Papier für Joints. Ich hab keines mehr."

Er legte den Hörer auf, sah nach, ob er seine Schlüssel hatte, versperrte die Gartentür und verließ das Atelier. Der Gedanke kam ihm, daß Sandy vielleicht etwas über Farr wußte oder zumindest etwas herausfinden konnte. Im geeigneten Augenblick würde er sie danach fragen.

13

Der Flug ging schnell. Washington flimmerte in der Hitze unter ihnen, Kleckse heller Gebäude und dunkler Dächer, zwischen Bäume eingestreut, wie von grünem Wasser eingefaßte Inseln in einem Flußdelta. Als sie sich dem Rasen des Weißen Hauses näherten, schien es völlig verlassen. Der Präsident und seine Familie waren bereits über das Wochenende nach Camp David gefahren, und nur die übliche Schlange von Touristen rückte im Gänsemarsch in den Ostflügel vor oder wartete geduldig.

Schon bevor sie landete, erspähte Alexis ihren Wagen. Er war direkt zum Hubschrauberplatz in der Nähe des Südportikus' gebracht worden. Ein Sicherheitsagent, der daneben wartete, war an seinem Anzug und an seinen Sonnenbrillen zu erkennen.

Sie erkannte erst, daß es Steve Riker war, als sie gelandet war und zum Wagen ging. Es war eine unangenehme Überraschung.

„Guten Tag, Mrs. Volker." Mit freundlichem Gesichtsausdruck öffnete er die Tür für sie. Sie zögerte, dann setzte sie sich hinter das Lenkrad. Er schloß die Tür und ging auf die andere Seite.

„Ich brauche Sie jetzt nicht, Mr. Riker." Sie ließ den Motor an und legte den Gang ein.

„Es tut mir leid, Mrs. Volker. Ich habe Order."

„Das ist Ihr Problem."

Sie ließ die Kupplung los. Schnell trat er zurück. Sie bog in die West Executive ein, in die abgeschlossene Straße, die das Weiße Haus vom monolithischen Block des Verwaltungsgebäudes trennte, in dem früher das Auswärtige Amt untergebracht gewesen war. Als sie durch das Kontrolltor und in Richtung Siebzehnte Straße fuhr, sah sie in den Rückspiegel und bemerkte eine dunkelgraue Limousine, die ihr folgte. Sie gehörte zum Sicherheitskommando. Riker saß am Steuer. Sie empfand denselben Zorn wie am Flughafen. Plötzlich kam alles in ihr hoch, und sie hieb wütend mit der Hand auf das Lenkrad. „Dieser Trottel. Verdammt noch mal!" Die Wildersteins und Portugal hatten ihr eine Woche allein mit Harold verdorben, und nun, da sie sich gerade losgeeist hatte, machte ihr eine Art Gefängniswärter einen Strich durch ein angenehmes Wochenende für sich allein. Während sie sich Georgetown näherte, kam ihr der Gedanke, ihn abzuhängen. Am Washington Circle bot sich eine perfekte Gelegenheit. Aber sie tat es nicht. Wohin sollte sie fahren? Außerdem wußte sie, daß dies die unangenehme Erinnerung, die zwischen ihnen lag, nur noch intensivieren würde — und zwar zu seinen Gunsten, nicht zu ihren.

Sie fuhr den Schotterfahrweg zum Haus in der R-Straße

hinauf und hielt vor der Tür. Als er hinter ihr stehenblieb, stieg sie aus dem Lancia, und bevor er die Limousine verlassen konnte, ging sie zu seinem Fenster, beugte sich hinunter und sagte: „Ich will an diesem Wochenende nicht gestört werden, von niemandem, unter keinen Umständen. Und schon gar nicht von Ihnen. Ich mag Sie nicht. Verschwinden Sie von der Bildfläche. Habe ich mich klar ausgedrückt?"

„Ja, Madam." Er lächelte höflich.

Das Lächeln versetzte sie noch mehr in Wut, und diese Wut entlud sich in der Halle an Everett. Er fragte, ob sie zum Essen da sein werde, und sie gab keine Antwort. Sie ging ins Wohnzimmer, holte sich einen Drink und nahm ihn in ihr Büro mit, wo sie ungestört war. Auf ihrem Schreibtisch lagen keine Briefe, die auf ihre Unterschrift warteten. Natürlich hatte Allison das für sie erledigt, bevor sie am Freitag weggegangen war.

Sie mochte ihr Büro lieber als die nüchterne, offizielle Atmosphäre des Wohnzimmers, das gar nicht wohnlich war, und beschloß hierzubleiben. Sie schloß die Tür, schaltete den Fernsehapparat ein, rollte sich mit ihrem Drink auf der Couch ein und wartete auf die Vier-Uhr-Nachrichten. Das erste, was sie sah, war, wie sie selbst ihren Mann zum Abschied küßte. Sie sah sich, Harold, den blasierten Staatssekretär, die Fernsehkameras und Journalisten und die große blaue Boeing 707 SAM 70. Sie schaltete auf einen anderen Kanal um, auf dem „Sesamstraße" lief. Es war schön, sich das Kinderprogramm anzusehen. Sie tat das oft. Sie liebte die Welt, in der die Kinder lebten. Sie hatte fast das Gefühl, als ob ein Kind neben ihr saß, und ebenfalls zusah. In Buchläden stöberte sie oft in der Jugendbuchabteilung herum, stellte sich vor, daß sie Kinder bei sich hatte, oder hätte nichts lieber getan, als Bücher zu kaufen und sie nach Hause mitzunehmen, um sie selbst zu lesen. Sie tat es aber nie. Manchmal hielt sie sich bei dem Gedanken für töricht und verlor den Mut, als ob die Verkäuferin wüßte, daß sie selbst es war, die *Pu der Bär* lesen wollte. Manchmal kam sie zum Schluß, daß ein Kinderbuch bei ihr zu Hause sie schmerzlich daran erinnern könnte, daß es dort keine Kinder gab und eine Zeitlang wohl auch nicht geben würde. Es täte ihr nur weh, wenn es dort herumlag.

Als das Telefon läutete, war sie völlig überrascht. Nahezu die einzigen, die je über dieses Telefon anriefen, waren Harold und manchmal Sandy. Sie hatte es installieren lassen, um Allison zu umgehen.

Es läutete weiter. Jemand mußte die falsche Nummer gewählt haben. Trotzdem hob sie ab.

„Hallo?"

„Alexis? Hallo."

Die Stimme war so vertraut, daß sie ihr in den Ohren weh tat. Aber einen Augenblick lang konnte sie sie nicht unterbringen. „Wer spricht?"

„Ich. Jimmy." Leicht ungehalten. Als ob er sie jeden Tag anrufe.

„Adrian?"

„Natürlich. Wie viele Jimmys kennst du denn? Wie geht es dir?"

Es war absurd. „Mir — mir geht es gut." Am Fernsehschirm tauchte Oskar gerade aus seinem Abfalleimer auf und beschwerte sich lautstark.

„Ausgezeichnet. In einer Stunde komme ich nämlich vorbei und gehe mit dir essen."

„*Was* willst du?"

„Mit dir essen gehen. Also fang an, dir zu überlegen, wohin du gern fahren möchtest."

Alexis fand ihre Stimme wieder. „Jimmy, warte einen Augenblick." Das konnte doch nicht wahr sein, dachte sie. Es war genau wie früher, als er sie vier-, fünfmal am Tag angerufen hatte. Es war, als ob es die vier Jahre dazwischen einfach nicht gegeben hätte.

„Vielleicht irgendwo in deiner Nähe in Georgetown", sagte er. „In den ehemaligen Stallungen — weißt du, welche ich meine? — direkt bei der Vierunddreißigsten Straße gibt es einen neuen französischen Koch in einem Kellerlokal."

„Jimmy, du bist verrückt. Ich kann nicht mit dir essen gehen. Jedenfalls nicht einfach so."

„Warum nicht? Harold ist in Lissabon, nicht? Ich habe gerade in der Flimmerkiste gesehen, wie du dich mit einem Kuß von ihm verabschiedet hast. Oder schicken sie heutzutage Doppelgänger?"

„Jimmy." Langsam kehrte sie in die Gegenwart zurück und gewann wieder die Herrschaft über sich. Mit fester Stimme sagte sie: „Erstens bin ich verheiratet und stehe im Licht der Öffentlichkeit. Hast du das vergessen? Die Zeitungen berichten über jeden meiner Schritte. Und du bist mein Exgalan, wie allgemein bekannt ist."

„Liebhaber."

„Was?"

„Exliebhaber. Galan ist altmodisch. Sonst noch Einwände?"

„Tja, vielleicht will ich dich gar nicht sehen. Hast du das jemals in Erwägung gezogen? Fünf Jahre sind es, und du rufst aus heiterem Himmel an. ‚Alexis, ich gehe mit dir essen.' Und du fragst mich gar nicht, du setzt mich einfach in Kenntnis."

Er lachte. „Keiner von beiden Gründen ist stichhaltig, und das weißt du genau. Setz dunkle Brillen und ein Kopftuch auf und verschwinde durch die Hintertür."

Ihr Tonfall war weiterhin freundlich und gelassen. „Tut mir leid, Adrian James, ich habe schon eine Verabredung."

„Unsinn."

„Ehrlich, das stimmt."

„Ehrlich, du lügst das Blaue vom Himmel herunter, und wenn nicht, dann sag sie ab. Ich möchte dich sehen."

„Jimmy, das ist unmöglich. Wie bist du überhaupt an diese Nummer gekommen?"

„Ich habe Freunde beim FBI."

Sie begann zu lachen. „Jimmy, verdammt noch mal . . ."

„Ich hole dich um sieben ab."

„Jimmy."

Es war zu spät. Am anderen Ende wurde eingehängt, und die Leitung war tot. Alexis starrte auf das Telefon, als ob es verhext wäre. Es war höchst sonderbar. Was um alles in der Welt sollte sie tun? Sie konnte sich nicht mit ihm treffen. Er mußte noch in seinem Atelier wohnen. Sie versuchte, sich an die Nummer zu erinnern. Es hatte Zeiten gegeben, da sie ständig dort angerufen hatte. Sie griff zum Telefonbuch. Dann beschloß sie, ihn nicht anzurufen. Das würde sie ihm nicht gönnen. Vor fünf Jahren hatten sie sich für immer getrennt. Sie würde Everett den Auftrag geben, sie zu verleugnen, falls Jimmy wirklich verrückt genug war zu kommen. Und was konnte er denn überhaupt wollen? Sie hatten nichts mehr miteinander gemeinsam. Sie bewegten sich in verschiedenen Kreisen, hatten verschiedene Freunde.

Sie ging vom Büro ins Wohnzimmer, nahm sich noch einen Drink, stieg ins obere Stockwerk und setzte sich vor ihren Toilettentisch. War dies Alexis Sobieski, die ihr aus dem antiken Spiegel entgegenblickte, eine andere als diejenige, die einst mit Adrian James geschlafen hatte? Sie begann, sich an ihre Liebesspiele zu erinnern, an den Anblick, die Berührung seines Körpers und an die Gefühle, die er in ihr erregt hatte. Sofort schüttelte sie diese Gedanken ab.

Er würde sagen: „Du hast dich verändert, Alexis. Du bist nicht mehr die gleiche."

„Ich bin älter."

Dann der undurchdringliche Blick eines Mannes, der merkt, daß die Wahrheit vielleicht nicht sehr schmeichelhaft ist und er sich damit vielleicht seine Chancen verderben könnte.

„Das habe ich nicht gemeint."

„Aber es ist wahr."

Sie sah sich genau an. Auf ihrer Stirn und zwischen ihren Augen und Schläfen waren Falten, die nicht dagewesen waren, als sie ihn gekannt hatte. Eine gewisse Müdigkeit.

Sie probierte ihr Fernsehlächeln. Und konnte es nicht ausstehen. Es war für eine jüngere Frau gedacht. Vielleicht nicht den Jahren nach, aber in seelischer Hinsicht. Für jemanden auf Erfolgskurs, wie sie es gewesen war. Zuerst UBC, dann Harold Volker. Es war zu spät für Adrian James — sogar für eine bloße Freundschaft. Und selbst wenn er die ideale Entgegnung auf Riker war, auf die Wildersteins, ja sogar auf Harolds kalte Ablehnung, sie nach Lissabon mitzunehmen. Zum Teufel mit ihm. Und überhaupt, wofür hielt er sich eigentlich?

Sie ließ sich ein Bad ein, stieg mit einem Drink in die Wanne und versuchte, nicht an ihn zu denken. An gar nichts, außer an Harold, der sich irgendwo über dem Atlantik befand, mit Journalisten und seinen Leuten sprach, Cocktails trank und mit dem Piloten plauderte.

Es funktionierte nicht. Ein Gefühl der Aufregung hatte von ihr Besitz ergriffen, das jeden Gedanken unterband. Sie lachte lauthals, spontan und in einer Art Erleichterung, die nicht enden wollte. Ein Gedanke hatte alle anderen aus ihrem Kopf verdrängt.

Du lieber Gott, dachte sie. Wir Frauen.

Sie hate sich bei der Überlegung ertappt, was sie anziehen sollte.

14

Sandy saß da, rauchte und dachte über sich und Adrian James nach. Ihr Wecker stand auf fünf Uhr zwanzig. Er war um etwa fünf gegangen, um Wein einzukaufen und stand nun unter der Dusche.

Sie hatten den ganzen Nachmittag im Bett verbracht. Aber sie fand, daß Betten eben dafür da waren. Für Männer und Frauen. Nackte, sexuell erregte Körper, im heißen Schweiß des Sommers eng umschlungen und in einer eigenen Welt, wo nichts und niemand sonst existierte. In diesem Augenblick schien ein Bett zum Schlafen etwas Nebensächliches. Ihr eigener Körper wies jeden Gedanken daran zurück. Sie streckte sich aus und wartete auf ihn, schlank, blond, sportlich und noch matt von der Liebe. Der Mangel an Weiblichkeit, den ihr Beruf mit sich brachte, die Selbstverleugnung und Diskretion, die der Job verlangte, das Tragen einer Pistole, das Judo-Training, das ständige Auf-der-Hut-Sein vor plötzlichen Gewalttätigkeiten — all das führte dazu, daß sie vergaß, eine Frau zu sein. Jetzt hatte sie das Gefühl, eine zu sein, und das war gut. Sie wollte nicht, daß dieses Gefühl schwand.

Als er um zwei Uhr dreißig gekommen war, hatte sie etwas Marihuana geholt, sie hatten geraucht und Wein getrunken. Er hatte ihr nicht gesagt, warum er so spät gekommen war oder was geschehen war. Sie hatte nicht gefragt. Sie wußte, daß es wichtig war und daß er es ihr sagen würde, wenn er dazu bereit war. Erst hatte er sie, dann sich entkleidet, und sie waren miteinander ins Bett gegangen.

Eines der ersten Dinge, die sie getan hatte, als sie Alexis zugeteilt wurde, war es gewesen, sich über ihr Leben zu informieren. Wenn man jemanden beschirmte, dann half es, seine Freunde zu kennen, die ehemaligen und die gegenwärtigen. So kam es niemals zu Überraschungen oder peinlichen Situationen, weil man vielleicht zur falschen Person unfreundlich war, besonders am Telefon. Sie hatte eine Menge Leute aufgesucht. James war einer von ihnen gewesen. Sie hatte ein sachliches, gleichgültiges Verhalten an den Tag gelegt, aber sie hatte die sexuelle Anziehung sofort verspürt. Genau wie er. Zwei Tage, nachdem sie einander kennengelernt hatten, gingen sie miteinander ins Bett.

Zunächst schien alles ganz verkehrt, aber nach einer Weile waren sie beide fähig, das, was zwischen ihnen war, von Alexis zu trennen, und wenn sie von ihr sprachen, dann nur unpersönlich. Sie hatte ihn über sein Verhältnis zu M.J. Lindley befragt, und er hatte offen mit ihr gesprochen.

„Aber wenn du sie nicht liebst", hatte sie gefragt, „warum lebst du dann mit ihr zusammen?"

„Ich lebe nicht mit ihr zusammen. Ich habe ein paar Sachen dort, aber meistens schlafe ich in meinem Atelier."

Er dachte einen Augenblick nach. „Es ist bequem für mich."

„Das ist alles?"

„Gesellschaftlich gesehen. Nun ja, vielleicht ein wenig mehr, ich mag sie sehr gern, um ehrlich zu sein. Sie ist für mich eine Art zu leben. Sie gibt prima Parties. Wir vertragen uns. In Washington Junggeselle zu sein, ist nicht gerade eine lustige Angelegenheit. Man braucht jemanden. Es ist eben eine dieser Beziehungen, in die man hineinschlittert, glaube ich."

„Wie ist sie im Bett?"

„Nicht gerade umwerfend, aber okay."

Auch über Alexis hatten sie gesprochen.

„Sie war eine Wucht, aber unmöglich. Wenn es nicht ihre verdammte Karriere war, dann brachte sie uns beide zum Wahnsinn, weil sie immer auf der Suche nach etwas war."

„Was meinst du damit, auf der Suche?"

„Das weiß ich selbst nicht so genau. Sie hatte dauernd das Gefühl, die Überfahrt zu versäumen. Daß das Fernsehen vielleicht nicht ihr endgültiges Lebensziel war. Sie hatte das Gefühl gehabt, daß es noch etwas anderes geben müsse. Was, wußte sie selbst nicht genau."

„Heiraten?"

„Ich glaube, das war es wohl."

„Vielleicht bekamst du es mit der Angst zu tun, als sie entdeckte, daß sie sich dich in den Kopf gesetzt hatte." Sie lachte.

„Vielleicht", gab er zu.

„Hast du sie geliebt?"

Er hatte eine ausweichende Antwort gegeben. „Das haben alle behauptet."

„Liebst du sie immer noch?"

„Und wenn, dann bin ich mir dessen nicht bewußt."

„Vielleicht weil du sie nie triffst?"

„Könnte sein."

„Oder vielleicht triffst du sie nicht, weil du Angst davor

hast zu entdecken, daß deine Gefühle sich nicht geändert haben."

„Sagen wir so: Ich treffe sie nicht, und es geht mir gut. Alles, was ich brauche, bekomme ich von M.J."

„Und von mir."

„Das ganz sicher."

Jeder von ihnen hatte dem anderen etwas zu geben. Sie hatten eine sexuelle Beziehung, und zwar ausschließlich sexuell, ohne andere Forderungen. Oft behauptete er, sie sei von allen Frauen, die er gehabt hatte, im Bett am besten. Sie wußte, daß er es ernst meinte, und fühlte sich geschmeichelt. Was sie dafür als Gegenleistung bekam, übertraf all ihre Erwartungen. Er war ungehemmt, freizügig, empfindsam und sehr erfahren. Er kannte die sexuellen Bedürfnisse einer Frau und auch den Körper einer Frau wie seinen eigenen. Als Mensch fand Sandy nicht allzuviel an ihm, aber wenn sie miteinander schliefen, führte er sie immer weiter, in eine Art sexuelle Vorhölle, wo ihre Empfindungen derart intensiv wurden und nicht enden wollten, daß sie fast unerträglich waren. Noch nie hatte ein Mann das mit ihr gemacht. Manchmal fragte sie sich, ob es für jede Frau, mit der er ins Bett ging, dasselbe war. Ihrer Meinung nach hatte sich Alexis den falschen Mann ausgesucht. Sandy hielt nicht allzuviel von Liebe als Grundlage zwischenmenschlicher Beziehungen. Das brachte immer Probleme mit sich. Was sie betraf, waren Männer — außer es waren Berufskollegen — nur für Sex da.

Sie hörte, wie die Dusche abgedreht wurde. James kam aus dem Bad, gebräunt, schlank, schön und tropfnaß, ein Handtuch um die Schultern gelegt.

Sie lächelte ihn an. „Du hast ein Ding wie ein Pferd, weißt du das? Du lieber Gott!"

Er grinste und legte sich neben sie. „Gib ihm noch fünf Minuten Pause." Er zündete sich eine Zigarette an und sagte beiläufig: „Ich hatte den FBI bei mir im Atelier, bevor ich herkam."

Sie bemühte sich, keine Überraschung zu zeigen. „Was wollten sie?"

„Es war ein FBI-Mann, um genau zu sein. Er wollte, daß ich mich mit Alexis treffe."

„Wie meinst du das — dich mit ihr treffen?"

„Wieder anfangen, mich mit ihr zu treffen."

„So? Warum das?" Sandy setzte sich auf und lehnte sich gegen das Kopfbrett.

„Das hat er nicht gesagt. Er hat nur gesagt, wir sollten unsere freundschaftlichen Beziehungen wieder aufnehmen, und ich sollte ihr Vertrauen gewinnen. Hast du eine Ahnung, warum?"

Sandy dachte nach. Das war eine Entwicklung, die sie keineswegs vorausgesehen hatte. Sie versuchte, eine ausweichende Antwort zu geben, um Zeit zu gewinnen, einen klaren Gedanken fassen zu können.

„Nein", sagte sie. „Aber das ist interessant. Was wirst du tun?"

„Mir bleibt keine Wahl."

„Warum nicht?"

„Wenn ich mich nicht mit ihr treffe, läßt er M.J. hochgehen. Kokain."

Sie stieß einen Pfiff aus. „Wer, zum Teufel, ist dieser Kerl?"

„Er heißt Farr. David Farr. Kennst du ihn?"

Sie stand auf. „Nicht persönlich. Ein Schwarzer, nicht wahr?"

„Ja. Ist er wichtig?"

„Ja."

„Wie wichtig?"

„Er kommt gleich nach der Spitze. Er ist mit einer Neurochirurgin verheiratet. Die solltest du sehen. Sie ist um vieles jünger. Fast wäre sie Miss Amerika geworden." Sie lachte. „Vielleicht könntest du dich rächen, wenn du ihr deine Aufwartung machst."

Sie ging ins Badezimmer und drehte die Dusche an. James folgte ihr.

„Stört es dich, wenn ich mich mit ihr treffe?" Er schien besorgt.

„Alexis?" Sie reagierte gereizt. Das kam von seiner unerwarteten Unsicherheit. „Warum sollte mich das stören?"

„Grenzt ziemlich nahe an dein Revier, nicht?"

Wieder dachte sie nach. Sie hatte Zeit gehabt, sich klar zu werden. Die Situation gefiel ihr gar nicht, aber der Teufel sollte sie holen, wenn sie ihn aufgab. Sie würde versuchen müssen, sehr vorsichtig zu taktieren, zu zeigen, daß ihr etwas an ihm lag, ohne besitzergreifend zu erscheinen. Aber auch nicht gleichgültig.

„Sie mal, Batman", sagte sie, „deine Beziehung zu mir und deine Beziehung zu ihr oder jemand anderem, das sind zwei verschiedene Dinge. Ich bin nur ein Teil deines Lebens."

„So einfach ist das nicht, oder?" fragte er. „Sie ist deine Chefin, nicht? Und in gewisser Hinsicht auch deine Freundin."

Sie antwortete nicht. Sie beschloß, einen Augenblick lang nichts mehr zu sagen. Sie seifte sich ein und duschte, sich dessen bewußt, daß er jede Bewegung ihrer Hände auf ihrem Körper genau beobachtete. Das war ein gutes Zeichen. Sie sprach erst, nachdem sie den Wasserhahn abgedreht und das Handtuch genommen hatte, das er ihr hinhielt.

„Hör auf, dir Sorgen zu machen." Ihr Tonfall war freundlich, sie stellte sich auf die Zehenspitzen und küßte ihn flüchtig. „Vielleicht geht sie gar nicht mit dir ins Bett."

„Darum handelt es sich nicht. Und ich habe bestimmt nicht die Absicht, mit ihr ins Bett zu gehen."

Sie zuckte die Achseln. „Das bleibt dir überlassen. Ehrlich gesagt, vielleicht solltest du es sogar. Du wärst ihr vielleicht weit mehr von Nutzen als Wyndholt." Sie küßte ihn nochmals und berührte ihn dabei mit ihrem Körper. „Ich meine es ernst. Ich mag dich gern, Batman, sehr gern, aber ich bin nicht der eifersüchtige Typ. Und glaub niemals, daß ich es vielleicht doch bin, ja? Ich führe mein eigenes Leben."

Sie ging ins Wohnzimmer und begann, einen Joint zu rollen. James goß Wein in Gläser. „Ich muß heute abend mit ihr essen gehen."

„In Ordnung. Wann?"

„Halb acht." Er brachte ihr ihr Weinglas.

Sie wußte, daß das Ärgste vorbei war. Sie zündete den Joint an, gab ihn an ihn weiter und streifte mit der Hand leicht seine Brust. „Wir haben also noch ganze eineinhalb Stunden, nicht wahr?"

Später, als er sich anschickte zu gehen, fragte Sandy: „Hast du schon herausgekriegt, warum sie wollen, daß du auf freundschaftlichem Fuß mit ihr stehst?"

„Nein. Eigentlich nicht."

„Ich dachte, das wäre ziemlich klar."

„Warum?"

„Sie müssen auf der Suche nach einem Spitzel sein."

„Glaubst du?"

„Na ja, todsicher wollen sie keine Informationen über mich oder M.J."

Sie lachten beide, James nicht ganz so laut. Etwas hatte sich in ihm festgesetzt, das auch ein Nachmittag im Bett nicht hatte ausradieren können. Er steckte bis zum Hals in einer üblen Sache und hatte keine Kontrolle darüber. Mit Sandy war alles in Ordnung, aber er mußte noch mit Alexis fertig werden. Und, was vielleicht noch schlimmer war, er mußte mit sich selbst fertig werden. Alexis war die einzige Frau, die er je wirklich geliebt hatte, und die Trennung von ihr war ihm sehr schwer gefallen. Es war möglich, daß all die alten Wunden wieder aufbrechen würden, wenn er sie wiedersah. Als er zu seinem Wagen hinunterging, dachte er wieder an David Farr und verfluchte ihn. Mehr, als er je irgend jemanden verflucht hatte.

15

Zwei Tage später waren seine Gefühle immer noch unverändert. Es war neun Uhr morgens an einem Sonntag, und er lag seit einigen Minuten wach und horchte auf das Klappern, das aus der Küche drang. M.J. bereitete ihren Kindern gerade das Frühstück. Draußen vor ihrem alten viktorianischen Haus in der schattigen Vorortestraße, die von Foxhall abzweigte, war es still. Das einzige Geräusch, das James außer Vogelstimmen und einem gedämpften, weit entfernten Fernsehapparat vernahm, war ein Auto, das langsam vorbeifuhr. Vor einer halben Stunde, als M.J. aufgestanden war, hatte sie ihn sanft geweckt. Wenn sie das tat, wollte sie, daß er in das Gästezimmer übersiedelte. Um der Kinder willen wollte sie den Schein aufrechterhalten. Heute morgen hatte er es aber nicht getan. Er fühlte sich völlig erledigt. Die Kinder waren ohnehin noch zu klein, um zu wissen, worum es ging, dachte er. Zum Teufel damit. Er versuchte, nicht daran zu denken, was er, einmal aufgestanden, tun mußte. Alexis hatte ihn gefragt, ob er mit ihr nach Brigham Bay hinunterfahren wolle. Als er gestern früh bei ihr angerufen hatte, um sich für ihre Gesellschaft beim Essen am Abend vorher zu bedanken, sagte sie, daß die Wildersteins beschlossen hatten, zu einer Hochzeit nach Maine zu fahren, obwohl sie glaubte, daß der wahre Grund darin lag, daß Arnold sich langweilte. In Brigham Bay gab es keinen Golfplatz. Seitdem war die Anspannung in seinem Inneren immer größer geworden. Anspannung und Angst. Irgendwie war es schlimmer, daß Alexis zugesagt hatte und ihn wiedersehen wollte, als wenn sie ihn höflich, aber entschieden abgewiesen hätte. Gestern abend hatte er es an M.J. abreagiert, als ob sie die Schuld an allem trüge. Er hatte zuviel getrunken und war beleidigend gewesen. Sie hatte ihn im Wohnzimmer sitzen lassen und war in Tränen aufgelöst zu Bett gegangen. Heute morgen konnte er sich nicht mehr erinnern, was er zu ihr gesagt hatte. Das war schlimm.

Er setzte sich auf und versuchte, seine Gedanken zu ordnen. Um elf Uhr sollte er Alexis abholen. Er hatte es M.J. noch nicht gesagt, aber er hatte sich schon eine Lüge ausgedacht. Er würde damit bis zum Frühstück warten. Wieder dachte er an Farr. Seit Farr war alles eine Lüge. Gestern hatte er ihn zu Hause angerufen. Ihm fiel ein, daß er, während das Telefon läutete, an seiner Staffelei gestanden war und weiße Farbe auf das Gemälde geschmiert hatte, das Farr bewundert hatte. Er hatte Lust, das ganze Bild nur deswegen zu zerstören, weil Farr es bewundert hatte.

Eine Frau meldete sich mit sanfter, kultivierter Stimme. Er verlangte Farr und nannte seinen Namen. Die Frau zeigte keine Reaktion. Wahrscheinlich war sie Farrs Frau. Er versuchte, sie sich vorzustellen. Sandy hatte gesagt, sie sei schön. Ein paar Augenblicke später war Farr am Apparat.

„Wie war's?"

„Gestern abend hab ich sie zum Essen ausgeführt." Es fiel ihm schwer, noch etwas zu sagen. Innerlich tobte er vor Zorn.

„Das ging aber schnell. War sie zugänglich?"

„Sie meinen, ob sie mich wiedersehen will?"

„Ja."

„Kein Problem." Er sagte es widerstrebend.

„Wann treffen Sie sich wieder?"

„Morgen."

„Mittagessen?"

„Ja."

„Wo?"

„Brigham Bay. Sie will es mir zeigen."

„Das ist gut. Fragen Sie sie über die Reise ihres Mannes nach Portugal aus."

„Portugal?"

„Wenn sie davon redet, passen Sie auf, ob sie einen General Figueira erwähnt."

„Was soll ich sagen?"

„Nichts. Nur aufpassen. Und mich auf dem laufenden halten."

Er machte sich nicht die Mühe, Farr zu sagen, wie sorgfältig er die erste Tuchfühlung mit Alexis vorbereitet hatte, ja wie er sogar überlegt hatte, was er am Telefon zu ihr sagen wollte. Sie ließ sich nicht beeinflussen. Und sie war stolz. Er hatte ihr keine Gelegenheit zum Nachdenken geben wollen. Er wählte Freitag nachmittag für seinen ersten Anruf, weil er wußte, daß sie knapp nach dem Abflug Volkers niedergedrückt sein würde. Aber es war keineswegs gewiß, daß sein Annäherungsversuch klappen würde, und als er aufhängte, waren seine Handflächen schweißnaß. Später erschien ihm das Warten vor ihrem Haus unendlich lang.

Würde sie kommen oder nicht? Alles, was sie am Telefon gesagt hatte, war ein Nein gewesen.

Schließlich öffnete sich die Tür, und die Spannung war vorbei. Sie erschien, frisch und bezaubernd in einem leichten Sommerkleid und stieg schweigend neben ihm ein.

„Hallo."

„Hallo."

Vier Jahre schwanden im Nu. Zurück blieb Verlegenheit über ihre Entfremdung. Sie saß da, musterte ihn und wartete darauf, daß er etwas sagte. Schnell ließ er sich etwas einfallen.

„Was ist mit deinem Gorilla?"

Sie lachte. „Üblicherweise ist es eine Sie, und sie ist ein Schatz, aber sie hat frei. Sie heißt Sandy. Ich habe ihre Vertretung um Zigaretten geschickt, die man nirgends — außer vielleicht an der portugiesischen Botschaft — auftreiben kann. Er ist ein echter Nazi."

Er hatte nicht erwartet, daß sie Sandy so bald erwähnen würde. Mit einem Gefühl des Ungehagens fuhr er los. Ihm fiel ein, daß er Sandy wahrscheinlich irgendwann persönlich treffen würde, wenn er mit Alexis zusammen war. Der Gedanke war fast unerträglich. Er fragte sich, ob auch Sandy auf diesen Gedanken gekommen war.

Bis sie beim Restaurant ankamen, waren sie verlegen, wie Jugendliche bei ihrem ersten Rendezvous. In der intimen Atmosphäre des Lokals entspannten sie sich. Da Alexis anscheinend nicht über sich reden wollte, ließ er zu, daß sie das Gespräch auf ihn und M.J. brachte. Er fragte sie um Rat. Er könne nicht auf immer und ewig mit ihr zusammenleben, denn es würde nie etwas daraus werden. Was sollte er tun?

„Glaubst du, es täte ihr weh", fragte sie, „wenn du sie verläßt?"

„Ich weiß es nicht genau."

„Nun — liebt sie dich?"

Alexis hatte ihn geliebt. Er konnte einen Abglanz davon in ihren Augen sehen.

„Ich glaube ja", gab er zu. „Aber sie liebt auch ihre Kinder. Mehr als alles andere. Sie stehen immer an erster Stelle. Ich glaube, es würde ihr genügen, nur sie und niemand anderen zu lieben."

„Du kannst dein Leben nicht damit verbringen, Beziehungen zu beenden", sagte Alexis. Ihre Stimme klang brüchig.

„Eins zu Null für dich", sagte er.

„Entschuldige. Das war nicht fair, oder?"

Ihre Blicke trafen sich und übertrugen ganz unerwarteterweise die magnetische Anziehung, die ganze Leidenschaftlichkeit und Tiefe der alten Gefühle.

Eine Art Traurigkeit überkam Alexis. Einen Augenblick lang schwieg sie, dann sagte sie: „Ich bin froh, daß du mich angerufen hast. Du hast mir gefehlt."

„Du mir auch." Er fragte sich, was er als nächstes sagen sollte. Sie waren in ein gefährliches Fahrwasser geraten. Er sah, daß sie dasselbe dachte. Der Kellner, der mit dem nächsten Gang heraneilte, war ihre Rettung. Der kritische Augenblick war vorbei. Sie begannen, sich über die politische Lage zu unterhalten. Danach ging es den ganzen Abend lang dank eines stillschweigenden Waffenstillstandes gut und sie erzählten einander von dem Leben, das sie vier Jahre lang unabhängig voneinander geführt hatten.

Nun hörte er M.J.s Schritte auf der Treppe, und dann saß sie mit einer dampfenden Tasse Kaffee und einem Teller gebuttertem Toast auf dem Bett. Sie trug ein tief ausgeschnittenes Nachthemd aus Satin, zwischen ihren großen Brüsten war eine tiefe Einbuchtung, und sie hoben sich deutlich gegen den weichen Stoff ab.

Sie lächelte, küßte ihn und wünschte ihm einen guten Morgen. „Es tut mir leid wegen gestern abend", sagte er. Er zog sie an sich und küßte sie nochmals.

„Schwamm drüber. Das war gestern abend."

„Ehrlich?"

„Ehrlich. Das ist der Preis, den ich dafür zahle, daß ich liebe."

„Du vergeudest deine Zeit nicht."

„Hoffentlich nicht."

Jetzt oder nie, beschloß er. Er setzte sich mit dem Teller im Bett auf und begann, ihr seine Lüge aufzutischen. Er sagte ihr, er müsse das Mittagessen absagen, das sie für heute mit Freunden geplant hatten. Er müsse nach New York zu einer Verabredung im Metropolitan Museum.

„Ich weiß, ich hätte gestern abend etwas sagen sollen. Offenbar war ich zu sehr damit beschäftigt, mich wie ein Schwein zu benehmen."

„Aber Jimmy, es ist doch Sonntag." Sie sah verwirrt und verletzt aus. Er fragte sich, ob sie wußte, daß er log.

„Ich weiß. Aber es ist der einzige Tag, an dem der Mann Zeit für mich hat. Ich werde versuchen, pünktlich zum Abendessen zurück zu sein. Es tut mir leid, Mary Jane." Er stellte den Teller weg, zog sie an sich und ließ seine Hände über ihren Rücken bis zu den Hüften hinabgleiten. Plötzlich wollte er mit ihr schlafen. Nicht der Lust wegen, sondern um ihr ganz nahe zu sein. Sie bedeutete Sicherheit, und die brauchte er jetzt. Wenn es auch nur für ein paar Minuten war.

Sie sträubte sich. „Jimmy, die Kinder."

„Kannst du sie nicht für eine halbe Stunde beschäftigen?"

„Liebling, du weißt, daß das nicht geht."

Eine Stunde später verließ er sie, um ins Atelier zu fahren. „Ich muß mich umziehen und einige schriftliche Unterlagen holen."

Im Atelier angelangt, zog er Tennisschuhe, Jeans und ein verwaschenes Lacoste-Leibchen an, schnappte sich einen alten Pullover für den Fall, daß es regnete, öffnete das Schiebedach seines Sportwagens und fuhr Richtung Georgetown. Zum Glück wollte Alexis aufs Land hinaus. Wären sie in Washington geblieben, hätte die Möglichkeit bestanden, daß sie in M.J. hineinliefen.

Um Punkt zehn Uhr bog er in die Q-Straße unterhalb der R-Straße ein. Er parkte in der Mitte des Häuserblocks und wartete.

Um fünf nach zehn erschien Alexis im Laufschritt. Sie benahm ihm den Atem und machte das Lügengespinst fast erträglich. Sie sah Jahre jünger aus als gestern abend. Sie trug einen leichten Baumwollrock mit einem goldenen Gürtel, Sandalen und ein weißes T-Shirt mit der Aufschrift „I love Whales". Sie hatte einen Seidenschal lose um den Hals gebunden und hielt eine Leinentasche in der Hand. Ihre dunkle Sonnenbrille saß auf ihrem offen herabfallenden, goldfarbenen Haar. Sie war die Frau und das Gesicht, in das halb Amerika verliebt gewesen war. Er eingeschlossen.

Atemlos stieg sie ein.

„Hat er dich gesehen?"

„Nein. Er war im Korridor und sagte guten Morgen. Ich habe ihm gesagt, ich fahre zum Mittagessen nach Old Alexandria und er solle mir den Wagen bringen. Ich ging in mein Büro, schaltete den Fernsehapparat ein und kletterte aus dem Fenster." Sie zeigte ihm eine Schramme am Bein und lachte hellauf. „Genau in einen Rosenstrauch."

Zehn Minuten später waren sie auf dem Capitol Beltway, der einen Bogen um Südwashington macht und zum Potomac und nach Maryland führt.

16

Alexis hatte den überwältigenden Wunsch, ihre Liebe zu Brigham Bay mit jemandem zu teilen. Es war ziemlich offensichtlich, daß die Wildersteins es nur behielten, weil es wertvoller Grundbesitz war. Ihr Leben spielte sich anderswo ab. Und Harold war es gleichgültig, das wußte sie. Er schien zu keiner Art von Besitz eine gefühlsmäßige Beziehung zu haben, gleich was es war. Er würde in einem Hotel genauso glücklich sein, wenn das Service dort gut war. In Anbetracht seines großen historischen Interesses konnte sie diese Seite seines Wesens einfach nicht verstehen. Wie konnte er seiner Umgebung gegenüber so achtlos sein und kein Interesse zeigen für etwas so Schönes wie das alte Haus mit seinen Gärten und Grünflächen und seinen zerfallenden Ziegelmauern, mit seinen majestätischen Ulmen und dem Ausblick auf die Bucht, wo es von Vögeln und Sumpfgetier wimmelte.

Nachdem sie Adrian James wiedergesehen hatte, wußte sie plötzlich, daß sie jemanden gefunden hatte, der sich genau wie sie in den Ort verlieben würde. Man mußte ihm Brigham Bay nur zeigen. Als sie ihn gefragt hatte, ob er mit ihr hinunterfahren wolle, hatte sie Gewissensbisse empfunden. Schließlich war es ihr und Harolds Haus. In gewisser Weise war es ein Verrat an ihm, es mit Adrian gemeinsam zu genießen.

Aber sobald sie dort angekommen waren und er aus dem Wagen stieg, waren ihre Befürchtungen wie weggeblasen. In James' Gesicht spiegelte sich die Liebe, die sie selbst für das Haus empfand. Innerhalb von Minuten fiel es ihr schwer, mit ihm Schritt zu halten, während er impulsiv jeden Winkel des Hauses und der Scheune erforschte.

„Da wohnen die Gorillas? Man hätte besser daran getan, Kühe darin zu halten. Oder es zu Ateliers umzubauen."

Sie füllten hohe Gläser mit eisgekühltem Chablis und fanden Samuel unten beim alten Bootshaus.

„Mr. Wilderstein hat immer gesagt, daß Rumschmuggler diesen Platz während der Prohibitionszeit benutzten."

„Hast du einen Schlüssel dazu, Samuel?"

„Das wäre schön, Miss Volker. Und ich habe auch keine Ahnung, wo sie ihn aufbewahren. Bei der kommenden Entenjagd könnte ich das Motorboot gut gebrauchen, statt meines alten lecken Skiffs. Aber diese Sicherheitsleute lassen es die ganze Zeit versperrt — genau wie alles andere hier, seit sie gekommen sind. Ist manchmal wie ein Gefängnis hier."

Sie suchten vergeblich danach. Alexis ging ins Haus zurück und half Missy, die Sandwiches zurechtmachte, während Samuel und James sich über das Sumpffischen und über die Entenjagd unterhielten. Manchmal sehnte sich der alte Mann danach, mit anderen Männern zu reden. Die Agenten beachteten ihn nicht, kommandierten ihn nur herum. Alexis hatte schon zweimal mit Harold darüber gesprochen. Samuel verdiente das nicht.

Sie aßen auf der Terrasse. Samuel und Missy nutzten ihre Anwesenheit, um in die Stadt zu fahren und ins Kino zu gehen. Sie hatten nicht oft Gelegenheit dazu. Immer wenn sie und Harold da waren, wurden sie gebraucht, und sie ließen das Haus nie unbeaufsichtigt.

Nach dem Essen gingen sie wieder hinunter zum kleinen Sandstrand in der Bucht. Adrian James klirrte mit einem Cocktailmixbecher, der mit weißem Pfefferminzlikör und Eis gefüllt war. Alexis streckte ihm ihr Glas entgegen, und er füllte es.

„Ich sehe alles doppelt", sagte sie. Es stimmte nicht ganz, aber ein Felsen, der ein paar Meter vom Ufer entfernt war, war eindeutig verschwommen. Die Äste einer riesigen Eiche erstreckten sich über das Wasser. Sie legte sich im Sand auf den Rücken und blickte aus halbgeschlossenen Augen durch die Blätter ins flimmernde bernsteinfarbene Sonnenlicht.

Beim Essen hatte es keine Momente der Verlegenheit oder der angstvollen Erinnerung an vergangenen Kummer gegeben wie am Freitag. Sie lachten wie Schulkinder und redeten über ehemalige gemeinsame Freunde — was mit ihnen passiert war, wo sie jetzt waren und ob sie noch denselben Partner hatten.

Gegen Ende des Essens empfand James, der Farr nie ganz aus den Gedanken verlor, zu seinem Erstaunen eine gewisse Faszination dabei, Informationen zu sammeln. Er begann mit Washington, mit dem Beamtenstab des Weißen Hauses. Er stellte Fragen über Kongreßabgeordnete.

„Als ich noch die Nachrichten machte", sagte sie, „waren die meisten für mich nur Gesichter und Namen. Ich sah sie so, wie die Öffentlichkeit sie sah, selbst wenn ich sie interviewte. Jetzt ist das anders. Der Präsident ist jemand, der einen Schnupfen oder einen Kater oder eine Stinkwut auf seine Frau hat. Oder auf mich, weil ich ihn im Tennis schlage."

„Stimmt es, daß er in allen Betten zu finden ist?"

„Ich glaube ja. Sie ist kalt wie Eis. Aber er ist sehr diskret."

Nach einer Weile sprachen sie über sie. Es war nicht James, der damit anfing, es war Alexis. Sie sah in sein hageres semitisches Gesicht und in seine intensiven Augen und wollte plötzlich, daß er es wußte.

„Es ist nicht Harold", sagte sie. „Er ist das einzige, was in Ordnung ist. Es ist dieses gottverdammte Leben. Das ist es nicht, wofür ich das Fernsehen aufgegeben habe. Ich habe es für ein Heim und Kinder aufgegeben. Ich kriege weder das eine noch das andere. Harold will damit warten, bis diese Amtsperiode um ist, aber wenn er noch eine Amtsperiode für den Präsidenten arbeitet, bin ich zu alt. Das ist ein Problem, das Männer nicht haben. Älterwerden und Kinderkriegen. Das ist ein Alptraum, der ausschließlich an die Frauen ausgeteilt wurde."

„Was wirst du tun?"

„Ich weiß es nicht", sagte sie. Wieder sah sie zur Sonne auf, die durch die Blätter und Zweige flimmerte. „Neulich habe ich beschlossen, zum Teufel mit ihm, ich werde einfach schwanger. Jetzt bin ich mir nicht mehr sicher."

James schenkte noch etwas weißen Pfefferminzlikör ein. Alexis trank ihren und hielt ihm dann wieder ihr Glas hin. Sie merkte, daß sie betrunken wurde, und es war ihr gleichgültig. Sie konnte sich mit Jimmy betrinken, so viel sie wollte. Er kannte die schlimmsten Züge an ihr. Sie brauchte sich nicht zu verstellen.

Als er sich hinlegte und seinen Kopf in ihren Schoß bettete, erhob sie keine Einwände. Es war wie in alten Zeiten. Sie fuhr mit den Fingern durch das dichte Gewirr seines Haares und sagte: „Ich weiß nicht, ob ich Harold hineinlegen und es einfach tun soll oder ob ich fair sein und versuchen soll, ihn von seiner Ansicht abzubringen — oder ob ich einfach aufgeben soll."

„Aufgeben — wie meinst du das?"

„Vielleicht gehe ich zum Fernsehen zurück. Zumindest als Teilbeschäftigung. Vielleicht könnte ich mit eingezogenem Schwanz zur UBC zurückgehen. Oder vielleicht ein Angebot von einem anderen Sender annehmen. Wer weiß? Vielleicht würden sie mich gar nicht nehmen. In der Flimmerkiste sehe ich kaum noch ein Gesicht, das ich kenne."

James stützte sich auf seinen Ellbogen und wandte ihr das Gesicht zu. „Verwechselst du nicht die Ehe mit Volker mit der Ehe im allgemeinen? Vielleicht hast du einen Fehler gemacht und dir den Falschen ausgesucht. Das ist Millionen von Frauen passiert. Du mußt dir darüber klar werden, was dir wichtiger ist. Es geht nicht darum, ob du Harold willst oder das Fernsehen. Es geht vielleicht darum, ob du Harold willst oder einen anderen, dem es nichts ausmacht, das Geschirr abzuwaschen und auf Babys aufzupassen und den Dreck wegzuräumen, den sie im ganzen Haus machen."

Sie kicherte. „So wie du das sagst, klingt es ja scheußlich."

„Babys sind scheußlich."

Er legte sich wieder hin und schlang einen freien Arm um eines ihrer aufgestellten Beine, den Ellbogen zwischen ihren Oberschenkeln, die Hand auf ihrem Knie.

Alexis fühlte, wie seine Berührung sie heiß durchfuhr. Sie dachte, ich sollte nicht mit ihm hier sein. Ich sollte ihm sagen, daß er sich aufsetzen soll. Oder von ihm abrücken. Sie versuchte, an Harold zu denken, und konnte es nicht. Was er wohl jetzt tat? Er schien auf einem anderen Stern. Es gab nur die flimmernde Sonne und die Blätter und James, den sie, so wußte sie, immer noch auf eine seltsame Art liebte. Und sie fragte sich, wie man zwei Männer gleichzeitig lieben kann.

Sie hörte ihn sagen: „Verwechselst du die Liebe zu Harold nicht mit der fixen Idee, die Ehe so gestalten zu wollen, wie du es dir vorgestellt hast? Genauso wie die fixe Idee, beim Fernsehen an die Spitze gelangen zu müssen?"

„Das ist etwas anderes", sagte sie. „Das hier will ich wirklich, und das Fernsehen wollte ich eigentlich nicht wirklich."

„Das klingt nach *Alice im Wunderland*", sagte er. „Die rote Königin. Man muß bis zur Erschöpfung laufen, um an derselben Stelle zu bleiben."

„Das ist *Alice hinter den Spiegeln*", sagte Alexis. Sie setzte sich halb auf. Sie hatte das Gefühl, Harold verteidigen zu müssen. „Wie dem auch sei, man verläßt nicht einfach jemanden, den man liebt. Na ja, du vielleicht, Adrian James. Ich nicht. Warum hältst du es für so unmöglich, daß ich Harold liebe?"

„Ich halte es nicht für unmöglich. Nur für unwahrscheinlich. Er ist nicht wie andere Männer."

„Ich bin nicht mit anderen Männern verheiratet."

Zornig hielt sie ihm das Glas unter die Nase. Er nahm es in die Hand, nahm den Deckel vom Shaker und reichte ihr den Shaker selbst. Sie trank direkt daraus. Sie konnte den Felsen vor der Küste nicht mehr sehen. Sogar das Wasser sah verschwommen aus.

„Er ist intelligent und charmant", sagte sie, „und er ist gut im Bett. Ich würde lügen, wenn ich sagte, er wäre es nicht."

„Und das Beste von allem: er ist der Außenminister."

„Du Schuft. Das war ein Schlag unter die Gürtellinie." Sie versuchte aufzustehen. Sanft zog er sie zu sich nieder.

„Du hast recht. Das war es. Entschuldige. Wechseln wir das Thema."

Sie sträubte sich nicht. Plötzlich hatte sie genug davon, an ihre Ehe auch nur zu denken. Oder an etwas anderes. Sie wollte nur das Gewicht von James' Kopf auf ihrem Bauch genießen, seine Hand auf ihrem Oberschenkel spüren, die selige Verantwortungslosigkeit des Betrunkenseins. Das Wasser war an dieser Stelle seicht und sandig. Wieder wollte sie sich nackt ausziehen und ins Wasser werfen, genau wie das letzte Mal, als sie hier war. Jetzt würde sie es tun. Missy und Samuel würden noch Stunden fort sein. Die Sonne hatte sich ein wenig weiterbewegt, ihre Strahlen brachen sich in Form von goldenen Radspeichen. Das Sprechen fiel ihr schwer, die Worte kamen undeutlich. „Du bist wirklich ein Schuft, und ich finde es wunderschön hier draußen mit dir."

„Weil du betrunken bist, deshalb."

„Das ist nicht der einzige Grund, und das weißt du."

Er rollte zu ihr hin und streckte sich neben ihr aus, stützte sich auf einen Ellbogen und blickte ihr forschend ins Gesicht. Sie drehte den Kopf, um ihn anzusehen. Plötzlich war sein gebräuntes Gesicht sehr nahe, und seine dunklen Augen wurden unscharf. Sie wußte, er würde sie küssen.

„Nein, Jimmy. Das dürfen wir nicht."

Aber sie wollte, daß er es tat. Mehr als alles andere. Er verschwamm völlig. Sie spürte die Wärme seiner Haut, dann seine Lippen und seinen kühlen offenen Mund auf ihrem, sie spürte, wie seine Zunge weich die ihre berührte — den alten Kuß, den sie so gut kannte und fast vergessen hatte. Und dann den sanften Druck seiner Hand, die sich um ihre Brüste schloß.

Sie machte die Augen zu. Sie wollte nicht, daß es aufhörte. Sie rührte sich nicht, atmete nicht einmal; langsam begann sie, seine Küsse zu erwidern und sich den Gefühlen hinzugeben, die sie empfand.

Dann fühlte sie, wie er von ihr abrückte.

„Du bist ärger als ein Schuft“, sagte sie. Sie meinte es ernst. „Jetzt gehst du wieder weg und läßt mich allein.“

„Das muß ich wohl, oder nicht? Du bist verheiratet.“

„Ach Herrgott noch mal. Du Schwein.“ Sie wollte sich aufsetzen. Er drückte sie schnell wieder hinunter und küßte sie fordernd, zu einer Erwiderung zwingend. Er sagte: „Wehe, du bewegst dich. Untersteh dich. Und sag nicht nein.“

Er begann, ihr T-Shirt hinaufzuschieben. Sie sah, daß seine Augen dunkel und unbeherrscht waren.

Es war wie in alten Zeiten. Wenn er sie wollte, hatte er sie einfach genommen. Egal, wo sie waren. Oder ob Hindernisse im Weg standen. Ihr Herz begann wie rasend zu klopfen, und eine Schwäche breitete sich in ihren Gliedern aus. Sie dachte, ich habe zu viel getrunken und sitze in der Patsche. Das sind nicht die alten Zeiten, das ist die Gegenwart, und ich bin mit Harold verheiratet, und ich liebe ihn. Sie war ein einziger Aufschrei. Sie mußte aufhören, aber sie wußte, daß sie es nicht konnte, weil sie es nicht wollte. Irgendwann während des Essens hatte sie plötzlich mehr gewollt als nur reden. Sie hatte gewollt, daß sein starker und muskulöser Körper sie liebte, sie wollte das Gefühl der Sicherheit, das er ihr geben würde, sobald er in sie eindrang. Das Gefühl, das sie immer empfunden hatte. Zum Teufel mit dem, was danach kam. Sie begehrte ihn.

Wieder lag seine Hand auf ihrer Brust. Sie drückte sie an sich, fühlte die Wärme, die sich von ihr auf ihren Körper übertrug und sagte Ja mit ihrer eigenen Hand.

Wieder erwiderte sie seinen Kuß, und als er sich mit seinem ganzen Gewicht auf sie legte, umschloß sie mit den Armen fest seinen Hals und küßte sein Gesicht und sein Haar. Das Verlangen nach ihm beherrschte sie völlig. Sie spürte, wie sein Geschlecht lang und hart wurde, wie seine Hand zwischen ihre Schenkel glitt. Blind tastete sie nach seinem Gürtel. Sie konnte an nichts anderes denken als daran, von ihm völlig erfüllt zu werden.

Später würde Zeit sein für langsamere Liebesspiele, Zeit, ihn zu liebkosen, Zeit für all die wunderbaren Zärtlichkeiten, die eine Frau einem Mann schenken kann. Zeit, zusammen hinauszuschwimmen und sich im Sand zu lieben. Sie konnten sich den ganzen Abend und die ganze Nacht lieben, wenn sie wollten. Eine Ausrede für Missy und Samuel würde ihr schon einfallen. Harold war fort, und sie mußte nicht zurück nach Washington, wenn sie keine Lust dazu hatte. Diesen Augenblick war sie sich schuldig. Um der Vergangenheit und auch um der Gegenwart willen.

17

Nur drei Tage später erhielt M.J. Lindley eine anonymen Brief, der ein Dutzend Fotos enthielt. Sie verstand einiges von Fotografie. Sie verwendete eine gute Kamera und machte ausgezeichnete Fotos von ihren Freunden und ihrer Familie. Nachdem sie die Fotos einige Minuten lang genau betrachtet hatte, legte sie sie sehr vorsichtig nebeneinander auf den Eßtisch. Es waren Glanzpapierfotos im Format 20 mal 25 cm, sehr scharf, jedes Detail deutlich erkennbar. Es war erstaunlich, dachte sie, wenn man bedachte, daß sie mit einem 500mm-Teleobjektiv aufgenommen worden waren. Einige der Bilder waren durch ein Fenster gemacht worden und zeigten ein Zimmer im Halbdunkel; wahrscheinlich waren sie von einem Baum oder einem anderen Haus aus aufgenommen worden. Der Fotograf hatte wohl einen besonders empfindlichen Film verwendet.

Sie war wie betäubt. Als sie den Umschlag geöffnet hatte, war sie so überrascht über die Fotos, daß sie meinte, es sei pornographisches Material, das ihr irrtümlich zugesandt worden war. Sie hatte eine halbe Minute lang gebraucht, um zu erkennen, daß der Mann Adrian James war, und dann war sie so erschüttert, daß ihr, obwohl sie Alexis Volker kannte, zu dem bekannten Gesicht nicht der dazugehörige Name einfiel.

Das wirklich Schreckliche an solchen Fotos, dachte sie, war, daß niemand es ertragen konnte, sie anzusehen, daß man es aber doch immer tat. Es stand außer Zweifel, wann sie aufgenommen worden waren. Es war ein unverfängliches Foto dabei, das zeigte, wie Adrian und Alexis auf dem Weg zu einem schönen alten Landhaus an einem geparkten Wagen vorbeigingen. Die Kontrollplakette des Wagens war deutlich sichtbar. Damit war bewiesen, daß es sich um das heurige Jahr handelte. Da die Bäume dicht belaubt waren und Alexis einen leichten Sommerrock und ein T-Shirt mit der Aufschrift „I love Whales" trug, mußte es in diesem Sommer gewesen sein. Fünf der Fotos waren im Schlafzimmer und sieben an einem kleinen Strand aufgenommen worden.

Wer hatte sie aufgenommen? Warum waren sie ihr gesandt worden? Das Atmen fiel ihr schwer. Es war nicht so sehr der Treuebruch selbst oder die sexuelle Intimität. Es war die unverhüllte Verzückung in ihren Gesichtern.

Sie steckte die Fotos in den Umschlag zurück. In wenigen Minuten würde er hier sein. Sie hatte ihn unmittelbar danach in seinem Atelier angerufen und ihm gesagt, daß sie ihn sprechen müsse. Es sei dringend. Sonst nichts. Er hatte gesagt, er würde sofort kommen. Sie versuchte, daran zu denken, was sie ihm sagen wollte, aber sie vermochte es nicht. Sie wußte nicht einmal, was sie fühlte. Und es war wichtig, ihre wahren Gefühle zu kennen, nicht Scheingründe vorzuschützen. War sexuelle Untreue nicht gang und gäbe? War sie verletzt wegen der Person, mit der er sie betrogen hatte? Bedeuteten die Fotos, daß Alexis in seinem Leben immer noch an erster Stelle stand, was seine Gefühle anlangte?

Sie konnte keine Antwort darauf finden. Auf einem Foto taten sie gerade etwas, von dem sie angenommen hatte, daß nur sie beide es taten. Das war nun zerstört.

Der schmerzende Knoten in ihrem Magen zog sich immer enger zusammen. Sie wußte, daß sie sich auf die Frage konzentrieren sollte, warum die Fotos aufgenommen und ihr zugesandt worden waren. Aber sie konnte nicht. Was sie zeigten, ließ alles andere unwichtig werden. Sie hörte das Geräusch seines Schlüssels in der Eingangstür. Die Türe öffnete und schloß sich, seine Schritte waren auf dem Korridor.

„Liebling?"

Sie hörte ihn ins Wohnzimmer gehen, hörte, wie er sie nochmals rief und dann die Treppe hinauflief. Sie hörte seine Schritte über ihr, seine gedämpfte Stimme. Er kam wieder herunter und ging in die Küche.

„M.J.! Wo bist du?"

Er stürzte ins Speisezimmer, blieb abrupt stehen, da er sie so unerwartet sah. „Ach, da bist du ja. Was ist denn? Ich bin gekommen, so schnell ich konnte." Als sie nichts sagte, wurde sein Gesichtsausdruck wachsam. „Was ist los, M.J.? He! Ist alles in Ordnung?"

Sie hatte zu weinen begonnen. Sie konnte nicht anders. Sie spürte, wie ihr die Tränen stumm und heiß über die Wangen liefen. Sie spürte den nassen Salzgeschmack im Mund. Und sie fühlte sich klein und schäbig und alt. Alexis war schlank und schön. Sie nicht.

„Um Gottes willen, so sag doch etwas. Ist etwas mit den Kindern?"

Sie hielt ihm den Umschlag entgegen und wartete.

„Was ist das?" Er starrte das Kuvert verständnislos an, dann spähte er seitlich hinein. Er konnte nichts sehen, zog die Fotos heraus und warf den Umschlag ungeduldig auf den Tisch.

Er sah sie sich der Reihe nach an. Schweigend. Eine Ewigkeit lang, so schien es. Es war totenstill — nur einmal schluchzte sie laut auf und haßte sich deswegen. Sie führte sich auf wie ein Kind. Ihr Körper zitterte von der Anstrengung, nicht völlig zusammenzubrechen. Sie brachte es nicht fertig, ihn anzusehen.

Als er endlich sprach, war seine Stimme heiser vor Entsetzen und Angst. „Wer hat sie dir geschickt?"

Sie antwortete nicht.

Ein Stuhl machte ein scharrendes Geräusch. Er schob die Fotos in den Umschlag zurück und setzte sich.

„Es tut mir leid", sagte er. „Glaub mir, es tut mir entsetzlich leid." Gleich darauf sagte er: „O Gott, wie schrecklich für dich." Und dann wieder: „Wer hat sie geschickt? Weißt du es denn nicht? Verdammte Schweine!"

Sie fand ihre Stimme wieder, überrascht über ihre kühle Beherrschung. „Ich habe keine Ahnung. Es war kein Brief dabei. Vermutlich der, der sie gemacht hat. Wann war es? Letztes Wochenende, als du in New York warst?"

„Ja, ungefähr."

Sie begann zu lachen. „I love Whales", sagte sie. Und lachte noch lauter. Es tat ihr wohl, es war wie eine Erlösung.

Er sprang auf, packte sie bei den Schultern. „M.J., hör zu! Wir konnten nicht anders. Wir haben zuviel getrunken, und es ist einfach passiert."

Sie riß sich heftig von ihm los, und plötzlich schrie sie. „Nimm deine dreckigen Pfoten weg! Rühr mich nicht an!" Auch das tat wohl, zu schreien, alles herauszulassen. Sie schrie weiter: „Du Schuft! Wage es nicht, mich anzurühren!"

„M.J. Es hat nichts zu bedeuten. Es wird nie wieder vorkommen. Nie mehr."

Sie nahm den Umschlag und ging über den Gang ins Wohnzimmer. Er folgte ihr. Plötzlich ruhig, sagte sie: „Jimmy, es ist mir eigentlich egal, ob es wieder vorkommt oder nicht."

Sie schenkte sich einen Whisky ein. Es machte ihn zornig, aber er versuchte, die Geduld nicht zu verlieren. „Sieh mal. Ich weiß, daß du gekränkt bist. Das ist verständlich. Wahrscheinlich haßt du mich jetzt. Auch gut. Aber wir müssen darüber reden. Wer hat die Fotos gemacht und warum? Und warum haben sie sie dir geschickt? Wir könnten damit eine Menge Ärger kriegen."

Sie zuckte die Achseln und wandte ihm den Rücken zu.

„M.J., um Himmels willen, verschließ dich nicht vor mir. Wir müssen darüber reden."

Die Wut kam zurück, schmallippig, beherrscht. Er hatte recht. Irgendwo war echte Gefahr im Anzug. Aber das zählte nicht. Was zählte, waren er und Alexis. Sie hörte sich sagen: „Ich möchte, daß du eines tust. Pack deine Sachen. Auf der Stelle. Ich möchte, daß du fort bist, bevor die Kinder vom Turnunterricht zurück sind."

James verlor die Geduld. Er packte sie am Arm und drehte sie zu sich herum. „Hör zu, du dumme Gans. Vergiß den ganzen Kram. Wir sitzen in der Tinte. Also beginnen wir einmal beim Grund, weshalb ich mich überhaupt mit ihr getroffen habe. Es war nicht meine Idee. Ich bin hingegangen, weil ich mußte. Deinetwegen. Und das ist der einzige Grund."

„Ach wirklich?" Sie lachte wieder. „Meinetwegen?"

Aber etwas in seiner Stimme ließ sie innehalten und ihm schließlich ins Gesicht sehen. Seine Augen blickten voll Angst. „Das ist die Wahrheit", sagte er. „Der FBI hat mich erwischt und mir befohlen, sie wiederzusehen. Glaubst du, ich bin verrückt? Nach allem, was ich durchgemacht habe, als ich von ihr wegging?"

M.J. empfand eine plötzliche Leere und Mattigkeit. Es mußte eine Lüge sein, und irgendwie war das noch schlimmer als die Fotos. „Du mußt keine Geschichten erfinden, Jimmy."

„Ich erfinde sie nicht. Sie haben gesagt, wenn ich das nicht täte, würden sie wegen Kokainbesitz etwas gegen dich unternehmen. Sie sagten, Lindley würde der erste sein, der davon erfährt."

M.J. setzte sich langsam. Es war die Wahrheit. Das konnte niemand erfinden. Sie hatte gedacht, daß nichts schlimmer sein konnte als die Fotos. Aber das war noch schlimmer. Das Zimmer stand still. Adrian James stand erstarrt und bewegungslos vor ihr. Sie hörte das Klopfen ihres eigenen Herzens. Sie hörte ihn sagen: „Jemand muß dich verpfiffen haben." Und schließlich ihre eigene Stimme. Laut stellte sie die Frage. Nur ein Wort: „Wer?"

„Ich weiß es nicht. Vielleicht der Kerl, von dem du es bekommst?"

Vielleicht. Aber spielte das eine Rolle? In ihrem Kopf überstürzten sich die Gedanken. Phantasievorstellungen. Leute an der Tür. Polizei. Sie wurde verhaftet. Fotografen. Ein Gerichtssaal. Ein Richter. Lindley, der ihr die Kinder wegnahm. Das Gitter einer Zelle. Wegen Kokain geschnappt, wo es doch jeder in Washington nahm. Das war nicht fair. Nur sie hatte es erwischt.

Sie hörte ihn ihren Namen nennen. Von weit her. Sie antwortete nicht. Sie dachte an Oregon und an das Haus ihrer Familie außerhalb von Portland. Sie würden sich ganz schön anstrengen müssen, sie von dort zurückzuholen. Aber sie würde vorsichtig sein müssen. Niemand durfte wissen, daß sie wegging. Wie lange würde das Übersiedeln dauern? Einen Tag? Zwei Tage?

„Ich werde versuchen, aus der Sache auszusteigen, M.J. Ehrlich. Ich werde ihnen sagen, daß es einfach nicht funktioniert."

„Das ändert auch nichts mehr, Jimmy. Es ist vorbei. Ich will damit nichts mehr zu tun haben. Hast du wirklich erwartet, daß ich das will? Es ist nicht nur wegen dir und Alexis. Es ist nicht nur das. Es ist das, was du mit meinem Leben angestellt hast. Einmal ist es das — das Haus, die Kinder. Wir. Vielleicht Heirat, ich weiß es nicht. Und dann wieder sind es schmutzige Fotos in der Post und der FBI und möglicherweise der Ruin wegen einer Rauschgiftsache."

„Aber verstehst du denn nicht, daß alles nicht meine Schuld ist?"

Sie lachte. Plötzlich erschien er ihr lächerlich. „Ist es denn meine?" fragte sie. „Nun, ich höre?"

Sein Blick wurde verschlossen. „Ich packe meine Sachen", sagte er. Er verließ das Speisezimmer, und sie hörte, wie er die Treppe hinaufging.

Wie lange würde er brauchen? Er hatte nicht viel hier.

Ein paar Toilettenartikel. Jeans, ein paar Hemden, Unterwäsche, Socken. Er war nie wirklich eingezogen. Sie waren übereingekommen, daß er es nicht tun sollte. Es schien, daß Gäste immer herumschnüffelten. Sie wollte sich nicht in aller Öffentlichkeit mit James zeigen, bevor sie von Lindley offiziell geschieden war. Außerdem waren da noch die Kinder. Kurz fragte sie sich, ob Lindley auch Kokain nahm, jetzt, da er im Weißen Haus war. Er hatte es getan, als sie noch zusammen waren. Und wenn auch, sie würde es niemals beweisen können. Und sogar wenn sie es könnte, würden sie ihn entlasten.

Der Umschlag lag auf der Anrichte und schien fast schon der Vergangenheit anzugehören. Das Kokain war nun das größte Problem. Das Kokain und jetzt auch Jimmy, der unerwartet packte und ging.

Sie empfand den ersten Schmerz darüber. Einen angstvollen Stich. Wäre es nicht vielleicht besser, wenn sie tatsächlich zusammenblieben? Er hatte recht. Sie mußten herausbekommen, wer die Fotos gesandt hatte. Vielleicht konnten sie das Problem gemeinsam besser lösen.

Der Schmerz wurde stärker. Sie ging in den Korridor und wartete. Vielleicht hatte sie falsch reagiert. Sie liebte ihn — das war etwas, das sie sich eingestehen mußte. Und wenn man jemanden liebte, dann verzieh man ihm. Als er vor vier Jahren Alexis verlassen hatte, war er hoffnungslos in sie verliebt gewesen. Sie wiederzusehen, an alles wieder anzuknüpfen, mußte sehr schwer gewesen sein. Und er war schwach, in ihrem Innersten hatte sie das immer gewußt. Und sie waren doch alle nur Menschen. Derjenige, der wirklich Schaden anrichtete, war der Fotograf. Warum sollte jemand so etwas Abscheuliches tun? Warum nur?

Er kam die Treppe herunter, mit gefaßtem Gesichtsausdruck; er trug eine Tasche und hatte das, was nicht in ihr Platz gefunden hatte, über den Arm gelegt. Sie versuchte zu sprechen, aber sie konnte es nicht. Wieder sah sie ihn auf den Fotos. Mit Alexis.

„Ich habe gesagt, daß es mir leid tut." Er musterte sie

mit Augen, die ihr verziehen. „Ich habe das ehrlich gemeint. Wenn du darüber reden willst, laß es mich wissen."

Dann stand er einfach da und wartete. Sie brauchte ihm nur die Hand zur Versöhnung zu reichen. Er würde sie aufheben und ins Bett tragen, und alles würde wieder in Ordnung sein. Gemeinsam würden sie den FBI und auch das Problem mit dem Rauschgift irgendwie loswerden. Irgendwie.

Sie konnte sich nicht bewegen.

„Mach, was du willst", murmelte er. „Du hast mich eben fast umgebracht, aber das ist dein gutes Recht."

Die Tür fiel hinter ihm ins Schloß. Als sie schließlich die Hand zur Versöhnung ausstreckte, konnte er es nicht mehr sehen.

Sie saß auf einem harten Sessel im Vorzimmer und begann zu weinen. Nach einer Weile ging sie zurück ins Wohnzimmer und nahm den Umschlag mit den Fotos von der Anrichte. Sie nahm ihn mit in die Küche, holte eine große Schere aus einer Lade, begann ganz systematisch den Umschlag und die Fotos in winzige Stückchen zu zerschneiden und ließ die weißen Flocken ab und zu in den Abfalleimer fallen.

Morgen war auch noch ein Tag. Sie würde einen Weg finden, ihn wissen zu lassen, daß alles wieder in Ordnung war.

18

Langsam wurde es Abend. Adrian James saß vor der offenen Glasschiebetür des Ateliergartens. Hinter seiner japanischen Symmetrie lag die graue Ziegelmauer des Lagerhauses im dunklen Schatten.

Er nahm nichts davon wahr. Sein Glas war leer und warm in seiner Hand. Statt dessen sah er sich und Alexis, nackt und schonungslos enthüllt im Taumel der Sinne, ihre Körper bleich, verkrümmt, obszön, die sichtbare Antithese all dessen, was sie empfanden. Wie hatte er je dumm genug sein können, es passieren zu lassen? Und wer hatte zugesehen? Welche namenlose kranke Schreckensfratze hatte gegrinst und immer wieder den Auslöser der Kamera niedergedrückt? Und warum? Warum Fotos? Warum sie an M.J. senden? Würden weitere an jemand anderen gesandt werden? Und wann?

Im Geist überflog er noch einmal eine endlose Liste seiner Freunde und der Freunde von M.J. und versuchte, sich vorzustellen, wer ein Feind sein könnte. Und wieder kam er zu keinem Ergebnis. Es mußte jemand sein, der mit Alexis in Zusammenhang stand. Aber dann — warum M.J. darin verwickeln? Im Kreis herum. Noch einmal von vorn.

Er stand auf, um sein Glas mit Eis und Wodka aufzufüllen. Der heutige Morgen und M.J. schienen eine Ewigkeit zurückzuliegen. Ihre Wut und ihr Schmerz, sein eigenes Entsetzen und sein Schuldgefühl. Könnte es Lindley gewesen sein? Privatdetektive? Suchte er nach Beweismaterial für einen Sorgerechtsprozeß? Und wenn, wußte Lindley über ihn und Sandy Bescheid? Das wäre womöglich noch schlimmer. Für ihn, für Alexis, für jeden.

Das Atelier war jetzt fast ganz in Dunkelheit gehüllt. Er drehte eine Lampe an, und ein kalter Schauer überlief ihn. Jemand beobachtete ihn vielleich gerade jetzt aus dem entfernten Dunkel des Gartens. Er zog die Vorhänge zu und schaltete seine Stereoanlage ein. Vivaldis *Vier Jahreszeiten* raunten aus allen Ecken.

Er mußte sich zusammennehmen. Den ganzen Tag hatte er es hinausgeschoben, Alexis anzurufen, aber sie mußte sofort gewarnt werden. Hatten sie auch ihr Fotos geschickt? Sie hätte ihn angerufen. Und was war mit Volker? Angenommen, er bekam Kopien, wenn er aus Portugal zurückkehrte. Und Farr mußte unterrichtet werden. Heute abend. Ihm graute davor, aber er mußte es tun. Jetzt gleich.

Er ging zum Telefon, hob den Hörer ab, zögerte. Vielleicht sollte er zuerst M.J. anrufen. Die Fotos waren eine zu ernste Angelegenheit, als daß sie deswegen streiten durften. Sie mußten zusammenhalten, miteinander darüber nachdenken. Aber er mußte genau den richtigen Zeitpunkt für den Anruf erwischen. Er mußte ihr Zeit geben, alles nochmals ernstlich zu überlegen, aber nicht zu lange. Zu lange, und sie würde es ihm verübeln, daß er nicht früher angerufen hatte. Zu früh, und sie würde immer noch das Gefühl haben, die Stolze spielen zu müssen.

Wieder zögerte er. Nein. Noch ein Anlauf, tu es. Jetzt. Er begann, eine Nummer zu wählen. Die Türglocke läutete. Einmal, zweimal. Das Geräusch erschreckte ihn. Er erwartete niemanden. Wer war es?

Er bekam sich wieder unter Kontrolle. Es konnte ein Paket sein, eine Lieferung, auf die er vergessen hatte, ein Nachbar, alles mögliche. Er ging zur Sprechanlage neben der Tür zum Korridor und fragte. Keine Antwort. Über ihm waren noch zwei Wohnungen. Jemand mußte irrtümlich seine Klingel betätigt haben.

Wieder klingelte es. Er ging durch den mit Spannteppich ausgelegten Vorraum des Gebäudes zur Eingangstür und schaute durch das Guckloch. Er konnte niemanden sehen. Er rief: „Wer ist da?" keine Antwort. Mit einem Ruck riß er die Tür auf. Vor ihm waren nur die leeren Türstufen und dahinter die leere Straße. Seine Angst verflog. Er lachte erleichtert. Sie hatten aufgegeben, waren weggegangen. Oder hatten entdeckt, daß es das falsche Haus war. Er drückte auf die Klinke, um sicherzugehen, daß die Eingangstür versperrt war, und ging zurück ins Atelier, schloß die Tür hinter sich ab und legte die Kette vor, während er leise mit dem Vivaldi mitsummte.

Als er sich umdrehte und die beiden Männer neben seiner Staffelei stehen sah, stieß er einen überraschten Schrei aus. Sie waren barhäuptig und trugen gewöhnliche leichte sommerliche Straßenanzüge. Einer hatte graues Haar und war älter. Der andere, jünger und untersetzter, hatte eine beginnende Glatze. Sie waren durch den Garten gekommen. Es war die einzige Möglichkeit. Hatten ihn mit der Klingel abgelenkt, waren durch das schmale Gäßchen geschlichen, das an der Seite des Hauses entlang verlief, und hatten sich über die Gartenmauer geschwungen. Er wußte sofort, daß er ernsthaft in Gefahr war. Sie trugen Handschuhe.

Er fand seine Stimme wieder. „Was wollen Sie?“ Und fragte sich gleichzeitig, was er als Waffe benützen könnte. Neben dem Kamin lag ein Feuerhaken, aber gleich daneben stand der jüngere Mann. Unter dem überhängenden Teil des Schlafraums im oberen Stockwerk war die Kochnische mit einem Messerbord. Besser noch, dort war eine Hakke, die in einem Hackklotz steckte. Vielleicht konnte er sie erreichen und wieder zur Treppe gelangen, wo ein Telefon neben seinem Bett stand.

Dann sah er den Revolver, seinen runden Zylinder über den halb zur Faust geballten, in Handschuhen steckenden Fingern des älteren Mannes, die sich um den Kolben spannten. Ein dickes schwarzes Stahlrohr war auf den Lauf aufgepfropft. Es mußte ein Schalldämpfer sein.

Wieder brachte er es fertig zu sprechen. „Hören Sie mal, was wollen Sie? Wer sind Sie?“ Keine Antwort. Er versuchte, unerschrocken und vernünftig zu klingen. „Dann bedienen Sie sich eben, bitte. Das Silber ist dort drüben, es ist nicht allzuviel wert. Da ist die Stereoanlage, ich habe keinen Fernsehapparat. Er zog seine Geldtasche aus der Hüfttasche und warf sie auf die daneben stehende Couch.

Der jüngere Mann kam herüber, hob sie auf und schaute in ihe Fächer.

„Fünfundsiebzig Dollar“, sagte James. „Das ist alles. Tut mir leid. Und mit meiner Kreditkarte werden Sie auch nicht viel bekommen.“

Schweigend gab der jüngere Mann die Geldtasche dem älteren Mann, der sie öffnete, sich verschiedene Kreditkarten ansah und zum ersten Mal den Mund aufmachte. „Ihr Name?“

„James. Adrian James.“

Der ältere Mann nickte und deutete mit dem Revolver zum Schreibtisch. „Bitte setzen Sie sich.“ Er hatte eine undefinierbare Stimme, weder ungebildet noch kultiviert. Sein fahles Gesicht hatte fast dieselbe Farbe wie sein angegrautes Haar. Zum ersten Mal bemerkte James seine Krawatte. Sie hatte dieselbe Farbe. Und er schwitzte. Schweißtropfen standen ihm auf der Stirn.

„Gern. Aber können Sie mir nicht sagen, was Sie wollen?"

Wieder wies der Revolver in Richtung Schreibtisch.

James setzte sich. Die Männer flankierten ihn.

Der ältere Mann sagte: „Sie werden eine kurze Nachricht schreiben."

„An wen? Wozu?" Seine Haut kribbelte; er hatte das Gefühl, man würde ihm einen Schlag auf den Hinterkopf versetzen. Er zuckte nach vorn.

„Schreiben Sie nur, was wir Ihnen sagen. Holen Sie Papier."

James zog ein Blatt Papier aus einem würfelförmigen Behälter mit einem Schlitz, der über dem Schreibtisch stand.

„Einen Kugelschreiber."

Er fand einen Bic in seiner Bleistiftschale.

Der ältere Mann zog ein kleines Notizbuch aus der Tasche, öffnete es und begann zu lesen. „Sie werden folgendes schreiben: ‚Mein Liebling'. Na los. Schreiben Sie."

James gehorchte. „Ich möchte verdammt noch mal wissen, was das alles soll."

„‚Mein Liebling. Was ich getan habe, tut mir unendlich leid, aber ich konnte nicht anders.'"

Er wartete. James schrieb. Er fuhr fort.

„‚Bitte versuch mir zu verzeihen. Gib den Kindern einen Kuß von mir und paß auf Dich auf. Ich liebe Dich, Jimmy.'"

James schrieb es fertig und wartete von neuem.

„Einen Briefumschlag."

Er fand einen.

„Schreiben Sie darauf: ‚Für Mrs. M.J. Lindley.'"

„Das ist alles?"

„Nur das. Nun stecken Sie die Nachricht hinein."

Wieder gehorchte er.

„Und nun stehen Sie bitte auf."

Er versuchte zu sprechen und konnte es nicht. Das Entsetzen, das tief aus seinem Inneren aufgestiegen war, hatte ihm die Kehle zugeschnürrt und jeden Laut abgewürgt. Er tat, wie ihm befohlen wurde, seine Beine waren so schwach, daß er glaubte, er würde es nicht schaffen.

„Hände auf den Rücken."

Aus den Augenwinkeln sah er, daß der jüngere Mann einen Schal herausholte und hinter ihn trat. Er spürte, wie das Tuch fachmännisch um seine Gelenke gebunden und gestrafft wurde. Es gab einen Ruck, als der Knoten festgezogen wurde.

„Jetzt die Treppe hinauf", befahl der ältere Mann. „Machen Sie keine Dummheiten. Sie wollen doch nicht, daß ich Sie erschießen muß."

Der Revolver tauchte knapp vor seinem Gesicht auf, der Schalldämpfer wurde gegen seine Wange gedrückt und drehte seinen Kopf zur Seite. Er wandte sich um, spürte, wie sich ihm etwas in den Rücken bohrte. Derselbe Revolver? Oder ein anderer?

„Vorwärts."

Er ging zur Treppe und begann, zum Schlafraum hinaufzugehen. Die Wendeltreppe war steil, und es war schwierig mit den Händen auf dem Rücken. Er stolperte ungeschickt. Hände hielten ihn fest und schoben ihn hinauf. Sie würden ihn dort liegenlassen, während sie das Weite suchten. Von selber konnte er nicht wieder nach unten gelangen, gefesselt, wie er war.

Als er oben ankam, gab der ältere Mann dem jüngeren Mann den Revolver zurück. Er zeigte James ein zusammengefaltetes Taschentuch. „Ich muß Sie jetzt knebeln. Wir können nicht riskieren, daß Sie schreien. Verstehen Sie?"

Er hatte nicht einmal Gelegenheit zu einem zustimmenden Nicken. Der Revolver bohrte sich in sein Genick. „Etwas unangenehm. Leisten Sie keinen Widerstand. Das macht es nur noch schlimmer."

Es war nur ein Raubüberfall. Er klammerte sich an den Gedanken. Es konnte nicht mehr sein als das. Nur ein Überfall. Aber warum die Nachricht an M.J.? Er konnte nicht weiter denken. Das Entsetzen war wie eine wortlose Sperre.

„Öffnen Sie den Mund."

Das trockene Taschentuch brachte ihn zum Würgen. Er versuchte sich loszureißen und erkannte zum ersten Mal, daß sie mit ihm machen konnten, was sie wollten. Eine Hand schoß zwischen seine Beine, packte seine Genitalien. Eine zweite drückte auf den Nerv direkt unter seinem Kiefer. Er erstarrte vor Schmerz. Man hob ihn auf die Zehenspitzen.

Scharf erklang die Stimme des älteren Mannes. „Wehren Sie sich nicht."

Er zwang sich dazu, das Gleichgewicht zu halten und sich nicht zu bewegen. Ein Schal wurde um sein Gesicht gebunden, damit das Taschentuch in seinem Mund blieb. Wieder würgte es ihn, und er schrie auf. Der Laut verebbte, bevor er seine Lippen erreichte. Etwas zog an seinen Knöcheln. Er sah hinunter. Der jüngere Mann band seine Füße zusammen. Wenn sie ihn nur auf das Bett legen und liegenlassen würden.

Übelkeit. Er wollte sich erbrechen. Und dann umkreiste etwas Helles und Schmales seinen Kopf, fiel herab und schlug auf seine Schultern auf. Hände drehten ihn, bis er mit dem Gesicht dem Geländer des Schlafraumes zugewandt war. Und dann sah er die Nylonschnur. Der jüngere Mann hatte sie nicht schnell genug von seinem Hals zum Heizkörper in der Ecke zurückgeführt.

Er sah es und begriff plötzlich alles. Panik ergriff ihn, verzweifelt wehrte er sich. Er begann hochzuspringen und mit seinem Kopf und seinem Körper zu stoßen. Er mußte entkommen. Er mußte.

Arme hielten ihn fest.

„Beeil dich." Ein Zischen. Es war der ältere Mann.

„O Gott, nein, nein." Er warf sich hin und her, fiel

hin, der ältere Mann fiel krachend auf ihn. „Nein, nein, nein."

Er hörte die Schreie, wild wie die eines Tieres und durch den Knebel in seinen Ohren verzerrt. Dann umgab ihn Dunkelheit.

Die Schreie dauerten an.

Plötzlich waren zwei Gesichter dicht neben seinem, der jüngere Mann war mit dem Seil fertig.

„Seine Beine. Schnell."

Das eine Gesicht verschwand. Das des älteren Mannes. Er spürte, wie seine Beine unter ihm wegzuckten, in die Höhe flogen, wie sein ganzer Körper sich hob. Und über das Geländer geschleudert zu werden schien. Er sah den Fußboden des Ateliers unter sich, seine Couch und das Gemälde auf der Staffelei.

Sie flogen auf ihn zu. Dann ein fürchterlicher Schlag ins Genick und Finsternis.

19

Eine Putzfrau fand am Morgen seinen Körper, der von der Brüstung des Schlafraums im Obergeschoß baumelte, die Füße nur wenige Zentimeter vom Boden entfernt. Der Tod war sofort eingetreten. Der dritte und zweite Halswirbel waren zerschmettert, der oberste Halswirbel halb aus dem Schädel gerissen. Wie um ganz sicherzugehen, hatte sich die dünne Nylonschnur tief ins Fleisch eingegraben, den Kehlkopf zerquetscht und auch die Luftröhre und die Halsschlagader abgeklemmt.

Die Hände hingen schlaff an den Schenkeln herab, das Gesicht war schwarz geworden, die Zunge hing aus dem Mund. Eine Lache aus Blut, Urin und Kot breitete sich über den gewachsten Boden des Ateliers aus, langsam trocknend.

Das Morddezernat der Städtischen Polizei übernahm den

Fall. Gerichtsmediziner machten sich zu schaffen. Fotos wurden geschossen. Obwohl es keine Anzeichen eines gewaltsamen Einbruchs gab und obwohl James' Tod sofort als Selbstmord akzeptiert wurde, wurde das ganze Atelier routinemäßig nach Fingerabdrücken durchsucht. Die Nachricht an M.J. Lindley wurde bald dort entdeckt, wo sie hinterlassen worden war, nämlich auf James' Schreibtisch. Sie wurde noch am selben Tag einvernommen und danach, bis zum Begräbnis, unter ärztliche Kontrolle gestellt. Der Coroner gab unverzüglich eine Erklärung ab, daß der Verstorbene unter schwerer emotionaler Belastung Selbstmord begangen hatte.

Die Polizei befragte auch kurz Alexis Volker, die Frau des Außenministers. Als Alexis Sobieski hatte sie früher mit dem Toten praktisch zusammengelebt und war am vergangenen Wochenende in seiner Gesellschaft gesehen worden. Sie sagte keine offiziellen Verpflichtungen ab und speiste am darauffolgenden Abend mit dem Präsidenten im Weißen Haus. Über ihre Sekretärin gab sie die Erklärung ab, sie sei tief bekümmert über die Tragödie. Sonst nichts. Am nächsten Wochenende besuchte sie in Gesellschaft von Freunden aus dem Auswärtigen Amt die Aufführung eines Stückes von Tennessee Williams im Kennedy Center und nachher eine Party zu Ehren des Dramatikers.

Das waren die wichtigsten Informationen, die Susan Farr der *Washington Post* und der *New York Times* entnommen hatte. Ausschnitte aus beiden Zeitungen lagen auf dem Cocktailtisch und auf dem Boden ihres Wohnzimmers. Sie fand nicht allzuviel. James war in der Öffentlichkeit nicht bekannt, in Amerikas Großstädten ereignete sich jede Woche eine Unzahl von Selbstmorden, und seine Verbindung zu Alexis war zu wenig bekannt für einen groß aufgemachten Artikel. Susan hatte auch einen Bericht des amtlichen Leichenbestatters überflogen, den ihr Mann nach Hause mitgebracht hatte.

Es war später Abend. Sie hatte alles gelesen, nachdem sie von der Arbeit nach Hause gekommen war, und hatte ihren

Mann das Essen holen lassen. Seitdem war sie einfach dagesessen und hatte versucht, ihm zu helfen, mit den Ängsten und Gewissensbissen fertig zu werden, die er offenbar hatte. Sie fragte sich, ob irgend jemand beim FBI jemals diese Seite seines Wesens zu sehen bekam. Sie bezweifelte es. Seit zwei Stunden ging er im Wohnzimmer auf und ab. Hin und her, hin und her. Ein Tier im Käfig, fast krank vor Ohnmacht.

David Farr glaubte nicht, daß James Selbstmord begangen hatte. „Er wurde gefesselt, geknebelt, die Schnur wurde ihm um den Hals gelegt", sagte er, „und dann wurde er über die Brüstung des Schlafraumes geworfen. Sie müssen Schals verwendet haben, um ihn zu fesseln. Seide wahrscheinlich, damit sich keine Striemen abzeichneten. Und für den Knebel ein Material, bei dem keine Fuselchen zurückbleiben, die man untersuchen könnte."

„Aber es gab keinen Kampf."

„Schlange und Kaninchen", sagte Farr. „Von dem Augenblick an, als sie eintraten, war er hypnotisiert."

Diese grauenhafte Vorstellung ließ Susan erstarren, obwohl sie als Ärztin an Tod durch Gewalt gewohnt war.

„Willst du Kaffee, David?"

„Nein, danke. Ich könnte niemals einschlafen."

„Wie wär's mit einem Drink?"

Er hielt im Auf- und Abgehen inne, um auf die Uhr zu schauen. Es war kurz nach Mitternacht. Er grinste schief. „Zu früh."

„Na, dann ein Glas Milch — sag nicht nein."

„Okay."

Sie verschwand in der Küche, füllte ein Glas mit Milch und dachte, was für ein Glück sie hatte, ihn zu besitzen. Er war ein Mann, dem nicht alles gleichgültig war. Wenn er sich für etwas engagierte, dann voll und ganz und ohne Vorbehalte. Es gab nicht viele solche Männer. Sie brachte ihm die Milch, stand dicht neben ihm, während er sie trank, und strich sanft mit einer Hand über seinen Rücken. Er war so groß und stark, dachte sie. Sie reichte ihm nur bis zur Schulter. Immer wieder wunderte sie sich, wie ein solcher Mann in der blinden Leidenschaftlichkeit der Liebe nie die Beherrschung zu verlieren schien und einer Frau mit seinem Gewicht und seiner Stärke nicht weh tat. Sie wünschte sich, daß er heute abend mit ihr schlief, es war nun schon Wochen her, aber sie wußte, daß er es nicht tun würde. Er steckte noch zu sehr in dieser Volker-Angelegenheit. Sie mußte behutsam mit ihm umgehen und durfte seine Beklemmung nicht noch vergrößern.

„Danke", sagte er. „Das war gut." Er gab ihr das Glas zurück und sank auf die Couch, die Unterarme auf den Knien, den Kopf in seinen gefalteten Händen. Susan wußte, daß die Spannung in ihm jetzt nachließ. Sie stand neben ihm, um die verspannten Muskeln in seinem Nacken zu massieren.

„David, ich weiß, was dir die ganze Nacht Kopfzerbrechen bereitet hat, aber du mußt damit aufhören."

„Wie kann ich das? Ich habe den armen Teufel in alles hineingezogen."

„Richtigstellung: Wenn ich das hier richtig gelesen habe, dann war er jemand, der aufgrund seiner Lebensführung ohnehin auf eine Katastrophe irgendwelcher Art zusteuerte. Du warst nur das Instrument. Hast du mit Fein darüber gesprochen?"

„Ja. Hat auch ihm einen fürchterlichen Schrecken eingejagt."

„Was glaubt er, wer es getan hat?"

„Er teilt meine Ansicht."

„Bist du dir sicher?"

„Nein. Aber wir müssen wohl annehmen, daß es der KGB ist, oder nicht? Um der Sicherheit willen. Wir müssen das annehmen, genau wie wir auch annehmen müssen, daß sie James irgendwie mit mir in Verbindung gebracht haben und überzeugt waren, daß er früher oder später Informationen an mich weitergeben würde, die ich nicht erfahren soll."

„Wie zum Beispiel Beweise, die das Memorandum untermauern?"

„Möglich." Er schüttelte den Kopf. „Diese ganze Scheiße läßt es immer weniger wie einen Witz aussehen, nicht?"

Es überlief Susan kalt. Wieder hatte sie an James gedacht. Wie konnte man das verhindern? Gefesselt, geknebelt, über die Brüstung geworfen? War er sich darüber im klaren gewesen, was vor sich ging?

Sie hörte ihren Mann. „Ich hab's vermasselt, Susan, aber ich habe nicht nur die Sache mit Adrian James vermasselt. Ich habe auch eine Menge anderer Sachen vermasselt." Als sie zu protestieren begann, gebot er ihr mit erhobener Hand Einhalt. „Ja, das stimmt. Aber du hast recht, Selbstmitleid ist keine Lösung. Ich muß etwas unternehmen. Und zwar sofort. Ich bin mir nicht sicher, wie oder in welcher Richtung, aber ich muß es tun."

„Wirst du dem Direktor davon Mitteilung machen?"

„Gottvater persönlich?" Farr lachte. Der Direktor hatte keine Befugnis, gesetzlich vorzugehen. Das einzige, was ihn für seinen Beruf qualifizierte, waren ein heißer Draht ins Weiße Haus und einflußreiche Freunde im Senatskomitee, die ihm den Weg zu seiner Stellung geebnet hatten. Um sich nicht in aller Öffentlichkeit zu blamieren, war er völlig abhängig von den Fachleuten des Büros, und nur wenige hatten Achtung vor ihm. „Das muß ich wohl, oder?" sagte Farr. „Unter anderem muß man sich auch über Alexis Volker Gedanken machen. Angenommen, sie kommen zu dem Schluß, daß ich auch mit ihr unter einer Decke stecke."

Susans Augen wurden groß. „Sie würden es nicht wagen."

„Glaubst du?" Er machte eine zynische Grimasse. „Ein ‚Selbstmord' für James, und wie wäre es mit einem ‚Unfall' für sie?" Er erhob sich von der Couch. „Ich gehe schlafen. Kommst du?"

Sie küßte ihn leicht. „Ich möchte mir den Nachtfilm ansehen."

Er blickte besorgt. „Operierst du nicht morgen früh?"

„Ja, eine bösartige Geschwulst am Schläfenbein. Eine Frau. Das geht schon in Ordnung. Ich arbeite besser mit geschlossenen Augen."

Er lachte und ging hinaus. Susan fühlte sich im Stich gelassen. Sie wollte noch länger reden. Es gab noch offene Fragen. Zum Beispiel, wie hatte der KGB — falls er wirklich seine Hände im Spiel hatte — James mit dem FBI in Verbindung gebracht? Hatte James mit jemandem gesprochen, mit dem er nicht hätte sprechen sollen? Aber sie kannte David Farr gut genug, um nicht weiterzubohren. Er hatte abgeschaltet. Wenn er es wollte, würde er es ihr sagen.

Sie war sehr müde und hoffte, er werde schnell einschlafen, so daß auch sie zu Bett gehen konnte. Sie war nur im Parterre geblieben, um jede Belastung von ihm fernzuhalten.

Sie schaltete den Fernsehapparat ein, rollte sich auf der Couch ein und versuchte, James zu vergessen und sich auf den Film zu konzentrieren. Es war schwierig. Trotz der warmen Nacht fröstelte es sie, und sie umklammerte mit den Händen ihre nackten Schultern. Etwas, das auf so nebulose Weise angefangen hatte, war auf sehr häßliche Weise Wirklichkeit geworden. Sie hatte das Gefühl, daß es noch schlimmer kommen würde.

20

Um acht Uhr an diesem Morgen fuhr David Farr wie jeden Tag ins Zentrum von Washington. Er fuhr nicht zum Hoovergebäude, sondern zum Exekutivbürogebäude, in dem früher das Auswärtige Amt untergebracht gewesen war. Am Tor zum Westflügel zeigte er seinen Ausweis vor und wartete geduldig, während er über einen Computer kontrolliert wurde.

Der Wachtposten zeigte auf eine lange Reihe von Autos, die mit der Vorderseite zum Randstein geparkt waren.

„Ungefähr in der Mitte finden Sie noch einen Parkplatz, Sir."

„Danke."

Die Schranke ging auf. Farr fuhr weiter, parkte und ging zum Haupteingang des Gebäudes auf der Ostseite. Wieder zeigte er seinen Ausweis vor und wartete auf die zweite Kontrolle, bevor er eingelassen wurde. Sie hatten sich im oberen Stockwerk verabredet, und ihm blieben noch fünf Minuten. Er überquerte einen der nicht überdachten Innenhöfe des Gebäudes, ging eine breite Marmortreppe hinauf und einen langen, hohen Gang entlang. Von der Architektur her gehörte es zum Besten, was Washington an viktorianischen Bauwerken zu bieten hatte. Es hatte Stil. Farr dachte, daß Adrian James es wohl geschätzt hätte.

Am Ende eines Ganges traf er auf eine massive Eichentür mit einem hohen, verzierten Querbalken. Er klopfte an. Keine Antwort. Er stieß die Tür auf und betrat die ehemalige Handbibliothek des Auswärtigen Amtes, in der jetzt der Nationale Sicherheitsrat häufig tagte. Der Raum war für diesen Zweck relativ klein, aber gut proportioniert, und wurde beherrscht von einem langen Sitzungstisch in der Mitte und einer doppelten Galerie, die sich darüber erhob und unzählige Regale wunderschön gebundener Bücher beherbergte.

Farr setzte sich ans obere Ende des Tisches. Was für Entscheidungen waren hier wohl schon getroffen worden und wie viele wichtige Regierungspersönlichkeiten waren wohl schon die schmalen Treppen zu dieser Galerie auf der Suche nach Informationen hinaufgegangen. In Gedanken versunken, wie er war, merkte er erst, daß Sandy Muscioni hereingekommen war, als sie den Stuhl neben ihm hervorzog.

„Tag." Sie sah abgehetzt aus, ihr Gesicht war gerötet. „Tut mir leid, daß ich Sie warten ließ."

Er erwiderte ihren Gruß. „Wo haben Sie geparkt?"

„An der East Executive." Sie lächelte. „Ich habe ein paar Haken geschlagen. Für alle Fälle."

Farr nickte zustimmend. Er hatte es nicht darauf ankommen lassen wollen, daß sie miteinander gesehen wurden. Seitdem er vor fünf Monaten zum ersten Mal anonyme Drohanrufe an Alexis Volker inszeniert hatte, als eine Möglichkeit, Sandy einzuschmuggeln, war jede Kontaktaufnahme mit äußerster Vorsicht geschehen. Als sie anrief und sagte, sie wolle sich mit ihm treffen, hatte er vereinbart, daß sie an verschiedenen Stellen und zu verschiedenen Zeiten parken sollten. Sandy sollte als erste eintreffen. Sie war wohl auf dem Weg über das Weiße Haus von der East Executive ins Exekutivgebäude gelangt. Es war unwahrscheinlich, daß irgend jemand, der ihnen nicht wohlgesonnen war, gesehen hatte, wie sie gekommen war und sich mit ihm getroffen hatte.

„Okay", sagte er. „Worum handelt es sich?"

Am Telefon hatte sie ihm nur gesagt, daß sie Informationen besaß, die den Selbstmord von James betrafen.

Sie überlegte. Dann sagte sie: „Nun ja, mir ist ein Gedanke gekommen. Falls an James' Tod irgend etwas nicht lupenrein war, könnte ich der Grund dafür sein." Sie wartete und sah ihm fest in die Augen.

Farr verdaute es langsam. Es war eine echte Überraschung. Vorsichtig erwiderte er: „Sagen Sie mir zuerst, was Ihnen daran verdächtig erschien."

„Er war einfach nicht der Typ, der sich umbringt, das ist alles. Bestimmt nicht wegen Alexis Volker und schon gar nicht wegen M.J. Lindley. Er wurde ermordet."

Farr lächelte. „Dann ist also anzunehmen, daß Sie ihn gekannt haben. Wie hat sich das ergeben?"

„Als ich in den Job einstieg", erklärte sie, „überprüfte ich als erstes alle Personen, die Alexis je gekannt hatte. Na ja, zumindest in den letzten fünf Jahren. Das tat ich aus zwei Gründen. Erstens wollte ich mir ein vollständiges Bild von ihrem Leben machen. Zweitens wollte ich — was wichtiger war, weil Sie mich deshalb auf sie angesetzt haben — sehen, ob es jemanden gab, der irgendwann in ihrer Vergangenheit eine Rolle gespielt hatte und in letzter Zeit von neuem in ihr Leben getreten war."

Farr nickte. „Für den Fall, daß der KGB das tat, was ich mit James vorhatte. Auf dem Weg über gesellschaftliche Beziehungen einsickern."

„Genau."

„Und?"

„Ich fand niemanden. Als Alexis das Fernsehen aufgab, tat sie das voll und ganz. Sie hat nicht einen einzigen Bekannten von damals wiedergesehen. Niemand ist von neuem in ihr Leben getreten."

„Das heißt also, falls der Bericht des Überläufers stimmt und jemand eingesickert ist, muß es eindeutig jemand vom Personal oder von den Sicherheitsleuten sein."

„Richtig. Was sich auch mit der Wanze vereinbaren ließe, die ich gefunden habe. Sie haben wahrscheinlich davon gehört. Ich habe sie dem Sicherheitsdirektor ausgehändigt."

Farr grinste. „Er hat sie uns ins Labor geschickt."

„Mein Chef glaubt, Nasciemento war dafür verantwortlich."

„Sie auch?"

„Ich habe nicht versucht, ihm etwas anderes einzureden."

„Hat er Sie im Verdacht, mit uns in Verbindung zu stehen?"

Sie lächelte. „Nein. Nicht im geringsten."

„Gut. Weiter."

Sandy, so dachte Farr, sah plötzlich verlegen aus. Sie sagte: „Was jetzt kommt, wird Ihnen wahrscheinlich nicht gefallen. Sie werden finden, daß es sich mit meinem Beruf nicht vereinbaren läßt. Ich selbst denke unter den gegebenen Umständen nicht so darüber, denn zu dem Zeitpunkt hatte ich nicht die blasseste Ahnung, daß Sie jemals James für sich benutzen könnten. Warum sollte ich auch? Soweit Alexis betroffen war, hätte er genausogut in China sein können." Sie schöpfte tief Atem und fuhr fort: „Als er mir erzählte, Sie hätten mit ihm Verbindung aufgenommen, warf es mich wirklich um. Es schien ein unglaublicher Zufall."

„Ach so." Endlich verstand Farr.

„Es tut mir leid. Ich habe ganz ehrlich nichts Schlimmes dabei gefunden. Ich meine, daß es meinen Job auch nur im geringsten berühren könnte. Er hatte Alexis seit Jahren nicht mehr gesehen. Er war ledig. Genau wie ich. Und die sexuelle Anziehung war ziemlich stark."

Farr fluchte innerlich. Trotzdem, er mußte fair sein. Es stimmte, sie hatte es einfach nicht wissen können, und man hat schließlich ein Recht auf Privatleben. Sogar Leute aus ihrem Beruf. Die Tatsache, daß sie eine Abwehragentin war, änderte nichts daran, und schon gar nicht die menschliche Natur.

Er sagte: „In Ordnung. Solche Dinge können vorkommen. Es wäre besser gewesen, Sie hätten es mir gleich gesagt, aber ich verstehe, warum Sie nicht das Gefühl hatten, das tun zu müssen. Inzwischen müssen wir beide zum gleichen Schluß gekommen sein, was die Verbindung zwischen James und mir betrifft. Wenn es der KGB ist, kann er es sich nicht leisten, Ihr Verhältnis zu ihm als harmlos anzusehen. Leute in unserer Branche neigen jedenfalls nicht dazu, die Dinge so zu betrachten. Da er abseits vom Haus der Volkers mit Ihnen Fühlung nahm, haben sie auch annehmen müssen, daß er möglicherweise mit uns in Verbindung stand." Er machte eine Pause und runzelte die Stirn. „Die Situation, in der Sie sich dadurch befinden, gefällt mir nicht, Sandy."

Sie grinste schief. „Mir auch nicht. Nicht sehr."

„Wir müssen Sie da herausholen."

Sie schüttelte den Kopf. „Nein. Es ist zu spät."

„Warum?"

„Weil dadurch die Sache für jeden anderen, den Sie damit betrauen, von vornherein hoffnungslos wäre, oder? Ich meine, mich jetzt aus der Sache abzuziehen, wäre praktisch mit dem Eingeständnis gleichzusetzen, daß ich von allem Anfang an ein Spion war, und so wäre jeder, der mich ersetzt, sofort verdächtig."

Farr wußte, daß sie recht hatte. Er sagte es ihr. Dann

fuhr er fort: „Es tut mir leid, Sie das fragen zu müssen, aber glauben Sie, daß James mit Mrs. Volker geschlafen hat?"

Sie dachte einen Augenblick nach. „Ich weiß nicht. Ich nehme es fast an." Sie lächelte. „Ist schon in Ordnung, wir standen uns nicht so nahe. Ich will Sie nicht mit zu viel Emanzipationsgerede schockieren, aber es war ganz ehrlich nur körperliche Anziehung zwischen uns. Sonst nichts."

Farr beschloß, keinen Kommentar dazu abzugeben. Zuerst dachte er an die Welt der Lügen und halben Lügen, in der Sandy lebte, eine Welt, in der fast alles gerechtfertigt schien. Dann dachte er an Susan. Hatte sie das jemals zu einem anderen Mann über ihn gesagt? Er dachte an ihr gemeinsames Leben, an ihr zartes Mitgefühl und ihren Takt, was sein sexuelles Versagen seit kurzem betraf, und er war sicher, daß sie es nie gesagt hatte. Er fragte Sandy: „Als er Ihnen von mir erzählte, schien er da aus der Fassung?"

„Ich glaube ja. Ein bißchen."

„Hat er Ihnen erzählt, was für ein Druckmittel ich angewendet habe?"

„Kokain? Ja. Aber das war es gar nicht so sehr. Er war ein ziemlich kaltblütiger Bursche. Er war hauptsächlich deswegen aus der Fassung, weil er sich davor fürchtete, Alexis wiederzusehen. Er brauchte lange, um über ihre Beziehung hinwegzukommen."

„Ich habe immer geglaubt, daß er es war, der Schluß gemacht hat."

„Das hat er auch. Aber es war Selbstschutz. Er hat sie bis zum Wahnsinn geliebt. Nur daß sie eben damals gerade eine totale Identitätskrise durchmachte und er damit nicht fertig wurde."

„Verstehe. Wie war ihre Reaktion auf das alles?"

„Nach außen hin gelassen. Alexis verträgt einiges. Aber ich glaube, es hat sie wirklich hart getroffen. Ich glaube, meistens versucht sie, sehr vertrauliche Mitteilungen auf Dr. Wyndholt zu beschränken."

„Glauben Sie, James hat ihr von Ihnen beiden erzählt?"

„Nein. Glaube ich nicht." Sie lächelte, aber ihre Augen

blickten leicht gekränkt. „Jeder von uns beiden lebte sein eigenes Leben. Ich glaube nicht, daß er irgend jemandem von mir erzählt hätte."

So ist das also mit einer rein sexuellen Beziehung, dachte Farr. Es konnte eben nie hundertprozentig so sein. Ob man will oder nicht, man engagiert sich.

Sandy stand unvermittelt auf. „Ich treffe mich jetzt mit Alexis. Sie will einkaufen gehen."

Er ging mit ihr zur Tür. „Ehrlich, Sandy, wenn ich mit Ihnen ein Verhältnis hätte, ginge ich mit einer drei Meter hohen Fahnenstange herum und würde es in dieser ganzen verdammten Welt ausposaunen."

Sie sah zu ihm auf, voller Überraschung. „Danke, Chef. Ich weiß das zu schätzen."

„Passen Sie gut auf sich auf", sagte er. „Sie spielen eine wichtige Rolle."

Sie berührte seinen Arm und war fort.

Farr wartete ein paar Minuten, um ihr Zeit zu geben, das Gebäude zu verlassen und wieder zur East Executive zu gelangen. Dann ging er zu seinem eigenen Wagen zurück.

21

Es war ein sengend heißer Tag. In der Vorstadtstraße war es drückend schwül und still, die Bäume und Sträucher waren verdorrt. M.J. sah, wie die schweißbedeckten Männer die Couch zum Wagen der Speditionsfirma trugen, und es wurde ihr klar, daß sie heute nacht das letzte Mal in Washington und im Haus ihrer Freundin übernachten würde. Die Kinder waren seit gestern dort, und morgen früh um neun Uhr dreißig flogen sie nach Portland.

Sie hatte sich am Tag des Begräbnisses dazu entschlossen. Als sie ihren Vater angerufen hatte, hatte er ihr das Sommerhaus der Familie in der Nähe von Cape Lookout angeboten, ein winkeliges kleines Landhaus in einiger Entfernung vom Meer inmitten von windgepeitschten Kiefern und mit Blick nach Süden auf den wildromantischen Küstenstrich. Sie hatte den Nachbarn gesagt, sie übersiedle nach Arlington, und die Speditionsfirma gebeten, das gleiche zu sagen, falls jemand fragen sollte. Sonst hatte sie es niemandem gesagt. Wenn Arthur Lindley hörte, daß sie so weit wegzog, würde er vielleicht versuchen, sie daran zu hindern, die Kinder mitzunehmen. In Anbetracht seines Berufes bezweifelte sie jedoch, daß er irgend etwas unternehmen würde, wenn sie einmal dort war.

Adrian James war nicht einmal zehn Tage tot. Alles, was geschehen war, schien weit weg, und sie fragte sich manchmal, warum sie nicht mehr um ihn trauerte. Beim Begräbnis hatte etwas in ihr plötzlich abgeschaltet. Die finstere Verzweiflung, in die sie gestürzt war, nachdem man ihr gesagt hatte, daß er tot sei, war auf wunderbare Weise geschwunden, und nur ein sonderbares Gefühl der Erleichterung war geblieben. War das so, weil sie ihn nie wirklich geliebt, es sich nur eingebildet hatte? Oder war es, weil sein Tod unmittelbar nach den schrecklichen Fotos so entsetzlich gewesen war, daß er ihn dadurch irgendwie nicht mehr begehrenswert erscheinen ließ?

Oder war es wegen des Kokains? Jimmy war zu sehr in Panikstimmung gewesen, um zu lügen. Immer noch sah sie seine Augen vor sich. Noch hatte sie niemand vom FBI aufgesucht. Würden sie es tun? Und wenn, wann?“

Sie ging aus dem Flur durch das Speisezimmer in die Küche. Ohne Möbel schien das Haus größer. Ihre Schritte hallten auf den leeren Fußböden. In der Küche stand ein Karton mit übriggebliebenen Lebensmitteln, die der Immobilienmakler mitnehmen würde. Sie machte sich eine Tasse Löskaffee, saß am Küchentisch und wartete, daß die Männer mit dem Beladen des Lastwagens fertig wurden.

Zehn Minuten später kam einer von ihnen mit einigen Rechnungen herein, die unterschrieben werden mußten, dann fuhr der Lastwagen weg. Ein letztes Mal ging sie durch das Haus, um alles zu kontrollieren, und dann fuhr auch sie weg. Das Auto war ein Mietwagen. Ihren Wagen hatte sie gestern verkauft. Sie blickte nicht zurück. Es war nie ihr Heim gewesen, nur ein Ort, wo sie mit den Kindern geschlafen und wo Adrian James zum Schein ein paar Kleidungsstücke aufbewahrt hatte.

Während sie durch die Außenbezirke Nordwashingtons fuhr, wuchs das Gefühl der Erwartung in ihr. Jedesmal, wenn sie an einer Ampel hielt, schien das, was sie im Begriff war zu tun, undenkbar. Aber sie trug eine Last, die für sie allein zu schwer geworden war. Sie mußte sie mit jemandem teilen, und es gab nur eine einzige Person, die das konnte.

Sie fuhr nach Georgetown und den Oak Hill bis zur R-Straße und zum Haus der Volkers hinauf und parkte im Schatten hinter einem schnittigen blauen Lancia-Kabriolett. Eine attraktive junge blonde Frau im Tennisdreß stand an einen Kotflügel gelehnt. Mit ihrem Schläger schlug sie leicht auf die Grashalme. „Tag", sagte sie. Ihr Lächeln war freundlich. M.J. erwiderte ihren Gruß und ging die Stufen zur Eingangstür hinauf, um die Glocke zu läuten. Sie mochte sonnengebräunte junge Leute nicht. Sie gaben ihr das Gefühl, viel älter zu sein, als sie war.

Als die Tür sich öffnete, sah sie in die ausdruckslosen Augen eines Butlers.

„Ich bin Mrs. Lindley. Ich habe eine Verabredung mit Mrs. Volker."

„Ich glaube, die gnädige Frau ist in ihrem Büro. Es wird gleich jemand hier sein." Er ging zu einem Haustelefon, um ihre Ankunft zu melden.

M.J. war überrascht, wie schnell eine Sekretärin erschien. Sie hatte sich umgewandt, um eine venezianische Ansicht zu betrachten, und sich gerade gefragt, ob es ein echter Canaletto war oder eine Kopie, als sie eine Tür gehen hörte. Als sie sich umdrehte, sah sie, daß eine große, attraktive junge Frau sie anlächelte.

„Mrs. Lindley? Ich bin Allison Palmer. Würden Sie bitte die Güte haben, mir zu folgen?"

Sie wurde einen mit Spannteppich ausgelegten Gang entlanggeführt. Allison plauderte Belangloses. „Hatten Sie Schwierigkeiten, uns zu finden? Das geht sehr vielen so. Man erwartet immer, daß der Außenminister in einem riesigen offiziellen Gebäude wohnt."

M.J. sagte, sie habe keine Schwierigkeiten gehabt. Sie kamen in ein Zimmer, das zweifellos Allisons Büro war.

„Darf ich Ihnen Eistee bringen?"

„Gern."

Allison klopfte, stieß eine Tür auf, die in einen zweiten, viel größeren und aufwendiger ausgestatteten Raum führte, und sagte: „Mrs. Lindley."

„Danke, Allison. Keine Anrufe, bitte." Alexis kam hinter ihrem Schreibtisch hervor, die Hände ausgestreckt, ein anmutiges Lächeln auf den Lippen. Sie sah jünger aus, als M.J. erwartet hatte — und schöner. Sie versuchte, nicht an die Fotos zu denken. Das wollüstige Begehren der Frau auf ihnen paßte ganz und gar nicht zu der Würde dieser geschmackvoll gekleideten Frau.

Sie setzten sich bequem auf die Couch und überbrückten die momentane Verlegenheit mit einem Gespräch über die Übersiedlung nach Oregon. Alexis war die einzige, der sie es erzählt hatte. Allison brachte den Tee. Alexis erhob ihr Glas und sagte: „Also dann, auf Ihr Wohl. Es tut mir schrecklich leid für Sie, Sie müssen Furchtbares ausgestanden haben."

„Danke." M.J. erinnerte sich daran, daß es an ihr war, zum Thema zu kommen. „Sehen Sie", sagte sie, „es war Ihnen sehr viel an Jimmy gelegen, und Sie sollten über verschiedene Umstände bei seinem Tod Bescheid wissen, glaube ich. Es würde mir große Sorgen bereiten, Washington zu verlassen und Ihnen nichts davon gesagt zu haben." Als Alexis eine abwehrende Geste machte, fügte sie hinzu: „Bitte glauben Sie mir, ich bin nicht die gekränkte ‚Ehefrau' oder so etwas. Eigenartigerweise glaube ich, daß ich Jimmy nicht mehr liebe. Obwohl ich ihn weiß Gott geliebt habe. Ich bin nur beunruhigt."

Sie sah etwas in Alexis' Augen aufflackern. Erwartung, vielleicht Furcht. Sie hat begriffen, daß ich es wissen muß, dachte sie. Sie wird glauben, daß er es mir gesagt hat.

Sie fuhr fort: „Kurz bevor er starb, verbrachten Sie einen Nachmittag mit ihm. In Brigham Bay." Schnell setzte sie hinzu: „Das ist schon in Ordnung. Wenn man eine Liebesaffäre hatte, wie Sie und Jimmy, dann ist das nicht über Nacht begraben und vergessen. Nicht einmal dadurch, daß man heiratet. Das verstehe ich. Aber es geschah etwas ganz Entsetzliches. Hatte er die Möglichkeit, es Ihnen zu sagen?"

Alexis' Antwort klang dünn und gequält. „Nein. Was?"

„Die Fotos?"

„Fotos?"

M.J. sagte es ihr. Es war schwer. Schwer für sie selbst, daran zu denken, schwer, Alexis zu erklären, wie schlimm sie waren, ohne sie vor Verlegenheit völlig zum Verstummen zu bringen. Hartnäckig sprach sie weiter, gegen die schreckliche Erkenntnis, daß Alexis denken könnte, sie sei eine Erpresserin. Alexis, leichenblaß, starrte sie aus weit aufgerissenen Augen an.

„Ich habe sie vernichtet", sagte M.J. „Und natürlich habe ich der Polizei nichts davon erzählt. Ich weiß nicht, wer die verdammten Dinger aufgenommen hat. Oder wer die Negative hat. Es war kein Brief dabei. Nur Fotos."

Jetzt fühlte sie sich weniger nervös. Der Anfang war das Schlimmste gewesen. „Ich verlor die Beherrschung", setzte sie fort. „Wir hatten einen fürchterlichen Streit. Ich habe Jimmy gesagt, daß ich ihn nie mehr wiedersehen will. Darauf bezog sich auch die schriftliche Nachricht, die er hinterließ."

Alexis griff sich mit einer schlanken Hand an die Kehle. Sie tat M.J. plötzlich unendlich leid. In den letzten paar Tagen hatte sie sich gefragt, wie es wohl war, wenn jemand, den man liebt, stirbt, und man niemanden hat, dem man es sagen oder der einen trösten kann. Vielleicht liebte Alexis Harold Volker, aber ihr Gesicht verriet, daß sie auch Adrian James noch liebte.

„Das ist noch nicht alles", sagte sie. „Jimmy liebte Sie immer noch sehr und wollte Sie unter keinen Umständen wiedersehen, weil er wußte, daß das weh tun würde. Beiden."

„Warum tat er es dann?" Alexis' Worte waren heiser.

„Weil der FBI ihn dazu gezwungen hat", sagte M.J. Sie wartete, bis das Entsetzen einigermaßen aus Alexis' Augen gewichen war. Dann sagte sie: „Daß er mit Ihnen geschlafen hat, war eine andere Sache. Das haben sie nicht verlangt. Und er hatte es sicher nicht beabsichtigt."

Es brach aus Alexis hervor: „Der FBI hat ihn gezwungen? Aber wie denn?"

M.J. berichtete ihr über das Kokain. Alexis stand auf. „Wie es mit Ihnen ist, weiß ich nicht", sagte sie. „Aber ich hätte einen Drink dringend nötig." Sie drückte die Taste ihrer Sprechanlage. Ihre Hand zitterte. „Allison, wir hätten gern zwei Wodka, bitte. Jetzt gleich."

Sie ging zurück und setzte sich. Langsam bekam ihr Gesicht wieder Farbe. „Entschuldigen Sie. Das ist ein bißchen viel auf einmal. Wem haben Sie sonst noch davon erzählt?"

„Niemandem", antwortete M.J. „Überhaupt niemandem." Jetzt hatte sie sich fast alles von der Seele geredet, und sie fühlte sich erschöpft.

„Aber was zum Teufel will denn der FBI?" fragte Alexis. „Diese Bande! Herrgott noch einmal! Hat Adrian etwas gesagt?" Nun blickte sie zornig.

„Nichts Genaueres", antwortete M.J. „Man hat ihm befohlen, Ihr Vertrauen zu gewinnen. Er glaubte, es müsse mit dem Personal Ihres Mannes zu tun haben. Vielleicht ein Spion. Sie haben Portugal erwähnt."

„Aber das ist doch verrückt. Wenn sie glauben, daß es einen Spion gibt, warum wird Jimmy damit beauftragt? Er ist wohl kaum geeignet, so etwas heauszubekommen. Ihn auf mich anzusetzen, das ist eine Schweinerei. Wirklich."

Was sie über den FBI erfuhr, hatte Alexis aus der Defensive befreit. Sie war nicht mehr eine durch obszöne Fotos überführte Ehebrecherin. Sie war wieder die Frau des Außenministers, und mußte sich nicht gefallen lassen, wie man mit ihr umsprang.

„Werden Sie der Sache nachgehen?" fragte M.J.

„Ja", erwiderte Alexis. „Aber nur keine Sorge. So, daß Sie nicht hineingezogen werden." Sie lächelte dünn. „Jimmy hätte mir ja schließlich das alles erzählen können. Hätte er es nur getan."

„Seien Sie vorsichtig", warnte M.J. Sie schöpfte tief Atem und schickte sich an zu sagen, worauf sie hinauswollte. Letzte Nacht hatte sie viel darüber nachgedacht. Als sie allein im leeren Haus, sogar ohne den Trost der Kinder, geschlafen hatte, hatte sie sich gefürchtet. „Jimmy ist tot, nicht wahr?" fragte sie mit Nachdruck.

Da war es also, dachte sie, die ganze unheimliche Angst, die sie allein ausgestanden hatte, endlich frei herausgesagt. Sie empfand eine wunderbare Erleichterung.

„Oh", sagte Alexis. Ihre Augen wurden schmal. „Das heißt, Sie glauben nicht, daß Jimmy sich umgebracht hat."

„Sie vielleicht?"

„Nein. Das glaube ich nicht", erwiderte Alexis ruhig. „Ich habe es nie geglaubt. Er war einfach nicht der Typ. Und ganz bestimmt hätte er sich nicht wegen einer Frau umgebracht. Wegen keiner. Jimmy? Du meine Güte!" Sie lächelte dünn und sagte: „Dann bleibt aber nur noch eine ganz schreckliche Möglichkeit, nicht wahr?"

M.J. nickte, und ein Schauer überlief sie. „Ja", sagte sie, „derjenige, der ihn umgebracht hat, hat wahrscheinlich auch die Fotos aufgenommen. Sein Abschiedsbrief sollte den Anschein erwecken, als ob sie der Grund dafür waren. Die Fotos und unser Streit."

Alexis sagte: „Glauben Sie, daß zwischen dem FBI und seinem Tod ein Zusammenhang besteht?"

„Ich weiß es nicht. Ich habe so viel darüber nachgedacht, daß ich nicht mehr kann. Aber es muß wohl so sein."

Allison Palmer klopfte und kam mit Gläsern, Tonicwasser und teurem russischem Wodka herein. „Ich habe gedacht, ich verschone Sie mit Everett", sagte sie.

„Danke."

Allison stellte das Tablett ab, warf M.J. einen schnellen Blick zu und ging wieder hinaus. Schweigend schenkte Alexis ein. Dann sagte sie: „Das gefällt mir nicht, Mary Jane. Das gefällt mir gar nicht. Ist das auch einer der Gründe, weshalb Sie aus der Stadt wegziehen? Ich meine, abgesehen vom Kokain?"

„Ja."

„Dann gehen Sie und halten Sie sich eins vor Augen", sagte Alexis. Herzlich ergriff sie M.J.s Hand. „Ich werde vorsichtig sein. Sehr vorsichtig. Um unser beider willen. Ich möchte nicht, daß Sie sich Sorgen machen, ich könnte alles vermasseln."

Mehr blieb nicht zu sagen. Sie saßen da, tranken langsam ihren Wodka aus und plauderten über Belanglosigkeiten.

Zehn Minuten später schaute Alexis zu, wie M.J. wegfuhr. Sie war traurig. Zwischen ihnen bestand ein unauflösliches Band, eine gemeinsame Tragödie und ein gemeinsames Leben. Ein paar Minuten lang hatte sie sich gefragt, ob M.J. ihr Herz nicht auf eine seltsame Weise ausgeschüttet hatte, um sich zu rächen. Sie hatte den Gedanken von sich gewiesen. Dafür war M.J. zu anständig. Aber sie hatte recht gehabt, Jimmy einen Schuft zu nennen. Warum fühlten sich so viele Frauen oft zu solchen Männern hingezogen?"

Sandy wartete immer noch neben dem Lancia, nun im Gespräch mit einem der anderen Agenten. Alexis rief: „Entschuldigen Sie. Ich bin in zehn Minuten fertig."

Sandy winkte ihr zu.

Sie ging ins Büro zurück, schritt sofort zu ihrem Schreibtisch und griff zu ihrem Privattelefon. Schnell schlug sie in ihrem Telefonverzeichnis nach und wählte eine Nummer.

Als diese sich meldete, sagte sie: „Ich möchte William Rupert sprechen. Hier spricht Mrs. Volker."

William Rupert war Direktor des FBI, und Alexis kannte ihn seit sechs Jahren persönlich und gut. Ihr Mann ebenfalls. Rupert war Trauzeuge bei ihrer Hochzeit gewesen.

22

Weniger als vierundzwanzig Stunden später saß sie in William Ruperts Büro und sah sich nicht nur Rupert, sondern auch David Farr gegenüber.

Sonnenlicht fiel in den Raum mit dem dicken Teppich. Die Spitze des Washington-Monuments, die hinter dem Turm des alten Postgebäudes gerade noch zu sehen war, erschien David Farr wie eine unpassende Widersinnigkeit und im Augenblick so unwirklich wie William Rupert selbst. Der Direktor war äußerst nervös. Er hatte das Gefühl, bloßgestellt worden zu sein, und versuchte, es sich nicht anmerken zu lassen.

Seine Nervosität zeigte sich darin, daß er wie unter Zwang einen Bleistift zwischen Daumen und Zeigefinger hin- und herrollte, und auch darin, daß er jedesmal, wenn er sprach oder wenn Farr etwas sagte, das ihn noch betretener machte, auf seinem Stuhl unruhig hin- und herrückte. Nervös war auch sein Blick. Er war ausweichend. David Farr fragte sich, ob Alexis Volker es sah oder ob sie zu wütend und angriffslustig war.

Er ertappte sich dabei, wie er auf Alexis' schlanke, sonnengebräunte, überkreuzte Beine starrte. Sie sahen aus wie die Susans, nur graziler. Sein Gefühl sagte ihm, daß sie sich in ihrem Wesen vielleicht irgendwie ähnlich waren. Zweifellos hatten sie denselben Geschmack. Es hätte Susan sein können, die da saß in einem teuren Leinenkostüm, der Rock mit einem schmalen Gürtel, die zwei obersten Knöpfe der blaßorangen Seidenbluse lässig geöffnet, eine kühle sommerliche Hülle für die weichen Konturen ihres Busens. Und es hätte Susans Gucci-Hängetasche aus Segeltuch und Leinen sein können, die so salopp über der Stuhllehne hing, und ihr leichtes Givenchy-Parfum, das das Zimmer mit seinem Duft erfüllte.

Er konzentrierte sich wieder auf das, was Alexis gerade zu Rupert sagte.

„Aber um Himmels willen, Bill, warum diese Geheimniskrämerei?" Ihr anfänglicher Zorn war etwas verraucht. Nun klang sie fast entrüstet. „Um es noch einmal zu sagen: Warum hast du mir oder Harold nichts davon gesagt? Schließlich ist von Leuten die Rede, die für uns arbeiten."

Farr beschloß, daß es Zeit war, etwas zu sagen. Rupert hatte bisher vermieden, das heiße Eisen anzupacken, aber er wurde langsam unruhig. Unangenehmerweise mußten sie zugeben, James benutzt zu haben, weil ihnen nicht klar war, wieviel sie wußte, und sie nicht das Risiko eingehen konnten, es zu leugnen. Sie durften sie unter keinen Umständen merken lassen, daß sie hinter ihrem Mann her waren. Es ging darum, sie irrezuführen. Sie mußten ihr das Gefühl geben, daß sie auf einer heißen Spur war, ohne daß sie merkte, daß es die falsche war. Das war nicht einfach. Beide waren sich der Tatsache bewußt, daß sie es mit einer Frau zu tun hatten, die jahrelang Reporterin gewesen war.

Unvermittelt sagte er: „Mrs. Volker, es gibt einen Punkt, den ich klären möchte."

Überrascht wandte sie sich ihm zu. Abgesehen von Höflichkeitsfloskeln war er praktisch stumm gewesen, seit sie hereingekommen war. Rupert hatte erklärt, daß sie der Meinung waren, jemand aus Volkers Personal gebe Informationen an die ausländische Presse weiter, insbesondere an eine Lissaboner Zeitung. Farr wußte, daß sie ihm das nicht wirklich abkaufte. Diese Art von Spionage wäre Sache des Sicherheitsdienstes des Auswärtigen Amtes und läge nicht im Bereich des FBI.

Er fuhr fort: „Ich habe mich bei James geirrt. Von allem Anfang an. Ich war falsch über ihn informiert und hatte keine Ahnung, daß Sie und er einander einmal nahestanden. Er deutete mir gegenüber nichts dergleichen an, als ich ihn befragte. Er sagte mir, Sie seien nur entfernte Bekannte gewesen."

Ihre Augen verrieten ihm, daß sie ihm auch das nicht

ganz abnahm. Schnell sprach er weiter: „Ich weiß, was Sie denken“, sagte er. „Warum überhaupt James?“

Sie sagte eisig: „Ich nehme an, Sie wußten etwas über ihn, und er hatte keine Wahl.“

„Sie nehmen das Falsche an“, erwiderte er. Innerlich lächelte er. Wahrscheinlich wußte sie, daß es so war, aber vielleicht nicht genau, was es war. Er sagte: „James hat ab und zu für uns gearbeitet. Seine Beziehungen waren uns von Nutzen.“

„Adrian?“ Ihr Erstaunen war nicht gespielt. „Das ist wohl kaum zu glauben. Er haßte die Polizei. Und das sind Sie schließlich, oder etwa nicht?“ Sie deutete auf die aufwendige Ausstattung von Ruperts Büro. „Sieht man von alledem ab.“

Farr zuckte die Achseln. Sie gefiel ihm. Je mehr er mit ihr redete, um so natürlicher begann er sie zu finden. Er sagte: „Das stimmt, und James hielt nicht viel von uns. Aber er hatte ernsthafte Schwierigkeiten mit der IRS. Und wir waren sein Ausweg.“

Die Lüge empörte Rupert. Die Behauptung, zwischen dem Sicherheitsbüro und der Staatskasse gebe es korrupte Beziehungen, konnte ins Auge gehen. Er rollte seinen Bleistift noch erregter zwischen den Fingern. Aber er schwieg. Er wußte nichts darauf zu sagen.

Farr merkte ihm sein Unbehagen an; es war ihm gleichgültig. Er dachte daran, wie schlimm die Dinge stehen könnten, wenn sein junger Assistent nicht gestern um fünf Uhr mit Kopien von einem halben Dutzend Briefe in sein Büro gestürzt wäre.

„Korrespondenz von Volker.“

Rein routinemäßig hatte Farr angeordnet, das Postamt solle Volkers Privatpost, die ins Ausland ging, abfangen. Vor zehn Tagen hatte sich erwiesen, daß Volker und Gunter Schaeffer, der Liebhaber der toten Johanna Volker, miteinander in Briefverkehr standen, aber die erste Aufregung darüber hatte mit einer Enttäuschung geendet. Die Geheimschriftenabteilung des Büros hatte nichts herausgefunden. Der Inhalt war genau das, was er zu sein schien, nämlich eine Regelung der Details des Nachlasses der toten Frau durch die beiden Schreiber, die die Verwalter waren.

„Kommen Sie mir damit ein andermal." Farr war nicht in der Stimmung für irgend etwas, das mit Volker zu tun hatte. Er wußte, daß er seine Entlassung riskierte. William Rupert und Harold Volker waren Freunde, und Rupert, sich seiner Grenzen nur allzu bewußt, konnte nachtragend sein, wenn er das Gefühl hatte, seinen Standpunkt rechtfertigen zu müssen.

„Aber — Sir. Es ist endlich etwas dabei herausgekommen."

Farr nahm die Briefe. „Hoffentlich etwas Konkretes", sagte er.

Es war etwas Konkretes. Das Datum des Briefkopfes der Briefe Volkers wie auch Schaeffers stimmte mit dem Poststempel auf dem Umschlag nicht überein. Briefe, die im Juli und August abgestempelt worden waren, waren im Inneren im Januar und März datiert. Die Geheimschriftenabteilung konnte sich keinen Reim darauf machen. Es war aber beweiskräftig genug, um dem Shenson-Memorandum, der Aussage des Überläufers, dem Mord an Nasciemento und seiner eigenen festen Überzeugung, daß James ermordet worden war, Gewicht zu verleihen.

Der Direktor hatte überraschend schnell klein beigegeben. Die Implikationen der Spur, auf der Farr vielleicht war, ließen jeden anderen Gedanken unwesentlich erscheinen. Genau wie Virgil Fein und David Farr vor ihm erlag er dem Gedanken „und was, wenn". Er brauchte auch nur weniger als eine Minute zur Entscheidung, daß es am sichersten war, in dieser ganzen leidigen Angelegenheit die Verantwortung abzuwälzen. Er hatte bereits eine Sitzung des Oval Office für morgen anberaumt, und Farr sollte das Wort führen.

Alexis sagte gerade: „Können Sie mir vielleicht verraten, was Adrian denn hätte tun sollen? Und warum gerade er und nicht ein anderer? Warum nicht zum Beispiel einer unserer Sicherheitsleute?"

Sie klang widerborstig. Sie verliert nicht gern, dachte Farr. Er wußte, daß der Augenblick gekommen war, sie glauben zu machen, er rücke mit geheimen Informationen heraus. Es war riskant, aber nicht so riskant wie seine Verschleppungstaktik.

„Wir sind darüber informiert worden", sagte er vorsichtig, „daß jemand, der für Sie oder für General Volker arbeitet, vielleicht nicht das ist, was er scheint."

Einen Augenblick sah sie ihn mit großen Augen an, dann rief sie: „Mein Gott, Sie reden von einem Maulwurf!"

„Hoffentlich nicht", sagte Farr, „aber man weiß nie. Jedenfalls konnten wir deshalb niemanden vom Personal einsetzen. Und wenn wir irgendeinen von ihnen durch einen Spionageabwehragenten ersetzt hätten, so wäre das sofort verdächtig gewesen."

„Aber Adrian war wohl kaum für eine solche Sache ausgebildet. Und er wohnte nicht in der R-Straße."

Farr zuckte die Achseln. „Das stimmt. Seine Aktivitäten wären begrenzter Natur gewesen. Wir wollten, daß er jeden Angestellten fotografiert, damit wir ihn hier im Büro genau überprüfen können. Wir gaben ihm eine Spezialkamera." Er hielt Daumen und Zeigefinger hoch. „So groß. Das ist alles, was wir wollten."

„Trotzdem schöpfte jemand Verdacht — und Adieu, Adrian", stellte Alexis nüchtern fest.

William Rupert war völlig überrumpelt. Farr nicht. Er hatte damit gerechnet. Von allem Anfang an hatte er vermutet, daß sie es wußte.

Er versuchte zu bluffen. „Ich kann Ihnen nicht folgen."

Alexis lächelte frostig. „Sie glauben doch nicht im Ernst, daß Jimmy sich umgebracht hat."

„Hätte ich denn angesichts des Berichts des Coroners Grund, etwas anderes anzunehmen?" Es klang wenig überzeugend, aber wenn er das Spielchen noch ein wenig ausdehnen konnte, würde das Eingeständnis, daß es Bluff war, ehrlicher klingen.

Alexis sagte: „Mr. Farr, bis jetzt haben Sie sich gut gehalten. Aber ich habe einmal mit ihm zusammengelebt, vergessen Sie das nicht."

Bill Rupert rutschte wieder nervös hin und her. „Alexis, das Büro des Coroners . . ."

Er kam nicht weiter. Ihre Augen blitzten. „Bitte, Bill, verschone mich."

Farr beschloß, daß dies der richtige Augenblick sei. „Okay, Mrs. Volker, ich bin Ihrer Meinung. Auch ich glaube nicht, daß er sich umgebracht hat. Was schließen wir also daraus?"

„Wir schließen daraus", sagte sie, „das Jimmy ermordet wurde, weil er für Sie arbeitete und vorhatte, dem Mitarbeiterstab meines Mannes nachzuspionieren. Oder meinem. Jemand wollte offensichtlich nicht, daß er das tat. Wir schließen daraus, daß jemand für Harold oder mich arbeitet, der nicht davor zurückschreckt, jemanden zu töten, damit es nicht ans Licht kommt. Das schließen wir daraus."

Sie nahm ihre Tasche von der Stuhllehne und stand auf.

Zu scharfsinnig für meinen Geschmack, dachte Farr. Er spürte instinktiv, daß sie mehr über James' Tod wußte, als sie zugab, und fragte sich, was es wohl war. „Falls Sie recht haben, Mrs. Volker", sagte er vorsichtig, „— und ich sage nicht, daß Sie recht haben —, wäre ich Ihnen sehr verbunden, wenn dieses Gespräch unter uns bliebe."

„Da verlangen Sie aber ganz schön viel, oder nicht?"

Sorgfältig wählte er seine Worte. „Nein, durchaus nicht. Wenn Sie recht haben, was den Grund von Adrian James' Tod betrifft, dann wäre mir nicht sehr daran gelegen, daß der, der ihn umgebracht hat, auf die Idee kommt, daß auch *Sie* mit uns in Verbindung stehen. Und genau das ist der Grund, warum wir von vornherein nie mit Ihnen oder General Volker über unsere Befürchtungen gesprochen haben."

Er wartete darauf, daß sie erschreckt reagierte. Sie tat ihm nicht den Gefallen. Statt dessen schenkte sie ihm ein knappes Lächeln. „Das würde ich Ihnen gern abnehmen, Mr. Farr“, sagte sie. „Taktisch sehr klug, aber um ehrlich zu sein, habe ich bereits daran gedacht.“

Farr hätte sich ohrfeigen können, weil er das nicht klar erkannt hatte. Er lenkte ein: „Also gut, natürlich haben Sie das.“

„Und was machen wir jetzt?“ fragte sie.

„Nichts“, erwiderte er. „Wir warten ab. Wenn wir überhaupt nach einem Maulwurf suchen, dann stellen wir unsere Fallen im KGB selbst auf. Wir haben ja auch unsere Maulwürfe. Was Sie betrifft, so haben Sie Ihre Leibwächterin. Sie schlägt alles, wie man hört. Wenn Sie sich über irgend etwas Sorgen machen oder mich sprechen wollen, bin ich immer für Sie da. Ich möchte für Sie jemand sein, an den Sie sich wenden können, wenn Ihnen danach zumute ist. Und umgekehrt.“

Ihre Miene wurde herzlich. Sie gab ihm einen festen Händedruck. „Danke, Mr. Farr“, sagte sie.

Rupert stand auf und gab höfliche Geräusche von sich. Er sah erleichtert aus. Er sagte, er hoffe, sie hätten alles geklärt. Alexis schaffte es, höflich darauf zu antworten. Ihm fiel ein, daß Volker in wenigen Stunden aus Portugal zurückerwartet wurde. Er wußte, daß sie auf dem Weg nach Andrews war, um ihn abzuholen. Er hatte wahrscheinlich von James erfahren und mußte wissen, daß James und seine Frau ein Verhältnis miteinander gehabt hatten. Was würde sie zu ihm sagen?

Sie ging mit Rupert hinaus. Die Tür fiel hinter ihm ins Schloß. Dann erschien sie plötzlich nochmals und ließ Rupert im Büro der Sekretärin stehen. Schnell und mit leiser Stimme sagte sie: „M.J. Lindley. Kokain. Ich würde es persönlich sehr schätzen, Mr. Farr, wenn Sie die Sache bereinigen könnten.“

Er nickte. „Sie können sich darauf verlassen.“

Sie musterte ihn eine Sekunde, lächelte und ging dann so schnell, wie sie gekommen war.

Sehr geschickt, dachte Farr. Sie hatte damit während der ganzen Unterredung hinter dem Berg gehalten und nicht beabsichtigt, es einzusetzen, außer es war unumgänglich. Nun fragte er sich, wie lange es dauern würde, bis sie herausfand, daß Volker selbst es war, hinter dem sie in Wirklichkeit her waren. Denn für ihn bestand kein Zweifel darüber, daß sie es herausfinden würde.

Als Rupert zurückkam, blieb er noch, solange es die Höflichkeit gebot. Dann ging er hinunter in sein eigenes Büro, ließ sich Kaffee kommen und zog seine Schlußfolgerungen. Jetzt herauszufinden, daß Harold Volker tatsächlich auf irgendeine Weise darin verwickelt war, war problematischer denn je. Das war die Minusseite. Er wäre davon abhängig, was die CIA in Portugal herausfand, und das konnte eine Ewigkeit dauern. Er würde auf Routinearbeit zurückgreifen müssen und auf erschöpfende Nachforschungen über alles, vom ursprünglichen Memorandum bis zu neuerlicher genauer Überprüfung all derer, die je in Volkers Leben eine Rolle gespielt hatten, einschließlich des toten James und M.J. Lindleys. Polizeiroutine — langweilig, mühsam. Alles schon einmal getan. Vielleicht war noch die aussichtsreichste Hoffnung, daß die Geheimschriftenabteilung einen zündenden Einfall hatte.

Auf der Plusseite war zu verzeichnen, daß er nicht mehr heimlich vorgehen mußte. Er konnte ganz offen alle Hilfsmittel des Büros einsetzen. Es ging nichts über ein amtliches Verfahren.

Außer jedoch, der Präsident legte sein Veto ein. Das war natürlich durchaus möglich. Die Geschichte der Neuzeit war voll von Verrätern und Überläufern, die ein hohes Amt bekleidet hatten. Sie war auch voll des Verrats derer, die nicht genannt worden waren, weil das Amt, das sie bekleidet hatten, so hoch war, daß eine Enthüllung ihres Verrats eine politische Katastrophe hätte bedeuten können. Und das konnte im Hinblick auf das Amt des Außenministers der Fall sein.

23

Der Lancia fuhr aus der Angestelltengarage des Hoovergebäudes. Er bog nach links in die Pennsylvania-Avenue ein, schwenkte um das Kapitol herum auf die Dritte Straße und auf die Independence. Sandy saß am Steuer.

Alexis sah auf die Uhr. „Werden wir es schaffen?"

„Kein Problem. Aber wenn Sie noch fünf Minuten länger dringeblieben wären, hätte ich einen Krieg zwischen den Geheimdiensten angezettelt, um Sie herauszuholen."

Alexis wußte, daß Sandy auf diese Art und Weise herauszufinden versuchte, warum sie William Rupert aufgesucht hatte.

„Bill Rupert redet gern", sagte sie. „Ich bat ihn für M.J. Lindley um einen Gefallen, die mich gestern besucht hat. Um in den Genuß seiner Zustimmung zu gelangen, mußte ich mir alle seine sogenannten lustigen Geschichten anhören."

„Wie haben sich denn Mrs. Lindley und der FBI in die Haare gekriegt?"

„Gar nicht", sagte Alexis. „Es war Angelegenheit des DEA. Ich kenne dort niemanden, wohl aber Rupert."

„Ach so." Sandys Gesichtsausdruck ließ erkennen, daß weitere Informationen sie nichts angingen. Eine Dreiviertelstunde später fuhren sie durch das Eingangstor von Andrews.

Harold Volkers Rückkehr nach Washington fiel sogar noch weniger auf als seine Abreise. Noch hatten die Medien nicht beschlossen, Portugal ins Bewußtsein der amerikanischen Öffentlichkeit zu bringen. Sein Wiedersehen mit Alexis, als er die Gangway vom Flugzeug herunterkam, war herzlich und persönlich. Schnell fertigte er die anwesenden Journalisten mit ihren Routinefragen ab, dann ging er mit ihr weg vom offiziellen Rummel, um ein paar Minuten mit ihr allein zu sein. Entgegen jeder Etikette trug er Jeans, Stiefel und eine alte Windjacke über einem Hemd mit offenem Kragen. Er war sehr braun.

Er küßte sie leidenschaftlich. „Du hast mir auf dieser Reise wirklich gefehlt. Ich wollte, ich hätte dich mitkommen lassen."

„Du siehst wunderbar aus. Du bist am Strand gewesen?"

„Jeden Nachmittag zwei Stunden, während alle sich von zu viel Wein beim Mittagessen erholten."

Zehn Minuten später fuhren sie in einer offiziellen Limousine ab. Sicherheitsleute und Begleitpersonal folgten in einer zweiten. Sie hielten einander an den Händen, sein Arm lag hinter ihren Schultern über dem Sitz, und er spielte mit ihren Haaren. „Auf die Gefahr hin, einer Scheidung ins Auge blicken zu müssen", sagte er plötzlich, „— ich habe heute abend eine Sitzung."

Alexis zeigte ihre Enttäuschung nicht. Sie erwähnte einige alte Freunde, die sie zum Abendessen eingeladen hatte, einen pensionierten General der Luftwaffe und seine Frau, ein New Yorker Künstlerehepaar. Es waren Leute, die er mochte und in deren Gesellschaft er sich entspannen konnte.

„Es tut mir leid", sagte er. „Ich hätte dich vom Flugzeug aus anrufen sollen. Kommst du allein mit ihnen zurecht?"

„Natürlich."

Er zog sie eng an sich. „Es ist der verfluchte portugiesische Botschafter", erklärte er. „Bis elf werde ich ihn wohl abgefertigt haben."

„Im Auswärtigen Amt oder in der portugiesischen Botschaft?"

„Im Auswärtigen Amt."

Alexis sagte: „In Wahrheit versuchst du nur, Everett noch einen Tag zu entkommen."

Er lachte. „Da hast du recht."

Als sie in den Hof des an der Einundzwanzigsten Straße gelegenen Eingangs des Auswärtigen Amtes einbogen, gab er dem Fahrer ein Zeichen, die Tür einen Augenblick geschlossen zu lassen. Er blickte nachdenklich, dann sagte er: „Alexis, ich habe gehört, daß Adrian James sich umgebracht hat."

„Ja." Überrumpelt, wappnete sich Alexis innerlich.

„Das tut mir leid. Hat es dich sehr getroffen?"

Sie sah ihm prüfend in die Augen. Sie waren warm und voller Anteilnahme. Sie streifte seine Wange. „Es war ein Schock, aber mach dir deshalb keine Sorgen."

„Du hast dich mit ihm vorher getroffen?"

„Er rief an. Er hatte schreckliche Probleme mit M.J. Lindley, der Frau, mit der er zusammenlebte. Ich nahm ihn mit hinunter nach Brigham Bay und lud ihn zu einem Picknick ein. Er war ziemlich verzweifelt, der arme Kerl."

Er lächelte. „Bis später. Schlaf nicht ein."

Als er im Gebäude verschwunden war, sagte Alexis zum Chauffeur, er solle sie nach Hause fahren. Sie verabscheute diese Lüge. Aber schlimmer noch war die dumpfe, schmerzende Traurigkeit, die sie ständig empfand und die sie vor jedem verbergen mußte. Die einzige Gefährtin, die sie in ihrem Kummer gehabt hatte, der einzige Mensch, der Bescheid gewußt und Anteil genommen hatte, war M.J. Das war bittere Ironie. Beim Begräbnis hatte sie einen schwarzen Schleier getragen und war in einigem Abstand hinter den anderen Trauergästen gestanden. Sie hatte sich völlig allein gefühlt. Es war, als ob ihre ganze Vergangenheit aufgehört hätte zu existieren und mit ihr jene endgültige Sicherheit, die sie immer daraus gezogen hatte. James war das letzte Verbindungsglied gewesen.

In der R-Straße angekommen, stürzte sie sich in Routineangelegenheiten. Sie hatte einen Termin mit dem Nationalen Komitee für Frauenkunst, diktierte Briefe, traf Anordnungen für den Haushalt und erledigte einige Anrufe. Seit dem Erwachen an diesem Morgen war ihr die unmittelbar bevorstehende Ankunft ihres Mannes unwirklich, wie ein Eindringen, erschienen. Sie hatte versucht, ihre Gefühle zu korrigieren. Hatte sich noch mehr Mühe gegeben, nicht an Adrian James zu denken. Es war unmöglich. Die Erinnerung an ihren ekstatischen Liebesnachmittag überlagerte die quälenden Schuldgefühle, die sie deswegen empfand. Ihr Entsetzen über die Fotos gesellte sich zum Entsetzen über seinen Tod. Jemand hatte die Negative. Wo und wann würden sie auftauchen?

Während des Abendessens kam ihr trotz ihrer Gäste ständig das Treffen mit Farr und Rupert in den Sinn. Wie sie es auch drehte und wendete — von dem Augenblick an, als sie in Ruperts Büro trat, war Farr Herr der Lage gewesen. Irgendwie hatte er ihr Gespräch in die von ihm gewünschte Richtung gelenkt und ihre Fragen beantwortet, ohne je direkte Antworten darauf zu geben. Je mehr sie darüber nachdachte, um so genauer wußte sie, daß man sie hatte abblitzen lassen. Aber warum? Irgend etwas war faul, doch sie konnte nicht genau sagen, was. Warum so viel Aufhebens, um einen mutmaßlichen Maulwurf aufzuspüren? Warum war Adrian James in ein Komplott einbezogen worden, in das sich sogar die arme M.J. verstrickt hatte? Warum entließ man nicht einfach das Personal und stellte neue Leute ein? Und wenn es wirklich einen Maulwurf gab, warum zerbrach man sich über ihr Haus den Kopf, wenn das verdächtige Personal sich samt und sonders im Außenministerium befand?

Schließlich noch die brennendste aller Fragen: War irgendein heißer Draht zu Harolds ohnehin so offener Politik einen Mord wert, obwohl allgemein bekannt war, daß er seine Pläne meist im allerletzten Augenblick schmiedete?

Sie schenkte gerade Kaffee ein, spielte halb die Gastgeberin, halb versuchte sie, an überhaupt nichts zu denken, als Everett sie ans Telefon holte. Sie entschuldigte sich und nahm den Anruf in der Bibliothek entgegen. Es war jemand namens Francisco José Catarino. Sein Name und Akzent waren portugiesisch. Er hatte den Rang eines Oberst und sagte, er sei ein Adjutant General Figueiras. Alexis durchforschte schnell ihr Gedächtnis und entsann sich, daß Figueira der Oberbefehlshaber der Armee war. Jener General Nasciemento, der zum Abendessen gekommen war, war ebenfalls einer seiner Adjutanten gewesen.

„Wissen Sie, wo ich Ihren Mann erreichen kann, Senhora? Ich soll ihn in einer halben Stunde in meinem Hotel treffen. Mein Flug von Lissabon hat sich verspätet, und ich bin noch am Flughafen."

„Er ist im Auswärtigen Amt. Er hat dort heute abend mit Ihrem Botschafter eine Verabredung."

„Ach nein? Aber unser Botschafter ist doch noch in Lissabon?"

„In Lissabon? Sind Sie sicher?"

„Aber ja. General Figueira und ich haben heute dort mit ihm gefrühstückt."

Alexis überlegte schnell. Offensichtlich war Harold oder seinem Personal ein Irrtum unterlaufen. Höchstwahrscheinlich Harold. Offizielle Anrufe bei ihm zu Hause gingen über ein spezielles Telefon, das ständig von einem Sicherheitsagenten überwacht wurde. Die Tatsache, daß Catarino ihre Privatnummer anrief, bedeutete, daß Harold ihm die nicht registrierte Nummer gegeben hatte. Sonst konnte es niemand gewesen sein.

Sie entschuldigte sich. „Ich fürchte, da liegt eine Verwechslung vor", sagte sie. „Ich schlage vor, Sie rufen zunächst das Außenministerium an. Wenn man Ihnen dort sagt, daß er auf dem Weg nach Hause ist, kann er Sie dann irgendwo erreichen? Manchmal hebt er das Autotelefon nicht ab."

Der Oberst zögerte, dann gab er ihr eine Nummer. „Danke vielmals, Senhora, und es tut mir leid, Sie gestört zu haben."

„Das macht nichts."

Alexis ging wieder zu ihren Gästen zurück und organisierte eine Partie Bridge. Sie spielten drei Runden, und sie schickte sich gerade an, schlafen zu gehen, als Harold schließlich nach Hause kam. Er hatte noch nichts gegessen, und sie gingen in die Küche, damit sie ihm etwas zurechtmachen konnte. Beinahe vergaß sie den Anruf.

„Ach ja, Harold. Jemand namens Catarino hat angerufen. Unter unserer Privatnummer."

„Er hat mich erreicht."

„Er sagte, der Botschafter sei noch in Portugal."

„Ich weiß. Das Büro hat alles durcheinandergebracht. Ich hätte also mit dir zu Hause essen können. Aber als ich das herausfand, war es schon spät, und die Operationsabteilung legte mir einen ganzen Stoß Papiere über ein Sonderkommando in Libyen zur Entscheidung vor. Sie glaubten, es gebe eine Weiterentwicklung in der Frage der libyschen Geiseln, aber es stellte sich als die übliche Sackgasse heraus."

Nachdem er gegessen hatte, nahmen sie sich jeder einen Drink und gingen ins Obergeschoß; er hatte seinen Arm um sie gelegt.

„Du mußt sehr müde sein", sagte Alexis.

„Hab' mich nie besser gefühlt."

Er blühte und gedieh davon, dachte sie. Vom Hetzen von einer Hauptstadt zur anderen, vom Schlafen an Bord einer SAM 70, von der nervösen Energie, die er dabei verbrauchte, wenn er ein Staatsoberhaupt gegen ein anderes ausspielte, von den politischen Intrigen, die ständig zwischen dem Kongreß und dem Weißen Haus gesponnen wurden.

Auf dem Weg zum Schlafzimmer hielt er inne und küßte sie.

„Es ist genau vierzehn Tage her, daß ich das zum letzten Mal ausgiebig getan habe. Auf die Stunde."

Trotz allem empfand sie eine romantische Gefühlsaufwallung. Als sie später miteinander schliefen, hörte sie für ein paar Augenblicke auf, sich wegen Adrian James Gewissensbisse zu machen. Es war eben eines dieser Dinge gewesen, die passieren. Sie vergaß David Farr und all die Angst, für die er stand. Sie liebte Harold. Und ein paar kostbare Augenblicke lang vergaß sie auch die Tatsache, daß er sie gerade erst belogen hatte.

Aber als er schlief, als ihr Zimmer in Dunkel gehüllt war

bis auf einen schwachen Lichtstreifen, der von einer Straßenlaterne in der R-Straße quer über die Decke fiel, konnte sie es nicht länger von sich schieben. Jahrelang hatte sie gelernt, jede Nuance, jeden Schleier zu spüren, hinter dem Menschen versuchten, die Wahrheit zu verbergen. Diese Schleier wegzuziehen, war für sie zu einer Gewohnheit geworden. Oberst Catarino, so entsann sie sich, war ganz sicher gewesen, was den Zeitpunkt betraf, zu dem er Harold treffen sollte, und es war fast unvorstellbar, daß Harold nicht über den Aufenthalt des Botschafters in Lissabon informiert war. Das bedeutete, daß Harold, als er ihr heute morgen gesagt hatte, er würde sich mit dem Botschafter treffen, gelogen hatte. Er hatte gewußt, daß er sich mit Catarino treffen würde.

Wozu das verheimlichen? Wozu diese Lüge? Hatte es noch andere Lügen gegeben? Unbestimmte und unaufgelöste Widersprüche kamen ihr wieder in den Sinn, Fragen der Politik und Taktik, auf die man sich keinen richtigen Reim hatte machen können. Zu dem Zeitpunkt hatte sie ihnen keine Beachtung geschenkt, weil sie völlig unwichtig schienen. Jetzt aber ging das nicht mehr. Sie begannen, sich zu einem Muster zusammenzusetzen, das zu allen übrigen Befürchtungen paßte.

Aus all dem stieg ein Gedanke auf, ein Gedanke, der ständig unbewußt vorhanden gewesen war und den sie zu verdrängen beschlossen hatte.

Sie lag auf dem Rücken, Harold auf der Seite neben ihr, ein Bein über ihren Hüften, seinen Kopf an ihrer Schulter. Sacht machte sie sich von ihm frei und setzte sich auf. Obwohl es im Zimmer heiß war, zog sie das Laken schützend über ihren Körper. Der Gedanke, zunächst verschwommen, war nun klar. Ihr Magen krampfte sich zusammen in einer Furcht, deren sie nicht Herr werden konnte, weil sie wußte, daß dieser Gedanke die Erklärung war für Adrian James und die ganze komplizierte Suche nach einem vermeintlichen Maulwurf. Und dafür, weshalb Farr sie hatte abblitzen lassen.

Bei der Person, die sie in Wahrheit überprüften, konnte es sich um ihren Mann handeln, und James war genau der Mann, der sie dazu bringen konnte, zu verraten, was sie über Harolds Angelegenheiten wußte.

Ihr Herz schlug dumpf. Neben ihr murmelte Harold im Schlaf. Das bedeutete, daß er in wenigen Minuten aufwachen würde. Immer wenn er bald aufwachte, nachdem er mit ihr geschlafen hatte, wollte er wieder mit ihr schlafen. Und für gewöhnlich auch sie mit ihm. Diesmal wußte sie, daß sie es nicht konnte.

Das Kopfbrett drückte gegen ihren nackten Rücken, und sie hatte das Gefühl, als würde ein dicker Bolzen mitten durch sie getrieben und nagelte sie daran fest.

24

Der Tag war anstrengend gewesen, allein schon durch die Last der Sitzungen und der Dinge, die geplant worden waren, dachte David Farr. Er war erst um zehn Uhr nach Hause gekommen. Jetzt war es elf. Noch immer hatte es dreißig Grad, und selbst der mattrote Schein über Washington vermochte es nicht, einen zu drei Viertel vollen Sommermond auszulöschen.

Er war im Swimmingpool in seinem Garten, ein Bier in der Hand und beide Ellbogen auf den Beckenrand gestützt, blickte gelegentlich zum Mond auf und sprach mit Susan. Wenn sie unter das Wasser tauchte, hielt er inne, um zuzusehen, wie ihr schlanker nackter Körper wie ein Schatten über die Lichter am Boden schoß, bevor sie mit einem leisen Plätschern wieder auftauchte. Während er auf sie wartete, schöpfte er tief Atem, um den Duft der Rosen und des Jasmins einzuatmen, die sie vor zwei Jahren nach dem Kauf des Hauses gepflanzt hatten.

Sie sprachen leise, damit ihre Nachbarn sie nicht hörten.

„Aber wie war er wesensmäßig?“ fragte sie. „Ich meine,

abgesehen von seinem Amt als Präsident ist er auch ein Mensch. Vom Fernsehen her kann man das nicht beurteilen."

Farr lachte. Sein Tag hatte um halb acht mit einer einstündigen Sitzung im Oval Office begonnen. Außer ihm und Rupert waren noch der Stabschef des Weißen Hauses, Lanard „Duke" Chancery und der Berater des Nationalen Sicherheitsdienstes, Bernard Kornovsky, vertreten gewesen. Und natürlich der Präsident.

„Man sagt etwas, und er antwortet nicht. Deshalb weiß man nie genau, woran zum Teufel er gerade denkt."

„Überhaupt keine Reaktion?"

„Keine. Pokergesicht. Er schaut einen nur starr an. Oder irgend etwas anderes. Dann sagt er etwas, das absolut keinen Bezug dazu hat. Das kann einen wirklich aus der Fassung bringen."

„Wer hat am meisten geredet?"

„Nun ja, zuerst ‚Duke'. Rupert hat ihm gestern den Sachverhalt kurz dargestellt, und er hat das Wesentliche zusammengefaßt. Dann wandte sich der Präsident an mich und fragte, ob ich mir über den Ernst der Situation im klaren sei. Als ich das bejahte, wollte er, daß ich ausführlich berichtete, was mich dazu bewogen hätte, die Sache aufzugreifen. Er fragte mich genau, was ich seitdem an Beweisen erbracht hätte. Auch, was dabei meinem Gefühl nach herauskommen würde."

„Warst du überrascht über seine Entscheidung?"

„Nein. Er ist ein komischer Kauz, aber er hat Mumm. Und daran ist nicht nur sein Amt schuld. Er ist eine starke Persönlichkeit."

„Und die anderen?"

„Kornovsky bekam fast einen Nervenzusammenbruch."

„Er war für eine Vertuschung?"

„Beide, er und ‚Duke'. Sie wollten die ganze leidige Angelegenheit begraben. Klaftertief. Und vom Anfang an. Alle zum Schweigen bringen, einschließlich meiner Person und Feins, alle Kopien des Memorandums, die ganzen Arbeiten vernichten. Und irgendeinen Weg finden, um Volker loszuwerden. Einen Grund, daß er mit Anstand zurücktreten kann." Er machte eine Pause, während der er sich an ihre Panik erinnerte, und fuhr dann fort. „Er saß nur stumm wie ein Fisch da, bis die beiden fertig waren. Dann sagte er, ich solle weitermachen. Er sagte: ‚Lassen wir die Scheißwürfel fallen, wie sie wollen.' Das ist ein Zitat. Er sagte, er wolle in seiner Amtsperiode kein Watergate."

„Aber was geschieht in der Zwischenzeit mit Volker?"

„Er bleibt. Wir haben beschlossen, daß er bleiben soll, wo er ist, bis wir Beweise in der Hand haben. Der Präsident sagte, wenn je herauskäme, warum er zum Rücktritt gezwungen worden war, und wir keine Beweise hätten, dann könnte das die Partei zu Fall bringen. Volker hat einflußreiche Freunde."

„Wilderstein."

„Unter anderen."

„Es ist ein schreckliches Risiko, David, nicht wahr? Ich meine, wenn sich dein Verdacht bestätigt, könnte er wirklich noch Schaden anrichten, bevor du ihn kriegst."

„Ich nehme an, der Präsident hat das sorgfältig erwogen."

Susan trank einen Schluck von seinem Bier. „Und was dann?"

„Was meinst du, was dann?" Er strampelte mit den Füßen im Wasser herum und wühlte ganze Wellen sprudelnder silbriger Blasen auf.

„Die Sitzung im Oval Office sollte eine Stunde dauern. Seit dreißig Minuten bist du zu Hause. Das heißt, daß du über dreizehneinhalb Stunden Rechenschaft abzulegen hast."

„Frau Doktor Farr, ich will nicht darüber reden."

„Tja, das wirst du aber."

„Ach Gott im Himmel. Ich komme todmüde nach Hause, mach mir einen Drink, steige mit einer wunderschönen nackten jungen Frau ins Schwimmbecken, und irgendeine verdammte Ärztin will, daß ich ihr meine Lebensgeschichte erzähle.“

„Und gibt dir genau fünfzehn Sekunden, um sie dir zurechtzulegen.“ Susan tauchte und schwamm langsam über die Lichter am Boden hinweg. Sie tauchte auf und stellte sich herausfordernd zwischen seine Beine, die Unterarme auf seinen Hüften. „Ich höre.“

Er gab sich geschlagen. „Also noch einmal von vorn“, sagte er. „Exotische Ideen von Frauen, die ihre Ehemänner verpetzen, das ist out. Schwerfällige Polypen sind in.“

Es dauerte lange, und er ließ eine Menge weg. Es gab Dinge, die man nicht einmal seiner Frau erzählte. Sandy Muscioni zum Beispiel. Als er noch mitten im Erzählen war, aber schon zu lange im Schwimmbecken, hüllte sie ihn in ein Badetuch und nahm ihn mit in die Küche, wo sie ihm ein Steak briet, Kopfsalat anrichtete und importierten Burgunder einschenkte.

Er erzählte Susan, daß er mit den Nachforschungen über Volker betraut worden war und zunächst alles, was den Außenminister betraf, als streng geheim einstufte. Danach hatte er mehrere Spezialeinheiten ins Leben gerufen, um spezielle Nachforschungen anzustellen. Man würde alle in Volkers Haus Beschäftigten nochmals kontrollieren, sowohl die Sicherheitsleute wie auch das Büro- und Hauspersonal. Irgendwo würde sie vielleicht ein bislang unberücksichtigter Aspekt im Leben irgendeiner Person zu einem Maulwurf führen. Und den Maulwurf könnte man vielleicht dazu zwingen, sie zu einem dicken Fisch zu führen.

Fein kam zu ihm herüber und verbrachte eine Stunde bei ihm. Er wollte sich die portugiesische Polizei genauer vornehmen — mit besonderem Augenmerk auf General Figueira. Sie trafen auch Vorkehrungen für eine aus FBI- und CIA-Leuten bestehende Einheit, die eng mit dem deutschen Bundeskriminalamt zusammenarbeiten sollte. Diese Einheit sollte versuchen, durch Agenten in Ostdeutschland eine neue Spur zu finden, die vielleicht darauf hindeutete, ob Schaeffer nun der vermißte Horst Melkin war oder nicht.

Der geheime Heeresnachrichtendienst wurde gebeten, Captain Shenson bei nächster Gelegenheit mit einem Militärflugzeug nach Washington zu entsenden.

Am frühen Nachmittag traf sich Farr mit Detektiven des Morddezernats der Städtischen Polizei. Sie erwogen die Möglichkeit, daß James ermordet worden war, und ordneten zwecks weiterer Obduktion eine geheime Exhumierung der sterblichen Überreste an. Das Personal der Geheimschriftenabteilung wurde verdoppelt, und das Labor wurde gebeten, möglichst rasch die Herkunft jener Sendegeräte zu klären, die Sandy in Volkers Büro aufgespürt hatte.

Schließlich hatte Farr drei Agenten nach Frankfurt entsandt, um weitere Nachforschungen über Volkers Vergangenheit anzustellen. Ihre Arbeit sollte unabhängig von den Schaeffer-Nachforschungen vor sich gehen und einen Bereich umfassen, der nicht nur vom CIA und von ihnen selbst bearbeitet worden war, sondern auch von dem Senatskomitee, das Volkers Ernennung bestätigt hatte.

Er selbst wollte Volkers außenpolitische Laufbahn einer genauen Prüfung unterziehen. Vielleicht gab es irgendwo unter der Flut von Briefen, von Sitzungsprotokollen, Zeugnissen, Ansprachen und Zeitungsberichten, die zwei Jahre diplomatischer Unterhandlungen — geheimer wie öffentlicher — dokumentierten, einen Anhaltspunkt, der auf geschickt geplante Fehlschläge wies.

Das Hoovergebäude war fast zur Gänze in nächtliches Schweigen versunken, und er saß noch immer an seinem Schreibtisch. Bevor er ging, spannte er ein Blatt Papier in die Schreibmaschine seiner Sekretärin und tippte mit zwei Fingern sorgfältig einen Arbeitsbericht, der gleich am nächsten Morgen auf den Schreibtisch des Präsidenten gelegt werden sollte. Von jetzt an würde täglich solch ein Bericht an das Weiße Haus gesandt werden.

Als er und Susan schließlich nebeneinander im Bett lagen, die Nachtluft ihre Schlafzimmervorhänge bewegte und sanft über ihre nackte Haut strich, empfand er von neuem das Gefühl schmerzlicher Demütigung, sie enttäuschen zu müssen. Einmal mehr konnte er den Tag nicht einfach abschütteln. Die Bürde, den Außenminister der Vereinigten Staaten des Verrats schuldig oder nicht schuldig zu sprechen, lastete nun offiziell auf seinen Schultern. Ein Fehler, und seine Karriere war ruiniert.

Aber wie lange konnte seine Ehe seinem Versagen standhalten? Irgendwie mußte er sich in den Griff bekommen. Seinen Job aufzugeben war keine Lösung. Er mußte Susan helfen, ihre Zukunft als Ärztin aufzubauen, und sich in seinem Alter wieder als Anwalt selbständig zu machen, konnte lange dauern.

Wieder dachte er an Alexis Volker. Auf eigenartige Weise waren sie Partner geworden. Sie hatte Zeit gehabt, über ihre Unterredung mit ihm und Rupert nachzudenken, sich alles zusammenzureimen und zu dem Schluß zu kommen, daß man ihr nicht die Wahrheit gesagt hatte. Sie hatte Zeit gehabt zu begreifen, daß es Volker selbst war, hinter dem sie her waren.

Farr fragte sich, wie lange es dauern würde, bis die Reporterin in ihr die Oberhand über die liebende Frau gewinnen würde.

25

Alexis saß Andrew Taylor an seinem mit Notizzetteln übersäten Schreibtisch in den Büroräumen des UBC Washington gegenüber, Taylor sah müde aus und war in den letzten Jahren gealtert. Sein Haar war nicht mehr grau, sondern weiß. Sein rundes, großzügiges Gesicht war von Falten durchfurcht, und dunkle Ringe lagen unter seinen Augen. Sie wußte, daß dies zum Teil ihre Schuld war, und fühlte sich schuldig. Er hatte auf sie gezählt, und sie hatte ihn enttäuscht.

Kurz nachdem sie das Fernsehen aufgegeben hatte, hatte er unter großem öffentlichem Aufsehen einen anderen jungen Schützling gefunden. Valerie McCullough hatte in seiner Heimatstadt Grand Island, Nebraska, den Wetterbericht angesagt. Sie war jung, rothaarig und nicht nur eine dynamische Persönlichkeit, sondern auch schön. Ja, sie war das Ebenbild ihrer selbst, erkannte Alexis, als es ihr vorherrschender Gedanke gewesen war, bei UBC an die Spitze zu gelangen. Aber sie wußte auch, daß Valerie, egal wie gut sie war, für Taylor nicht dieselbe Bedeutung hatte wie Alexis Sobieski.

Das sagte ihr seine Begrüßung. Tränen standen in seinen Augen, als er sich stumm von seinem alten Smith-Corona erhob, um ihre beiden Hände in die seinen zu nehmen und sie unentwegt anzusehen. Als er schließlich den Mund auftat, wies er seine ehrfürchtige Sekretärin an, ihn nur im Fall eines Atomkriegs oder der Ermordung des Präsidenten zu stören. Er mixte Alexis einen Drink, überzeugte sich, daß sie bequem in einem tiefen Sessel saß, und hing bei jedem Wort, das sie von sich gab, an ihren Lippen.

Sie erzählte ihm alles, von ihrem Eheproblemen und Dr. Wyndholt bis zu ihrem Nachmittag in Brigham Bay mit Adrian James. „Ich war betrunken“, sagte sie, „und ich machte Jimmy zu einer Art Ersatzehemann, der mir alles geben würde, was ich wollte — Brigham Bay, Kinder.“ Sie erzählte ihm von M.J. Lindley, den Fotos, dem FBI und Farr. Sie offenbarte ihm ihre Befürchtungen über die Politik ihres Mannes, die sie selbst erst erkannt hatte, als sie ihn beim Lügen ertappt hatte.

„Aber ich kann nicht glauben, daß Volker in etwas Ungehöriges verwickelt ist“, beharrte sie.

„Und wenn es doch so wäre?“

„Ich weiß es nicht“, sagte sie. „Ich müßte der Sache ins Auge sehen, oder? Jedenfalls weiß ich, daß ich so nicht weitermachen kann — ohne etwas zu wissen.“

Andrew Taylors Gesicht verriet einen inneren Kampf. Er schwieg, dann sagte er: „Ich kann dir nicht sagen, was du tun sollst, mein liebes Kind, ja nicht einmal einen Rat geben. Das geht mich nichts an, und ich bin mir nicht sicher, ob ich es wollte, selbst wenn es mich etwas anginge. Ich bin jetzt zu alt, um mich dieser Art von Schmerz zu stellen, die mit den Entscheidungen verbunden ist, die du fällen mußt."

Er hielt inne und überlegte nochmals. Alexis wartete niedergeschlagen. Er fuhr fort: „Aber ich werde dir Hilfestellung leisten, damit du dir selbst helfen kannst. Du wirst mir vertrauen müssen."

„Natürlich."

„Blind? Es wird weh tun."

Alexis nickte. Was meinte er damit?

Er sah sie prüfend an. „Also gut", sagte er. Er schaltete die Gegensprechanlage ein und sagte zu seiner Sekretärin: „Valerie soll in mein Büro kommen. Jetzt gleich."

Alexis war sprachlos. Die letzten vier Jahre hatte sie es sorgfältig vermieden, Valerie McCullough zu begegnen, und sie war wirklich die letzte, die sie im Augenblick sehen wollte.

Andrew Taylor erriet ihre Gedanken. Er lächelte. „Nun beruhige dich doch, Alexis. Du hast gesagt, du vertraust mir. Dieses eine Mal mußt du das tun, was ich will." Er wies mit dem Zeigefinger auf sie. „Und ob es ihr gefällt oder nicht, sie wird auch dir vertrauen müssen. Das wird sie übrigens nicht wollen, aber ich nehme an, sie wird sich dazu entschließen."

Nach ein paar Augenblicken trat Valerie ein, so schnell, daß Alexis sicher war, daß er es schon vorher arrangiert hatte.

Ein energisches Klopfen, die Tür öffnete sich unvermittelt, und sie stand auf der Schwelle, kleiner und schmaler, als Alexis sie sich vorgestellt hatte, und mit einem sonderbaren, fast rührenden Ausdruck der Verletzlichkeit, obwohl sie selbstbewußt auftrat.

Sie fürchtet sich genauso wie ich, dachte Alexis. Ihre Blicke begegneten einander, und Alexis sah im Ausdruck der Augen der jüngeren Frau all das, was sicher auch sie selbst empfunden hätte, wenn sie in ihrer Lage gewesen wäre. Alles lag darin, Ehrfurcht vor der legendären Alexis Volker, Bewunderung für sie, Eifersucht und Groll, weil sie wußte, daß sie Alexis niemals ersetzen konnte, weder bei Andrew Taylor noch bei einer ganzen Nation von Fernsehzuschauern. Und dazu noch der Anflug eines schadenfrohen Triumphes über etwas, das sie wußte und das Alexis nicht wußte. Nur eine Sekunde tobte dieser Zwiespalt in ihr, dann verschwand er hinter einer Wand von Selbstbeherrschung. Valerie McCollough trat mit einem Lächeln auf den Lippen, die Hand ausgestreckt, ins Zimmer. Andrew Taylor ließ ihr Zeit, Alexis freundlich zu begrüßen, und übte sich in Geduld, während sie höfliche Belanglosigkeiten austauschten, bevor er unvermittelt auf das Wesentliche zu sprechen kam.

Er sagte: „Valerie, aus einer Reihe von Gründen würde ich es — genau wie Alexis — sehr schätzen, wenn du sie über dein wichtigstes laufendes Projekt informierst. Über alles. Jede Einzelheit."

Valerie McCullough hatte alles erwartet, nur das nicht. Sie war so überrascht, wie Alexis es gewesen war. Sie geriet völlig aus der Fassung. Ihr Atem schien zu stocken. Sie sah Alexis mit großen Augen an, und es lag echte Angst darin. Andrew Taylor hob besänftigend eine Hand. „Bitte versteh, mein Kind. Du hast keinerlei Verpflichtung, es zu tun. Gar keine."

Er lächelte sanft. Während des folgenden Schweigens begriff Alexis, daß er mit Valeries Bedürfnis rechnete, sich als eine würdige Nachfolgerin zu erweisen. Das war geschickt. Es war auch erschreckend. Wenn Valerie etwas zu sagen hatte, das es mit ihrem besten Leistungen aufnehmen konnte, dann mußte es eine große Sache sein. Alexis wartete, im Bewußtsein, daß ihr Lächeln gefror und unecht wirkte.

Valerie McCullough ging Taylor in die Falle. „Natürlich", sagte sie schließlich. Und, zu Alexis gewandt: „Es wird nicht leicht sein für Sie. Das tut mir leid."

Alexis winkte ab. Ihre Angst wuchs.

Andrew Taylor sagte: „Es hat mit General Volker zu tun." Das war eine Möglichkeit, einen Anfang zu machen. „Valerie ist durch ihre Kontakte zum FBI auf etwas gestoßen." Er wandte sich Valerie zu: „Alexis traf sich vor kurzem mit Bill Rupert und David Farr, um dagegen zu protestieren, daß sie Adrien James dazu benutzt hatten, Informationen über einen Spion, der sich ihrer Meinung nach unter Volkers Personal befindet, einzuholen."

„Ich hatte das Gefühl, daß mehr als das dahintersteckt", sagte Alexis.

„Viel mehr", sagte Taylor bedeutungsvoll. Er und Valerie wechselten einen Blick.

Valerie wagte den Sprung ins kalte Wasser: „Also gut, ich kann genausogut damit herausrücken und es sagen: Es ist nicht das Personal, über das sie Untersuchungen anstellen, Alexis, es ist Ihr Mann."

Alexis empfand den gleichen betäubenden Schock wie damals, als man sie von James' Tod und den Fotos unterrichtet hatte. Die ärgsten Befürchtungen der letzten Nacht waren nicht so schlimm wie deren Bestätigung. Was Valerie ihr sagte, nahm ihr die Hoffnung: Sie setzte ihr den Inhalt eines Heeresmemorandums auseinander, das ihren Mann möglicherweise mit dem KGB in Verbindung brachte.

„Ich muß betonen", sagte Valerie mit Nachdruck, „daß sie keine stichhaltigen Beweise haben. Nur einen Verdacht. Und wenn ihr Verdacht begründet ist, wissen sie immer noch nicht, worum es geht, um Geld oder Erpressung oder was immer. Natürlich", fuhr sie fort, „haben sie mehr als nur das Memorandum." Sie erzählte Alexis vom Bericht des Überläufers.

Daß Alexis schon vorher vom Maulwurf gewußt hatte, behielt sie für sich. „Aber warum verstärkt sich der Verdacht durch einen möglichen Maulwurf?" fragte sie.

„Weil sie glauben", erklärte Valerie, „daß es ein sogenannter ‚Hirte' ist. Das ist ein Maulwurf, der nicht zum Spionieren da ist, sondern als Verbündeter oder Kontrolle."

Sie ging über zu den einander widersprechenden Daten auf den abgefangenen Briefen, zum Mord an Nasciemento und zu der Besorgnis, daß in Portugal etwas schiefgehen könnte. „Sie glauben, daß vielen diplomatischen Erfolgen in der Vergangenheit, die sich später als das Gegenteil herausstellten, ein ausgeklügeltes System zugrunde liegt", erklärte sie.

Alexis schöpfte tief Atem. „Da hat der Informant aber eine ganze Menge ausgeplaudert", sagte sie zu Valerie. „Für das, was er Ihnen gesagt hat, könnte er ins Gefängnis wandern. Warum hat er das getan?"

„Mein Informant ist eine Sie." Ein schwaches Lächeln leuchtete kurz in Valeries Augen auf und verschwand sofort wieder. „Und sie ist mir einen großen Gefallen schuldig."

Alexis schwieg einen Augenblick lang. Sie erinnerte sich an Abmachungen, die sie mit einigen ihrer eigenen Informanten getroffen hatte. Vermutlich war Valerie klug genug gewesen, ihre Informationen auf irgendeine Weise nachzuprüfen. Während sie sie ansah, kam ihr kurz der Gedanke, sie könnte Lesbierin sein. Hoffentlich kam Andrew Taylor nie dahinter, falls das stimmte. Sie fragte Valerie, ob sie eine Abschrift des Memorandums habe.

„Leider nein", sagte Valerie. „Aber ich habe es zu Gesicht bekommen. Ich glaube, daß nicht so sehr der Inhalt des Memorandums die Nachforschungen veranlaßt hat, als vielmehr der Gedanke, wie sie dastehen würden, wenn der Verdacht sich je als begründet herausstellte und sie nicht nachgeforscht hätten." Sie lächelte. „Vermutlich hätten wir alle drei dasselbe getan. Ich will damit sagen, daß wir eine Menge Storys auf diese Weise aufspüren, oder nicht?"

Das Telefon läutete. Es war für Valerie. Sie antwortete, legte auf, und bat, gehen zu dürfen.

Alexis stand auf und bedankte sich bei ihr. Zum ersten Mal sah sie echte Herzlichkeit in den Augen der anderen. „Ich weiß, daß das ganz schlimm für sie war", sagte Valerie. „Wenn ich Ihnen irgendwie behilflich sein kann, rufen Sie mich bitte an. Ich ziehe sofort alles zurück."

Alexis wußte, daß es ihr ernst damit war. Sie fühlte sich daraufhin besser. Ein paar Minuten blieb sie noch bei Taylor. Sie sagte ihm, daß sie Valerie McCullough großartig finde, daß er einen guten Griff getan habe. Dann redeten sie über die alten Zeiten. Als sie ihn zum Abschied küßte, fragte er: „Was wirst du tun?"

„Ich kann nicht mit einem Mann zusammenleben", antwortete sie, „über den ich nie genau Bescheid weiß, oder?"

„Ich nehme an, das war es, was David Farr mehr oder weniger dazu veranlaßt hat", antwortete er. „Er ist derjenige, der jetzt die Fäden in der Hand hat."

Als sie im Aufzug stand, dachte sie über Farr nach. Er war stark, gütig und intelligent. Er würde nicht in einer solchen Geschichte stecken, wenn seine Motive nicht lauter wären. Dieser Gedanke verbot ihr schließlich endgültig, die Augen vor der Wahrheit zu verschließen.

Irgendwie war das gut so. Sie wußte nun genau, was sie zu tun hatte. Sie mußte auf eigene Faust herausfinden, ob Harold schuldig war oder nicht. Die Tatsache, daß das Leben dann sinnlos werden könnte, war eine Brücke, die sie würde überqueren müssen, wenn sie davor stand.

26

Ein paar Tage später fuhr David Farr am Vormittag hinaus nach Langley, um sich mit Virgil Fein zu treffen. Fein hatte ihm die Hilfe von CIA-Spezialisten angeboten, die ihn über Portugal und seine gegenwärtigen politischen Probleme unterrichten sollten. Farr hatte beschlossen, von diesem Angebot Gebrauch zu machen, da er annahm, daß die CIA, die einen Hauptstützpunkt in Lissabon hatte, wahrscheinlich besser über die Portugiesen informiert war als der FBI.

Es regnete, aber der Stoßverkehr hatte nachgelassen. Er war spät aufgestanden. Susan hatte gestern abend angerufen, um ihm zu sagen, daß sie wahrscheinlich die ganze Nacht im Krankenhaus werde verbringen müssen. Sie war nicht nach Hause gekommen. Er trank allein seinen Kaffee, ohne ganz zu begreifen, wie sehr sie ihm gefehlt hatte. Um neun Uhr dreißig läutete das Telefon, und wieder war sie es, diesmal, um ihm einen guten Morgen zu wünschen. Nun fühlte er sich wohler. Er fragte seine Sekretärin, ob jemand angerufen habe, und holte dann seinen Wagen aus der Garage. Die Fahrt von Chevy Chase dauerte nur zwanzig Minuten.

Fein war bereits in Hemdsärmeln und hatte die Krawatte gelockert, als Farr eintrat. Er stand auf, um ihm eine schlanke, dunkelhaarige junge Frau vorzustellen. „Helen Carson", sagte er. „Helen ist mit der Aufgabe betraut, politische Informationen für diese Abteilung zusammenzufügen."

Farr nickte. Das bedeutete, daß sie einen Haufen Untersuchungsmaterial erhielt und es zu einem kurzen, lesbaren Bericht zusammenfassen mußte. Er hätte es vorgezogen, die Untersuchungsspezialisten persönlich kennenzulernen und von ihnen mündlich unterrichtet zu werden. Er musterte sie von oben bis unten, glattes Haar, kein Make-up, ein wohlgeformter Busen ohne BH, der Körper einer Läuferin und ein Gesichtsausdruck, der auf ihrem ziemlich zarten, hübschen Gesicht aggressiv und kämpferisch wirkte. Er kannte den Typ. Du schenkst ihnen einen bewundernden Blick, und sie nennen dich einen Macho.

Er zog sein Jackett aus und ließ sich auf eine bequeme Couch fallen. Eine Sekretärin brachte ihnen Kaffee und ließ sie dann allein. Um einen Anfang zu finden, berichtete er über sein gestriges Treffen mit Captain Shenson, der in Washington eingelangt und nach einer kurzen Information durch die Armee in seinem Büro aufgetaucht war. Er hatte eine Stunde mit ihm verbracht. Nachdem man ihm seine Beförderung zugesichert hatte, war er recht gesprächig gewesen.

„Wie sieht er aus?" fragte Fein. „Was hat er gesagt?"

„Schwerfällig. Hängende Schultern. Stellen Sie sich einen mittelgroßen Charles de Gaulle vor — außer, daß man ihm zweimal begegnen und sich nicht mehr an ihn erinnern kann. Er sagte, der deutsche Agent, den sie tot auffanden, sei äußerst tüchtig und hundertprozentig verläßlich gewesen. Der Agent sei überzeugt gewesen, daß Schaeffer in Wahrheit Melkin war. Und, wohlgemerkt, das war jemand, der den KGB offensichtlich in- und auswendig kannte."

„Ist es Shenson nicht gelungen, etwas aus dem Besitz des Agenten aufzutreiben? Ein altes Notizbuch oder etwas Ähnliches?"

„Nein. Nichts. Jemand kam uns beim Durchsuchen seines Zimmers zuvor. Shenson versuchte, Angehörige ausfindig zu machen. Auch da nichts."

Fein schüttelte den Kopf. „Wahrscheinlich werden wir nur dann auf einen grünen Zweig kommen, wenn Schaeffer uns selbst etwas verrät."

„Nun, warum auch nicht?" fragte Helen Carson, die bisher geschwiegen hatte.

Fein lachte. „Du meinst, wir sollen Schaeffer zum Reden bringen? Hast du an die politischen Konsequenzen gedacht, wenn herauskommt, daß die CIA einen deutschen Hochschulprofessor Anführungszeichen befragt Anführungszeichen Ende? Um sicherzugehen, müßen wir ihn liquidieren, und das könnte noch gefährlicher sein."

Farr sagte: „Wenden wir uns Portugal zu." Mit keinem Wort hatte Fein die Tatsache erwähnt, daß Mord moralisch verwerflich war — nur daß es ein unkluger Schritt sei. Beim Geheimdienst verloren zu viele das Maß, dachte Farr.

Er nahm den zwölf Seiten langen Bericht, den Helen Carson ihm in die Hand drückte. Eine Abschrift behielt sie für sich.

„Ich glaube, Sie finden darin alles, was Sie brauchen", sagte sie. „Wenn nicht, kann ich alle Ihre Fragen beantworten." Sie blickte auf die ersten paar Seiten. „Wie Sie wissen, war Portugal fast fünfzig Jahre lang eine Diktatur und ein Polizeistaat, bis die Armee 1974 einen Putsch inszenierte, freie Wahlen durchführte und eine Verfassung und ein parlamentarisches Regierungssystem einsetzte. Das wird alles auf den Seiten eins bis fünf abgehandelt. Von fünf bis sieben habe ich die Wirtschaft des Landes kurz zusammengefaßt."

Farr überflog es flüchtig.

„Ganz allgemein läßt sich sagen", fuhr Helen Carson fort, „daß es im hügeligen Norden kleine, unabhängige Landbesitzer und Industriebetriebe gibt; der Süden ist flach, mit riesigen Ländereien, die von halbverhungerten Bauern bewirtschaftet werden. Der Norden ist gemäßigt oder dem Sozialismus zugeneigt und wird es wahrscheinlich noch eine Zeitlang bleiben, wenn die Rezession den Fabriksarbeitern nicht allzu übel mitspielt. Der Süden ist überwiegend kommunistisch."

Farr beschloß, sie zu bremsen. „Warum?" fragte er.

Sie zuckte die Achseln. „Weil hungrige, verzweifelte Menschen das heutzutage üblicherweise sind."

Okay, dachte Farr, bin ich eben ein Idiot.

Sie fuhr fort. „Nach der Revolution wurde der Großgrundbesitz konfisziert und den Arbeitern zur Verfügung gestellt, aber in so kleinen Parzellen konnte niemand davon leben. Also wiesen die Bauern sie zurück. Sie wollten Dorfgemeinschaften. Die Regierung besitzt das Land immer noch, und jeder Bauer, der noch nicht Kommunist war, ist es mittlerweile geworden."

„Und was ist mit der Armee?" fragte Farr.

„Die Armee ist sehr wichtig. Sie ist politisch äußerst einflußreich und spielt die Rolle eines Wachhundes. Wenn etwas schiefgeht, besteht immer die Gefahr, daß sie eingreift. 1975 wurde die Armee beinahe kommunistisch, aber jetzt ist sie überwiegend gemäßigt."

Farr blätterte schnell weiter.

Sie folgte seinem Beispiel. „Sieben bis zwölf erörtert die gegenwärtige Krise", sagte sie. „Ich habe versucht, sie so einfach wie möglich darzustellen."

„Das ist mir ziemlich klar", antwortete Farr. Plötzlich

hatte er genug von ihrer Sachkenntnis. Er zweifelte nun nicht mehr daran, woher der ursprüngliche Verdacht gegen Volker kam. Er fragte sich, wie wohl ihr persönliches und inoffizielles Drehbuch für Portugal aussehen mochte. Ihr Bericht gab keine Prognosen. Er stellte lediglich die augenblickliche Situation dar, nämlich daß der portugiesische Präsident mit vollem Einverständnis der USA einen höchst populären Premier ernannt und die sozialistisch-kommunistische Koalition bei den letzten Wahlen eine empfindliche Niederlage erlitten hatte; Volkers jüngste inoffizielle Reise nach Lissabon schien genau das gewesen zu sein, als das sie dargestellt wurde: ein großer Erfolg für die Gemäßigten.

„Angesichts unserer letzten Untersuchungen", sagte er, „was steht Ihrer Meinung nach Portugal in nächster Zukunft bevor?"

„Die Kommunisten", erwiderte sie, „sind nahe daran zu bekommen, was sie wollen, und ich kann mir nicht vorstellen, daß sie so ohne weiteres aufgeben. Genauso wenig", sagte sie in beißendem Ton, „wie unser Freund im Außenministerium."

„Die Armee wird von General Figueira beherrscht, und er steht rechts", versetzte Farr. „Schließt das einen kommunistischen Staatsstreich nicht mehr oder weniger aus?"

„Nicht wenn verborgene Elemente im Spiel sind, über die wir nichts wissen", sagte sie hartnäckig.

„Was für Elemente?" fuhr er beharrlich fort.

„Das weiß ich doch nicht", erwiderte sie. Offensichtlich gefiel ihr seine herausfordernde Haltung nicht, und sie gab sich keine Mühe, ihren Ärger zu verbergen. „Ich weiß zum Beispiel nicht, wieviel Druck Moskau auf die portugiesischen Roten ausübt."

„Glauben Sie", fragte Farr, „daß wir, falls es zu einem erfolgreichen kommunistischen Staatsstreich kommen sollte, die sowjetische Marine in Lissabon hätten?"

Sie zuckte die Achseln und schenkte ihm ein herablassendes Lächeln. „Die portugiesische kommunistische Partei unterscheidet sich von den übrigen Eurokommunisten. Sie ist streng moskautreu."

Farr schwieg. Es war eines, Anschuldigungen zu erheben und Verdacht zu schüren, und etwas anderes, den Beweis anzutreten.

Es gab zu viele Helen Carsons auf dieser Welt.

Unvermittelt stand sie auf. „Wenn Sie mich jetzt entschuldigen wollen, ich habe noch eine Verabredung. Virgil, wenn du etwas brauchst, weißt du, wo ich zu finden bin."

Fein schien leicht verlegen. Bestimmt hatte er ein Verhältnis mit ihr, dachte Farr, aber das war nicht der Grund für die Macht, die sie über ihn besaß. Es war ihre Aggressivität. Aus Freundlichkeit blieb er noch ein paar Minuten bei Fein, um ihm wieder die Möglichkeit zu geben, so zu tun, als ob er alles unter Kontrolle habe. Als er ging, fragte ihn Fein, ob er Alexis überwachen lasse.

„Sagen wir mal, wir werfen ein Auge auf sie. Natürlich."

Fein lächelte. „Weißt du, daß sie an dem Tag, an dem sie sich mit dir im Sicherheitsbüro traf, zu UBC ging und sich mit Andrew Taylor traf?" Eine Spur von Schadenfreude lag in seinem Ton.

Farr fluchte innerlich. Das hatte eingeschlagen. Das hatte er also davon, daß er so reizend zu Helen Carson gewesen war. Sandy hatte es ihm nicht gesagt. Alexis mußte hingegangen sein, als sie dienstfrei hatte. Entweder das — oder sie hatte sie belogen. Oder vielleicht hatte Sandy ganz einfach nicht begriffen, wie wichtig es war.

Seine Miene blieb unbewegt. „Woher weißt du das?"

„Die gleiche Quelle, von der ich erfuhr, daß du einen Spion im Sicherheitsbüro sitzen hast", sagte Fein ruhig. Er fuhr fort: „Mein lieber Freund, Valerie McCullough weiß die Hälfte von dem, was du tust. Vielleicht noch mehr."

Diesmal zeigte Farr seine Gefühle — Überraschung, Zorn und Besorgnis. „Danke schön. Und das sagst du mir erst jetzt."

Fein zuckte die Achseln. „Jetzt oder eine halbe Stunde früher, und dein Kaffee hätte dir nicht geschmeckt. Was macht das schon aus? Ich habe es erst gestern abend erfahren."

„Wer ist dein Informant?"

„Einer der Nachrichtenbearbeiter des UBC. Offenbar schläft er gelegentlich mit Valerie McCullough. Er sagt, daß sie es auch mit Frauen treibt und eine enge Freundin hat, deren Ehemann für das Sicherheitsbüro arbeitet." Er grinste. „Begrab deine viktorianischen Moralvorstellungen, David, falls du noch welche haben solltest. Das hier sind die achtziger Jahre, und Washington ist eine Kleinstadt. Die meisten Ehemänner, die wir kennen, vergnügen sich anderswo oder sind nicht gerade Tugendbolde. Warum sollten die Frauen anders sein?"

Während Farr sich durch den nach Washington strömenden Verkehr kämpfte, sann er immer wieder darüber nach. Es war schlimm. Wenn Valerie McCullough auspackte, hatte die Regierung politisch völlig freie Hand. Köpfe würden rollen, darunter auch seiner. Er hoffte, daß Andrew Taylor die Dinge noch fest im Griff hatte. Sicher wußte er genug, um den Mund zu halten. Aber es war besorgniserregend, daß man seine Hoffnungen in die Intelligenz eines anderen Mannes setzen mußte.

Und wer war der Spion selbst? Er versuchte sich vorzustellen, welche Ehefrau eines Agenten schuldig sein könnte. Er kannte jede einzelne und konnte sich keine von ihnen in einer lesbischen Verbindung vorstellen, auch nicht gelegentlich. Oder als Informantin. Außerdem kannte keiner der Agenten wirklich das ganze Bild. Nur seinen eigenen Bereich.

Er parkte in der Garage des Hoovergebäudes und ging hinauf zu seinem Büro. Er würde es herausfinden, und wenn es ihn umbrachte. Er mußte einfach.

Er war im Lift, als ihn die Erkenntnis wie der Blitz traf. Seine Sekretärin dachte, er sei krank, und folgte ihm in sein Büro. Er sagte ihr, es sei alles in Ordnung und er wolle nicht gestört werden. Er schloß die Tür, setzte sich an seinen Schreibtisch und versuchte eine Möglichkeit zu finden, sich nicht mit der Wahrheit auseinanderzusetzen zu müssen. Er fand keine. Die nackten Tatsachen waren da und ließen sich nicht verscheuchen. Die Ehefrau, die am ehesten etwas über die Volker-Untersuchung wissen konnte, war Susan. Sie war jung und schön und leidenschaftlich und hatte eine ungezwungene Art, mit Leuten umzugehen. Sie hatte alles über Adrian James gewußt und war mit einer der Frauen, die er nach Paris mitgenommen hatte, befreundet.

In dieser schnellebigen Welt führte die Kenntnis einer Schlüsselfigur dazu, daß man auch andere kannte.

Farr kämpfte sich seinen Weg zurück durch die verworrenen Schatten seines Gedächtnisses. Er hatte nicht erst in letzter Zeit ihr gegenüber versagt. Es war auch schon vorher gelegentlich vorgekommen. Es hatte auch Zeiten gegeben, da er gespürt hatte, daß sie sich an stillen Abenden in einem Vorort an einen müden Mann, der siebzehn Jahre älter war als sie, gekettet fühlte. Zeiten, da er gefühlt hatte, daß sie den verzweifelten Wunsch hatte, sich loszureißen und davonzulaufen.

Er dachte an ihren Anruf gestern abend, als sie gesagt hatte, sie müsse im Krankenhaus bleiben. Es hatte auch schon andere Abende gegeben, an denen sie angerufen und dasselbe gesagt hatte. Immer wieder sagte er sich, daß er keine Beweise hatte, nur einen Verdacht. Es half nichts.

Nach einer Weile schmerzte es ihn zu sehr, daran zu denken, und er begann wieder zu arbeiten. Nichts würde je wieder so sein wie vorher.

27

Das Abendessen in Brigham Bay fand auf der Terrasse statt. Die Dämmerung kroch über das totenstille Wasser der Bucht, zuerst purpurrot und lila, dann in einer zarten Schattierung von samtenem Dunkel. Der Rasen duftete intensiv nach frisch gemähtem Gras. Die Luft war warm.

Kein Mond stand am Himmel. Kerzenlicht flackerte sanft und fand seinen Widerschein auf den Blättern der hoch aufragenden Buche und der Ulmen.

Alexis hatte die Gäste an drei Tischen plaziert, an jedem sechs Personen; sie setzte den portugiesischen Außenminister mit ihrem Mann an einen Tisch, sie selbst saß mit General Figueira an einem zweiten und Arnold Wilderstein zu Häupten des dritten.

Die Cocktails wurden auf dem Rasen serviert. Everett war mit zwei Zimmermädchen von der R-Straße mitgekommen, weil General Figueira und seine Frau über Nacht blieben. Die Anwesenheit des Butlers schien Alexis ein Sakrileg. Zweimal hatte sie ihn wegen seiner taktlosen Arroganz Missy und Sam gegenüber zurechtweisen müssen. Ein vollständiges Kontingent von Agenten bevölkerte die Scheune. Sie hatte Sandy ein freies Wochenende angeboten, um ihr die Gelegenheit zu geben, sich aus dem Staub zu machen, aber Sandy hatte gesagt, sie werde es schon aushalten. Wo der ungepflasterte Fahrweg von der Landstraße abbog, stand ein Wagen der Staatspolizei, und zwei Polizeiboote lagen in diskreter Entfernung etwas weiter unten in der Bucht vor Anker.

Um acht Uhr fünfzehn setzten sie sich zum Essen. Alexis gab sich alle Mühe, sich ihre Gefühle nicht anmerken zu lassen. Überall hatte sie das Gefühl der Gegenwart von Adrian James, gleichzeitig empfand sie nachhaltige Trauer und Schuld. Seitdem sie Andrew Taylor getroffen und mit Valerie McCullough gesprochen hatte, fühlte sie sich außerdem wieder halb in ihr altes Leben als Reporterin zurückversetzt und fand die Etikette schwerer denn je zu ertragen.

Figueira war ein Mann mit graumeliertem Haar und kalten Augen hinter stahlgeränderten Brillen. Angeblich war er wegen eines Waffengeschäfts auf öffentliche Kosten herübergeflogen, in Wahrheit aber, um das portugiesische Volk nochmals zu versichern, daß seine Regierung von den Vereinigten Staaten voll unterstützt wurde. Alexis fand es sehr schwierig, sich mit ihm zu unterhalten. Als das Essen beendet war, wurde er für sie zum Inbegriff des Unwillens gegen ihre Pflichten als Frau des Außenministers, den sie seit langem gehegt und sich nie ganz eingestanden hatte. Sie hatte das Gefühl, bloß einem Zweck zu dienen. Aber als sie zu ihrem Mann hinsah, der am Nebentisch saß und in ein lebhaftes Gespräch vertieft war, schwand ihr Unwille zum Teil und sie fragte sich, ob ihre Gefühle nicht vielleicht von dem Verdacht, unter dem er stand, beeinflußt wurden. Sie gab sich alle Mühe, wieder in ihrer Rolle als gute Gastgeberin aufzugehen.

Ihr Unwille regte sich jedoch wieder, als Harold nach dem Essen unerwarteterweise ankündigte, daß sich die Männer zu Cognac und Zigarren in sein Arbeitszimmer zurückziehen würden. Es blieb ihr nichts anderes übrig, als mit den Frauen in der Bibliothek Kaffee zu trinken. Während Alexis dem belanglosen Geplauder über die Sprachunterschiede oder den Eindruck der Portugiesen von Amerika lauschte, hatte sie einen Augenblick das Gefühl, sich im neunzehnten Jahrhundert zu befinden.

Ein Streicherensemble des Marinecorps machte sich im Wohnzimmer zum Spielen bereit. Sie verließ die Frauen einen Augenblick, um mit dem Leiter zu sprechen, ging zurück und hörte, wie die junge Frau des Vorsitzenden des Senatskomitees für Auslandsbeziehungen eine Frage stellte, die sie mit mehr Erfahrung wohl nicht gestellt hätte. Diplomaten diskutierten üblicherweise nicht über Politik, außer bei sehr privaten Anlässen.

„Werden die Kommunisten bei den Wahlen tatsächlich eine Bedrohung darstellen?“

Die Frage war an die Frau des Außenministers gerichtet, eine hochmütige ältliche *doña,* die ein gezwungenes Lächeln aufsetzte. „Natürlich nicht. Sie stellen absolut keine Bedrohung dar“, antwortete sie. „Vor allem nicht seit General Volkers letzter Reise nach Lissabon.“

Die junge Frau begriff, daß sie wahrscheinlich etwas Falsches gesagt hatte, und versuchte, sich aus der Affäre zu ziehen. „Wir haben gehört, daß sie so gut organisiert sind“, sagte sie. „Aber auf unsere Medien kann man sich ja nicht verlassen. Sie können es wohl kaum sein."

Nettie Wilderstein besaß weder ihren Takt noch ihre Intelligenz. „Der Kommunismus", verkündete sie mit ihrer hohen, näselnden Stimme, „ist immer eine Bedrohung. Ob organisiert oder nicht."

Sie wandte sich an die Frau des Außenministers, aber es war General Figueiras Frau, die antwortete. Sie war eine spröde Frau mit verkniffenen Gesichtszügen und einer arroganten Miene. „Das hängt ganz vom Land ab", sagte sie in humorlosem Ton. „Unsere Kommunisten sind zahlreich, durchaus, und vielleicht hat man das falsch gedeutet. Sie sind zahlreich, aber machtlos. Schließlich sind sie nur Arbeiter, Bauern. Die meisten von ihnen können weder lesen noch schreiben."

„Tiere", murmelte die *doña* zustimmend.

Die Frau des Generals erhob ihre Stimme ein wenig. „Sie müßten sehen, wie sie leben. Lehmböden. Sie kochen im Freien, auf Holzkohlenfeuern. Sanitäre Einrichtungen? Sie wissen nicht, daß es das gibt. Manche haben nicht einmal Ochsen. Wer zieht den Pflug? Die Frauen." Sie lachte. „Das sind Ihre portugiesischen Kommunisten. Das elfte Jahrhundert. Wir lassen uns durch sie nicht beunruhigen. Außerdem würde die Armee im Ernstfall keinen Unfug von ihrer Seite dulden."

Alexis war überrascht. Unter den vielen modernen und empanzipierten portugiesischen Frauen, die sie kannte, war ihr diese Einstellung nie begegnet. Sie wunderte sich über die Heftigkeit der Frau. Später, während des Konzerts, entsann sie sich eines gewissen Oberst Catarino, der Harold am Abend nach seiner Rückkehr aus Portugal angerufen hatte. Sie hatte davon Abstand genommen, Harold je wieder über ihn auszufragen, da sie nicht an den Kummer erinnert werden wollte, den seine Lüge ihr bereitet hatte. Senhora Figueira saß neben ihr, und während einer Pause ließ sie wie zufällig seinen Namen fallen. Ihre Reaktion darauf war eine weitere Überraschung. Die Frau des Generals sah einen Augenblick völlig verblüfft aus. Dann verengten sich ihre Augen zu wachsamen Schlitzen. „Einen Oberst Catarino? Hier? In Washington?"

„Er hat meinen Mann eines Abends angerufen. Er sagte, er gehöre zum Stab Ihres Mannes."

„Da muß ein Irrtum vorliegen. Ich habe nie von ihm gehört." Senhora Figueira hatte die Fassung wiedererlangt und lachte. „Unsere Armee strotzt von Obersten, die alle ehrgeizig sind und sich eine Bedeutung anmaßen, die sie nicht besitzen."

Als Alexis sich zum Schlafengehen fertigmachte, beschloß sie, mit Harold über die Frau zu sprechen. Sie saß an ihrem Toilettentisch und schminkte sich ab. „Aus welchem Milieu stammt Figueiras Frau?"

Er kam aus dem Badezimmer. Er hatte sich gerade die Zähne geputzt. „Reichtum. Millionen. Ihr Vater war der zweitgrößte Landbesitzer in Portugal. Er besaß den halben Alentejo: Weizen, Vieh. Der Grundbesitz gehört seit sieben Generationen der Familie."

Alexis kannte den Bezirk, von dem er sprach, ein riesiges Gebiet südwestlich von Lissabon, mit Korkeichen und Pinien, eine ausgebrannte Kornkammer. Es gab dort wenige Städte, ja kaum Dörfer, und seit Hunderten von Jahren hatten die Bauern dort praktisch als Leibeigene gelebt.

„Wie die meisten großen Landgüter", sagte er, „wurde es nach der Revolution enteignet." Er schlang sich ein Handtuch um die Schultern und setzte sich neben sie auf die Sitzbank des Toilettentisches. „Hat sie dir gesagt, was für Tiere die Bauern sind?"

„Sie hat mir gesagt, daß die Frauen die Pflüge ziehen."

„*Sie* todsicher nicht. Sie hatte eine Kammerzofe und besuchte ein Schweizer Mädchenpensionat. Sie fuhr in St. Moritz Schi und verlor in Monte Carlo jeden Abend beim Spiel das Jahresgehalt von fünfzig Männern."

Sie lachte. „Du magst sie also auch nicht."

„Kann sie nicht ausstehen." Zorn lag in seiner Stimme. Alexis hatte ihn schon öfter in diesem Ton reden hören, einem Ton der Wut und Bitterkeit über die wegwerfende, zynische Skepsis gegenüber jeder Hoffnung auf eine Linderung des Elends der Dritten Welt. Zugleich aber akzeptierte er Arnold Wilderstein und seine Busenfreunde von der Bank, die — wenn sie sich schon nicht tatsächlich auf Kosten des Elends der weniger Glücklichen bereicherten — es vorzogen, vor der Verzweiflung die Augen zu verschließen.

„Etwas verstehe ich nicht“, sagte sie. „Wenn sie so große Landbesitzer waren, warum hat Figueira dann überhaupt die Revolution überlebt? Warum wurde er nicht vertrieben? Die meisten seiner Freunde wurden vertrieben, und ich habe immer gehört, daß er am weitesten rechts von allen stand.“

„Das tut er auch. Und es ist ihm auch fast passiert, glaube ich. Vor allem als die Kommunisten 1975 die Armee beherrschten. Aber er verfügt über die Loyalität mehrerer Schlüsseldivisionen, und man wollte nicht riskieren, diese vor den Kopf zu stoßen. Gleichzeitig verhielt er sich sehr unauffällig und vermied es, jemandem auf die Zehen zu treten. Figueira ist immer Realist gewesen. Er würde sich nicht wegen irgendeines politischen Ideals an die Wand stellen lassen. Rang und Geld stehen an erster Stelle.“

Ohne sich umzudrehen, beobachtete Alexis ihn in ihrem Spiegel. Er war entspannt, und im sanften Schlafzimmerlicht fühlte sie, wie ein Gefühl der Vertrautheit mit ihm in ihr aufwallte. Sie wollte von ihrem Toilettentisch aufstehen, ihn zum Bett führen und mit ihm schlafen, aber sie konnte es nicht. Die Kluft zwischen ihnen war zu groß. Die Wahrheit zu erfahren, war zu einem Zwang geworden. Sie mußte es wissen. Sie begann, ihr Haar zu bürsten und fand plötzlich den Mut, ihn zu fragen, was für eine Rolle Catarino spielte.

„Catarino?“ Er sah sie ausdruckslos an.

Eine Nuance zu ausdruckslos, dachte sie. Warum? Und warum schien er sich an den Namen nicht zu erinnern?

„Der Mann, der dich an dem Abend anrief, als du aus Lissabon zurückkamst.“

„Ach der."

„Ich fragte die Frau von General Figueira, und sie hatte noch nie von ihm gehört."

„Das überrascht mich nicht. Er ist nicht von Bedeutung. Nur ein Kurier. Er brachte mir eine Botschaft vom neuen Premier. Am nächsten Morgen flog er zurück."

Alexis verbarg den Zorn, der unwillkürlich in ihr aufstieg. Der Mann, der am Telefon mit ihr gesprochen hatte, war nicht nur ein Kurier gewesen. Kuriere pflegen nicht mit Botschaftern zu frühstücken. Was würde Harold sagen, wenn sie ihm das auf den Kopf zusagte? Es war der richtige Augenblick; er war nicht darauf gefaßt.

Im Geiste formulierte sie gerade Fragen, als er aufstand, seinen Hausmantel überstreifte und in seinem Aktenkoffer zu stöbern begann. Es war zu spät. Die Vertrautheit, die ihr die Sicherheit zu fragen eingeflößt hatte, war vorüber.

„Hast du etwas verloren?"

„Meine *Heidelberg Review*. Ich wollte hinuntergehen und die Lektüre nachholen. Stört es dich?"

„Natürlich nicht."

Sie erhob sich vom Schminktisch, um ihm bei der Suche zu helfen, und fand die Zeitschrift im oberen Fach seines Koffers. Er küßte sie und ging damit nach unten; er sah aus wie ein kleiner Junge mit seinem Lieblingscomic, dachte sie. Manchmal überraschte es sie, daß er sie lesen konnte. Sie war in deutscher Sprache geschrieben, und dann fiel ihr ein, daß er Deutscher war — oder es gewesen war. Es war praktisch das einzige, was sie je daran erinnerte.

Sie ging zu Bett und drehte das Licht aus. Eine halbe Stunde später stand sie wieder auf. Sie mußte mit ihm reden. Es durfte nicht länger hinausgeschoben werden. Sie würde hinuntergehen in sein stilles Arbeitszimmer, sich neben seinen Stuhl setzen und ihm alles sagen, was im Gange war. Sie liebte ihn, sie war seine Frau. Egal, in was er verstrickt war — er mußte es ihr anvertrauen. Jetzt war der richtige Zeitpunkt dafür. Jetzt, bevor er Schritte unternahm, die unwiderruflich waren. Vielleicht war dies die letzte Gelegenheit.

Sie stand im Hausmantel auf dem Treppenabsatz vor ihrem Zimmer und horchte. Im Haus herrschte Stille. Sie waren alle zu Bett gegangen. Von weit her hörte sie plötzlich leise, geschäftige Geräusche. Eine Tür schlug zu. Das waren wohl die Agenten in der Scheune oder die Hausbediensteten. Das Fenster des Treppenhauses blickte über die Bucht hinaus. Lichter flackerten auf einem der Sicherheitsboote, die dort verankert lagen, und spiegelten sich im stillen Wasser.

Er konnte zurücktreten, dachte sie. Seinen Kurs ändern. Aber er mußte es jetzt tun, bevor Valerie McCullough oder der FBI Beweise erbrachten, die jeden Schritt unmöglich machten.

Ohne Licht zu machen, ging sie durch das dunkle Vorhaus leise nach unten. Die Standuhr tickte langsam und gleichmäßig. Unter der Tür zum Arbeitszimmer drang Licht hervor. Sie griff nach der Klinke und hielt inne. Sie hörte Stimmen. Die ihres Mannes, und dann erkannte sie die andere. Es war General Figueira.

Langsam stieg sie wieder die Treppe hinauf. Was sie Harold sagen wollte, würde warten müssen. Der Augenblick war vorüber.

28

„Ich konnte einen der kleinen Filmvorführräume ergattern,“ sagte Valerie, damit wir nicht ein steifes Genick bekommen.“

„Wunderbar“, sagte Alexis. Sie hatte sich überwunden und Valerie McCullough angerufen, um ihre Hilfe zu erbitten. Zu ihrer Überraschung merkte sie nichts von dem Groll, den sie bei ihrem ersten Zusammentreffen mit Andrew Taylors neuem Schützling instinktiv gespürt hatte.

Valerie war herzlich und hatte sich alle Mühe gegeben, ihr behilflich zu sein. Als Alexis am Nachmittag eintraf, legte sie ihr ein Nachrichtenfoto auf Glanzpapier im Format 20 mal 25 vor.

„Francisco José Catarino", sagte sie.

Alexis blickte in das robuste, kantige, verwitterte Gesicht eines vorzeitig ergrauten Soldaten mit Bürstenhaarschnitt, der noch keine vierzig Jahre alt war. Der Mund war breit und entschlossen, das Kinn kräftig und fest, die Augen waren dunkel und intensiv.

„Er befehligt eine bewaffnete Division", sagte Valerie, „und was wetten wir, daß er in jeder Stadt in Portugal eine Gespielin hat?" Sie lachte. „Mich kann er jederzeit haben. Sein Lebenslauf ist auf der Rückseite."

Alexis überflog ihn schnell. Ein Wort stach unter allen anderen hervor — Kommunist. Er war ein kämpferisches Parteimitglied und 1975 einer der Haupträdelsführer bei einem mißlungenen kommunistischen Staatsstreich gewesen. Sie fühlte die altbekannte Erregung, die jeder Reporter empfindet, wenn er auf etwas Wichtiges stößt. Das war also der anonyme Kurier, dachte sie.

Valerie reichte ihr einen Stoß anderer Fotos. „Wir besitzen einen Lebenslauf von jedem Politiker", erklärte sie, „und von der halben Armee."

Sie brachten eine Stunde damit zu, sich mit Gesichtern vertraut zu machen und ihre Kenntnis über die portugiesische Revolution von 1974 mittels einer kurzen Zusammenfassung aufzufrischen, die die Nachrichtenabteilung zur Verfügung gestellt hatte. Dann verließen sie Valeries Büro und gingen zum Vorführraum hinunter. Auf dem Gang, der zum Lift führte, kamen sie nur langsam voran. Alexis wurde ständig von jemandem erkannt und aufgehalten — von Reportern, Nachrichtenredakteuren, Kameraleuten. Ein- oder zweimal war sie den Tränen nahe. Sie war froh, als sich die Lifttür hinter ihnen schloß, und konnte lachen, als sie Valerie um ein Papiertaschentuch bitten mußte, um sich die Augen zu wischen und sich zu schneuzen.

Sie entschuldigte sich. „Verzeihen Sie. Das habe ich nicht erwartet."

„Unsinn. Freuen Sie sich doch darüber."

„Es ist, als ob man wieder zu Hause wäre."

Im Vorführraum standen ein Dutzend bequeme Klubsessel, jeder mit einem eigenen Telefon ausgestattet, über das man nach außen gelangen oder den Vorführer anrufen konnte. Als sie eintraten, tauchte letzterer aus seiner Zelle am hinteren Ende auf. Er war groß, schwitzte und besaß Autorität. Seit über dreißig Jahren war er bei UBC. „Wir haben die ganze verdammte Bibliothek hier drin, Miss McCullough. Nicht einmal Platz für einen portugiesischen Zwerg, geschweige denn für mich." Er warf ihr eine maschinengeschriebene Liste der Filme zu, dann erst erkannte er Alexis. „Du lieber Gott, sieh mal, wer da ist!"

Und wieder wurde Alexis begrüßt. Es war schön, aber noch schöner war es zu sehen, wie gern der Mann ihre Nachfolgerin mochte. Valeries Stellung und Autorität machten das, was sie taten, viel erträglicher. Die fachliche Einstellung nahm der Widerlichkeit des Ganzen einigermaßen die Spitze.

„Ich habe alle Nachrichtenfilme angefordert, die wir über die portugiesische Armee besitzen", sagte Valerie zu ihr, „und auch die Filme über die Revolution. Von heute bis zurück zum Jahr 1974. Wenn man sie in einem durchspielt, dauert es etwa drei Stunden, glaube ich. Ich habe mir gedacht, weiter als bis dorthin wollen Sie wohl nicht zurückgehen." Sie sah auf die Liste. „Wo fangen wir an, beim Tag eins?"

„Mir soll es recht sein."

Valerie gab dem Vorführer die Liste zurück. „Das wäre dann der 25. April 1974, glaube ich. Rolle 43."

„Okay; also 43. Wenn Sie wollen, daß ich stoppe, greifen Sie nur zum Telefon."

Die Tür zu seiner Zelle schlug dumpf hinter ihm zu. Alexis und Valerie setzten sich. Es wurde dunkel im Raum; die Leinwand leuchtete auf. Zahlen blitzten auf, sieben, sechs, fünf, vier, und da lag Lissabon in bunten Farben und im Sonnenschein. Ein Meer von Menschen füllte die Straßen und Plätze und feierte freudig die unerwartete Befreiung von fünfzig Jahren eiserner Diktatur. Überall lachende Gesichter, lächelnde Soldaten, Tausende von ihnen in Panzern, in mit Waffen bestückten Wagen, zu Fuß, überall von Gratulanten umringt. Rote Nelken sahen aus verstummten Gewehrläufen hervor. Von den Wänden, auf die schon lange keine Gefühlsäußerungen mehr geschrieben worden waren, leuchteten in roter Farbe alle erdenklichen Arten von politischen Symbolen, wobei das Wort „Liberdad“ alles andere beherrschte.

„Stop.“ Valerie sprach über ihr Telefon zum Vorführer. „Ein paar Meter zurück. Die Aufnahme mit dem Balkon.“

Der Film flickerte, lief zurück, blieb stehen, das Bild erschien. Die Revolutionsjunta, ein halbes Dutzend Offiziere von hohem Rang, blickte auf eine riesige Plaza voll von jubelnden Menschen hinunter.

„Da ist Figueira“, sagte Valerie.

„Sie haben recht.“ Alexis hatte ihn übersehen. Sie ermahnte sich, besser achtzugeben. „Er sieht nicht anders aus als jetzt.“

„Er ist der Mann ganz rechts“, sagte Valerie zum Vorführer. „Der mit dem grauen Haar und der stahlgeränderten Brille.“

Die Stimme des Vorführers drang über einen Lautsprecher in den Raum. „Er sieht aus wie einer von Hitlers Bande.“

„Ich glaube, das wäre er gern gewesen. Wenn Sie ihn nochmals sehen, würden Sie bitte stoppen?“

„Gern.“

„Wir sind auch auf der Suche nach einem viel jüngeren Offizier“, sagte Alexis. „Er müßte in der nächsten Rolle oder so auftauchen. Er ist vorzeitig ergraut, hat einen Bürstenhaarschnitt und ist ein echt harter Typ. Am ehesten wird er im Umkreis von Panzern und mit Waffen bestückten Autos zu finden sein, aber möglicherweise auch bei kommunistischen Versammlungen.“

„Den finden wir schon."

Wieder geriet die Leinwand in Bewegung. Szenen auf dem Lande mit bewaffneten Soldaten an Straßensperren, Dorfplätze, auf denen sich Bauern drängten, darüber dröhnende Flugzeuge, Marineschiffe im Lissaboner Hafen. Im Licht der Öffentlichkeit stehende Persönlichkeitn sprachen in Reihen von Mikrophonen oder kamen aus Krisensitzungen. Und dann die Gestürzten, die gefürchtete Geheimpolizei und die Denunzianten, die engstirnigen, sich aufspielenden Bürokraten des Diktators, die nun die Gefängnisse füllten, die sie einst in anderer Funktion heimgesucht hatten.

Sie sahen Figueira noch zweimal, immer mit Offizieren höheren Ranges und im Hintergrund. Dann, zwei Spulen weiter, wie Alexis vermutet hatte, tauchte schließlich Catarino auf. Es war Anfang 1975, als die Kommunisten begonnen hatte, die Armee ernsthaft zu beherrschen.

„Da ist er", sagte sie. Der Film stoppte und ließ fünf junge Offiziere vor dem Kasernenhauptquartier einer bewaffneten Division in Lissabon mitten in ihrer Bewegung erstarren. Einer von ihnen war Catarino. Sie ließen die Spule weiterlaufen. Der Tonstreifen berichtete von wachsender Uneinigkeit in der Armee, die sich immer mehr dem Kommunismus zuwandte. Die Offiziere waren „Jungtürken", die sich im Fall eines Staatsstreichs ohne Zögern den Kommunisten anschließen würden. Es war Januar 1975.

Turbulente politische Szenen folgten. Wieder drängte sich der Mob auf Lissabons Hauptstraßen. Massen von roten Fahnen wälzten sich durch die Straßen wie Blutströme. Hammer und Sichel beherrschten die Wandzeichnungen. Im ganzen Land kam es zu Aufständen und vereinzelten Schießereien. Die Nation wankte durch einen langen und beängstigenden Sommer. Aber langsam gewannen wieder neunzehn Jahrhunderte nüchternen Wirklichkeitssinns die Oberhand. Der Widerstand der Katholiken und Gemäßigten gegen die Kommunisten wuchs. Die besonneneren

Köpfe in der Armee, voll Angst vor einem drohenden Bürgerkrieg, brachen die kommunistische Vorherrschaft.

Bei alledem gab es keinen Zweifel darüber, auf welcher Seite Catarino stand. Eine Szene nach der anderen zeigte ihn in kommunistischen Massenversammlungen oder mit Offizieren, die die kommunistische Machtübernahme der Armee angeführt hatten.

Aber erst spät am Abend enthüllte die neunte Rolle des laufenden Films die Szene, die sie wie elektrisiert hochfahren ließ; eine Ahnung hatte Alexis gesagt, daß sie vielleicht darauf stoßen würde, aber sie hatte gehofft, das würde nicht der Fall sein. Der Schauplatz war der Alentejo, die trockene Ebene im Süden. Es war zwei Jahre später. Eine bewaffnete Kolonne blockierte willkürlich den Touristenverkehr in Richtung Süden zu den Stränden der Algarve. Offiziere niedrigeren Ranges, auf arrogante Weise amüsiert, nahmen von den flehentlichen Bitten der Franzosen, Deutschen und Engländer, die aus ihren mit Strandutensilien beladenen Autos stiegen, keine Notiz. In blutroter Farbe sah man auf einem Panzer Sichel und Hammer. Im Hintergrund tauchte eine Heereslimousine auf und hielt. Zwei Offiziere höheren Ranges stiegen aus. Obwohl die Kameraführung die Betonung auf die Belästigung der Touristen legte, war klar, um wen es sich bei den beiden Offizieren handelte. Einer war Oberst Catarino, der andere General Figueira.

„Können Sie das Ganze in Zeitlupe zeigen?"

Langsam kroch die Szene vorüber. Figueira wartete neben der Limousine. Catarino ging zum Truppenkommandanten und schüttelte ihm herzlich die Hand. Sie sprachen über die Sperre, und Catarino befahl dem Kommandanten, seine Fahrzeuge wieder in Gang zu bringen. Dann ging er zu Figueira zurück.

Die Szene schwenkte zu der bewaffneten Kolonne, die die Straße freigab. Die Touristenfahrzeuge setzten sich langsam in Bewegung. Das letzte Bild zeigte, wie die Limousine wegfuhr.

„Okay“ sagte Alexis. „Das ist alles, was ich brauche.“

Später, wieder in Valeries Büro, tranken sie Kaffee und unterhielten sich über die Verbindung zwischen den beiden Männern.

„Ein Kommunist und ein Neofaschist“, sagte Valerie. Sie stieß einen überraschten Pfiff aus. „Zwei schlechte Bettgenossen und, wie Sie sagen, immer noch in engem Kontakt. Was hat das Ihrer Meinung nach zu bedeuten?“

„Wenn ich das nur wüßte“, erwiderte Alexis.

Aber sie wußte es ganz genau. Eine verzweifelte letzte Treue zu Harold war alles, was sie davon abhielt, Valerie mitzuteilen, was er ihr am vergangenen Wochenende über Figueira erzählt hatte. Junge Kommunisten, von nahezu religiösem Fanatismus motiviert, gaben nicht auf. Lieber gingen sie zugrunde. Aber ein zu Zugeständnissen bereiter General, der für Reichtum und Macht mehr übrig hatte als für Ideale und der im Augenblick an das Vermögen seiner Frau nicht herankonnte, war vielleicht durchaus bereit zu einem Handel, der ihm dieses Vermögen zurückbrachte.

Figueira würde bald in den Ruhestand treten. Er hatte die Kontrolle über Schlüsseldivisionen in der Armee. Es war seine letzte Chance, dieses Druckmittel zu nutzen. Die Kommunisten dagegen waren im Begriff, eine letzte Chance zu verlieren, die Regierung zu übernehmen und das Gesicht der südlichen Flanke der NATO zu verändern. Die Lage in Portugal entwickelte sich zu ihren Ungunsten, und aufgrund des Maulwurfs in ihrem Haus hatten sie vielleicht auch erkannt, daß die Zeit knapp wurde, was die Unterstützung von seiten ihres Mannes betraf.

Die Zutaten waren alle vorhanden. Es blieb nur abzuwarten, wie sie vermengt wurden.

Und wann.

Der portugiesische Präsident wurde am Wochenende erwartet. Sein Besuch war sorgfältig geplant worden, um größtmöglichen Einfluß auf die kommenden portugiesischen Wahlen auszuüben. Er würde von dem Eindruck profitieren, den nicht nur seine Ankunft in den Vereinigten

Staaten, sein hochoffizieller Aufenthalt in Camp David und seine Abreise auf die portugiesischen Wähler machen würden, sondern auch seine Rückkehr nach Lissabon und sein Bericht an das portugiesische Parlament nur wenige Tage vor den Wahlen.

Wenn ein Staatsstreich geplant war, gab es dann einen geeigneteren Zeitpunkt dafür als seine Abwesenheit? Und wenn Figueira dabei eine Rolle spielen sollte, gab es dann eine bessere Tarnung für seinen Verrat als seine Anwesenheit in Washington mit seinem Präsidenten?

Aus ihrer Erfahrung als Reporterin wußte Alexis, daß man im Augenblick nur abwarten, die Lage beobachten und hoffen konnte, daß sich bald etwas Wichtiges ereignete, das ihr verriet, welche Rolle ihr Mann spielte. Erst dann würde sie wissen, was sie tun sollte oder wie sie dieses Wissen nutzen konnten, um ihn und ihre Ehe aus der Gefahr, in der sich beide befanden, zu befreien.

Erschöpft vom Nachdenken versprach sie Valerie, mit ihr in Verbindung zu bleiben, küßte sie herzlich zum Abschied und ging. Sie hatte schließlich begriffen, daß Valerie sie benutzte. Ihre junge Nachfolgerin glaubte, daß Alexis Sobieski die Story eher bekam als sie selbst. Bittere Ironie lag darin, aber es war ein indirektes Kompliment, und Alexis merkte, daß es ihr nichts ausmachte. Jedem das Seine. Valerie war zäh, und sie mochte sie. An ihrer Stelle hätte ich dasselbe getan, dachte sie, damals, als ich mir den Weg an die Spitze erkämpfte. Genau dasselbe. Und es war sonderbar — es schien erst gestern gewesen zu sein.

29

Portugals Präsident Luis Cabral traf am Vormittag ein. Seine Maschine, eine 707 der portugiesischen Luftwaffe, war kaum auf der Luftwaffenbasis Andrews gelandet, als häßliche Windstöße vor einer schnell herannahenden Kaltfront über das Flugfeld fegten. Er wurde vom Präsidenten der Vereinigten Staaten empfangen. Das Abschreiten einer Ehrengarde der Marine wurde wegen eines fast wolkenbruchartigen Regengusses abgesagt. Regenschirme schützten die beiden Präsidenten, während der Amerikaner die Begrüßungsrede las, in der er Portugal als einen der geschätztesten Verbündeten seines Landes bezeichnete und die entscheidende Rolle unterstrich, die es in der NATO zum Schutz eines freien Europas spielte.

In seiner Antwort verlieh Präsident Cabral seiner Freude darüber Ausdruck, in den Vereinigten Staaten zu sein, einer großen Nation, die überall ein Ansporn für die Demokratie sei. Er erntete höfliches Gelächter für seinen improvisierten humorvollen Einwurf über das Wetter, indem er vorschlug, daß das Weiße Haus den Sommer über an die Algarve verlegt werden solle, an die ewig sonnige portugiesische Küste.

Stadt- und Staatspolizei eskortierten den Konvoi des Präsidenten auf Motorrädern rasch und unter Sirenengeheul zurück zum Weißen Haus. Eine kleine Gruppe frierender, durchnäßter portugiesischer Anhänger der sozialistisch-kommunistischen Koalition, in der Hauptsache Studenten, befand sich in respektvoller Entfernung ein paar hundert Meter weg auf der Pennsylvania Avenue, damit ihre Spruchbänder schwenkende Demonstration kein peinliches Aufsehen erregte.

Nach einem unzeremoniellen Mittagessen in der relativ intimen Atmosphäre des „Präsidentenspeisezimmers" im Westflügel begann sich das Wetter aufzuheitern. Beide Präsidenten flogen in Begleitung ihrer Ehefrauen mit dem Hubschrauber über das Wochenende nach Camp David, um Gespräche zu führen und sich zu entspannen. Sie wurden vom Außenminister und dessen Ehefrau begleitet.

Alexis, die dem Wochenende voller Skepsis entgegengeblickt hatte, fand zu ihrer Überraschung, daß sie sich ausgezeichnet unterhielt. Präsident Cabrals Gattin war eine moderne Frau und das genaue Gegenteil jener zwei Frauen, die sie in Brigham Bay zu Gast gehabt hatte. Knappe vierzig, war sie nicht nur an portugiesischer Politik, sondern an allen politischen Fragen, sowohl was die Vereinigten Staaten als auch was Europa betraf, brennend interessiert. Sie war belesen und gut informiert, sprach vier Sprachen und beschäftigte sich intensiv sowohl mit ihrer eigenen Karriere wie auch mit der ihres Mannes. Sie war Meeresbiologin, eine der führenden Naturschützerinnen ihres Landes und eine offene Verfechterin der Frauenrechte. Sie spielte auch gut Tennis. Beklagenswerterweise fand Alexis, daß der einzige, den sie schlagen konnte, wieder einmal ihr alter Gegner, der amerikanische Präsident war. Sie bedauerte es, daß die Familien der Präsidenten am Sonntag nachmittag nach Washington zurückfuhren und Harold und sie ebenfalls dazu gezwungen waren.

Sie hatten Karten für ein Ballett im Kennedy Center. Sie aßen am frühen Abend eine Kleinigkeit, zogen sich um und wollten gerade aufbrechen, als Harold zum Telefon gerufen wurde. Er kam zurück, um ihr zu sagen, daß er ins Außenministerium müsse.

„Das war der Führungsstab. Die Libyer haben Schritte in der Geiselfrage unternommen. Sie brauchen sofortige Anweisungen."

Alexis versuchte nicht, ihre Enttäuschung zu verbergen. Die Vorfreude auf das Ballett hatte ihre Bedrückung darüber gemildert, daß sie aus der wirklichkeitsfernen Atmosphäre von Camp David hatte zurückkehren müssen, mit ihrem Ehemann allein war und wiederum der Tatsache ins Auge blicken mußte, daß er in irgend etwas verwickelt war.

Sie versuchte, die wachsende Feindseligkeit zu verbergen, die sie ihm gegenüber empfand. „Ach zum Teufel, Harold. Kannst du ihnen nicht alles, was sie wissen müssen, am Telefon sagen?"

„Die Dinge liegen leider etwas komplizierter. Fahr doch mit Sandy voraus. Vielleicht komme ich noch zum letzten Akt zurecht."

Alexis wandte ein, er werde todsicher den ganzen Abend

im Außenministerium sein. „Wenn es dir nichts ausmacht", sagte sie, „werde ich ein gutes Buch lesen. Ich kann genausogut zu Hause bleiben."

„Liebling, so einfach ist das nicht. Einer von uns beiden muß gehen. Und ich kann nicht. Es sind Freikarten, und es gibt für die Aufführung nur Stehplätze. Es wäre verdammt unhöflich, nicht zu kommen."

Sie entsann sich, daß der Direktor des Kennedy Centers ihnen die Karten bei ihrem letzten Besuch überreicht hatte.

„Er ist ein netter Kerl", sagte Harold. „Und brauchbar. Wir können es uns nicht leisten, ihn zu verstimmen."

Er bestand darauf, und sie gab nach. Fünfzehn Minuten später war sie mit Sandy auf dem Weg in die Stadt.

„Du kommst in den Genuß des Balletts", sagte sie in beißendem Tonfall.

„Zumindest bis General Volker kommt", entgegnete Sandy.

Alexis wußte, daß sie im stillen darüber entzückt war.

„Er kommt nicht", sagte sie mit Nachdruck. Die Gänge knirschten, weil sie zu viel Gas gab, während sie um eine Ecke bog.

„Trotzdem, es ist sehr nett von Ihnen, mich mitzunehmen", sagte Sandy.

Sie klang etwas gekränkt. Alexis merkte, daß sie ihren Ärger an Sandy ausließ, aber sie konnte nicht anders. Instinktiv spürte sie, daß er sie loswerden wollte. Es war dasselbe Gefühl, das sie im FBI-Büro gehabt hatte, als Farr und Bill Rupert sie einfach abgewimmelt hatten. Sie sagte sich, daß es lächerlich sei. Es war wohl kaum Harolds Schuld, daß er weggerufen worden war. Aber das Unbehagen blieb.

Sie stellten den Lancia auf dem für Beamte reservierten Parkplatz ab und gingen ins Foyer. Es war überfüllt. Alexis erspähte den Direktor und überbrachte ihm die Entschuldigungen ihres Mannes. Die Glocke, die den ersten Akt ankündigte, ertönte, und sie betrat mit Sandy den Zuschauerraum. Sie gingen gerade den Gang zu ihren Sitzen hinunter, als sie begriff, daß es Harolds augenscheinliche Sorge wegen des Direktors gewesen war, die nicht echt geklungen hatte. Innerhalb weniger Sekunden hatte sie erkannt, daß es dem Mann überhaupt nichts ausmachte, wenn sie die Vorführung versäumte. Damit, daß er ihnen die Karten geschenkt hatte, war er vollauf zufrieden. Harold hatte ihn doch wohl nicht so falsch eingeschätzt.

Warum hatte er aber dann so hartnäckig darauf bestanden?

Es gab nur eine Antwort darauf: Weil er nicht ins Außenministerium fuhr. Er blieb zu Hause und wollte nicht, daß sie das wußte. Und der einzige Grund, weshalb er das tat, war seine Absicht, sich mit jemandem zu treffen, mit dem er sich nirgends sonst ohne Risiko treffen konnte. Er wollte also nicht, daß irgend jemand, der sich über die Implikationen dieses Treffens im klaren war, davon wußte. Nicht einmal sie. Vielleicht vor allem nicht sie.

Alexis zögerte. Litt sie an Wahnvorstellungen? Der Platzanweiser wartete und lächelte. Die Leute waren aufgestanden, um ihr und Sandy den Weg zu ihren Sitzen frei zu machen.

„Entschuldigen Sie. Es tut mir leid." Sie ergriff Sandys Hand und zog sie, ohne ihre Überraschung zu beachten, wieder den Gang hinauf und hinaus ins Foyer, das nun fast leer war.

„Hören Sie, Sandy. Sie müssen mir einen Gefallen tun. Gehen Sie wieder hinein und sehen Sie sich das Ballett an. Ich bin im zweiten Akt wieder zurück. Oder vielleicht im dritten."

„Wohin wollen Sie?"

„Nach Hause."

„Aber das geht nicht."

„Warum nicht?"

„Nicht, wenn ich hierbleibe. Ich habe Order. Ich muß bei Ihnen bleiben. Das wissen sie doch."

„Bitte, Sandy. Ich will nicht, daß beide Sitze leer sind. Wenn Sie dort sitzen, werden die Leute glauben, daß ich zumindest im Gebäude bin. In der Bar oder auf der Toilette."

„Aber Alexis, wenn Ihnen irgend etwas zustößt, verliere ich meinen Job. Für immer. Und es ist nicht nur das. Ich hätte Sie für den Rest meines Lebens auf dem Gewissen."

Alexis versuchte, sich nicht von ihrem Entschluß abbringen zu lassen. „Sandy, seien Sie vernünftig. Ich fahre nur schnell zur R-Straße und wieder zurück. Was kann mir da schon zustoßen?"

„Eine Menge."

„Nein. Gar nichts. Sie wissen genau wie ich, daß wir seit dem einen anonymen Anruf keinen mehr erhalten haben. Auch sonst gibt es nichts, was einen Leibwächter erforderlich macht. Alles nur Bürokratie. Sandy, verdammt noch mal, wir sind doch Freundinnen, und ich brauche Ihre Hilfe. Wenn ich überfallen oder angeschossen oder Gott weiß was werde, würde ich niemals Ihnen die Schuld geben oder Sie dafür verantwortlich machen, das wissen Sie doch."

Sandy zögerte.

„Seien Sie ein Schatz, bitte. Es ist wichtig für mich. Wirklich wichtig."

Sandy lächelte schief. „Was soll ich sagen, wenn der General auftaucht?"

Alexis küßte sie impulsiv. „Es wird Ihnen schon etwas einfallen."

Schnell stahl sie sich aus dem Center und ging zu ihrem Wagen. Sie fuhr den Potomac-Parkway in Richtung Georgetown hinauf und dann quer durch Georgetown in Richtung R-Straße. Schnell. Aber nicht zu schnell. Sie wollte keinen Unfall riskieren oder von einem aufmerksamen Polizeiauto aufgehalten werden. Als sie zur Ecke Q-Straße und Achtundzwanzigste Straße kam, parkte sie. Sie erkannte den Ort wieder. Es war die Stelle, wo Adrian James an dem Tag, als sie ihn nach Brigham Bay mitgenommen hatte, auf sie gewartet hatte. Hundert Meter weiter oben in der Achtundzwanzigsten Straße war ein alter Dienstboteneingang im Hintergarten, den sie benutzt hatte, um Steve Riker zu entwischen.

Sie sperrte das Auto ab und ging auf den Eingang zu.

30

Die Achtundzwanzigste Straße war schmal, von Bäumen gesäumt und fiel steil von der R-Straße und dem Haus der Wildersteins, wo die Volkers wohnten, ab. Wo das Grundstück fünfzig Meter von der Straßenecke entfernt zu Ende war, lag der Boden drei Meter über dem Gehsteig, von einer massiven Ziegelmauer, die halb mit Moos überwachsen war, gestützt.

Das Tor in dieser Mauer war sehr schmal, vielleicht gerade breit genug für einen Botenjungen mit einem Karton voller Lebensmittel. Da auf beiden Seiten Efeu herunterhing, konnte man daran vorbeigehen, ohne es zu bemerken. Das rostige Eisengitter war einfach, sechs gerade vertikale Vierkantstangen mit gefährlichen Spitzen, die von den drei Querbalken, das mittlere mit einem Nachtschloß gehalten wurden. Auf der anderen Seite des Tores führten schmale Ziegelstufen steil zum Hintergarten hinauf. Das Licht von der nächsten Straßenlaterne in der Nähe der R-Straße wurde teilweise von einer Reihe von Bäumen abgehalten. Aber Alexis konnte immer noch sehen, daß eine Kette mit einem schweren Vorhängeschloß befestigt worden war, seitdem sie das Tor, das sich von innen leicht durch das einfache Heben des Riegels öffnen ließ, zum letzten Mal benutzt hatte.

Ihr Plan war vereitelt, noch bevor sie den Anfang gemacht hatte. Sie biß sich auf die Unterlippe und fragte sich, was sie tun sollte, in der Hoffnung, daß kein abendlicher Spaziergänger oder kein Auto vorbeikam. Die Ziegelmauer verlief gerade in beide Richtungen. Äste, die sich darüber ausbreiteten, waren außer Reichweite über der Straße. Sie mußte das Tor selbst übersteigen. Sie band ihren Rock hinauf und setzte einen Fuß auf den mittleren Querbalken zwischen zwei senkrechte Stangen. Dann ergriff sie die

Stangen und zog sich hinauf. Wenn sie auf Zehenspitzen stand, konnte sie gerade noch das obere Ende der Mauer erreichen. Ihre Finger tasteten suchend und fanden, wie es schien, festen Halt. Sie zog einen Fuß bis hinauf zum obersten Querbalken des Tores, zog sich abermals hinauf und kauerte in einer gefährlichen Stellung. Die scharfen Spitzen der Stangen streiften ihren Bauch. Ihr Herz pochte laut, und ihr Mund war trocken. Wenn sie ausrutschte und nach vorn taumelte, war sie aufgespießt.

Sie mußte sich bewegen. Ihre Fußriste und Waden schmerzten höllisch, aber langsam stand sie auf. Sie blickte hinunter. Die Straße schien einen Kilometer unter ihr. Schnell schaute sie weg. Das obere Ende der Mauer war nun in Höhe ihrer Taille, schien aber höher. Gleich dahinter war dunkles, dichtes Gestrüpp. Sie stemmte die Ellbogen in das Erdreich und kroch auf dem Bauch hinauf und nach vorwärts, das Gesicht in Zweigen und Spinnweben. Etwas glitt über ihren Hals und ihren Arm. Es gelang ihr gerade noch, nicht zurückzuzucken. Einen Augenblick später stand sie mit einem aufgeschürften Knie und einem zerrissenen Rock aufrecht da. Sie hielt sich an den Sträuchern fest und ging die aufsteigenden Stufen entlang, bis sie sich auf einem von Unkraut überwucherten, mit Steinplatten ausgelegten Pfad befand, der zur Rückseite des Hauses und zur Küche führte.

In der Küche brannte Licht. Jäh blieb sie im Schatten stehen, als ein Mann in Hemdsärmeln an den Fenstern vorbeiging. Everett. Er trug einen Kaffeetopf und ging damit in den anschließenden Anrichteraum, von ihrem Standort aus auf der gegenüberliegenden Seite der Küche. Sie wußte, daß die Köchin, die nicht im Haus wohnte, schon weggegangen war.

Zum ersten Mal sah sie sich dem Problem gegenüber, wie sie hineingelangen sollte, ohne erwischt zu werden. Bis jetzt hatte sie überhaupt nicht daran gedacht. Es schien lächerlich; es war ihr eigenes Haus. Aber wenn Harold hörte, daß sie das Ballett verlassen hatte und hierhergekommen war, würde sie es niemals fertigbringen, ihm eine glaubhafte Geschichte aufzutischen, und jegliche Chance, ihn und ihre Ehe zu retten, wäre vielleicht für immer dahin. Bevor sie etwas unternahm, mußte sie sicher sein, daß er da war und all das nicht umsonst war. Sie verließ den mit Steinplatten ausgelegten Pfad, hielt sich von den weißen Lichtervierecken der Fenster auf dem Rasen fern und ging auf die Westseite des Hauses zu.

Sie machte sich Sorgen wegen der Sicherheitsvorkehrungen. Hatte sie bereits eine Alarmanlage ausgelöst? Sie hatte weder einen Alarm gehört noch einen der Sicherheitsagenten gesehen. Das Haus selbst war mit einem Alarmnetz ausgerüstet, aber das System wurde immer erst eingeschaltet, wenn Harold und sie zu Bett gegangen waren. Als sie eingezogen waren, wurde es allzuoft durch unerwartet späte Gäste, die das Haus verließen, ausgelöst.

Sie erreichte eine Stelle gegenüber seinem Arbeitszimmer und blieb stehen. Das Zimmer war dunkel. Die Vorhänge waren offen. Aber fast im selben Augenblick, als sie überlegte, was sie als nächstes tun sollte, öffnete sich die Tür zum Korridor, und ein Mann trat ein. Wieder Everett. Er drehte das Licht an. Jetzt trug er sein Jackett und ein Tablett mit Tassen und einem silbernen Kaffeeservice. Er stellte es auf dem Schreibtisch ab, sah sich um und ging. Seine Handlung bedeutete eines: Harold war tatsächlich da.

Sie mußte nicht lange warten. Innerhalb von wenigen Minuten öffnete sich die Tür des Arbeitszimmers wieder, und ihr Mann trat ein. Das Unbehagen, das sie empfand, weil sie ihm nachspionierte, wurde gemildert durch die Gegenwart des Mannes, der ihm folgte. Es war General Figueira. Sie wartete, während die beiden es sich bequem machten und Harold Kaffee einschenkte, dann ging sie denselben Weg zurück, den sie gekommen war.

Sie wußte nun genau, was sie zu tun hatte. Harolds Büro wurde ganz offiziell abgehört. Wann immer er wollte, konnte seine Sekretärin Tonbandaufzeichnungen von Sitzungen machen. Das Akai-Gerät war im angrenzenden Sekretärinnenbüro und ließ sich einschalten, indem man einfach einen Knopf drückte. In aller Morgenfrühe, noch bevor die Sekretärinnen kamen, würde sie das Tonband zurückspulen und es an sich nehmen.

Everett war weder in der Küche noch im Anrichtezimmer wieder aufgetaucht. Das hieß, daß er im Speisezimmer war und den Tisch für das Frühstück deckte. Alexis wußte, daß ihre Zeit schon fast abgelaufen war. Wollte sie die Küchentür benutzen, dann mußte sie schnell und entschlossen handeln. Wenn sie einen Alarm auslöste, würde sie sich eine passende Geschichte für den jeweiligen Agenten, der auftauchte, einfallen lassen müssen. Sie war im Vorteil. Sie war General Volkers Frau, und man würde sie nicht als einen Eindringling betrachten.

Sie nahm sich zusammen, ging schnell zur Tür und drückte die Klinke nieder. Die Tür öffnete sich. Eine Sekunde später war sie in der Küche mit ihren hellen Deckenlampen. Auf der anderen Seite war ein Korridor, der zu dem Teil des Hauses führte, wo die Büros lagen. Als sie am offenen Anrichtezimmer vorbeiging und darauf zusteuerte, ging die Speisezimmertür auf und Everett erschien, der die Tür mit dem Rücken aufgestoßen hatte, weil er ein schwer beladenes Tablett trug. Sie machte einen Satz vorwärts. Als er sich umdrehte, hatte sie die Tür zum Korridor bereits geräuschlos hinter sich geschlossen.

Auf der anderen Seite angelangt, blieb sie einen Augenblick stehen, um zu verschnaufen. Das war fast ins Auge gegangen. Als sie den Korridor betrat, hatte sie nicht gewußt, ob sich jemand dort befand oder nicht. Sie hatte nicht genug Zeit gehabt, um zu horchen. Es war ein kurzer Verbindungsgang mit Türen zu beiden Seiten, die zu Wirtschaftsräumen führten. An seinem Ende befand sich die Tür zum Westflügel. Sie lauschte, öffnete sie vorsichtig und trat auf den mit Plüsch ausgelegten Korridor auf der anderen Seite.

Der Korridor war leer, das Licht brannte. Am anderen

Ende befand sich die geschlossene Tür zum Vorraum. Die offenen Türen der Büros, das Kino und die Projektionsräume ihnen gegenüber boten mit ihren dunklen Schatten im Notfall Sicherheit. Wenn jemand kam, konnte sie dort hineinschleichen. Sie ging auf das Sekretärinnenbüro neben dem Arbeitszimmer ihres Mannes zu.

Das Akai-Gerät stand auf einem eigenen Tisch neben dem Schreibtisch, der der Tür zwischen den beiden Zimmern am nächsten stand. Als Alexis darauf zuging, konnte sie die leisen, gedämpften Stimmen ihres Mannes und General Figueiras hören. Eilig untersuchte sie das Gerät. Zu ihrem Entsetzen waren beide Spulen leer. Sie sah sich um, während ihre Augen sich langsam an die fast vollkommene Dunkelheit gewöhnten. Sie versuchte, die Schreibtischschubladen herauszuziehen. Sie waren versperrt. Ein Stahlschrank desgleichen. Aktenschränke detto. Auf keinem der Bücherregale lagen Spulen. Offensichtlich waren sie über Nacht weggeräumt worden und befanden sich wahrscheinlich im Safe, der, so entsann sie sich, in einer Ecke stand und dessen Umrisse sie jetzt sogar wahrzunehmen begann.

Die Enttäuschung war groß, die Angst noch größer. Ein Ziel vor Augen, war es ihr gelungen, die in ihr aufsteigende Panik niederzukämpfen, die ihr riet, die ganze Sache aufzugeben, sich umzudrehen und davonzulaufen. Nun mußte sie sich dazu zwingen, an der Tür zu horchen. Die Stimmen waren immer noch so gedämpft, daß man nichts verstehen konnte. Sie versuchte, sich hinzuknien und den Kopf an die Schwelle zu legen, durch die ein schwacher Lichtstrahl drang.

Sie stand auf, geschlagen. Sie konnte nicht hierbleiben. Das Risiko war zu groß. Die Tatsache, daß ein Besucher sich im Arbeitszimmer ihres Mannes befand, konnte nach sich ziehen, daß man die umliegenden Räumlichkeiten einer routinemäßigen Überprüfung unterzog. Sie begann, den gleichen Weg zurückzugehen, den sie gekommen war. Der beste Weg ins Freie, entschied sie, war durch das Fenster ihres eigenen Büros.

Sie war in der Mitte des Korridors, als die Tür zum Arbeitszimmer ihres Mannes aufging. Sie hatte kaum Zeit, in den Kinosaal zu schlüpfen. Er kam heraus und ging ins Vorzimmer, wobei er beide Türen offenließ. Sie spähte hinaus und konnte sehen, wie er mit Steve Riker sprach. Er hatte ihr den Rücken zugekehrt, und Riker hatte ihr das Gesicht zugewandt. Aber Riker sah Harold an und blickte nicht den Korridor hinunter. Sie ließ es darauf ankommen und lief auf ihre eigenen Büroräume zu.

Angespannt wartete sie neben Allison Palmers Schreibtisch. Hatte Riker sie gesehen oder nicht? Sie wagte nicht nachzusehen. Sie hörte, wie die Flurtür zufiel und danach die Tür zum Arbeitszimmer.

Dann Stille.

Aufgrund der Stille kam ihr plötzlich ein Gedanke. In Harolds Büro war es gleichfalls ganz still. Es war ein kühler Abend, und er hatte seine Klimaanlage nicht eingeschaltet. Vielleicht konnte man die Stimmen durch seine Ventilatorklappe oder sogar durch das Fenster hören.

Sie ging in ihr eigenes Büro. In einer der unteren Laden ihres Schreibtisches war das Tonbandgerät, das sie beim Fernsehen verwendet hatte. Mit modernen Maßstäben gemessen war es groß und unhandlich, wie ein schweres Buch, aber sie verwendete es immer noch für Diktate, und die Batterien waren in Ordnung. Sie nahm es heraus und legte eine 60-Minuten-Kassette ein. Dann ging sie ins Badezimmer, um sich frisch zu machen. Sie zog die Jalousien herunter, drehte das Licht an, wusch sich ihre vor Schmutz starrenden Hände und Ellbogen, kämmte sich und brachte ihr Make-up in Ordnung. Sie fand Sicherheitsnadeln und schloß den Riß in ihrem Kleid. Wenn sie Glück hatte, kam sie ohne weiteren Schaden hinaus. Sie nahm ein Handtuch, um es auf das obere Ende der Mauer zu legen und ging in ihr Büro zurück, um einen Augenblick angestrengt in die Dunkelheit hineinzuhorchen, bevor sie eines der Fenster geräuschlos öffnete. Draußen im Garten war es ebenso still. Sie stieg über den Fenstersims in ein Blumenbeet und schloß das Fenster hinter sich.

Sie blieb nahe an der schützenden Wand des Hauses und drückte sich an ihr entlang, bis sie das erste Fenster von Harolds Arbeitszimmer erreichte. Die Vorhänge waren jetzt zugezogen. Sie horchte. Harolds Stimme drang leise, aber klar durch die Klimaanlage. Sie stellte das Tonband direkt unter das Fenster, unter einem Lorbeerbusch versteckt, und ließ das Mikrophon von einem der Zweige hängen, so daß es nur wenige Zentimeter vom Gitter der Klimaanlage entfernt war. Sie bezweifelte, daß jemand nahe genug kommen würde, um es zu finden. Sie drückte die Aufnahmetaste und drehte die Lautstärke voll auf. Sie konnte nicht sehen, ob die Spule sich drehte oder nicht, aber das Gerät hatte sie noch nie im Stich gelassen. Wie und wann sie es sich wieder holen würde, war ein Problem, über das sie sich später den Kopf zerbrechen würde. Nicht jetzt. Jetzt mußte sie so schnell wie möglich zum Kennedy Center zurück.

Sie ging entlang der Wand des Hauses zurück. Als sie sich auf halbem Weg zwischen dem Arbeitszimmer und der noch immer hell erleuchteten Küche befand, lief sie in gebückter Haltung über den Rasen in das Gebüsch und in die Bäume auf der anderen Seite hinein. Sie sah niemanden. Vorsichtig drang sie zu den Ziegelstufen vor, die zum Dienstboteneingang hinunterführten, band ihren Rock nochmals hinauf und drückte sich wieder die Ziegelmauer entlang, bis sie sich direkt über dem Tor befand. Sie legte ihr Handtuch auf die Erde unter den Büschen, ließ sich vorsichtig in die Büsche gleiten und auf den Bauch nieder; dann ließ sie die Beine über die Mauer hinunter und tastete nach dem oberen Ende des Tores und den scharfen, vorstehenden Spitzen seiner vertikalen Eisenstangen. Eine der Spitzen schürfte ihren Knöchel auf. Sie ließ den Fuß daran hinuntergleiten, bis ihre Zehen den Querbalken berührten, setzte den anderen Fuß nach und verlegte das Gewicht auf den Balken.

Was dann geschah, dauerte nur Sekunden. Und schien eine Ewigkeit.

Im selben Augenblick, als die rauhe Hand ihren Knöchel umschloß, ertönte die Stimme.

Sie hörte sie, und was sie sagte, erstickte in einer Art totalem Entsetzen den Schrei, der sofort aus ihrer Kehle aufstieg.

„Keine Bewegung. Rühren Sie sich nicht, bis wir Sie unter die Lupe genommen haben. Kein Wort und keine Bewegung, oder ich ziehe Sie direkt auf die Spitzen herunter, verstanden?"

Sie blickte unter ihrem Arm hindurch nach hinten. Das gedämpfte Licht der Straßenlaternen fiel auf Steve Riker. Er hatte seinen Revover gezogen. Er hielt ihren Knöchel fest, schob den Revolver in seinen Hosenbund und zog eine kleine Taschenlampe aus seinem Jackett.

Er schaltete sie ein.

Ihr Strahl richtete sich auf sie. Plötzlich aber drehte er sich wild im Bogen, während die Taschenlampe über das Tor und auf die Straße geschleudert wurde.

Noch stand Riker. Im nächsten Augenblick aber stürzte sich ein Körper vom oberen Ende der Stufen auf ihn und schmetterte ihn gegen die Eisenstangen. Ein Arm holte aus. Etwas glänzte. Man hörte etwas krachen, seine Beine gaben nach, und er war ein bewußtloser, zusammengekauerter Schatten, eingekeilt zwischen dem Tor und der ersten Stufe.

Sandy Muscioni richtete sich auf und rang nach Atem. „Bleiben Sie so, wenn Sie können, bis ich auf der Straße bin." Sie ließ ihre Fünfundzwanziger Automatik in ihr Handtäschchen fallen und lief die Stufen wieder hinauf. Sträucher raschelten, man hörte, wie sie von der Mauer auf die Straße sprang. Gleich darauf erschien sie wieder auf der anderen Seite des Tores und kletterte halb hinauf.

„Können Sie meine Hand erreichen?" Sie streckte sich. „So, jetzt langsam. Erst den rechten Fuß. Gott im Himmel, der muß Sie ja zu Tode erschreckt haben."

Alexis stützte sich auf sie und war im Nu wieder auf der Straße.

„Alles in Ordnung?"

„Ja." Alexis zitterte zu sehr, um mehr sagen zu können.

„Warten Sie eine Minute", sagte Sandy. Sie hob Rikers Taschenlampe auf und richtete sie auf ihn. Ein Rinnsal von Blut rann über seine Schläfe. „Ich habe ihm mit meiner Automatik eins über den Schädel gezogen", erklärte sie nüchtern. Sie griff durch die Stangen und zog eines seiner Augenlider hoch. Das Auge bewegte sich. „Er fängt sich schon wieder. Er ist nur durcheinander." Sie richtete sich auf. „Gehen wir schnell. Aber nicht laufen."

Sie gingen hinunter zur Q-Straße und zum Lancia.

Alexis fuhr. „Warum sind Sie gekommen?"

„Ich habe gerochen, daß es Ärger gibt. Sie machten nicht den Eindruck, als wollten Sie durch die Eingangstür. Riker mag Sie nicht, und ich habe gewußt, daß er nichts lieber täte, als Sie irgendwie in Verlegenheit zu bringen."

„Glauben Sie, er wußte, daß ich es war?"

„Ich glaube nicht. Er hat Ihr Gesicht nicht gesehen, und er hätte niemals vermutet, Sie dort oben zu sehen."

Sandy nahm ihre Fünfundzwanziger Automatik aus dem Täschchen und steckte sie zurück in den Halfter an der Innenseite ihres Oberschenkels.

Alexis sagte bewundernd: „Du lieber Gott, wenn Sie in Aktion geraten, dann aber wirklich, nicht? Wann sind Sie hergekommen?"

Sandy lachte. „Etwa zehn Minuten nach Ihnen. Sie stiegen gerade aus Ihrem Bürofenster."

„Danke, Sandy." Alexis streckte die Hand aus und berührte Sandys Schulder.

Sie drückte ihre Hand. „Kein Problem, Chefin. Außer General Volker vermasselt alles, wenn er sich früher losreißt und zwei leere Sitze vorfindet."

Aber das tat er nicht, und sie kamen rechtzeitig zum dritten Akt. Es schien Alexis unfaßbar, daß sie weniger als eine Stunde weggewesen war. Als sie Sandy einen Blick zuwarf, die neben ihr saß, den Blick auf die Bühne gerichtet, konnte sie einfach nicht glauben, was sie gerade durchgestanden hatte. Es war wie ein Traum.

Aber es war kein Traum, das wußte sie. Es war wahr. Alles, was ihr Mann und General Figueira sagten, wurde in diesem Augenblick auf Tonband aufgenommen, und wenn nicht irgend jemand das Gerät fand, wußte sie am Morgen ganz genau, was man mit Portugal vorhatte. Sie sah diesem Augenblick mit Schrecken entgegen.

31

Das Telefon läutete beharrlich und lange. Es war grün und stand auf der Anrichte, ein schriller und impertinenter Ton; niemand hob ab. David Farr sah es in einer Art perverser Befriedigung an. Die Chancen, daß der Anrufer ihn sprechen wollte, waren gering. Es war sicher jemand, der Susan verlangte. Eine wütende Dickköpfigkeit, die mit Eifersucht und dem Wunsch zu bestrafen verwandt war, hinderte ihn daran, abzuheben. Seine Hand klebte an der Kaffeetasse.

Susan stürzte in die Küche und langte danach. Sie war im Morgenmantel und hatte ein Handtuch um den Kopf. Sie hatte sich die Haare gewaschen. Er war früher heruntergekommen, hatte Kaffee gekocht, saß nun da und trank ihn und horchte auf das entfernte Rauschen der Dusche.

„Warum gehst du nicht ans Telefon?“ Schnell griff sie nach dem Hörer auf der Gabel. „Hallo? Oh, Tag, Barbara. Nein, schieß los.“

Barbara war wahrscheinlich die eine Hälfte eines jungen Ehepaares, das sie kannten. Die andere Hälfte war ein Chemiker. Es waren zwei Leute, mit denen sie sich gut verstanden und oft trafen. Vor einem Jahr hatten sie ein verlängertes Wochenende miteinander verbracht und Montreal erforscht. Er sah auf die Uhr. Der Mann arbeitete in Baltimore. Er arbeitete wahrscheinlich schon lange.

Er hörte, wie Susan zu ihm sagte: „David, Barbara möchte nach der Arbeit mit mir einen Drink nehmen. Geht das in Ordnung? Wann, glaubst du, wirst du zu Hause sein?"

Susan hatte den Nachmittag frei, entsann er sich. Und eine komplizierte Rückenmarksoperation am Morgen. Er zuckte die Achseln. „Wie immer."

„Was heißt wie immer? Sechs? Sieben?"

„Sieben."

Wieder sprach sie in den Hörer. „Aber ja. Wie wäre es mit halb sechs? Ecke Mass Avenue und Vierte Straße? Dieses Café-Restaurant mit den Tischen im Freien und dem großen Baum. Es ist nah bei deinem Arbeitsplatz."

Barbara arbeitete im Neuen Senatsbürogebäude als Assistentin des Vorsitzenden des Komitees für Auslandsbeziehungen. Sie war Weiße, eine Blondine mit einem hellen, neugierigen Köpfchen und nie versiegendem Enthusiasmus, was sie aufregend machte und weshalb man gern mit ihr zusammen war. Das war ihre gute Seite. Ihre schlechte Seite war, daß sie ihm gegenüber einmal Annäherungsversuche gemacht hatte, als sie zu viel getrunken hatte, und ein andermal hatte er sie in aller Öffentlichkeit mit einer anderen Frau flirten gesehen. Sie hatte sehr schöne Brüste, sehr groß für jemanden, der noch keine dreißig war, und sie zeigte sie gern her, indem sie dünne Pullis und halboffene Blusen trug. Sie benutzte auch provozierende Parfums und sprach offen über ihr Sexualleben mit ihrem Mann, einem Schwarzen, aber einige Schattierungen heller als Farr, ein ernsthafter, pflichtbewußter junger Mann, der ständig überarbeitet war. Wie Susan brachte auch sie die Energie für unendlich viele Bekanntschaften auf und kannte Gott und die Welt.

Vor wenigen Tagen hatte er herausgefunden, daß sie auch Valerie McCullough kannte.

Er hörte, wie Susan aufhängte. Er starrte in seine Kaffeetasse und spürte die Wärme ihres Körpers, als sie sich neben ihn stellte, eine Hand auf seinem Nacken. Er sah nicht auf.

„David, was ist los?"

„Nichts."

„Doch. Etwas macht dir ernsthafte Sorgen. Warum sagst du es mir nicht?"

„Es ist nichts, Susan."

Sie sah ihn prüfend an, dann küßte sie ihn zärtlich auf die Stirn und begann, ihm das Frühstück zu machen: Eier, Speck und Toast. Er blickte auf, als sie, von ihm abgewandt, beim Kühlschrank stand. Ihr Morgenmantel vermochte es nicht, die zarten fraulichen Konturen ihres schlanken Körpers zu verbergen.

Er begehrte sie so sehr, daß es ihm weh tat. Er wollte auf sie zugehen, sie zu sich drehen und ihren Körper an den seinen drücken, die weiche Wärme ihrer Brüste und ihres Schambeins an seinem halbnackten Körper spüren, er wollte seinen Mund auf ihre Lippen pressen und spüren, wie die feuchte Flamme ihrer Zunge die seine berührte. Er wollte sie auf ein Bett werfen und tief in sie eindringen.

Er begehrte sie und haßte sie zugleich. Er wollte ausholen und ihr mit der Faust ins Gesicht schlagen. In einer Art verletzter, verzweifelter, elendiger, schmerzhafter Wut wollte er hinausschreien, wie sehr er sie liebte, einer Wut, die ihn Tag und Nacht nicht losließ. Wie er sie haßte, gerade weil er sie auf qualvolle Weise liebte.

„Du hast in den letzten Tagen nicht mehr über die leidige Volker-Angelegenheit gesprochen. Ist es das? Was tut sich?"

„Nichts. Routine. Ich hab's dir gesagt. Langweilige Polizeiarbeit. Lauter Sackgassen."

„Glaubst du, daß etwas ans Licht kommen wird? Vielleicht jetzt, mit der Wahlkrise in Portugal?"

„Das bezweifle ich."

Er konnte ihr wohl kaum erzählen, daß Alexis Volker gestern angerufen und um ein dringendes Treffen mit ihm und Bill Rupert gebeten hatte. Jetzt, da er ihr nie wieder etwas über seine Arbeit anvertrauen würde. Jetzt, da er sie Tag und Nacht von einer Spezialeinheit beschatten ließ, die jeden ihrer Schritte beobachtete und ihm darüber berichtete und die ein Dossier über all ihre Freunde anlegte, angefangen mit der Orthopädin, die mit Adrian James und einer anderen Frau nach Paris gefahren war.

Und er konnte ihr auch nichts erzählen von den qualvollen Stunden im Morgengrauen, in denen er wachlag, auf das ruhige Atmen ihres tiefen, ungestörten Schlafes horchte und sich vorstellte, wie sie weich und hingebungsvoll in den Armen einer anderen Frau lag, vielleicht auch noch mit einem anderen Mann. Er konnte ihr wohl kaum erzählen, was für eine Anstrengung es ihn kostete, sie nicht im Krankenhaus anzurufen, wenn sie sagte, sie müsse länger arbeiten, aus Angst, sie könnte nicht dort sein. Oder ihr die Erleichterung schildern, die er empfand, wenn die Detektive, die er auf sie angesetzt hatte, ihm berichteten, daß sie tatsächlich den ganzen Abend gearbeitet hatte. Und wie konnte er ihr klarmachen, was für eine schreckliche Demütigung die Impotenz für ihn bedeutete, die langsam in ihr Leben eingedrungen war, oder daß sein Versagen als Mann nun ironischerweise durch den Gefühlsaufruhr, der in ihm tobte, behoben war, aber daß sein Stolz es nicht zuließ, ihr zu sagen, daß er sich wieder fähig dazu fühlte, mit ihr zu schlafen?

Die Eier und der Speck schmeckten wie Sand.

Er wollte weinen und seinen Kopf auf ihre Brust legen und sie bitten, sich seiner zu erbarmen. Männer taten das nicht.

„David, wir müssen miteinander reden.“

„Sicher. Heute abend vielleicht.“

Es war halb neun. Schon lag ein Bericht über ihre gestrigen Aktivitäten auf seinem Schreibtisch.

„Wir lieben einander zu sehr, um so weitermachen zu können.“

Er antwortete nicht.

Sie wartete und ging dann hinauf, um sich anzuziehen.

Im Fall, den er gegen sie laufen hatte, waren sie einer

Lösung sehr nahe. Eine Agentin hatte es geschafft, sich mit Valerie McCullough anzufreunden. Gestern hatte er in seinem Büro eine Unterredung mit ihr gehabt. Sie war gewillt, mit McCullough oder jemand anderem, egal ob Mann oder Frau, ins Bett zu gehen, um ein perfektes Täuschungsmanöver hinzukriegen. Sie war hart wie Kruppstahl. Und ehrgeizig. Die Informantin zu überführen, würde ihr eine schöne Beförderung eintragen.

Er fragte sich, wie weit es mit Unschuld, Keuschheit und Romantik bei den Frauen gekommen war. Und bei den Männern. Die Liebe war zu einer rein körperlichen Funktion geworden.

Susan verabschiedete sich nicht von ihm, als sie zur Arbeit fuhr. Als sie aus dem Haus ging, war ihre Miene gekränkt und wütend.

Um neun fuhr er in die Stadt zum Hoovergebäude und schnitt auf dem Weg dorthin dreimal anderen Autos kaltblütig den Weg ab.

32

Eine 60-Minuten-Kassette wiegt weniger als 100 Gramm und ist etwas kleiner als eine Brieftasche von durchschnittlicher Größe. Die Kassette in Alexis' Hängetasche war noch dazu von ungeheurer Bedeutung. Für sie besaß sie wirklich Leben, und sie war sich ihrer ständig bewußt. Sie hatte sie gestern abend, knapp bevor sie nach Hause gekommen war, schnell heraus- und an sich genommen, bevor die Alarmanlage eingeschaltet wurde. Am Morgen, nach dem Frühstück mit Harold, hatte sie sie in ihrem Büro, wo sie ungestört war, abgespielt. Seitdem war sie in jeder Sekunde, Minute und Stunde, die verrann, zum beherrschenden Faktor geworden.

Während sie darauf wartete, daß Bill Rupert die geistlose Anekdote fertigerzählte, die er vom Präsidenten gehört hatte, eine, die sie schon weiß Gott wie oft gehört hatte, fiel ihr wieder das leidenschaftslose Gefühl der Distanz zu Harold ein, das sie empfunden hatte, als sie seiner Tonbandstimme lauschte. Während er sprach, wurde er nicht zu dem Mann, mit dem sie lachte und trank und mit dem sie aß und gute und schlechte Zeiten und das Bett teilte, sondern zu einem Fremden.

„Die Zeit drängt, Francisco. Wenn Sie nicht mindestens vierundzwanzig Stunden, bevor der Präsident nach Lissabon zurückkehrt, unterwegs sind, könnte seine Anwesenheit dort die ganze Sache unterbinden. Die Armee würde die Lage dann immer noch nicht ausreichend beherrschen."

„Aber das ist es ja gerade. Catarino sagt, er braucht mehr Zeit, um seine Panzer in Position bringen zu können. Er betonte das nachdrücklich."

„Sagen Sie ihm, er hat einfach keine. Auch mein eigener Zeitplan hängt damit zusammen. Ich habe die Beilegung der Geiselaffäre deshalb hinausgezögert. Das kann ich aber nicht länger, und der Blick der amerikanischen Öffentlichkeit muß auf Libyen gerichtet sein, damit ich den Präsidenten und den Kongreß dazu überreden kann, eine Politik der Nichteinmischung in Portugal zu verfolgen, bis es zu spät zu einer Intervention ist."

Sie hörte David Farr sagen: „Was steht auf der Tagesordnung, Mrs. Volker?"

Sie wandte sich ihm zu. Als sie eingetreten war, hatte sie gefunden, daß er sorgenvoll und müde aussah. Er machte den Eindruck eines Mannes, der mit dem Rücken zur Wand kämpft.

„Es ist offensichtlich nicht etwas, worüber Sie mit mir am Telefon sprechen konnten", fuhr er fort, „und wir haben das letzte Mal genug geplaudert und über unwichtige Details gesprochen."

„Sie haben recht", sagte sie. Sie hatte sich ein dutzendmal vorgesagt, was sie sagen wollte. Sie hatte sich alles ausgedacht gehabt, noch bevor sie das Band zum ersten Mal zu

Ende gespielt hatte. „Ich habe einen Vorschlag zu machen. Man könnte es vielleicht einen Kuhhandel nennen.“

Farr sah sie prüfend an. Sie weiß es also, dachte er. Er fragte sich, wie lange schon und wie sie es herausgefunden hatte. Er warf Bill Rupert einen Blick zu. Der Direktor sah leicht unbehaglich aus. Eine böse Vorahnung lag in seinem Blick. Er rollte seinen Bleistift nervös zwischen Daumen und Zeigefinger hin und her.

„Ich nehme an, du beziehst dich auf unser letztes Gespräch“, sagte Rupert. „Gibt es etwas Neues?“

„Nur was immer schon da war, Bill.“

„Ich kann dir leider nicht folgen.“

Farr wunderte sich, daß Rupert ihre Intelligenz so gar nicht zu schätzen wußte. Innerlich lächelte er über ihre beißende Antwort.

„O doch, das glaube ich schon.“

Dann sagte Farr: „Schießen Sie los, Mrs. Volker.“

Er ignorierte den verärgerten Blick, den Rupert ihm zuwarf. Sie schien einen Augenblick zu zögern, als ob sie sich innerlich wappnete. Sie sah sehr schön aus, fand er, in einem Rock und einer Bluse und — wegen des kühlen Wetters — einer leichten Wollweste. Sie trug dieselbe Gucci-Umhängetasche, die sie das erste Mal, als er ihr begegnet war, getragen hatte, und wieder hing sie salopp über ihrer Stuhllehne.

Aber seit dem Augenblick, als sie vor fünf Minuten ins Büro getreten war, wußte er, daß sie viel mehr war als nur eine gebildete und schöne Frau. Sie war ein unterdrückter Vulkan. Sie wußte etwas, und zwar etwas, das Zündstoff war. Er war davon überzeugt. Sandy hatte ihm gesagt, daß sie das Ballett verlassen hatte, um nach Hause zu fahren, und daß sie aus einer mißlichen Lage mit Riker befreit werden mußte. Sandy wußte nicht, was sie dort getan hatte, aber es sah schlimm aus. Volker hatte eine offenbar geheime Verabredung mit General Figueira gehabt.

„Ich möchte eine Abmachung treffen“, sagte sie schließlich. Der Blick, den sie ihm zuwarf, war sehr direkt. „Nämlich folgendes: Ich überrede Harold dazu, daß er zurücktritt, und Sie stellen Ihre Nachforschungen über ihn ein. Ich brauche Zeit bis Sonntag."

Farr sah, daß Rupert wieder in seine Richtung blickte. Der Direktor war ein Mensch, der es verabscheute, der Wahrheit ins Auge zu sehen. Sogar jetzt noch versuchte er, sein Gesicht zu wahren, weil sie entdeckt hatte, daß er sie bei der ersten Unterredung belogen hatte.

„Ich kann mich nicht entsinnen, gesagt zu haben, daß wir Nachforschungen über deinen Mann anstellen", sagte er.

„*Wir* haben das auch nicht getan", antwortete sie mit fester Stimme. „Aber *du* tust es. Du weißt es. Ich weiß es, also vergeude bitte nicht unsere Zeit. Deine und meine." Sie zuckte die Achseln. „Ihr habt einen Informanten hier im FBI. Lassen wir es einmal dabei bewenden."

Es war eine totale Überraschung für Rupert. Er schwenkte jäh in seinem Sessel herum, setzte zu sprechen an, dann schwieg er abrupt. Er blickte wütend. Farr hatte ihm nichts von einem Informanten erzählt. Und er hatte auch nicht vor, jetzt damit anzufangen. Wenn er selbst auf ihre Bemerkung antwortete, würde das Augenmerk verstärkt darauf gerichtet sein, und alles wäre noch schlimmer. Aber sein Schweigen war genauso schlimm. Es verriet Rupert, daß er Bescheid wußte. Der Direktor würde schäumen vor Wut, daß er nochmals ignoriert worden war, und er würde wahrscheinlich mit Kündigung drohen müssen, um ihn zu besänftigen. Aber es war nicht das, was ihn deprimierte. Er würde damit davonkommen, weil der Präsident wußte, wie es um Rupert bestellt war, und da er selber in Gefahr war, würde er sein Geld lieber auf die Fachleute des Büros setzen. Was ihn deprimierte, was das ganze unnötige theatralische Getue Ruperts. Und die Überredungskunst, die er würde anwenden müssen, um den Mann dazu zu bringen, das klar auf der Hand Liegende einzusehen und das einzige zu tun, das man tun konnte. Er war müde. In seinem ganzen Leben hatte er sich noch nie so müde gefühlt. Seit Fein ihm über den Informanten erzählt hatte, war der Auftrag zu einer zentnerschweren Last geworden. Der einzige Grund, weshalb er seine Gedanken weiter darauf zu konzentrieren vermochte, war die Frau, die dasaß und darauf wartete, daß er etwas sagte. Er fühlte, daß ihr Leben genau wie seines gefährlich nahe am Rande des Ruins war. Und er war zum Teil dafür verantwortlich. Das mindeste, was er tun konnte, war zu versuchen, ihr zu helfen.

„Ich nehme an, Mrs. Volker, daß Sie auf etwas gestoßen sind, das Sie als Druckmittel einsetzen können, um Ihren Mann zum Rücktritt zu überreden?"

Sie lächelte dünn. „Sagen wir so: Im Interesse Harolds wie in meinem eigenen berufe ich mich auf Artikel fünf der Verfassung."

„Darf ich fragen, ob man dieses Druckmittel als etwas ansehen kann, das außerhalb des Kontexts der Ehe gegen ihn wirkt?"

„Auch diese Antwort muß ich verweigern", sagte sie. Sie wartete. Sie dankte Gott dafür, daß es ihn gab. Sie dankte Gott, daß er in der ganzen monströsen Bürokratie, die die Regierung war, ihr Geschick in die Hände eines Mannes gelegt hatte, der sowohl ein Mensch wie auch intelligent war. Sie musterte sein dunkles, nachdenkliches Gesicht. Er hob eine seiner großen Hände, um sich das Kinn zu reiben.

Plötzlich wandte er sich Bill Rupert zu. „Ich befürworte, daß wir ihren Vorschlag annehmen."

Rupert versuchte, sich einen weiteren Zornanfall nicht anmerken zu lassen, und trug eine souveräne Miene zur Schau. Mit den Worten: „Ich weiß Ihre Geste zu würdigen, David", wandte er sich Alexis zu. Nun lag eine gewisse Schadenfreude in seinem Ton. „Und, Alexis, ich weiß dein Angebot zu würdigen, was immer deine Beweggründe sein mögen. Aber ich füchte, weder Mr. Farr noch ich sind befugt, deine Bitte zu erfüllen. Nur der Präsident kann das tun. Wenn du willst, daß ich ein Treffen mit ihm arrangiere, so werde ich das gern tun."

Das war genau das, was Farr erwartet hatte. Rupert ging

es darum, keine Verantwortung übernehmen zu müssen, und das konnte gefährlich werden. Der Präsident würde sich wiederum verpflichtet fühlen, seinen Stabschef „Duke" Chancery und seinen Sicherheitsberater Bernard Kornovsky um ihre Meinung zu befragen. Beide würden einen anderen Standpunkt als vorher einnehmen, als sie — ohne stichhaltige Beweise gegen Volker, nur mit einem Verdacht — den Präsidenten gedrängt hatten, die Nachforschungen in der Manier der Watergate-Affäre abzuwürgen. Jetzt aber würden sie wie er zu dem Schluß kommen, wenn Alexis' Druckmittel ein stichhaltiger Beweis wäre, könnte auch anderswo ein solcher Beweis ans Licht kommen. Um sich zu schützen, würden sie sich dazu entschließen, auf den Präsidenten Druck auszuüben, daß er ihren Wunsch ablehnte und den Auftrag erteilte, mit den Nachforschungen fortzufahren. Sich Volkers zu entledigen, würde nicht mehr genügen.

Und, was noch schlimmer war, keiner von ihnen, so wußte Farr, besaß genug Intelligenz, Erfahrung oder Verstand, die Skrupellosigkeit des KGB und somit die Situation einzuschätzen. Höchstwahrscheinlich würden sie auf Alexis Volker und das, was sie ihrer Meinung nach besaß, Jagd machen, und dabei würden sie sie sicherlich in eine exponierte Lage und in ernste Gefahr bringen.

Ein Ausweg bot sich an. „Ich glaube", sagte er unvermittelt zu Rupert, „es gibt etwas, das wir beide kurz besprechen müssen. Unter vier Augen."

Er fixierte Rupert mit einem starren Blick und wartete. Er rechnete mit Ruperts beschränkterer und auf Selbstschutz bedachter Sicht der Situation. Wenn sich je herausstellte, daß Volker unschuldig war, würde es sich Rupert im Hinblick auf Alexis Volker nicht gern nachsagen lassen, daß er sich geweigert hatte, Argumenten sein Ohr zu leihen, die von jemandem kamen, der eindeutig auf ihrer Seite war. Damit hätte er sich unnützerweise einen Feind geschaffen.

Offensichtlich brauchte Rupert nicht lange, um zu dem Schluß zu gelangen, daß Zuhören ihn noch zu nichts verpflichtete. Nicht ohne Grund war er Politiker. Er setzte sein offizielles Partylächeln auf. „Aber gern", sagte er. „Alexis, macht es dir etwas aus, einen Augenblick draußen zu warten?"

Sie stand schweigend auf. Er kam hinter seinem Schreibtisch hervor und öffnete ihr die Tür. Als er sie schloß, war sein Lächeln verschwunden. „Also heraus damit", sagte er zu Farr.

Farr erklärte ihm, was er von Chancery und Kornovsky hielt. „Ich vermute", fügte er hinzu, „daß in Portugal demnächst etwas passieren wird, aber sie werden es nie für möglich halten, wo doch der portugiesische Präsident hier ist und Volker ihn fürstlich bewirtet. Sie werden nicht verstehen, daß Volker vielleicht unter starkem Druck steht, diesen letzten Coup zu landen, weil die Zeit für ihn knapp zu werden beginnt, und daß der KGB vielleicht weiß, daß wir hinter ihm her sind — siehe Adrian James. Aber ich glaube, wenn etwas geschieht, dann wird es passieren, noch während der portugiesische Präsident hier ist. Das sind nur noch wenige Tage. Ehrlich gesagt, in Ihren Schuhen möchte ich nicht stecken, wenn wirklich etwas passiert. Diese zwei Knaben vom Weißen Haus würden Ihnen die Verantwortung zuschieben, und zwar im Handumdrehen. Es wäre Ihre Schuld, daß Volker nicht gestoppt wurde. Nicht die der beiden."

Ruperts Augen wurden plötzlich wieder klein und bösartig. Er sagte: „Nicht unbedingt. Es gibt eine Alternative. Was bringt Sie zu der Annahme, daß je irgend jemand erfahren muß, wie ihr Vorschlag lautet — oder daß sie ihn überhaupt unterbreitet hat?"

„Aber das hat sie doch", sagte Farr.

„Zum Teufel damit!" rief Rupert. „Das Wort des FBI steht gegen ihres, und wenn Volker schuldig gesprochen wird, glaube ich nicht, daß irgend jemand Lust hat, sich die Version seiner Frau anzuhören."

Zorn stieg in Farr auf. Das war typisch, und er hätte es kommen sehen sollen. Man verschleierte ganz einfach die

Tatsache, daß Alexis ein Angebot gemacht hatte, und wenn etwas schiefging, dann hatte der Präsident den Schwarzen Peter in der Hand. Oder er. Der Präsident hatte ihn mit der Untersuchung beauftragt. Wenn Rupert sich ruhig verhielt, konnte er sich aus der Affäre ziehen. Er hatte Rupert nicht die Pistole auf die Brust setzen wollen, aber jetzt wußte er, daß er dazu gezwungen war.

„Sie mögen recht haben, was Mrs. Volker betrifft", sagte er ruhig, „aber ich glaube, sie würden auf mich hören."

„Was meinen Sie damit?" Langsam verlor Ruperts Gesicht an Farbe.

„Ich meine, ich würde Sie verpfeifen."

„Das werden Sie nicht wagen."

„Es liegt an Ihnen, das Risiko einzugehen", sagte Farr. Er war nun besserer Laune. Er hatte Ruperts Unerfahrenheit und seine mangelnde Kenntnis des FBI dazu benutzt, ihn in die Enge zu treiben. Rupert hatte etwas vergessen, an das sogar ein blutiger Anfänger gedacht hätte. „Natürlich könnten Sie sich dazu entschließen, mich zu entlassen", sagte er, „aber es würde trotzdem alles ans Licht kommen. Und es wäre dann nicht bloß das Wort eines verärgerten Angestellten, der seinen Vertrauenseid gebrochen hat, jemand, den man mit einer frisierten gerichtlichen Verfügung zum Schweigen bringen kann. Jede Sitzung, die Sie in diesem Büro abhalten, wird auf Band aufgenommen. Diese hier ist keine Ausnahme. Wollen Sie Ihrer Sekretärin den Auftrag geben, das Band zu löschen und damit zwei Leute auf dem Hals haben, die Sie möglicherweise verpfeifen?"

Als Rupert nach kurzem Stillschweigen klein beigab, trat der Vollblutpolitiker in ihm zutage. Sein Lächeln war überraschend liebenswürdig. „Also gut, Mr. Farr. Das war zweifellos ein Punkt für Sie. Was tue ich also?"

Es gelang Farr, sein eigenes Lächeln zu unterdrücken. Wieder schlüpfte er in die Rolle des respektvollen Angestellten, der einem intelligenten Chef Ratschläge erteilt. „Ganz einfach, Sir. Sie erklären sich mit dem Wunsch von

Mrs. Volker einverstanden, wie ich vorgeschlagen habe. Erst wenn sie damit Erfolg hat und Volker zurücktritt, gehen wir damit zum Weißen Haus. Mit einem Fall, der in einer Sackgasse steckt. Keine Beweise. Keine Hoffnung, welche zu finden. Der Präsident tat das Richtige. Er ordnete eine gründliche Untersuchung an. Wir versuchten es, kamen damit aber auf keinen grünen Zweig. Warum also weitermachen? Volker ist aus dem Rennen, und man kann niemanden einer absichtlichen Verschleierung bezichtigen."

Rupert dachte darüber nach. „Ich glaube, das ist nicht so übel", sagte er. Er drückte auf den Summer und sagte seiner Sekretärin, sie möge Alexis wieder hereinbitten.

Nachdem er ihren Vorschlag angenommen hatte, konnte er sich jedoch einen letzten Rest von Schadenfreude nicht verkneifen. „Du bist dir darüber im klaren, Alexis, daß es für dich eine Gefahr bedeuten könnte, dein sogenanntes Druckmittel auf deinen Mann anzuwenden?"

„Warum?" antwortete sie. „Harold liebt mich."

„Es könnte weitere Kreise ziehen."

„Auch das habe ich bedacht, Bill. Aber was glaubst du, was für ein Leben ich im Augenblick führe?"

Diesmal ließ Rupert sie von Farr hinausbegleiten.

Farr ging mit ihr den Gang hinunter bis zum Aufzug. Er gab ihr seine Visitenkarte mit seiner privaten Telefonnummer für den Fall, daß sie ihn dringend sprechen wollte. Er erinnerte sich daran, daß er das auch bei Adrian James getan hatte, und spürte nackte Angst in der Magengrube. Ihr gestriger Anruf mit der Bitte um dieses Treffen und dann Sandys Bericht hatten ihm gezeigt, daß sie die Angelegenheit mit ihrem Mann nicht einfach fallengelassen hatte. In der Nacht hatte er sich den Kopf zermartert, um eine Möglichkeit zu finden, ihren Schutz zu gewährleisten. Heute schien alles, was er tun konnte, unzulänglich.

Als er auf den Rufknopf drückte, schien es, als ob sie seine Gedanken erriet. Sie sagte: „Mr. Farr, für den Fall, daß mir etwas zustößt, nehmen Sie das bitte an sich. Falls nichts passiert, rechne ich damit, daß Sie es vertraulich behandeln."

Sie zog das Band aus der Umhängetasche, betrachtete es nachdenklich und gab es ihm.

Farr steckte es in die Tasche. „Das Druckmittel?"

„Ja."

„Portugal?"

„Ja."

„Viel Glück", sagte er. Es erfüllte ihn mit Befriedigung zu wissen, daß er die Situation richtig beurteilt hatte. Was noch wichtiger war: Sie hatte ihm vertraut.

Der Aufzug war da. Sie drückten einander die Hand, und sie stieg ein.

Das letzte, was sie von ihm sah, war, wie er still dastand und sie mit ernster Miene anblickte.

Das letzte, was er von ihr sah, bevor sich die Tür schloß, war ihr aufrechter Kopf, auf ihrem Gesicht ein leichtes Verschwörerlächeln, das ihm galt, und er hatte den Eindruck, daß sie sich nicht mehr völlig allein fühlte.

Er hoffte es sehr.

33

Die Luftbildkarte neueren Datums hatte nicht erkennen lassen, daß die Straße so holprig war, wie der grauhaarige Mann sie nun fand. Er hatte auch nicht damit gerechnet, daß der gemietete Avis-Kompaktwagen schlechte Stoßdämpfer hatte. Er mußte das Lenkrad fest umklammern, um zu vermeiden, daß es ihm aus der Hand sprang. Zweimal war er mit dem Kopf an das Dach gestoßen.

Es war eine Staubstraße, nicht viel mehr als ein Feldweg. Sie führte durch einen schmalen Waldstreifen, der zwei zwanzig Joch große Kartoffelfelder voneinander trennte, die mehrere Jahre lang brachgelegen und von Unkraut überwuchert waren. Ein geschwätziger Reparaturwerkstättenbesitzer hatte ihm gesagt, daß der Farmer tot und der Grund zu verkaufen war. Er hatte sich keine Sorgen gemacht, daß der Mann sich je an ihn erinnern könnte. Er war der Typ, der immer so sehr damit beschäftigt war, jedem zu erzählen, wie gut er über die Angelegenheiten anderer Bescheid wußte, daß er bald jeden vergaß, mit dem er gesprochen hatte.

Die Straße, ein Privatweg, hatte einige hundert Meter weiter zurück an einer wenig befahrenen Asphaltstraße begonnen, die von der Maryland-Bundesstraße 5 abzweigte, die die lange Halbinsel zwischen dem Chesapeake und dem Potomac hinunterführte. Gestern abend war er viele Stunden mit seinem jüngeren Kollegen über der Karte gesessen, und sie hatten versucht, ein Feld zu finden, das alle ihre Anforderungen erfüllte. Sie hatten sich für ein Feld entschlossen, weil es leichter war, dort zu graben. Es gab keine Wurzeln und wahrscheinlich nur wenige Steine. Das war wichtig, denn es war ihnen aufgetragen worden, bis in mindestens zwei Meter Tiefe zu graben. Womöglich ging man mit Spürhunden auf die Suche.

Aber kein Feld entsprach ihrem Zweck. Es mußte eines sein, wo sie ungestört graben und sich ihres Objekts ungesehen entledigen konnten, in einem Gebiet, wo ein fremdes Auto niemandem auffiel. Gestern abend hatte sein Kollege die Tatsache verflucht, daß sie nicht doch Selbstmord vortäuschen konnten. Es hätte viel weniger Arbeit bedeutet. Aber als sie es ihrem Auftraggeber vorgeschlagen hatten, hatte dieser gemeint, daß ein völliges Verschwinden für immer günstiger wäre. Über das Objekt waren gründliche Nachforschungen angestellt worden, und es gab keinen glaubwürdigen Beweggrund für einen Selbstmord. Ein im voraus geplanter Unfall konnte katastrophal ausgehen, wenn es nicht klappte. Gleichzeitig hatte ihr Auftraggeber abgelehnt, daß die Leiche im Meer oder in der Bucht versenkt würde. Man sagte ihnen, daß zu viele Schritte damit verbunden waren, die schiefgehen könnten.

Schließlich hatten sie, wie der grauhaarige Mann glaubte, einen fast idealen Ort gefunden. Das nächste Haus war fast einen Kilometer entfernt. An einer Stelle schnitt der Wald tief ins Feld ein. Er konnte die Stelle vom Auto aus sehen. Wenn sie auf der anderen Seite gruben, waren sie von der Straße aus nicht zu sehen. Das bedeutete, daß sie das Objekt würden zwingen müssen, etwa dreißig Meter zu gehen, aber sie glaubten nicht, daß dies Probleme mit sich bringen würde. Sie hatten auch die Möglichkeit in Erwägung gezogen, daß jemand später das Grundstück kaufte, um eine Fabrik oder eine Wohnsiedlung zu errichten. In diesem Fall würde man vielleicht einen verwesten Leichnam oder Gebeine entdecken und schließlich auch der Sache nachgehen, aber es bestand keine Gefahr, daß man die Überreste mit ihm und seinem Kollegen in Zusammenhang brachte. Sie fanden also, daß es keine Rolle spielte. Der einzige, den sie schnappen konnten, war ihr Auftraggeber, und das Schlimmste, was passieren konnte, war, keine Aufträge mehr zu erhalten.

Auch wegen des Wagens machte er sich keine Sorgen. Für den Fall, daß ein Farmer oder ein anderer Ortsansässiger die Straße herunterfuhr — ein Liebespaar zum Beispiel, das ein verschwiegenes Plätzchen suchte —, hatten sie die üblichen Vorkehrungen getroffen. Es war unmöglich nachzuweisen, daß sie ihn gemietet hatten. Sie hatten gefälschte Ausweise vorgewiesen und eine American Express Card benützt, die auf ein unter falschem Namen eröffnetes Bankkonto ausgestellt war. Sollte sich jemand an den Wagen erinnern und man ihn entdecken, würde es den Gerichtssachverständigen wenig nützen, daß sie Anzugfäden oder ein Haar oder gar Blut fanden. Es würde kein Kleidungsstück und keine Person geben, nichts, womit man einen Vergleich anstellen konnte.

Er blieb stehen, stellte den Motor ab und stieg aus. Der Boden war eben, das Gestrüpp nicht hinderlich. Es war ganz einfach, durch den bewaldeten Einschnitt zu gehen. Als er den Rand des Feldes erreichte, bemerkte er mit Befriedigung, daß es am Waldrand unter den Ästen Stellen gab, die aus der Luft nicht zu sehen waren, im Schatten lagen und nicht von Unkraut überwachsen waren. Das würde die Dinge einfacher machen. Der Boden war dort sicher weicher, weniger ausgetrocknet von der Sonne. Die Vegetation würde danach nicht anders aussehen. Mit ein wenig Sorgfalt konnten sie die Oberfläche wieder auf ihren ursprünglichen Zustand zurechttrimmen. Sie würden nur ein paar Körbe übriggebliebenen Erdreichs wegtragen müssen, das für die Leiche ausgehoben worden war. Für die Zeit zwischen dem Graben und dem Anfüllen konnte das offene Grab mit Zweigen bedeckt werden, genau wie der Erdhaufen, den sie ausheben mußten.

Er ging zurück zum Wagen, machte eine Kehrtwendung und erreichte ohne Zwischenfall wieder die Asphaltstraße, dann die Bundesstraße und fuhr nach Norden zu ihrem Motel. Es gehörte zu einer nationalen Kette und lag in der Nähe einer Autobahnausfahrt. Das bedeutete, daß es üblicherweise vollbesetzt war, und das war gut so. An einem weniger stark frequentierten Ort wären sie vielleicht aufgefallen. Als er die Tür aufsperrte und in ihr Zimmer trat, saß sein Kollege mit einem Bier vor dem Fernsehapparat, sein Kopf mit der beginnenden Glatze in eigenartigem Widerspruch zu dem Kindertrickfilm, den er sich ansah.

Es war Samstagmorgen. Sie würden das Graben morgen in aller Frühe erledigen und durften zwei Stunden dafür brauchen. Wenn sie um fünf damit begannen, waren sie damit fertig, noch bevor die meisten Leute aufgestanden waren. Solange es nicht regnete und der Regen nicht die Staubstraße in einen einzigen Morast verwandelte, war alles in Ordnung.

Der jüngere Mann war zu einem nahe gelegenen Gartenbauzentrum gegangen und hatte eine Schaufel und eine Spitzhacke gekauft. Er hatte auch eine Rolle extradicke Plastikfolie gekauft, die sie auf dem Boden neben dem Grab ausbreiten wollten. Dies sollte die Grabespuren unsichtbar machen, die andernfalls fast den ganzen Winter über geblieben wären.

Obwohl der jüngere Mann ruhig schien, wußte der grauhaarige Mann, daß er nervös war. Er selbst war es auch. Zum ersten Mal arbeiteten sie nicht allein. Es waren auch noch andere an dem Unternehmen beteiligt, Leute, die sie nicht kannten. Man hatte ihnen zwar versichert, daß auch die anderen Profis waren, aber er hatte den Auftrag anfangs glattweg abgelehnt. Begann man einmal, Fremden zu vertrauen, nahm der Verdruß seinen Lauf. Nur eine beträchtliche Erhöhung ihres Honorars brachte ihn schließlich und endlich dazu, seine Meinung zu ändern.

Er zog die Schuhe aus, dann das Jackett, nahm die Krawatte ab und legte sich auf das Bett, um sich auszuruhen. Er wurde schließlich auch nicht jünger, und die Arbeit verlangte ihm immer mehr Konzentration ab. Schnell überprüfte er in Gedanken, ob alle Erfordernisse erfüllt waren — sowohl die seines Auftraggebers als auch seine eigenen — um zu sehen, ob sie auch nichts vergessen hatten.

Dann zwang er sich, nicht mehr an seine Arbeit zu denken und statt dessen an den Urlaub, den er bald genießen würde. Man bezahlte ihnen eine Menge für den Auftrag, und sie hatten erwogen, anschließend etwa ein Jahr zu pausieren und dann vielleicht ihr Tätigkeitsfeld nach Kalifornien zu verlegen. Zu lange schon waren sie an der Ostküste. Gewisse Kontaktleute begannen sich bereits allzugut an sie zu erinnern. Aber zuerst würde er eine Zeitlang in Miami verbringen und die glänzenden Lichter und hübschen Mädchen genießen. Es war schon eine Weile her, daß er das getan hatte. Bald würde er eine Menge Geld haben, genug, um irgendein junges Ding um sich zu haben, solang er wollte. Den Frauen war es gleichgültig, wie alt man war, wenn Geld für sie dabei heraussprang.

Sein Kollege hatte beschlossen, nach Mexiko zu gehen. Er hatte nichts dagegen. Gelegentlich sollte man sich trennen. Vielleicht würde er unten im Süden sogar einmal allein einen Auftrag erledigen. Es würde ihm helfen, nicht allzu abhängig von einem Partner zu werden. Es würde wie ein Auffrischungslehrgang sein. Und vielleicht würde sein Kollege das gleiche tun. Dann würden sie wieder zusammenarbeiten. Sie hatten eine gute Sache laufen, und warum sollte man da etwas anderes versuchen?

34

Missy hatte nach einem besonderen Rezept Krabben auf kreolische Art zubereitet. Das Rezept hatte sie von ihrer Großmutter, die Sklavin in New Orleans gewesen war. Sie waren wirklich köstlich, und Alexis wußte, daß Missy Stunden in der heißen Küche zugebracht hatte, mit schmerzenden Beinen. Sie konnte ihr kaum ins Gesicht sehen, als sie nicht aufzuessen vermochte und Missy einen halbvollen Teller zurück in die Küche trug. Es war die Anspannung. Seit Tagen hatte sie nicht mehr ordentlich gegessen.

Es war Samstagabend. Sie und Harold waren für sechsunddreißig Stunden nach Brigham Bay gefahren, damit er an der politischen Rede arbeiten konnte, die der Präsident Montag früh halten sollte. Der Anlaß war die Abreise von Luis Cabral nach New York. Ursprünglich war geplant gewesen, daß der portugiesische Präsident direkt nach Lissabon flog, aber man hatte ihn überredet, einen Tag länger in den Vereinigten Staaten zu bleiben, um eine Rede vor den Vereinten Nationen zu halten. Harold hatte das arrangiert, angeblich, um der portugiesischen Wählerschaft ein Bild von Cabral als großem Staatsmann vor Augen zu führen. Alexis hegte den Verdacht, daß der eigentliche Grund darin bestand, Oberst Catarino die zusätzlichen vierundzwanzig Stunden zu geben, die er benötigte, um seine Panzer in Gefechtsposition zu bringen.

Morgen abend sollten sie und Harold zu Ehren Cabrals eine Gala im Weißen Haus besuchen, und Alexis wußte, daß die letzte Chance, ihren Mann zur Rede zu stellen, innerhalb dieses Zeitraums lag. Gestern abend und heute hatte sie entweder den Mut nicht aufbringen können, oder er hatte sich in seinem Arbeitszimmer eingeschlossen und war unansprechbar gewesen. Sie hatte die Zeit damit zugebracht, mit Sandy Tennis zu spielen.

Sie aßen schweigend, ein Schweigen, das nur von Missys leisen Schritten und dem Klirren von Besteck auf Porzellan unterbrochen wurde. Schließlich sagte Harold: „Du bist sehr still heute abend."

Alexis sah ihn zwischen den beiden brennenden Armleuchtern hindurch an, die ihr Licht auf den alten Mahagonitisch im Speisezimmer warfen. Sein Gesichtsausdruck war besorgt, und er sah außergewöhnlich gut aus. Sie war verzweifelt. Wenn sich der ganze Alptraum nur in Nichts auflösen würde und alles wieder so wäre wie damals, als sie jung verheiratet waren — voller Glück, Optimismus und Vertrauen. Aber das tat er nicht. Harold hatte das unmöglich gemacht.

„Ich habe schreckliche Kopfschmerzen."

„Wirklich? Das tut mir leid, Liebes." Er überlegte: „Glaubst du, daß es hier etwas gibt, gegen das du allergisch bist? Als wir mit den Wildersteins hierherkamen, war dir übel, erinnerst du dich?"

Sie versuchte, ihrer Stimme keinen feindseligen Beiklang zu geben. Am liebsten hätte sie geschrien. Sie sagte: „Es ist nicht Brigham Bay, Harold."

Er schob seinen Stuhl zurück, stand auf und kam zu ihrem Tischende. „Du solltest früh ins Bett, finde ich." Er küßte sie auf das Haar. Missy hatte begonnen, die Dessertteller abzuräumen. „Ich trinke meinen Kaffee im Arbeitszimmer, Missy."

„Ja, Herr General."

„Warte nicht auf mich, Alexis."

Als ob er mit einem Kind spräche, dachte sie. Sie sah zu, wie er hinausging. Gleich darauf ging Missy mit seinem Kaffee durch das Zimmer.

Jetzt oder nie, wußte sie. Jetzt.

Sie hörte ihre eigene Stimme. Sie zitterte. „Ich trage das Tablett hinein, Missy."

„Mis' Alexis . . ." Missy zögerte. Dann stieß sie hervor:

„Mis' Alexis, etwas ist zwischen Ihrem Mann und Ihnen. Egal, was es ist, Herzchen, verheimlichen Sie nichts. Sofort heraus damit, bevor es zu spät ist."

„Danke, Missy. Das habe ich vor."

Sie gab der alten Frau einen Kuß und trug das Tablett den Flur entlang. Alles war unwirklich. Es war, als ob sie wieder zur Schule ginge und fast krank wäre vor Lampenfieber vor dem alljährlichen Theaterstück. Ein dutzendmal hatte sie sich vorgesagt, was sie zu ihm sagen wollte. Sie konnte sich an nichts mehr erinnern. Sie klopfte an die eichenholzgetäfelte Tür zum Arbeitszimmer und ging hinein. Er saß in einem bequemen Fauteuil und studierte die *Heidelberg Review.* Auf einem kleinen Tischchen neben ihm lag ein Stapel geöffneter Briefe.

Sein Gesichtsausdruck verriet ihr sofort, daß er nicht überrascht war, sie zu sehen.

„Hier ist dein Kaffee", sagte sie. Sie blickte auf den Stapel. Eine Reihe von Briefen war in seiner eigenen Handschrift.

Sie versuchte zu sprechen. Sie mußte es. Jetzt. Deswegen war sie hereingekommen. Sie konnte es nicht. Sie wandte sich ab.

Dann hörte sie ihn sagen: „Du willst mit mir sprechen, nicht wahr? Warum setzt du dich nicht?" Es war ein Befehl.

Überrascht drehte sie sich um. Er lächelte freundlich. Sie gehorchte, wie ein Roboter. Sie sank in den Sessel ihm gegenüber, die Hände im Schoß. Und erkannte im gleichen Augenblick, warum sie so zögerte. Sie hatte entsetzliche Angst vor ihm. Es war nicht nur die Aura von Macht, die ihn umgab, es war mehr als das. Seit sie begonnen hatte, ihm nachzuspionieren, hatte sie Angst. Ihr Schuldgefühl ließ sie unmittelbar drohende Bestrafung befürchten.

„Wir müssen miteinander reden", sagte er. „Gibt es einen besseren Zeitpunkt? Wir sind allein hier. Warum beginnen wir nicht damit?" Er hob den Stapel Briefe auf und lächelte wieder entwaffnend. „Alle Welt will über das Datum Bescheid wissen, nicht wahr? Warum der Poststempel auf dem Umschlag sich vom Datum im Inneren unterscheidet? Nun, das ist ganz einfach. Ich werde es dir erklären."

Es war so plötzlich, es traf sie völlig unvorbereitet. Ihr Gehirn setzte aus. Sie konnte nur eines denken: Sie war durchschaut. Was wußte er noch? Das Atmen fiel ihr schwer. In ihren Ohren rauschte es.

„Das Datum ist kein Datum, verstehst du?" erklärte er. „Es ist eine Seitenzahl und ein Absatz auf dieser Seite. Darin."

Er hielt die *Heidelberg Review* in die Höhe. „Eine Konsultation über den Atlantik hinweg, wenn du es so nennen willst. Dieser Abschnitt auf Seite achtzehn zum Beispiel. Er handelt von einem Aufstand gegen einen fränkischen Grafen in Austrasien. Im Jahr 654 nach Christus. Die Situation ist eine exakte Parallele zu den gegenwärtigen Ereignissen in Portugal. Natürlich ist es fingiert, zum Großteil, aber niemand hat je daran gedacht, zwanzig Wissenschaftler anzustellen, um es auf seinen Wahrheitsgehalt zu überprüfen. Professor Schaeffer wird als *der* Experte für diese Zeit angesehen."

Alexis wußte nun, wie ein kleines Tier sich fühlte, das von einem Raubtier in die Ecke getrieben worden war. Sie fand ihre Stimme wieder. „Harold . . ." Es war nicht mehr als ein Flüstern.

Mit der Hand gebot er ihr Schweigen. „Warte. Ich habe erst angefangen." Er zog einen kleinen dunklen Metallgegenstand von der Größe eines dicken Mantelknopfes aus der Tasche und hielt ihn in die Höhe, damit sie ihn sehen konnte. „Ein Wunder der modernen Technik", sagte er. „Einer davon ist in deinem Wagen. Ein zweiter ist in den Boden deiner Lieblingstasche eingenäht. Es sind Sendegeräte, deshalb weiß ich Bescheid über deine Unterredung mit Andrew Taylor und Valerie McCullough. Natürlich weiß ich auch, daß du beim FBI warst und mit ihnen ein Abkommen getroffen hast. Ich gehe nach Princeton und lehre Geschichte, dann lassen sie mich in Ruhe, all das. Aber sogar ohne das hätte ich mir wahrscheinlich alles zusammenreimen können. Du hast eine ziemlich deutliche Spur hinterlassen."

Alexis hörte sich selbst wie aus großer Entfernung: „Ich nehme an, du weißt auch über Jimmy und mich Bescheid."

„Ja. Aber ich mache dir daraus keinen Vorwurf. Und Jimmy auch nicht. Zwei alte Freunde, beide aus dem Gleichgewicht. Solche Dinge passieren eben. Man ist schließlich nur ein Mensch."

„Ich war betrunken, Harold. Und es tut mir schrecklich leid." Sofort verabscheute sie sich dafür, sich entschuldigt zu haben, noch dazu gerade jetzt. Wie betäubt sagte sie: „Ich nehme an, du weißt auch über das Memorandum aus Deutschland Bescheid."

„Das, mit dem alles angefangen hat? Natürlich. Das macht mir weiter keine Sorgen. Wohl aber das Tonband, das du von meinem Treffen mit General Figueira aufgenommen hast. Du bist gesehen worden, das mußt du doch gewußt haben."

Es brach aus ihr hervor: „Harold, so kann es nicht weitergehen. Der FBI, die CIA, Valerie McCullough. Einmal muß jemand alles herausfinden."

„Jemand wie du?" In seiner Stimme lag Zorn. Und Hohn. „Was hat dich dazu gebracht, wieder zum Journalismus zurückzukehren?"

Alexis starrte ihn an. Die Ungläubigkeit in ihr wurde immer größer. Er war es doch, der unmittelbar mit Ruin und Schande, wahrscheinlich auch mit Gefängnis, konfrontiert war. Aber irgendwie hatte er sie in die Defensive gedrängt. Sie mußte sich zusammenreißen und den Spieß umdrehen.

Sie zwang sich zu einem Lächeln. „Ich habe mich entschlossen, zum Journalismus zurückzukehren", sagte sie, „weil es mir die einzige Möglichkeit zu sein scheint, meine Ehe zu retten."

„Deine Ehe zu retten?" äffte er sie nach. „Wie denn? Dadurch, daß du deinem Mann nachspionierst?"

Sein Lachen war häßlich. Und irgend etwas in ihr änderte sich dadurch endgültig. Sie merkte, daß sie sich nicht mehr fürchtete. Das Eis war gebrochen, und sie fühlte sich seltsam erleichtert. Alles, was zählte, war, ihn zu überreden.

„Man kann es wohl kaum eine Ehe nennen, wenn du im Gefängnis bist, oder?“ fragte sie. „Oder wenn du den Einfluß eines Philby geltend machen und als Überläufer nach Moskau gehen mußt, um nicht ins Gefängnis zu kommen.“

„Du meinst, das ist alles, was du dir von alledem erwartest? Mich in einer Wolljacke, alten Hausschuhen und einer Pfeife am häuslichen Herd?“

„Ja. Wenn ich mit inbegriffen bin.“

Wieder lachte er. „Alexis. Ich bitte dich. Das ist doch lächerlich.“

„Harold, das ist es nicht.“ Impulsiv stand sie auf und kniete sich neben ihn hin. „Harold, Liebes, hör mir um Himmels willen zu. Ich bin deine Frau, ich liebe dich. Ich konnte nicht mit diesem Verdacht leben. Ich mußte die Wahrheit wissen. Wie sollte ich dir sonst helfen? Egal, was los ist — solange du jetzt damit aufhörst, kann ich damit leben. Ich hätte dich, und um dich geht es mir. Um dich und mich. Um unser Leben. Das ist alles, was zählt.“

„Es ist zu spät, Alexis.“

„Nein, das ist es nicht. Es ist nie zu spät. Das weißt du. Harold, in was bist du verwickelt? Warum hast du das getan? Es geht um Hochverrat. Du mußt es mir sagen.“

Er lachte heiser. „Warum sagen wir nicht einfach, es ist eine unschöne Sache, und lassen es dabei bewenden?“

„Ist es Erpressung?“ beharrte sie. „Hat es damit zu tun, daß wir damals in den Sexclub gegangen sind? Es kann doch nicht die Affäre sein, die du in der Schule hattest?“

Er blickte sie scharf an. Dann sagte er: „So, kann es das nicht?“

„Der Junge?“ Sie konnte es nicht glauben. „Aber heutzutage schert sich doch kein Mensch mehr um Homosexualität.“

„Um Homosexualität nicht. Aber um die beteiligte Person. Der ‚Junge‘ war ein fanatischer Marxist, der von der deutschen Polizei gesucht wurde.“

„Aber das ist Jahre her", wandte sie ein. „Du warst doch noch ein Kind."

„Möchtest du etwa, daß das jemand der Einwanderungsbehörde erzählt, wenn du um die Staatsbürgerschaft ansuchst? Damit fängt es schon an." Bitter fuhr er fort: „Ein schwarzer Punkt in einem Schulheft, der einen dazu bringt, wegen einer relativ unwichtigen Sache ein bißchen herumzuschnüffeln, ganz harmlos, und schon ist man in einen Teufelskreis geraten. Also lassen wir es. Es ist jetzt gleichgültig, und du hast den letzten Ausweg versperrt, als du das Band von mir und Figueira aufgenommen hast. Ich muß es haben, Alexis. Wo ist es?"

Fast hätte sie es ihm in dem Augenblick gesagt. Aber sie tat es nicht. Er würde nie begreifen, wie sie Farr vertrauen konnte, und etwas sagte ihr, daß das Band die einzige Kontrolle war, die sie über die Situation hatte. Sie wußte, sie mußte diese Kontrolle behalten, wenn sie Erfolg hatte. Harold hatte vielleicht zu viel Angst, um klar denken zu können.

„Es ist an einem sicheren Ort", sagte sie.

Seine Augen wurden eiskalt. Er lächelte dünn: „Und wird nur dann herausgeholt, wenn der kleine Harold nicht das tut, was man von ihm verlangt?"

Sie brauchte einen Augenblick, um das, was er meinte, richtig zu begreifen. Sie fühlte, wie eine Zorneswelle heiß in ihr aufstieg. Sie stand auf. „Das war niederträchtig von dir."

„War es das? Ich würde es realistisch nennen. Wenn du nicht vorhast, das Band gegen mich zu verwenden, warum hast du es dann aufgenommen?"

„Ich konnte wohl kaum vor deinem Fenster stehen, ohne von diesem Scheusal von Riker erwischt zu werden. Deshalb habe ich es aufgenommen. Ich habe es aufgenommen, um es mir ungestört vorspielen zu können." Sie zwang sich dazu, ihren Zorn im Zaum zu halten und ihre Stimme zu senken. „Harold, ich bin nicht der KGB oder sonst ein Erpresser, den du auf dem Hals hast. Ich bin deine Frau." Auf einem Tablett stand eine Flasche Whisky mit einem Eiskübel und Zubehör. Sie stand auf und mixte sich einen Drink, wobei sie das Eis wütend in ein Glas warf.

„Ich möchte, daß du das Unternehmen Portugal rückgängig machst", sagte sie. „Zumindest die Rolle, die du dabei spielst."

Wieder lachte er. „Wie soll ich das deiner Meinung nach tun? Hinüberfliegen und Catarinos Panzerschützen eine Rede über Demokratie halten?"

Sie ignorierte seinen Sarkasmus. „Ich weiß nicht wie. Es wird dir schon etwas einfallen. Ich möchte, daß du das Unternehmen Portugal rückgängig machst und deine Rücktrittserklärung im Weißen Haus einreichst."

„Verstehe. Und der KGB?"

Wütend wirbelte sie herum und sah ihn an. „Sag dem KGB, er soll sich zum Teufel scheren. Harold, offenbar bist du Erpressung schon so gewöhnt, daß du die Realität nicht mehr siehst. Die Russen werden nicht öffentlich zugeben, daß sie eine Spur hatten, die bis hinauf zu einem amerikanischen Außenminister führte. Dafür wollen sie viel zu viel von uns. Angefangen mit Getreide über technische Belange und einen Atomabrüstungsvertrag."

„Man kann doch dem KGB nicht einfach vorschreiben, was er zu tun hat." Plötzlich schrie er, sein Gesicht lief rot an. „Wenn man dem KGB vorschreibt, was er zu tun hat, dann endet man auf einem Müllhaufen oder hängt von einer Galerie."

„Nein", konterte sie. „Du bist nicht Nasciemento. Und auch nicht Jimmy. Sie wissen, daß der FBI dabei seine Finger im Spiel hat, und sie wissen, daß es in deinem Interesse ist, wenn du den Mund hältst. Also warum noch einen Mord riskieren? Außerdem bekämen wir Regierungsschutz, alle beide. Und wenn du Wilderstein erzählst, daß die Russen dich bedroht haben, hast du eine ganze Privatarmee um dich."

„Leibwächter! Mach dich nicht lächerlich." Er stand auf,

um sich etwas zu trinken zu holen. „Weißt du, was für einen Leibwächter ich habe?"

„Du redest vom Maulwurf", sagte sie.

„Ja, ich rede vom Maulwurf."

„Wer ist es?"

„Ich weiß es nicht. Wenn ich es nur wüßte."

Sie war ehrlich überrascht. „Was heißt das? Das mußt du doch wissen."

„Das heißt: Ich — weiß — es — nicht!" Er klopfte auf eine Stuhllehne, um seinen Worten Nachdruck zu verleihen. „Das ist ihre Taktik, verdammt noch mal. Niemand weiß über das ganze Bild Bescheid. Nur über Bruchstücke. Alles, worüber ich etwas weiß, ist dieses verdammte Ding hier!" Er packte die *Heidelberg Review* und schleuderte sie in eine Ecke. „Und gelegentlich Anrufe von einem unbekannten Schweinehund, wahrscheinlich der russische Botschafter höchstpersönlich. Das sähe ihm ähnlich." Als sie nichts sagte, setzte er sich und sagte müde: „Ich möchte das Band, Alexis. Jetzt."

Es gelang ihr, fest zu bleiben. „Es tut mir leid, Harold. Nein."

Sie war auf seine Reaktion nicht gefaßt. Er sprang vom Stuhl auf und packte sie bei den Schultern. „Ich will das Band." Er begann sie heftig zu schütteln. „Wo ist es?"

„Harold, hör auf!" Sie versuchte sich loszureißen. Er schüttelte sie noch fester. „Du tust mir weh!"

„Du Idiotin, glaubst du wirklich, du kannst dem FBI in irgendeiner Hinsicht trauen? Was zum Teufel hast du getan? Du hast uns beide ruiniert."

„Harold, laß mich los."

Plötzlich ließ er sie los, aber seine Lippen blieben weiß vor Wut. „Aber gern. Nichts lieber als das. Für immer. Du sprichst von einer Zukunft. Du hast es geschafft, daß eine Zukunft für uns nicht mehr möglich ist. Niemand konnte mir etwas nachweisen. Nichts. Nur Annahmen und Vermutungen. Nicht eine stichhaltige Kette von Beweisen. Und jetzt ist so ein verdammtes Band irgendwo im Umlauf."

In Alexis drehte sich etwas um. Es war seine Wut. Die ganze Enttäuschung, an der sie litt, die Wildersteins, kein eigenes Heim und keine Kinder, alles kam plötzlich in einem Haßausbruch in ihr hoch. Sie hatte genug. Genug der Lügen, genug der Einschüchterungen, genug der Enttäuschungen. Farr würde ihr das Band zurückgeben. Sie wußte, daß er es tun würde. Farr war das einzige Element der Vernunft, das übriggeblieben war.

„Du kannst es zurückhaben", sagte sie ruhig. „Es ist in Washington. Ich werde es dir am Montag geben oder heute abend noch nach Washington fahren und es holen, wenn du willst. Und dann hast du Ruhe. Ich hoffe nur, du hast noch genug Anstand im Leibe, um rasch etwas für die armen Teufel von Geiseln zu tun, mit denen ihr beide, du und Ghadafi, euer Spiel getrieben habt."

Sie ging aus dem Arbeitszimmer und ließ die Tür offen.

Er rief ihr nach.

Sie antwortete nicht und drehte sich auch nicht um. Sie ging zu ihrem Wagen und riß den Teppich auf. Die Wanze war unter dem Beifahrersitz. Sie warf diese Wanze und die Wanze aus ihrer Tasche in das Gras unter den Bäumen. Dann ging sie in die Küche und öffnete den Kühlschrank. Missy warf nie etwas weg. Sie fand eine Schüssel mit übriggebliebenen Krabben auf kreolische Art, häufte etwas auf einen Teller und goß sich ein Glas Milch ein. Sie ging wieder hinaus und auf die Treppe zu. Sie wollte ins Gästezimmer gehen, die Tür versperren, die Krabben auf kreolische Art essen und dort schlafen. Am Morgen würde Missy sehen, daß sie den Kühlschrank geplündert hatte, sie würde den Teller finden, wenn sie kam, um das Bett zu machen, und wieder besser gelaunt sein.

Als sie an der Tür zum Arbeitszimmer vorbeiging, saß Harold in seinem Sessel und starrte ins Leere. Es war das erste Mal, daß er alt aussah.

Er hörte sie. „Alexis." Seine Stimme war tonlos. „Alexis, es tut mir leid. Bitte verzeih mir. Ich habe kein Wort davon ernst gemeint. Das weißt du doch. Ich liebe dich. Verlaß mich nicht. Nicht jetzt. Ich brauche dich."

Sie sah Tränen in seinen Augen. Sie stellte die Krabben auf den Vorzimmertisch, ging hinein und setzte sich wieder auf den Stuhl ihm gegenüber.

„Du hast recht", sagte er. „Wir beide zählen. Sonst nichts. Allein könnte ich es nicht, aber mit deiner Hilfe kann ich es. Ich glaube, ich könnte mich sogar mit dem Gefängnis abfinden, wenn es soweit kommen sollte."

„Das wird es nicht", sagte sie sanft. „Sie werden nicht wollen, daß irgend jemand davon erfährt."

Sie sah ihn an. Wieder passierte etwas mit ihr. Ihre kalte Wut schwand. Er war wieder Harold, jemand, den sie kannte, und sie liebte ihn. Und solange er sie liebte, konnte sie alles ertragen.

Er strich sich mit der Hand über die Stirn. „Ich habe das alles satt. Wirklich satt. Arnold Wilderstein wird nicht gerade glücklich darüber sein, aber das ist sein Problem. Princeton wird das Wohnungsproblem für uns regeln. Und uns genug bezahlen, daß wir davon leben können."

„Natürlich werden sie das."

Er lächelte matt. „Vielleicht werde ich mich im Lauf der Zeit darüber freuen, Professor oder was immer genannt zu werden. Mir hat ‚Herr Minister' nie wirklich gefallen."

Da ging sie zu ihm hin. Sie setzte sich auf seinen Schoß, legte die Arme um ihn und küßte ihn leidenschaftlich. Er hielt sie eng an sich gedrückt. Sie weinte leise und konnte lange nicht sprechen.

Als sie schließlich die Sprache wiederfand, redeten sie miteinander, aber nicht über ihre Probleme. Sie sprachen über ihre Zukunft. Wie sie in einem Vorort wohnen und Kinder haben wollten, über Schulen und Universitäten und junge Leute, die erwachsen wurden, und über neue Freunde.

Der Morgen graute beinahe schon, als sie schließlich Hand in Hand ins Obergeschoß und zu Bett gingen. Alexis wußte, daß es vielleicht das letzte Mal war, daß sie in Brigham Bay schlief. Sie würde es verlieren. Das war traurig, aber es machte nichts aus. Dafür hatte sie dann ihren Mann.

35

Als sie aufwachte, war es später Vormittag. Sie war wie betäubt. Seit Monaten hatte sie nicht so fest geschlafen.

Sie fand Harolds Nachricht auf dem Toilettentisch. Er hatte ihre Teilnahme an der Gala im Weißen Haus abgesagt und einen Entwurf für sein Rücktrittsgesuch verfaßt, damit sie es sich ansehen konnte. Er hatte es in die *Heidelberg Review* geschoben, damit es den neugierigen Blikken einer Sekretärin entging, die mit ihnen aus Washington gekommen war, um ihm bei der Präsidentenrede zu helfen, und die nach Washington zurückgekehrt war, ohne sie zu Gesicht bekommen zu haben. Es stand auch darin, daß er sich mit Figueira in Verbindung gesetzt habe und ihn gemeinsam mit Arnold Wilderstein treffen wolle, der von New York herflog. Gestern abend hatte er beschlossen, daß die einzige Möglichkeit, den portugiesischen Staatsstreich zu entschärfen, darin bestand, Figueira dazu zu überreden, in letzter Minute eine Kehrtwendung zu machen und Catarino zu verraten. Ohne Figueiras Einfluß hatte die Verschwörung keine Chance, und Catarino würde inhaftiert oder ins Exil geschickt werden. Als Gegenleistung würde Volker Präsident Cabral überreden, Frau Figueira die beschlagnahmten Güter zurückzugeben. Er würde Figueira in der Zwischenzeit eine Million Dollar zur Verfügung stellen und ihm eine Aufenthaltsgenehmigung für Amerika garantieren, für den Fall, daß der Boden in Portugal zu heiß wurde. Es stand außer Frage, daß Arnold Wilderstein das Geld aufbringen würde, wenn er begriff, daß Figueira Portugal vor dem Kommunismus rettete.

Alexis war in euphorischer Stimmung. Sie rief Farr unter seiner Privatnummer an, aber niemand meldete sich. Es war Sonntag, und wahrscheinlich war er den ganzen Tag über weggefahren. Sie würde ihn am Abend wieder anrufen. Sie spielte Tennis mit Sandy und gewann zum ersten Mal einen Satz. Sie und Sandy feierten das Ereignis und kühlten sich mit eiskaltem Weißwein auf der Terrasse ab, lachten über alles und jedes und verschlangen gierig auch den letzten Bissen eines speziellen Salats, den Missy für sie zum Mittagessen zubereitet hatte.

Als sie am späten Nachmittag gerade mit Gartenarbeit beschäftigt war, rief Harold an. Auf Sandys Vorschlag hatte sie Missy und Sam den Nachmittag und Abend freigegeben. Die beiden waren in ihrem Lieferwagen in ein nahe gelegenes Städtchen gefahren, um sich einen Film anzusehen. Sie lief zum Telefon im Vorzimmer, um den Hörer abzuheben, bevor es zu klingeln aufhörte.

„Wo bist du?“

„In der R-Straße. Arnold ist hier. Ich erwarte Figueira jeden Augenblick.“

„Ist Arnold einverstanden?“

„Kein Problem.“

„Ach Liebling, ich kann es kaum glauben, es ist so wunderbar. Ich liebe dich, ich liebe dich.“

Er lachte. „Du trägst die Verantwortung dafür.“

„Bist du zum Abendessen zurück?“

„Wenn du nichts Gegenteiliges hörst, rechne damit. Könntest du etwas für mich tun?“

„Natürlich.“

„Du wirst aber wegfahren müssen.“

„Macht nichts.“

„Erinnerst du dich an den kleinen Antiquitätenladen an der Bundesstraße 5 etwa auf halbem Weg zur Autobahn? Wir haben dort diese beiden Pferdedrucke gekauft.“

Sie erinnerte sich sofort. An einem wundervollen Herbstnachmittag vor zwei Jahren waren sie nach einem langen Sektfrühstück auf Erkundungsfahrt gegangen. Ihr Lohn waren dieser entzückende Laden und die genauso entzückende alte Frau gewesen, der er gehörte.

„Ich habe dort eine Uhr für den Kaminsims reservieren lassen“, erklärte er, „vor zwei Wochen. Heute ist der letzte Tag. Ich fürchte, sie geht uns durch die Lappen, falls ein anderer sie haben will. Es ist ein Stück, das dir sehr gefallen wird. Ich glaube nicht, daß sie vor sechs zusperren.“

„Ich fahre sofort los“, versprach sie.

„Ich habe den genauen Preis vergessen. Etwas über hundert Dollar. Nimm ein Scheckbuch mit.“

Zehn Minuten später hatte sie ihre Tennisshorts und ihre Tennisbluse ausgezogen, geduscht und einen leichten Sommerrock angezogen.

Sandy war schwimmen gegangen, und da Sam und Missy weggefahren und die anderen Agenten bei Harold in Washington waren, lag sie nackt am Strand beim Bootshaus in der Sonne.

„Ich kann allein fahren, Sandy.“

„Das haben wir schon einmal durchgespielt.“

„Ist denn sonst niemand da?“

Sandy lachte und wischte Sand von ihren Lippen und Hüften. „Glauben Sie, daß ich so daläge, wenn noch jemand da wäre? Chefin, ich fürchte, Sie müssen wohl oder übel mit mir vorliebnehmen.“ Sie sah zur Sonne auf, die jetzt nicht mehr hoch über den Bäumen auf der anderen Seite der Bucht stand. Die Nachmittagsschatten wurden länger. „Außerdem ist die Sonne schon weg.“

Sie hüllte sich in ihr Handtuch und ging sich umziehen. Zwanzig Minuten später fuhren sie den ungepflasterten Fahrweg hinunter.

Der Antiquitätenladen war im Nordwesten, Richtung Washington. Der Verkehr war schwach. Sie hatten das Dach offen, spielten Kassetten und heimsten bewundernde Pfiffe von männlichen Fahrern ein. Etwa drei Kilometer vor ihrem Ziel verlangsamten sie das Tempo vor einer Kreuzung.

Sandy sagte plötzlich: „Dort unten, gleich neben der

Straße, ist ein tolles Haus. Können wir es uns kurz ansehen?"

Alexis sah auf die Uhr. Sie hatten noch genug Zeit. „Sicher."

Sandy gab Anweisungen, und sie zweigten auf eine Asphaltstraße ab. Sie fuhren etwa eineinhalb Kilometer, dann sagte Sandy: „Bleiben Sie hier stehen." Es war fast ein Befehl, und ihre Stimme war unerwartet schneidend.

Überrascht verlangsamte Alexis automatisch das Tempo und wandte sich nach ihr um. Sandys Gesichtszüge waren seltsam hart. Noch nie hatte sie sie so gesehen.

„Sandy, was ist los?"

„Fahren Sie die schmale Straße dort hinunter."

Abrupt. Kalt. Warum?

„Können wir es nicht von hier aus sehen?"

„Nein."

Alexis schwenkte in den schmalen Feldweg zwischen zwei Kartoffelfeldern ein. Sandys Stimmung erschreckte sie.

„Es ist gleich hinter diesen Bäumen."

Das Auto schwankte hin und her. Alexis konzentrierte sich auf das Lenken. Als sie bei dem Wäldchen stehenblieb, war weit und breit keine Spur von einem Haus. Auf halbem Wege hatte sie erkannt, daß dort keines sein würde. Aber sie hatte nicht anhalten können. Ihre Hände waren an das Lenkrad geschweißt, ihre Füße klebten auf dem Gaspedal. Eine böse Vorahnung fegte wie eine Sturm durch sie. Dann Entsetzen. Sie war mitten in einem Alptraum.

Schon bevor sie die Frage stellte, wußte sie die Antwort. Daß Missy und Sam den Nachmittag freibekamen, war Sandys Idee gewesen. Sonst war niemand in Brigham Bay. Sandy konnte zurückfahren und sagen, daß Alexis weggefahren sei, ohne ihr etwas davon zu sagen, und keiner würde je erfahren, daß es nicht wahr war. Nasciemento, Jimmy, und jetzt sie.

„Sandy, was soll das alles?"

Es kostete sie ungeheure Anstrengung, Sandy wieder

anzusehen. Sie hatte überhaupt keine Kraft. Die junge Frau, die neben ihr saß, war nicht die gleiche Sandy, die sie gekannt und in all den vergangenen Monaten liebgewonnen hatte. Das Gesicht war nicht das gleiche. Es war eine Maske, und die lachenden, strahlendblauen Augen darin zeigten keinen Ausdruck, ja nicht einmal Leben. Sie war eine Fremde.

Lieber Gott, bitte laß es nicht Sandy sein. Jeden, aber nicht sie. Aber sie war es. Und der schwarze Lauf der Fünfundzwanziger Automatik in der Hand war kein vertrauter Freund mehr, sondern ein grauenvoller Feind.

36

Sandy sagte kalt: „Machen Sie es nicht noch schwieriger, Alexis. Es muß getan werden, und damit basta. Steigen Sie aus!"

Alexis rührte sich nicht. Plötzlich kam ihr eine jähe, klare Erkenntnis. Alles, was während des Sommers passiert war, ging ihr durch den Kopf. Wörter, Ereignisse, Stimmungen. In allen Einzelheiten. Jimmy und M.J. Lindley. Die Fotos. Nichts ließ sie aus. Und in Sekundenschnelle. Hatte sie sich nicht immer schon gefragt, ob Sandy der Maulwurf war? Es sogar instinktiv gewußt und sich nicht eingestanden, weil sie es nicht ertragen konnte? Aber natürlich mußte sie es sein. Es war so perfekt. Eine weibliche Schlange, auf sie angesetzt. Die tägliche Kontrolle über alles, was sie tat, und jeden Ort, an den sie sich begab. Harold hatte gesagt, daß sie eine Spur hinterlassen hatte. Er hatte gesagt, daß er das Beweismaterial des Sendegeräts gar nicht brauchte, um zu wissen, was sie gerade tat. Das einzige, was er nicht gesagt hatte, war, wie er das erfahren hatte. Er hatte nicht gesagt, daß Sandy es ihm berichtet hatte. Aber das hatte sie. War sein Wunsch, sie solle zum Antiquitätenladen fahren, ein Zufall, oder gab es dafür eine genauso einleuchtende Antwort? Sie mußte sich zwingen, mit ihren Lippen Worte zu formen.

„Harold hat auch damit zu tun, nicht wahr?“

Keine Antwort. Statt dessen befahl Sandys harte Stimme ihr nochmals auszusteigen. Der Lauf der Automatik bohrte sich in ihren Körper, und das sagte ihr alles. Sie gehorchte und stand auf dem Weg. Der gestrige Abend war eine einzige Lüge gewesen. Warum sich vormachen, daß es nicht so war? Harold war kein gebrochener, erpreßter Mann und war es wahrscheinlich nie gewesen. Er war ein berechnender Verräter seiner Wahlheimat. Es würde keinen Frieden in Portugal geben. Oder ein Heim in Princeton und Kinder. Niemals. Es würde keine Liebe geben. Und es hatte sie nie gegeben. Statt dessen gab es nur den Tod.

Ein junger Mann mit beginnender Glatze in einem billigen Anzug kam hinter den Bäumen hervor. Sandy ging um das Auto herum. Sie sagte zu ihm: „Sehen sie zu, daß sie in Bewegung kommt. Sofort.“

Er handelte gewandt, ruhig. Seine Hand klammerte sich wie ein Schraubstock um ihr Handgelenk. Sie riß sich los.

„Sandy, um Gottes willen! Warum?“

„Sie sind sehr gefährlich, Alexis. Es tut mir leid.“

„Aber wir sind doch Freundinnen. Wir sind es immer gewesen. Ich weiß, daß Sie mich gern mochten.“

Wieder packte der Mann sie beim Handgelenk. Diesmal konnte sie sich nicht losreißen. Sein Griff war stahlhart. „Ruhig.“ Seine Stimme war dünn, fast weiblich. „Wenn Sie schreien oder rufen, müssen wir sie knebeln.“

Verzweiflung. „Sandy, hören Sie. Sie müssen mir zuhören. Ich habe ein Band von Harold. Harold und Figueira. Der FBI hat es.“

„Der FBI hat ein Mozartkonzert. Ich habe Ihr Band gelöscht.“

Natürlich. Sie war im Garten gewesen und hatte alles gesehen. Knapp vor Riker. Aber sie mußte sich an jeden Strohhalm, jede Hoffnung klammern. „Es ist nicht wahr.

Nein. Gestern abend wollte Harold es haben. Unbedingt. Ich versprach, es ihm zu geben."

„Wir verraten General Volker nicht alles. Nur das, was er wissen soll." Sandy zog eine kleine Kamera aus ihrer Handtasche und sprach wieder mit dem jungen Mann.

„Sie ist versiegelt. Zwei Fotos sind genug. Sie wissen, wo Sie sie hinterlassen sollen?"

„Ja." Er steckte die Kamera in die Tasche.

„In Ordnung. Und denken Sie daran: Keine Fotos, kein Geld. Weiß irgend jemand, daß Sie diesen Platz ausgesucht haben?"

„Nein. Niemand."

Sie wandte sich um und stieg wieder in den Lancia ein.

„Alexis versuchte, sich loszureißen und zu ihr zu gelangen. „Sandy, ich gebe Ihnen alles, was Sie wollen. Wilderstein wird es Ihnen geben. Ich werde nie jemandem davon erzählen. Alles, was Sie wollen."

Für Sekunden ließ Sandy die kalte Maske fallen. Ein gequälter Ausdruck trat kurz in ihre Augen. Ihre Stimme klang heiser. „Vielleicht, wenn Ihre Leute mir das vor sechs Monaten angeboten hätten . . . was Sie mir jetzt anbieten. Aber das haben sie nicht getan. Andere haben es getan."

„Sandy, es ist nicht zu spät."

Der Augenblick war vorüber. Der Motor des Lancia setzte sich in Gang. Der Wagen begann zurückzustoßen.

„Sandy, bitte. Um Gottes willen, bitte! Sandy!"

Schon war der Wagen zehn Meter entfernt. Fünfzig Meter. Er schwankte hin und her. Sie versuchte, sich loszureißen und ihm nachzulaufen. Der Griff um ihr Handgelenk wurde fester. Der Körper des Mannes lehnte sich an ihren und drehte sie herum. Ihr Arm wurde nach hinten und in die Höhe gerissen. Der Schmerz schnitt ihr wie ein Messer in die Schulter.

„Gehen Sie in diese Richtung."

Jetzt hatte er einen Revolver in der Hand. Mit einer langen Röhre am Ende des Laufes. Durch ihren Angstschleier hindurch wußte sie, daß es ein Schalldämpfer war.

Wo würden sie sie umbringen?

Sie gingen durch das Wäldchen, und bevor sie auf das Feld kamen, sah sie einen Haufen frisch aufgeworfener Erde, der halb mit Zweigen bedeckt war; und sie wußte, daß daneben ein Grab war.

Sie konnte sich unter seinem Griff nicht rühren. Sie versuchte zu sprechen und vernahm ihr entsetztes „Nein" nur als ein Flüstern.

Harold hatte gestern abend schon gewußt, daß sie heute sterben sollte. Hatte es gewußt und dabei geholfen, es zu planen. Und hatte in der Nacht mit ihr geschlafen. Und sie mit ihm.

Ein zweiter Mann tauchte auf. Grauhaarig. Viel älter. Sein Gesicht war weich und faltenlos.

„Probleme?"

„Nein. Sie ist weg." Der Mann mit der beginnenden Glatze gab ihm die Kamera.

Ihr Arm wurde hinaufgerissen. „Knien Sie sich hin, bitte." Der ältere Mann besah sich die Kamera. Fotos zum Beweis, daß sie tot war.

Die Stimme war nun schneidend. Der Druck auf ihrem Arm unerträglich. „Hinknien."

Sie wurde mit Gewalt niedergezwungen, ganz zum Rand des Lochs hin. Es war tief und lang. Und die Erde roch feucht. Einige Grillen waren hineingefallen und mühten sich ab, sich aus ihrer Lage zu befreien. Sie fühlte und dachte nichts mehr. Was sie tat, was die beiden taten, lief in Zeitlupe ab. Es war alles, was jetzt zählte.

„Den Kopf nach vorn. Neigen Sie den Kopf."

Etwas Hartes bohrte sich in ihr Genick, dort, wo der Schädel anfing.

„Bist du bereit?"

Es blieb keine Zeit mehr. Sie wollte nur noch einen Augenblick. Aber es war vorbei. Jetzt geschah es.

Ihre Lippen formten sich zu einem stummen Protest. Der Lauf drückte.

Ein lauter Knall. Ein heftiger Schlag auf ihre Schulter.

Sie taumelte nach vorn über das Grab und hielt sich auf der anderen Seite fest. Eine graue Masse fiel neben ihr vorbei und füllte das Loch, während sie hinunterrutschte. Ein kahler Kopf.

Noch ein Knall. Weiter weg. Ihre Hände hielten den Fall auf, berührten ein Gesicht. Der Körper unter ihr war weich und verkrümmt und bewegungslos. Überall war Erde, und Erdreich bröckelte vom Rand des Loches herab, wo der Himmel als blaßblaues Rechteck zu sehen war. Sie stand auf, ohne festen Halt auf dem weichen Fleisch unter ihren Füßen, und stieß gegen die kalte, steile Erdmauer neben ihr.

Hände packten sie am Arm.

„Stützen Sie den Ellbogen am Rand auf."

Sie gehorchte und spürte, wie sie in die Höhe und aus dem Loch gezogen wurde. Zuerst fiel sie mit dem Gesicht in das Unkraut des Kartoffelfeldes. Sie rollte herum und blickte in die Augen Steve Rikers.

Er hockte sich neben sie hin, einen Achtunddreißiger Revolver in der Hand. Er war mit einem Schalldämpfer versehen. Er war totenblaß und schwitzte stark, sein hageres Gesicht war mit Schweißperlen bedeckt, sein Hemd völlig durchnäßt. Er rang nach Atem, und seine Augen waren geweitet vor Entsetzen.

„Jesus Christus, Mrs. Volker, das war knapp. Alles in Ordnung?"

Sie setzte sich auf. Sie konnte nicht sprechen. Sie konnte nur starr um sich blicken. Der grauhaarige ältere Mann lag auf der anderen Seite des offenen Grabes, die Kamera auf der Erde neben ihm, sein Jackett auf groteske Weise um seinen Rumpf drapiert, die Arme seitlich ausgestreckt. In seinen Mundwinkeln und auf seinem Kinn war roter Speichel. Seine Augen waren offen und blicklos.

„Sie müssen von hier weg", sagte Riker.

Er half ihr auf die Beine. Sie fühlte sich erstaunlich leicht. Noch vor einer Sekunde war alles schwer und dunkel gewesen, und jetzt hüpfte sie über den Boden.

Sie ging zu schnell und stolperte. Riker sagte: „Langsam, Mrs. Volker. Sie haben einiges hinter sich. Glauben Sie, daß Sie fahren können?"

Sie nickte. Er führte sie durch den Wald und die Staubstraße hinunter. Zwei Autos waren knapp vor der Asphaltstraße geparkt. Das eine war ihr Lancia. Sie blieb stehen, sah ihn an, dann blickte sie über die Schulter und sagte plötzlich: „Warum das dort hinten?" Ihre Stimme war heiser. „Warum nicht ein Unfall oder noch ein Selbstmord?"

„Weil sie das Risiko nicht eingehen wollten, daß etwas schiefgeht. Es war ungefährlicher, Sie einfach verschwinden zu lassen. Man hätte Wyndholt dazu zwingen können auszusagen, Sie wären dazu fähig gewesen."

Sie fuhren weiter. Gleich darauf sagte sie: „Wie haben Sie das gewußt? Warum sind Sie hier? Das verstehe ich nicht."

„Der FBI ist vor wenigen Tagen mit mir in Verbindung getreten", antwortete er. „David Farr. Er glaubte, ich sei ein KGB-Mann und wollte mich kaufen. Noch dazu mit einer Menge Geld. Wenn ich ein KGB-Mann gewesen wäre, hätte ich es genommen. Er sagte, ich dürfe Sie mit niemandem auch nur eine Minute alleinlassen. Nicht einmal mit Sandy. Vor allem nicht mit Sandy, sagte er. Er sagte, derjenige, dem man am meisten vertraut und der letzte, den man je verdächtigen würde, ist immer der erste, der verdächtig ist. Er sagte, das sei etwas, das er durch bittere Erfahrung gelernt habe."

Sie waren beim Lancia angelangt. Sandy saß auf dem Vordersitz hinter dem Lenkrad, ihren Kopf gegen die Nackenstütze gelehnt. In ihrer linken Schläfe war ein dunkles Loch, auf ihrer Kleidung und auf dem Sitz neben ihr viel Blut. Ihre Augen waren geschlossen. Sie sah sehr jung aus. Und friedlich, als ob sie schliefe.

„Tut mir leid", sagte Riker. „Ich hatte keine Zeit, sie herauszuschaffen. Ich bin gelaufen wie ein Wahnsinniger." Er musterte Sandy. „Ich hätte es schon vor langer Zeit wissen sollen, als ich sie in Ihrem Büro mit einer

Wanze erwischte. Sie sagte, sie habe sie gefunden; in Wirklichkeit war sie gerade dabei, sie einzusetzen. Dann, um jeden Verdacht zu tilgen, händigte sie sie unserem Chef aus." Er fügte hinzu: „Und als sie über mich herfiel. Es konnte sonst gar niemand sein. Aber ich weiß immer noch nicht, warum."

Alexis trat zur Seite, als er Sandy aus dem Auto zog und sie auf dem Rücken ins Gras und ins Unkraut neben der Straße gleiten ließ. Sie wußte warum. Sandy mußte Angst davor gehabt haben, daß sie den Kopf verlor und daß Riker das Tonband entdecken und ihr zuvorkommen könnte.

„Okay, Mrs. Volker. Sind Sie sicher, daß Sie es schaffen?"

Sie bejahte es. Jetzt weinte sie und konnte nicht aufhören. Sie konnte Sandy nicht verstehen. Sie liebte sie. Trotz allem. In diesem Augenblick empfand sie größeren Schmerz über Sandy als über Harold. Sie beugte sich hinab und berührte das hellblonde Haar.

„Fragen Sie mich nicht, warum sie das getan hat, Mrs. Volker. Sie schnappen sie und lassen sie nie wieder los. Und sie zahlen ihnen eine Menge. Sie hatte eine schwere Jugend. Vielleicht war es das. Sie wollte alles, was Sie hatten, und sie gehörte nirgendwohin und zu niemandem. Das ließ sie nicht zu. Das haben wir alle über sie gewußt."

Riker kniete sich hin, zog Sandy ihren Rock aus und begann, den Sitz damit abzuwischen. Sandy rollte auf den Bauch, ihr Gesicht auf der Erde, und Alexis sah ihren Hinterkopf, halb zerfetzt, wo die Kugel ausgetreten war. Ihr wurde schlecht.

Riker sagte: „Bitte fahren Sie die Straße entlang bis zum Kiosk und warten Sie dort. Schaffen Sie das? Ich habe hier noch einiges zu erledigen. Wir wollen doch nicht, daß der KGB erfährt, was passiert ist. Mit ihr. Oder mit Ihnen. Das ist wichtig. Fahren Sie nicht nach Brigham Bay. Fahren Sie direkt zum Kiosk. Er steht auf der Bundesstraße 5. — Und hier. Nehmen Sie das." Er nahm die Fünfundzwanziger Automatik aus Sandys Tasche und steckte sie in Alexis'

Hängetasche, die ganz rechts auf dem Vordersitz lag, wo Sandy sie hingeschoben hatte.

„Mrs. Volker, zögern Sie nicht, Gebrauch davon zu machen, auch wenn Sie nur einen Verdacht haben. Klar?"

Alexis schickte sich an, in den Wagen einzusteigen. Dann hielt sie inne. „Mr. Riker." Sie zögerte. Was sagte man zu jemandem, der einem gerade das Leben gerettet hatte?

Er schien zu wissen, was sie dachte. Er lächelte schwach. „Mrs. Volker, Sie mögen mich nicht, das weiß ich. Ich weiß nicht warum. Ich mag Sie auch nicht so besonders, um ehrlich zu sein. Seien wir einfach froh, daß es vorbei ist, und danken wir Gott, daß Mr. Farr es kommen gesehen hat und daß ich Sie nicht aus dem Blickfeld verloren habe."

Sie nickte stumm.

„Seien Sie vorsichtig", sagte er. „Wenn Sie sich matt fühlen, fahren Sie an den Straßenrand."

Sie fuhr langsam weg.

Knapp bevor sie in die Asphaltstraße einbog, blickte sie in den Rückspiegel. Sie konnte nicht anders. Riker hatte Sandy an den Knöcheln gepackt und zerrte sie die Straße entlang zurück zum Wäldchen, und Sandys blonder und blutverschmierter Kopf schlug auf dem staubigen Boden auf.

Alexis blickte kein zweites Mal zurück.

37

Sie fuhr nicht zum Kiosk, sondern direkt nach Brigham Bay. In der Scheune und im Bedienstetenquartier war es still. Keine Autos waren in der Auffahrt oder in der Garage geparkt.

Sie ging die alte Ziegelsteinmauer zwischen den hohen Buchsbaumhecken entlang. An der Eingangstür zögerte sie. Hatte man ihr eine Falle gestellt? Warum hatte Riker so nachdrücklich darauf bestanden, daß sie zum Kiosk und nicht nach Hause fahren solle? Sie öffnete die Tür und trat in die Halle.

Im Haus herrschte unheimliche Stille, die durch das Tikken der Wanduhr in der Halle nur noch betont wurde. Und durch ihre eigenen Schritte. Es war ihr jetzt fremd. Sogar sein vertrauter muffiger Geruch war ihr fremd. Die Türen zum Speisezimmer und zum Arbeitszimmer standen offen. In der Erwartung, jeden Augenblick jemanden zu erblikken, ging sie vorsichtig Schritt für Schritt an ihnen vorüber durch das Wohnzimmer und hinaus auf die Terrasse.

Niemand. Niemand auf dem Rasen. Niemand beim Bootshaus oder am Strand. Die Sonne ging gerade unter, und die Bucht erstrahlte rötlich in ihrem letzten gedämpften Schein. Sie stieß die Tür zu ihrem Schlafzimmer auf. Leer. Sie schlug sie zu und versperrte sie hinter sich, schöpfte Atem und ging zu ihrem Toilettentisch. Die Uhr auf ihrem Nachtkästchen sagte ihr, daß es nach sechs war. Es schien viel später. Eine Ewigkeit lag zwischen der Gegenwart und dem Zeitpunkt, als sie zuletzt im Zimmer gewesen war, um sich ihre Tennisschuhe auszuziehen. Blut war an ihrem Rock. Sandys Blut.

Plötzlich hatte sie das Gefühl, zusammenzubrechen. Sie zitterte, nicht äußerlich, sondern innerlich, ein hohes, schnelles Herzflattern, das sie nicht beherrschen konnte. Sie erhob sich wieder vom Toilettentisch, riß sich das Kleid vom Leib und stopfte es in den Wäschekorb im Badezimmer. Immer noch klebte der Tod an ihrer Haut. Sie wollte duschen und sich ohne Unterlaß waschen. Es war keine Zeit dazu. Sie nahm Valium aus dem Arzneischrank und schluckte zehn Milligramm. Sie wußte, was sie wirklich nötig hatte, war ein Drink. Aber ihre verschlossene Schlafzimmertür bedeutete Sicherheit, und im Parterre lauerte das Unbekannte und Entsetzliche. Sie wollte erst dann gehen, wenn sie mußte.

Sie ging zu dem Toilettentisch zurück und zwang sich, Abend-Make-up aufzutragen. Sie brauchte lange dazu. Sie war mit den Gedanken nicht bei der Sache und durchlebte nochmals, was gerade geschehen war. Statt ihres eigenen Gesichts sah sie Sandys blutverschmierten Kopf im Spiegel. Sie sah das tiefe Grab, das sich vor ihren Knien auftat, sah das schiefergraue Rechteck des Himmels, während sie versuchte, aus der feuchten Erde zu klettern. Sie erinnerte sich an ihre Überraschung, Riker zu sehen, und daran, wie sich plötzlich alles ins Gegenteil verkehrte, sobald sie begriffen hatte, daß sie nicht tot war.

Und immer wieder erinnerte sie sich an ihre Fassungslosigkeit, als sie schließlich begriff, wer Sandy wirklich war, an den Schock beim Anblick von Sandys Gesicht, kalt und hart und erbarmungslos über dem dunklen, unerbittlichen Revolverlauf.

Die Schatten wurden dunkler und gingen in die Abenddämmerung über. Sie fuhr auf und merkte, daß sie ihren Spiegel nicht mehr sehen konnte. Sie war eine Stunde an ihrem Tisch gesessen. Es war schon sieben Uhr vorbei. Sie drehte das Licht an. Das Valium hatte gewirkt. Sie fühlte sich ruhiger.

Sie schminkte sich fertig. Aus ihrem Kleiderschrank suchte sie ein einfaches weißes Dior-Abendkleid aus, das ihr der Pariser Couturier vor zwei Jahren zum Geschenk gemacht hatte. Sie bürstete ihr Haar und steckte dann alles, was sie brauchte, in eine Abendtasche. Kamm, Lippenstift, Wimperntusche, Lidschatten, die Schlüssel für die R-Straße, für den Fall, daß sie dorthin fahren mußte und das Personal bereits schlief.

Dann fiel ihr Sandys Automatik ein. Riker hatte gesagt: „Zögern Sie nicht, davon Gebrauch zu machen." Glaubte er denn, sie würde dazu gezwungen sein? Würden sie noch einmal versuchen, sie zu töten? Sobald sie im Weißen Haus erschien, würden sie wissen, daß sie noch lebte. Harold würde es wissen, sie würden es wissen. Sie mußte sofort mit David Farr in Verbindung treten; mehr denn je hatte sie jetzt Schutz nötig. Sie wollte nicht sterben. Noch nie hatte sie einen so heftigen Wunsch zu leben verspürt. Sie mußte jetzt leben.

Sie hatte ihre Gucci-Umhängetasche auf dem Bett liegenlassen. Sie nahm die Automatik heraus. Sie kannte sich bei Handfeuerwaffen aus. Das hatte sie damals in Detroit gelernt, als das Verbrecherviertel ihr Bereich gewesen war. Das war schon Jahre her. Vor Washington und Andrew Taylor. Vor Harold. Sie überprüfte den Ladestreifen. Voll geladen. Sie wog die Automatik in ihren Händen und hatte das höchst eigenartige Gefühl, daß sie ihr schon immer gehört hatte. Sie hatte ein deutliches Bild vor Augen. Der halbverrückte Revolverschütze in der Bar in Detroit, der Revolver an ihrer Kehle. Seine Ausdünstung, die Hitze seines Körpers, als er, sie vor sich, auf die Straße trat. Und dann plötzlich die grellen Lichter der Fernsehkameras, die Blitzlichter und die nicht endenwollende Polizeisirene, die in wellenartiger Aufeinanderfolge durch das ganze Licht drang. Und das Brüllen ihres Kidnappers: „Aus dem Weg, laßt mich durch, oder ich puste der Schlampe den Schädel weg!"

Gesichter, die zur Seite wichen wie vom Wasser schwere, fahle Blätter, um sie vorbeizulassen.

Der Knall, der ekelerregende Luftstoß von seinem Körper her, als die Kugel des SWAT-Scharfschützen seinen Schädel durchbohrte. Blaugekleidete Leiber, die sich auf ihn stürzten, noch bevor er auf dem Straßenpflaster zusammensackte. Und sie selbst, die auf die Waffe starrte, die ihm aus der Hand gefallen war und die sie wie im Traum aufhob, um sie eingehend zu betrachten, bis ein Polizeibeamter sie ihr sacht wegnahm.

Wo waren all die Jahre?

Sie überprüfte die Sicherheitssperre der Automatik und steckte sie in ihre Abendtasche.

An der Tür horchte sie. Kein Laut war zu hören. Sie drehte das Licht ab und ging hinaus auf den Treppenabsatz. Die Uhr im Vorzimmer tickte und schlug einmal. Halb acht. Das Haus war in Dunkel gehüllt. Sie tastete sich die Treppe hinunter, durch das Vorzimmer bis zur Eingangstür und öffnete sie.

Der Abendhimmel erschien hell nach dem noch dunkleren Inneren des Hauses. Zikaden schwirrten. Der Sommer war vorüber, der Herbst lag in der Luft. Sterne standen am Himmel. Der Lancia war ein Schatten am Ende des Backsteinwegs. Leise schritt sie darauf zu, ging um den Wagen herum zum Führersitz und stieg ein. Der Sitz war trocken, aber immer noch konnte sie das Blut riechen. Sie sollte Wasser holen und es wegwaschen, aber sie fürchtete sich davor, ins Haus zurückzugehen, und es war auch keine Zeit dazu. Die Gala hatte bereits begonnen. Harold würde da sein und die Gäste mit seinem Charme bezaubern. Nie hatte sie an die Möglichkeit gedacht, daß er nicht da sein könnte. Sie war ja eliminiert worden, der einzige Zeuge, der den Staatsstreich aufdecken konnte. Nun konnte alles wie geplant seinen Lauf nehmen. Gab es denn eine bessere Tarnung, als daß derjenige, der den Staatsstreich geplant hatte, in liebenswürdigem Gespräch mit dessen Opfer, dem Präsidenten gesehen wurde? Unter dem Schutz einer Aura von Hochachtung, die das Weiße Haus und das Amt des Außenministers in der Welt genossen?

Sie startete den Lancia.

Weniger als fünf Minuten, nachdem sie weggefahren war, kam Riker. Er hatte fast eine Stunde gebraucht, um das Grab zuzuschütten. Er hatte sie beim Kiosk treffen wollen, weil es ein anonymer Ort war, wo niemand sie vermuten würde, für den Fall, daß sie von dem Fehlschlagen ihres Planes erfuhren. Als er dort anlangte und niemand sich entsann, sie gesehen zu haben, hatte er eine Viertelstunde gewartet und dann weitere zwanzig Minuten bis nach Brigham Bay gebraucht. Da keine Menschenseele zu sehen war, stellte er den Wagen ab und ging ins Haus. Er drehte die Lichter an, sah schnell in den Zimmern nach, dann ging er geradewegs zum Telefon im Vorzimmer und wählte David Farrs Privatnummer. Etwas sagte ihm, daß der Ärger noch nicht vorbei war. Und er begann zu wünschen, er hätte Alexis Volker nicht Sandy Muscionis Dienstpistole gegeben.

38

Sie fuhr über die South Capitol Bridge nach Washington hinein. Der Verkehr war mäßig. Es war fast neun Uhr. Sie konnte sich kaum an die Fahrt von Brigham Bay erinnern. Washington selbst, ihr sonst immer völlig vertraut, schien ein Labyrinth von verwirrenden Straßen und Lichtern, bis sie bemerkte, daß sie ganz instinktmäßig am Union Square am Fuß des Kapitols vorbeifuhr.

Als sie beim Weißen Haus ankam, konnte sie die strahlend hellen Lichter des golden leuchtenden Ostzimmers durch die Bäume und das Gebüsch des Rasens sehen. Die Stadtpolizei hielt den Verkehr im Fluß und die Neugierigen ab. Sie schaltete den Blinker ein und schwenkte in das Nordwesttor.

Der Wachtposten erkannte sie sofort. „Guten Abend, Mrs. Volker." Er sah kaum auf die offizielle Einladung, die sie vorzeigte.

Sie fuhr in die West Executive und fand einen Parkplatz, dann ging sie an der Pressekabine vorbei bis zum Nordeingang zurück. Als sie die Portikusstufen zwischen den massiven Stützsäulen hinaufging, kam Leben in die Fotografen, die herumlungerten und auf das Ende des Abends warteten. Blitzlichter zuckten auf und Videokameras richteten sich auf sie. Da und dort rief eine bekannte Stimme aus alten Zeiten sie beim Namen.

Sie zwang sich zu einem Lächeln. Danach nahm sie einige Minuten lang nur Eindrücke auf: Die glitzernden Kronleuchter des Nordeingangs, als sie hineinging. Die glänzenden Marmorsäulen der Cross Hall. Das große Siegel der Vereinigten Staaten über der Tür zum Blauen Zimmer, die Büsten von Washington und Barlow in ihren Nischen. Die goldenen und roten Armsessel entlang der Wand, der traurige und geisterhafte Ruf eines portugiesischen Fadosängers, der durch die geschlossenen Türen des großen Ostzimmers drang.

Uniformierte und ordengeschmückte Platzanweiser aus der Armee standen herum und warteten auf das Ende des Abends. Ein bekannter Geheimdienstmann in einem Smoking kontrollierte ihre Einladung und den Passierschein für das Weiße Haus.

„Sie tragen ein wunderschönes Kleid, Mrs. Volker."

„Danke."

„Gute Unterhaltung."

Der Marine-Captain bot ihr den Arm. „Wir können durch das Grüne Zimmer schlüpfen, Madam. Ist weniger auffällig."

Sie befanden sich am Fuß der Haupttreppe, die zu den Gemächern des Präsidenten im ersten Stock hinaufführte. Sie blieb stehen. „Ich werde erst später hineingehen. Ich möchte, daß Sie General Volker sagen, er soll mich in der Center Hall treffen, sobald er kann."

Sie schlug einen kurz angebundenen und autoritären Ton an. Noch bevor er antworten konnte, hatte sie die mit Samt überzogene Kordel, die zur Absperrung der Treppe diente, ausgehakt und hinter sich wieder eingehakt. Zwei Marinesoldaten, die die Treppe flankierten, salutierten ahnungslos.

„Mrs. Volker, ich glaube nicht, daß das erlaubt ist." Der Captain zögerte, unentschlossen, immer noch von ihr eingeschüchtert. Sie begann, die breite, mit einem roten Teppich ausgelegte Treppe hinaufzugehen. Als sie unter dem Porträt Woodrow Wilsons vorbeiging, eilte ein Wachtposten des Weißen Hauses dem Captain zu Hilfe, seine Stimme schneidend. „Einen Augenblick, bitte." Er folgte ihr über die Treppe und blieb dann abrupt stehen. Ein grauhaariger Mann im Frack und mit einer weißen Krawatte war rasch die Treppe heruntergekommen, um Alexis überschwenglich zu begrüßen. Es war der Chef des Weißen Hauses, Lanard „Duke" Chancery.

„Alexis, mein Schatz."

Sie bot ihm die Wange zum Kuß.

„Harold sagte, du fühlst dich nicht wohl."

Sie murmelte Belanglosigkeiten; es gehe ihr besser, sie wolle den Abend nicht versäumen, sie liebe alles Portugiesische so sehr, vor allem Fado.

Chancery nickte und nahm ihre beiden Hände in die seinen. „Man muß gratulieren, oder? Es sieht so aus, als ob Harold es wieder einmal geschafft hätte. Er ist unglaublich." Sie blickte verblüfft. Er sagte: „Hat er es dir denn nicht gesagt? Er hat Portugal soeben vor einer Machtübernahme durch die Kommunisten bewahrt. Du lieber Gott, das war knapp. Zwölf Stunden."

Sie war niedergeschmettert. Sie brachte gerade noch heraus: „Das überrascht mich nicht. Wir treffen uns in ein paar Minuten im ersten Stock. Ein Platzanweiser ist gerade gegangen, um ihn zu holen."

„Dann überlasse ich es ihm, dir die Neuigkeit zu erzählen. Bis später. Wir sind alle begeistert von ihm." Er drückte ihren Arm und ging weiter hinunter.

Sie sah, wie er beim besorgten Wachtposten und beim Platzanweiser der Marine stehenblieb, zu ihr zurückblickte und beruhigend auf sie einsprach. Sie setzte ihren Weg nach oben fort.

Die Beleuchtung der Center Hall war eingeschaltet, als sie eintrat. Ein Zimmermädchen glättete gerade Kissen auf einer Couch und sammelte Aschenbecher ein. Wahrscheinlich hatte es hier vor dem Essen Cocktails für den portugiesischen Präsidenten und ein paar spezielle Gäste des diplomatischen Korps und des Kongresses gegeben. Der Raum war weniger offiziell, seine Ausstattung gemütlicher als in den meisten Räumlichkeiten des Weißen Hauses.

„General Volker wird sich hier mit mir treffen; würden Sie uns bitte ein paar Minuten allein lassen?"

„Ja, Madam." Das Mädchen verschwand schweigend.

Zum ersten Mal besaß Alexis wieder ein Gefühl für die Wirklichkeit. Während sie die Treppe hinaufgegangen war, hatte sie sich in einer Phantasiewelt befunden. Sie hatte sich das Ostzimmer vorgestellt, seine riesigen Kronleuchter, seine kleine Bühne mit einem einsamen Fadosänger vor einem Mikrophon, einen Begleitgitarristen im Hintergrund. Sie sah, wie der Marine-Captain leise den Mittelgang zwischen den vergoldeten Stuhlreihen und der schweigenden, prunkvoll gekleideten Menge der Gäste hinunterging. Er erreichte Harold und flüsterte ihm etwas zu. Harolds Gesichtsausdruck blieb ungerührt. Er nickte, wartete, bis der einsetzende Beifall das Ende des Liedes anzeigte, entschuldigte sich dann bei der Frau des Präsidenten, neben der er saß, und stahl sich so unauffällig wie möglich hinaus.

Von unten, scheinbar von weit her, hörte Alexis gedämpften Beifall. Sie begann, sich ein Gemälde von Cézanne anzusehen, sich auf seine verschwommenen Farben zu konzentrieren und ihr Augenmerk auf jedes noch so kleine Detail zu richten, als ob es das Letzte wäre, das sie je sehen sollte.

Die Minuten verrannen. Wie lange? Sie wußte es nicht mehr. Ohne zu hören, daß er eintrat, war sie sich seiner Anwesenheit bewußt. Sie ließ ihn einen Augenblick warten, bevor sie sich vom Gemälde ab- und ihm zuwandte. Er stand auf der breiten Türschwelle des Ostsalons und war wie „Duke“ Chancery festlich gekleidet. Er sah ungewöhnlich jung und gut aus, aber sein Gesicht verriet ihr nichts. Sie wußte, daß ihre Gegenwart für ihn ein echter Schock sein mußte. Noch vor Minuten mußte er angenommen haben, daß sie tot war, hatte vielleicht sogar darüber nachgedacht, wie er den Verzweifelten mimen würde, wenn sie als vermißt gemeldet wurde und all die Monate danach, bis man sie schließlich aufgeben würde.

Sie versuchte, sich über ihre eigenen Gefühle ihm gegenüber klarzuwerden. Es war mehr Verachtung als Haß. Gestern, gestern nacht, hatte sie ihn geliebt. Sehr, fast verzehrend. Und hatte sich immer noch an den Glauben geklammert, daß er sie liebte. Am offenen Grab, beim schrecklichen Anblick von Sandys blutverschmiertem Kopf, der durch den Staub gezogen wurde, hatte sie endlich begriffen und es akzeptiert. Die Liebe hatte einfach aufgehört zu existieren; sie hatte nie existiert. Er war ein völlig Fremder, und sie konnte endlich einer Tatsache ins Auge sehen, der sie während der ganzen Zeit, in der sie verheiratet gewesen waren, nicht ins Auge zu sehen gewagt hatte. Sie konnte sich schließlich eingestehen, warum sie zu Wyndholt hatte gehen müssen und was Wyndholt von allem Anfang gewußt haben mußte.

Harold Volker hatte sie nie geliebt, sondern lediglich ihren Lebenstraum skrupellos zu seinem persönlichen Vorteil genutzt.

Langsam ging er auf sie zu. „Was ist passiert? Warum bist du hier?"

Sie verlieh ihrer Stimme einen beherrschten Tonfall und setzte ein kleines Lächeln auf. „Da du nicht zum Abendessen gekommen bist und auch nicht angerufen hast, habe ich gedacht, du hättest dich doch noch entschlossen zu kommen und ich sollte mich dir vielleicht anschließen."

Vorsicht lag in seinen Augen. „Hast du die Uhr gekauft?"

Sie ließ sich durch die wachsende Ungläubigkeit über seine Vorstellung nicht aus der Fassung bringen. Natürlich mußte er sich verstellen. Bis er genau wußte, was geschehen war. Warum etwas verraten? Sie beschloß, weiter Theater zu spielen. „Ich bin zu spät gekommen", sagte sie.

„So ein Pech. Entschuldige, daß ich dich nicht wegen des Abendessens angerufen habe, aber ich hatte im Auswärtigen Amt alle Hände voll zu tun. Ich bin gerade erst gekommen. Es ist einiges passiert. Ich mußte ein Fernsehinterview geben."

Sie sagte: „Wie ich höre, muß man dir gratulieren."

Er sah etwas erleichtert aus. Sie hatte den Eindruck, als sei er auch leicht errötet, erkannte dann aber, daß nur sein Gesicht wieder Farbe gewonnen hatte. Er war sehr blaß gewesen.

„Jeder scheint dieser Meinung zu sein", sagte er. „In Wirklichkeit sollten sie dir danken, nicht mir. Ich habe ja nur deinen Vorschlag beherzigt. Figueira kam zu dem Schluß, daß es zu seinem Besten sei, wieder die Seiten zu wechseln. Sobald er das getan hatte, sprach ich kurz mit dem Präsidenten. Heute abend um sechs berief er den Nationalen Sicherheitsrat ein. Luis Cabral wurde verständigt und rief in Lissabon an. Figueira tat das gleiche. Catarinos Panzereinheiten wurden mit Kasernenarrest bestraft, und Catarino ist auf dem Weg ins Gefängnis auf den Azoren."

Wie genial einfach, dachte sie. Das waren seine Pläne immer. Sie war ein Narr, das nicht vorhergesehen zu haben. Statt den Staatsstreich zu vertuschen, hatte er ihn aufgedeckt und es sich als Verdienst anrechnen lassen, Portugal und die NATO davor bewahrt zu haben. Auf einen Streich hatte er auf diese Weise sowohl jedes Risiko vermieden als auch seine Position für die Zukunft gefestigt. Dadurch, daß er eine Niederlage einsteckte, hatte er jeden Verdacht zerstreut, daß er Länder für spätere kommunistische Staatsreiche präparierte und gleichzeitig seinen unvergleichlichen Wert als Außenminister unter Beweis gestellt. Wer würde je den wahren Sachverhalt erfahren? Sandy hatte das Band gelöscht. Sie selbst war die einzige Zeugin für das, was er beinahe getan hätte, und er hatte sie unschädlich geglaubt.

Als ob er ihre Gedanken zum Teil errate, sagte er: „Wenn du an das Band denkst, Alexis — natürlich war ich ein wenig beunruhigt darüber, daß es durch einen Zufall in die falschen Hände geraten könnte. Aber ich kam zu dem Schluß, daß es sich — egal, was darauf war — nur um einen Bruchteil meiner Unterredung mit Figueira handeln konnte. Alles Belastende darin konnte als eine Falle erklärt werden, die ich ihm stellte, damit er mir verriet, wie der Staatsstreich ablaufen würde."

Es fiel Alexis schwer, ihrer Stimme keinen sarkastischen Beiklang zu verleihen. „Das war eine ganz rasante Kehrtwendung", sagte sie. „Ich nehme an, du hast auch deine Meinung über den Rücktritt geändert?"

Er zuckte die Achseln. „Ich sehe jetzt keinen Grund mehr dafür — du vielleicht?“

„Und die Geiseln?“

„Morgen werde ich eine offizielle Erklärung dazu abgeben.“

Triumph auf Triumph.

Sie sagte: „Ich verstehe. Was soll ich deiner Meinung nach jetzt tun, Harold?“

„Ich kann dir leider nicht folgen.“

Plötzlich hatte sie genug. „Harold, hören wir doch bitte auf mit der Spiegelfechterei. Die Zeit ist kurz. Sandy und zwei Männer haben versucht, mich vor wenigen Stunden zu töten. Es ist nur Gott und Steve Riker zu danken, daß ich hier stehe. Und Sandy ist dort, wo ich sein soll: in einem Grab auf einem Kartoffelfeld.“

Sie sah, wie sich sein Blick verhärtete. „Du hast mich vor dem KGB gewarnt“, sagte sie, „aber du hast mich nicht vor meinem Mann gewarnt, der mich ihm in die Hände lieferte.“

Tödliches Schweigen. Dann lächelte er dünn. „Es tut mir leid. Ich weiß nicht, wovon du sprichst.“

„Warum, Harold? Ich meine nicht, warum du mich geheiratet hast. Das verstehe ich. Ich kam dir gelegen — als eine Berühmtheit, die deiner Karriere sehr nottat. Ich meine, warum du dein Amt und das Vertrauen, das man in dich setzte, verraten hast? Du hast mir gestern abend nicht die ganze Geschichte erzählt, nicht wahr? Es war nicht nur Erpressung. Da ist noch mehr. Da muß noch mehr sein.“

Sie wartete. Er sagte nichts.

„Es steckt ein systematischer Plan dahinter, Harold. Es begann mit Horst Melkin. Du warst wirklich in ihn verliebt, nicht wahr? Ist Schaeffer tatsächlich der vom Tod wiederauferstandene Horst Melkin, wie alle vermuten? Liebst du ihn immer noch? Hat es damit zu tun?“

Er lachte. „Das ist genau die Art von Bemerkung, die die meisten amerikanischen Frauen machen würden. Wenn sie etwas nicht verstehen, muß Sex dahinterstecken. Das erklärt alles, was ihrem mangelnden Intellekt verborgen bleibt."

„Aber ich habe recht, nicht wahr?" fragte sie beharrlich. „Es fing wirklich auf irgendeine Weise mit Horst an, oder nicht? Mit Horst und seinem Marxismus?"

Unerwarteter Zorn sprach aus seiner Antwort. Einen Augenblick lang vergaß er sich. „Horst Melkin ist nicht nur ein Marxist. Er ist ein Deutscher. Mit einer verflucht weitreichenderen historischen Sicht, als sie Moskau oder Washington je haben werden!"

„Einer deutschen Sicht?" rief sie aus. „Meinst du das?" Die Erkenntnis traf sie wie ein Blitz. Er spielt die Vereinigten Staaten und die Sowjetunion gegeneinander aus, so daß sie einander so schwächen, daß Deutschland schließlich die Vorherrschaft hat. Zuerst will er Moskau benutzen, um die Vereinigten Staaten zu ruinieren, und dann geht die Sowjetunion schließlich an ihrer eigenen wirtschaftlichen Unfähigkeit zugrunde. Es war die Art von Taktik, die seine Laufbahn von allem Anfang an gekennzeichnet hatte. Weiter konnte sie nicht sehen.

Er schwieg, wieder beherrscht.

„Du hast meine Frage nicht beantwortet."

Wieder lächelte er. „Scher dich zum Teufel!"

Sie wußte, daß sie ihn bis zum äußersten provoziert hatte. Sie öffnete ihre Tasche und nahm sein Rücktrittsgesuch heraus. „Es spielt keine Rolle", sagte sie. „Und wir beide, du und ich, spielen auch keine Rolle. Wohl aber alle anderen. Die Zukunft. Ich will deine Unterschrift unter diesem Schriftstück. Das haben wir so vereinbart, und ich nehme dich beim Wort."

Er machte eine wegwerfende Geste. „Ich denke, ich habe mich gerade eben unmißverständlich ausgedrückt. Ich beabsichtige nicht zurückzutreten."

„Ich habe dich verstanden und fürchte, du hast keine Wahl." Ihre Blicke trafen sich. „Ich lebe noch, oder etwa nicht?"

Sie wartete. Es blieb ihr nichts anderes übrig.

Er lachte. „Ja, du lebst. Du bist auch, wie jedermann weiß, auf dem besten Wege, eine Alkoholikerin zu werden. Was für eine Menge würde Everett für einen angemessenen Preis angeben? Eine halbe Flasche Wodka pro Tag? Und du bist auch in psychiatrischer Behandlung — zufälligerweise ein Arzt, der eine kostspielige Frau und drei Kinder hat, nächtelang durcharbeitet und obskure Bücher schreibt, um mit seinem Geld auszukommen. Ich hoffe, du verstehst, worauf ich hinauswill. Aber ganz abgesehen von alledem, was genau willst du denn sagen, jetzt, da du den Leuten nicht mehr erzählen kannst, daß ich beabsichtigte, der russischen Flotte Ankerplätze im Lissaboner Hafen zu reservieren? Daß ich dich auf ein Kartoffelfeld gelockt habe, damit der KGB dir den Garaus macht? Glaubst du wirklich, daß dir das jemand abkaufen wird? Sie brauchen nur die Antiquitätenhändlerin anzurufen, um zu erfahren, daß ich sie angerufen und ihr deine Ankunft angekündigt habe. Hast du vor auszuplaudern, daß ich mit Gunther Schaeffer über die *Heidelberg Review* in Verbindung stehe? Wissenschaftler werden Jahre benötigen, um herauszufinden, daß mehr dahintersteckt als ein beiderseitiges Interesse an der Geschichte. Oder willst du Schaeffer bezichtigen, in Wirklichkeit der arme Horst Melkin zu sein? Ich glaube, die Ostdeutschen sind leicht dazu zu überreden, Schaeffers fehlende Dresdner Papiere herbeizuschaffen."

Er nahm ihr das Rücktrittsgesuch aus der Hand, schüttelte den Kopf, als ob er sich über so viel Dummheit wunderte, und stopfte es in die Hosentasche.

„Du hast die Wahl, mein Liebling", fuhr er fort. „Du könntest zum Beispiel zum Fernsehen zurückgehen, falls sie dich noch immer haben wollen — du bist nicht mehr jung. Oder", er hielt inne, belustigt bei diesem Gedanken, „du könntest dir einen gutbürgerlichen Zahnarzt aus einer Kleinstadt suchen, ihn heiraten und Kinder mit ihm haben. Aber auch das wirst du, glaube ich, nicht tun. Ich glaube, du wirst dich zu einer dritten Möglichkeit entschließen. Ich glaube, du wirst dich dazu entschließen, weiter die

Frau des Außenministers zu sein und dir Mühe geben, die führende Gastgeberin in Washington zu werden. Natürlich kann ich dich nicht dazu zwingen, aber wenn du es nicht tust, dann mußt du verstehen, daß ich mich von dir scheiden lasse. Ich habe keine andere Wahl. Dein Ehebruch mit Adrian James wäre der Scheidungsgrund. Ich habe die Negative von dir und ihm. Ich würde nicht zögern, sie dem Gericht zu übergeben. Oder einem zukünftigen Ehemann. Ich würde nicht wollen, daß die Leute glauben, daß ich die berühmte Alexis Sobieski ohne einen verdammt triftigen Grund verlassen habe."

Er ging zur Tür und wandte sich um.

„Kommst du?"

In diesem Augenblick wußte sie, was sie zu tun hatte. Sie hatte verloren, und er hatte ihr alle Wege versperrt. Außer einem. Sie erkannte klar, daß sie immer gewußt hatte, daß er so handeln würde, und sie erkannte auch, warum sie Sandys Automatik in ihre Abendtasche gesteckt hatte. Riker hatte sie ihr gegeben, damit sie sich schützen konnte, und nun mußte sie das tun. Sie sah sich in die Enge getrieben. Sie spürte sie durch den Stoff ihrer Tasche hindurch, einen harten, plumpen Gegenstand.

Er stand noch immer wartend auf der Schwelle. Sie sah, wie sich sein Gesichtsausdruck plötzlich veränderte, und dann sah sie auch, warum. Sie hatte die Automatik in der Hand.

Sie entsicherte sie.

Er begann, auf sie zuzugehen. „Alexis, gib das her!" Seine Hand griff danach. Seine Finger umklammerten den Lauf.

Sekundenbruchteile, eine Ewigkeit. Die breite Tür zum Ostsalon, der grellgelbe Teppich, das Cézanne-Gemälde, eine Blumenvase, eine Couch.

Und Volker, den Arm ausgestreckt, überdeutlich und in seiner Bewegung erstarrt.

Sie drückte ab.

39

Harold Volker starb fast unmittelbar darauf an einer Kugel, die ihm ins Herz gedrungen war, seine Finger immer noch um den Lauf der Fünfundzwanziger Automatik gekrampft, die ihn getötet hatte. Im Fallen hatte er sie seiner Frau aus der Hand gerissen.

Im darauffolgenden Tumult erkannten Bernard Kornovsky, der nationale Sicherheitsberater des Präsidenten, und „Duke" Chancery sofort, daß das Weiße Haus eine eindeutige Frage zu klären hatte: Warum hatte sie es getan? War der Schuß das Resultat einer privaten Angelegenheit oder stand er mit der Untersuchung Volkers durch den FBI in Zusammenhang? Bevor irgendeine Verlautbarung bekanntgegeben werden konnte, mußte diese Frage beantwortet werden. Die Presse verlangte lautstark nach einer Erklärung.

Es war nicht schwierig, den Präsidenten zu überreden, seine Gäste sich selbst zu überlassen. Eine dringende Konferenz wurde im Situation Room abgehalten. Der Vizepräsident war die einzige Person, die gebeten worden war, daran teilzunehmen. Sofort einigte man sich darauf, mit David Farr zu sprechen, der nur um Minuten zu spät eingetroffen war, um den Schuß zu verhindern. Er wurde vom Büro im ersten Stock des Westflügels hergeholt, wo Mrs. Volker von Sicherheitsleuten des Weißen Hauses streng bewacht wurde.

Was Farr ihnen erzählte, war tief bestürzend, aber sie wußten nun auch genau, was sie zu tun hatten. Alexis hatte ihm alles erzählt, was in den vergangenen vierundzwanzig Stunden vorgefallen war. Ohne das Band von Volkers Unterredung mit Figueira war sie die einzige Zeugin seines Verrats. Farrs dunkles Gesicht wurde noch dunkler, während er erzählte, wie er mit Erfolg einen Informanten im FBI aufgespürt hatte, wobei er der Rundfunk- und Fernsehgesellschaft nicht mehr Informationen zukommen ließ, als sie bereits besaßen — nämlich daß eine Untersuchung im

Gange war. Farr war der Meinung, daß Andrew Taylor, ein echter Patriot, ein Mann war, der sich um keinen Preis auf unverantwortliche journalistische Spekulationen im Hinblick auf eine so heikle Angelegenheit einlassen würde. Der seriöse Nachrichtenmann konnte und würde Valerie McCullough im Zaum halten. Durch ihren Ehrgeiz war sie anfällig. Jede Story über Volker, die sie an die Öffentlichkeit brachte, würde ihre Zukunft als Nachrichtenmoderatorin zunichte machen. Man übersah auch nicht die Tatsache, daß Taylor oft im Weißen Haus speiste.

Nachdem der Präsident Farr angehört hatte, war es nicht schwierig für ihn zu entscheiden, was zu tun war. Es war eine Sache, einen Verdacht gegen Volker zu hegen, während er noch lebte, und darauf gefaßt sein zu müssen, die politischen Konsequenzen zu tragen, wenn eine Untersuchung ihn als schuldig erwies. Es war eine ganz andere, eine solche Untersuchung an die Öffentlichkeit zu bringen und möglicherweise zur Verantwortung gezogen zu werden für Handlungen, deren man ihn verdächtigte, wenn er tot war und für niemanden mehr eine Gefahr darstellte.

Aber es hing von Mrs. Volker ab. Sie war in der Lage — vor allem, wenn man sie vor Gericht stellte —, den Mann öffentlich zu verurteilen, der ihr Leben zu einer Hölle auf Erden gemacht hatte. Niemand konnte sie davon abhalten. Sie war jetzt Witwe und würde vielleicht Schwierigkeiten haben, ihre frühere Laufbahn wiederaufzunehmen. In ihrer Eigenschaft als etablierte Journalistin konnte sie das, was sie der Öffentlichkeit zu sagen hatte, um ein Vermögen verkaufen.

Es gelang Farr, sie davon zu überzeugen, daß Alexis tun würde, was er von ihr verlangte. Es war jedoch mehr als nur eine Vertrauensfrage. Es war möglich, daß Moskau sie noch immer aus dem Weg geräumt haben wollte, da eine Enthüllung von Volkers Verbindung zu Rußland für den Kreml genauso peinlich sein würde wie für Washington. Farr beabsichtigte, dem stellvertretenden russischen Außenminister, der den KGB in den Vereinigten Staaten leitete, einen direkten Tausch vorzuschlagen. Wenn der KGB Alexis körperliche Unversehrtheit zusicherte, würde er dafür das Stillschweigen des Weißen Hauses garantieren; er war sicher, daß sie diesen Vorschlag annehmen würden.

Der Präsident stimmte zu, und das Oval Office gab unverzüglich eine Verlautbarung heraus mit dem Wortlaut, daß der Tod des Außenministers durch einen Schuß, den seine Frau abgegeben hatte, ein tragischer Unglücksfall gewesen war. Mrs. Volkers Hand hatte sich in ihrer Abendtasche verfangen, als sie die Pistole ihrem Mann geben wollte. Sie trug die Waffe nur auf dringendes Anraten ihres Sicherheitsagenten bei sich und hatte sie in Gegenwart ihres Mannes im Weißen Haus nicht für notwendig befunden.

Alexis wurde im Schockzustand von einem Rettungswagen in einen speziell überwachten Flügel des Bethesda-Marinekrankenhauses gebracht. Der Präsident ließ es sich nicht nehmen, ihr einen offiziellen Besuch abzustatten, genau wie Arnold Wilderstein und seine Frau. Einige Tage später wurde sie in ein Privatsanatorium in Virginia übergeführt. Abgesehen von kleineren Formalitäten mit der Städtischen Polizei und dem FBI war der einzige Kontakt, den sie mit den Behörden hatte, während sie sich von einem kleineren Nervenzusammenbruch erholte, eine kurze Unterredung mit dem amtlichen Leichenbeschauer des District of Columbia und eine Zusammenkunft mit drei teilnahmsvollen Senatoren als Vertretern einer Untersuchungskommission beider Parteien, die vom Präsidenten pro forma eingesetzt worden waren.

In allen ihren Zeugenaussagen, bei denen David Farr vom FBI zugegen war, stimmte sie mit der vom Oval Office verlautbarten Erklärung überein.

Die Volker-Affäre verschwand erfolgreich für immer in der Versenkung.

NACHWORT

An einem Frühlingstag acht Monate später spazierte David Farr den Weg an der Nordseite des alten Chesapeake-und-Ohio-Kanals entlang, der im Norden von Georgetown den Potomac entlangführt. Es war ein Vormittag, und ein kühles Lüftchen, das den Fluß herunterwehte, raschelte in den trockenen Blättern, die vom letzten Jahr übriggeblieben waren.

Farr trug Bürokleidung — einen dunklen Anzug mit dünnen Nadelstreifen. Er hatte einen Gabardinemantel salopp über eine Schulter gehängt und seine Hände in den Hosentaschen. Als er zu einer ganz bestimmten Holzbank kam, setzte er sich, scharrte die staubige gelbe Erde zu seinen Füßen auf, in einer Art stürmischer Freude über das neue Leben, das überall um ihn wieder erwachte, und hielt dann seine geschlossenen Augen der Sonne entgegen.

Einige Minuten war er so dagesessen, als er spürte, wie ihn jemand ansah. Er blickte über den Kanal. Alexis Volker stand auf dem gegenüberliegenden Weg. Sie trug ein Tweedkostüm und einen Kaschmirpullover mit weich fallendem Kragen und strahlte dieselbe Mischung von sinnlicher Schönheit und Intellektualität aus, die er an ihr bemerkt hatte, als er ihr zum ersten Mal begegnet war. Sie lächelte und winkte.

„Sie sind auf der falschen Seite", rief er.

Sie lachte. „Ich bin gern anders als die anderen." Sie trafen sich auf halbem Wege auf einer alten Schleuse ein paar hundert Meter weiter. Alexis küßte ihn kurz auf den Mund. „Tag, David."

Es schien ihr gutzugehen, aber das vergangene Jahr hatte seinen Tribut gefordert. Sie hatte nun die ersten grauen Haare und die müden Falten um die Augen, die die meisten Frauen erst Ende vierzig bekommen. Kurz flammte in ihm die Erinnerung an eine andere Alexis auf: Eine geschockte Frau mit weißem Gesicht, umringt von Geheimdienstleuten. Eine Frau, in deren Augen er sowohl Entsetzen als auch ein verzweifeltes Flehen um Hilfe gesehen hatte. Sie hatte es spielend überwunden, dachte er, erkannte aber gleichzeitig, daß er das immer gewußt hatte.

Er nahm ihre Hand und verflocht ihre schlanken Finger mit den seinen. Sie stützte ihre Unterarme auf ein eisernes Geländer und schaute auf den Kanal hinunter. Er sagte: „Ich habe Ihre Show gestern abend gesehen. Sie waren wunderbar. Wie immer."

„Natürlich." Sie sprach in einem leichten Tonfall. „Was haben Sie denn erwartet?"

Das halbstündige wöchentliche Programm bestand aus einer Serie persönlicher Gespräche mit großen Staatsmännern. Man hatte Alexis ihren alten Job angeboten, aber sie hatte abgelehnt. „Ich muß vorwärts, nicht zurück", hatte sie gesagt. „Und auf irgendeine Weise möchte ich Nutzen ziehen aus der Erfahrung, mit Harold verheiratet gewesen zu sein."

Nur einmal hatte Farr sie schwach werden sehen. Es war, als die Show noch im Vorbereitungsstadium war. Spät am Abend tranken sie in ihrer neuen Wohnung hinter dem Kapitol in der Fünften Straße Kaffee. Er hatte sie über Ehe und Kinder befragt. Sie hatte ihn überrascht und stumm angesehen, und Tränen waren ihr in die Augen getreten. Schnell hatte sie sich abgewandt, um sie zu verbergen, und sie stand mit dem Rücken zu ihm am Kamin, die Tasse in beiden Händen. Als sie sich wieder umgedreht hatte und ihm ins Gesicht sah, waren die Tränen verschwunden.

Sie sagte: „David, wenn ich etwas gelernt habe, so ist es, daß man sich im Leben meistens mit weniger zufriedengeben muß, als man wirklich haben möchte." Sie zuckte die Achseln und setzte ein schwaches Lächeln auf. „Wenn der Richtige käme, würde ich natürlich nicht nein sagen, obwohl ich glaube, daß ich diesmal nicht ganz so rasant an die Sache herangehen würde. Inzwischen muß das Leben weitergehen. Ich habe eine Verantwortung gegenüber den Leuten, die an mich glauben. Und mir selbst gegenüber — nämlich, meinen eigenen Weg zu gehen."

„Mein Freund aus Harvard hat mir geschrieben", sagte Farr nun zu ihr. Das war der Grund, weshalb sie sich getroffen hatten. Sein Freund war ein Historiker, der die Korrespondenz von Monaten und die *Heidelberg Review* durchgeackert und versucht hatte herauszufinden, was Harold Volkers Beweggründe gewesen waren.

Ohne ihren Blick vom Kanal abzuwenden, sagte sie: „Und?"

„Er glaubt, daß Sie recht damit hatten, daß es mir Horst Melkin angefangen hat", antwortete er. „Und mit einem neuen deutschen Aufstieg. Melkin und Ihr Mann sahen in Rußland eine Nation von Barbaren, und sie glaubten, daß Amerika kläglich darin versagt hatte, die Fackel der westlichen Zivilisation hochzuhalten. Deutschland war ihre letzte Hoffnung. Sie scheinen es schon sehr früh, schon in ihrer Mittelschulzeit, geplant zu haben. Sie pflegten Witze darüber zu machen, wie sie sich Moskaus bedienen würden, während Moskau glaubte, sich ihrer zu bedienen. Natürlich ist Melkin Schaeffer. Aber ich bezweifele, ob es unter den gegebenen Umständen je irgend jemand beweisen wird."

Alexis sagte leise: „Es hätte ohnehin keinen Zweck, oder?"

„Nein", stimmte er zu, „es hätte keinen."

Sie redeten noch ein paar Minuten miteinander, dann mußte Alexis gehen. Sie mußte Tonbandaufnahmen machen, und sie hatten einander am Kanal getroffen, weil es auf ihrem Weg lag. Farr sah ihr zu, wie sie den Weg zurückging. Obwohl sie sich nach außen hin tapfer gab, wußte er, daß sie lange Zeit mit Augenblicken bitterer Einsamkeit und oft verzweiflungsvollen Erinnerungen zu kämpfen haben würde. Aber so war das Leben, und wenn man das nicht akzeptierte, verbrachte man seine Jahre in Unglück und Zorn.

Er dachte über das nach, was sie gesagt hatte, als sie fast

— aber doch nicht ganz — zusammengebrochen war, darüber, daß man sich mit weniger zufriedengeben mußte, als man ersehnte. Er dachte an sich und Susan. Seine Euphorie über die Entdeckung, daß die Frau seines Assistenten die Informantin im FBI war, war nur von kurzer Dauer gewesen. Dadurch, daß er Susan überhaupt verdächtigt hatte, hatte er ein unschuldiges Vertrauen zerstört, das nie mehr wiederhergestellt werden konnte. Alles war zutage getreten, als er seinen niederträchtigen Verdacht an einem Abend offen ausgesprochen hatte und als damit auch ein dunkles Geheimnis von Susan zur Sprache kam. Auch sie hatte ihm mißtraut. Sie konnte keine Kinder bekommen und hatte das gewußt, als sie geheiratet hatten. Aus Angst, ihn zu verlieren, hatte sie geschwiegen und ihn manchmal dafür gehaßt, daß sie Schuldgefühle hatte, weil sie schwieg. Und obwohl sie einander immer noch liebten, war nun etwas Besonderes für immer dahin. Ein heftiger Windstoß wirbelte über die Schleuse. Plötzlich fror Farr. Gestern war sein Geburtstag gewesen, und Susan hatte eine Überraschungsparty für ihn gegeben. Es war schon fast Morgen gewesen, als sie zu Bett gegangen waren, und heute war er hundemüde. Er streifte sich den Mantel über.

Plötzlich war Alexis nur noch eine kleine Gestalt weit unten auf dem Weg, ein Farbfleck, der sich gegen das Frühlingsgrün abhob. Farr spürte einen ziehenden Schmerz in seinem Herzen. Ein sonderbares Schicksal, so sann er, das das Leben eines Nachkommen eines afrikanischen Sklaven und der Trägerin eines uralten polnischen Namens verflochten hatte; zwei Fremde, die, gerade weil sie Fremde waren, zu einer Art von Liebe zueinander gefunden hatten, die nichts mit der Anziehung zwischen Mann und Frau zu tun hatte, sondern mit Vertrauen und Glauben. Der Gedanke gab ihm ein Gefühl des Friedens.

Er sah ihr nach, bis sie um eine Ecke bog. Als sie nicht mehr zu sehen war, ging er zu der Stelle zurück, an der er seinen Wagen abgestellt hatte.